FRANK WITZELS rasanter Roman erzählt aus dem Leben ganz unterschiedlicher Menschen während eines langen Wochenendes; wie es war, wie es ist, wie es hätte sein können: die Geschichte des Gymnasiallehrers Hugo Rhäs oder der Professorin für Gender Studies Sabine Rikke; die der alternden Schlagersänger Tamara Tajenka und Bodo Silber; des Grateful-Dead-Fans Abbie Kofflager oder des Psychiaters Rubinblad und anderer in Deutschland, den USA und Kenia. Begegnen sie sich zufällig oder ist doch alles vom CIA arrangiert? Sind Paranoia und »Lethephobie«, die Angst vor dem Vergessen, gerechtfertigt? Wird Wirklichkeit konstruiert oder suggeriert? Ein ebenso intelligenter wie satirisch-komischer Roman.

FRANK WITZEL wurde 1955 in Wiesbaden geboren und lebt in Offenbach. Er ist Schriftsteller, Zeichner und Musiker. Zuletzt veröffentlichte er die Romane »Bluemoon Baby« (2001), »Revolution und Heimarbeit« (2003), »Vondenloh« (2008). Für seinen Roman »Die Erfindung der Roten Armee Fraktion durch einen manisch-depressiven Teenager im Sommer 1969« erhielt er den Deutschen Buchpreis 2015.

FRANK WITZEL BEI BTB
Die Erfindung der Roten Armee Fraktion durch einen manisch-depressiven Teenager im Sommer 1969

FRANK WITZEL

Bluemoon Baby

Roman

btb

Der Verlag weist ausdrücklich darauf hin, dass im Text enthaltene externe Links vom Verlag nur bis zum Zeitpunkt der Buchveröffentlichung eingesehen werden konnten. Auf spätere Veränderungen hat der Verlag keinerlei Einfluss. Eine Haftung des Verlags ist daher ausgeschlossen.

MIX
Papier aus verantwortungsvollen Quellen
FSC® C014496

Verlagsgruppe Random House FSC® N001967

1. Auflage
Genehmigte Taschenbuchausgabe Mai 2017,
btb Verlag in der Verlagsgruppe Random House GmbH,
Neumarkter Straße 28, 81673 München

www.edition-nautilus.de
Umschlaggestaltung: semper smile, München
Covermotiv: © Shutterstock/Photo Melon; Claudio Divizia
Satz: Uhl + Massopust, Aalen
Druck und Einband: GGP Media GmbH, Pößneck
MK · Herstellung: sc
Printed in Germany
ISBN 978-3-442-71506-0

www.btb-verlag.de
www.facebook.com/btbverlag
Besuchen Sie auch unseren LiteraturBlog www.transatlantik.de

Like a Rolling Stone.
Like the F. B. I.
And the C. I. A.
And the B. B. C. B. B. King.
And Doris Day. Matt Busby.
Dig it. Dig it. Dig it. Dig it.

The Beatles

Erster Teil

Do I understand the question,
man, is it hopeless and forlorn?

Bob Dylan

1

Siebzehn Jahre Deutschunterricht im staatlichen Dienst haben Hugo Rhäs nicht gut getan.

Am Freitag dem 9. Juli gegen halb sechs biegt er mit seinem alten Buckelvolvo von der Erich-Ollenhauer-Straße in den kleinen namenlosen Pfad neben der Papierfabrik Achenkerber ab. Schon seit Tagen ist es unerträglich heiß. Wie soll das erst im August werden? Er versucht, den Schlaglöchern auszuweichen. Auf der Rückbank werden Lehrbücher, Ordner und Manuskripte durcheinandergeworfen. Aus einer abgegriffenen Ledertasche rutschen Disketten. John Malkovich, der aus dem übersteuert aufgedrehten Kassettenrekorder auf dem Beifahrersitz Auszüge aus *Naked Lunch* liest, klingt stellenweise wie unter Helium. Für Hugo Rhäs ist Burroughs Höhe- und Endpunkt der Literatur des zwanzigsten Jahrhunderts. Wenn nicht sogar der Literatur überhaupt.

In knapp drei Jahren wird Hugo Rhäs fünfzig. Da hatte Burroughs schon seine Frau unter die Erde gebracht und war wieder aus Tanger zurück. Nicht, daß es hier auf dem stillgelegten Fabrikgelände gänzlich harmlos zuging. Anders eben. Einsamer. Manchmal huschten nachts finstere Schatten über das Grundstück, aber wenn er das Schlafzimmerfenster geräuschvoll öffnete und sich in die Nachtluft hinaus räusperte, schienen die auch schnell wieder verschwunden. Ab und zu wurden in einer der leeren Werkshallen ein paar Scheiben eingeworfen. Hugo Rhäs hatte mit der Wachgesellschaft telefoniert und erfahren, daß deren Vertrag noch zwei Jahre lief. So lange wie seine

Schonfrist in dem ehemaligen Hausmeisterhäuschen. Nach dem Anruf sah er nachts hin und wieder einen Mann in schwarzem Leder über das Gelände schlendern und ihm, während er hinter den Gardinen am Fenster stand, mit der Taschenlampe in einer Art Geheimzeichen zublinken.

Burroughs hätte bestimmt näheren Kontakt zu dem Wachmann gesucht, ihn hereingebeten auf einen Kaffee, besser einen Whiskey, später dann zu noch härteren Drogen und noch später hätten sie mit großkalibrigen Gewehren herumgefeuert, selbst ein paar Scheiben zertrümmert oder sogar einen kleinen Brand gelegt. Warum auch nicht? Manchmal muß man dem dumpf ablaufenden Schicksal eben zuvorkommen.

Für andere mochte der Schuldienst Erfüllung genug sein. Die würden erst was merken, wenn sie mit Frau und Kindern auf dem Sonntagsausflug an den noch frisch dampfenden Trümmern der alten Papierfabrik vorbeikommen und das rotglühende Signet seiner verzweifelten Wut erkennen würden. Nachdem nun schon sein theoretisches Werk durch fremde Hand in Flammen aufgegangen war, warum nicht das Ganze zu Ende denken und mit Hilfe einiger Benzinkanister auch selbst bewerkstelligen?

»Sag mal, hat da nicht dieser komische Kollege von dir gewohnt?«

»Ja, ich überleg auch grade. Hoffentlich ist da nichts weiter passiert. Ich hab nämlich nicht die geringste Lust, am Montag seine Stunden zu übernehmen.«

Stunden! Viel weiter reichte deren Horizont wirklich nicht. Höchstens noch bis zu den Pausen zwischen den Stunden. Aber daß es eine geistige Verfassung gibt, einen Zustand, der völlig Besitz von einem ergreift und noch nicht mal mehr die kleine Pause um neun, geschweige denn die große um viertel vor zehn, zuläßt, davon hatten diese Beamtenseelen natürlich nicht die geringste Ahnung.

Es sind diese sich regelmäßig Freitagabend einstellenden Gewaltphantasien, die Hugo Rhäs so erschöpfen, daß er am nächsten Tag erst am frühen Nachmittag mit ausgetrocknetem Mund aus einem schweren Schlaf erwacht. Das fröhliche Samstageinkaufslicht fällt beunruhigend durch die Ritzen der Läden. Allein der Gedanke, daß es unten im Wohnzimmer schon lange hell ist und seine Kollegen sich gerade nach einem kleinen Bummel durch das Menschengewühl der Innenstadt auf Eiscaféterrassen breit machen, läßt die kurz vergessene Wut wieder in einem stechenden Schmerz auflodern.

Mit sieben durfte er einmal das ganze Wochenende nicht raus, weil seine Mutter auf den blöden Reporter wartete. Er war auf dem Linoleumboden in der Küche immer im Kreis gerannt und hatte das Heulen einer Sirene nachgemacht. Jetzt rasen die Krankenwagen mit amerikanisiertem Signalhornklang an seinem Häuschen vorbei zu mediokren Auffahrunfällen. Neben ihm auf dem Nachttisch, hinter den Burroughsbänden in Schlangenlederimitat, tickt der beige Wecker wie eine dilettantisch selbst zusammengebastelte Zeitbombe. Burroughs lebte die letzten zwanzig Jahre in einem umgebauten Keller. Genies sind wie zarte Aquarelle: sie scheuen das Licht.

2

Die Julisonne ist in den Vereinigten Staaten von Amerika greller und fast beißend. Am Nachmittag desselben 9. Juli bescheint sie um sieben Stunden zeitversetzt das etwa vier Kilometer weit abgesperrte Stück einer Landstraße parallel zur Bundesstraße 52 im Bundesstaat Wisconsin, etwas nördlich eines Ortes mit Namen Polar. Die Hitze macht dort vor allem den Beamten gewisser Geheimdienststellen zu schaffen, die eine Arbeit außerhalb klimatisierter Räume oder gleichermaßen klimatisierter Dienstwagen nicht gewohnt sind.

Der Asphaltbelag scheint zu schmelzen. Durch das Flimmern hindurch erkennt man in ungefähr sechshundert Meter Entfernung eine Farm. In dieser Farm halten sich religiöse Fanatiker auf. Erste Schätzungen gehen von mindestens 25 Sektenmitgliedern aus. Der harte Kern der Vereinigung. Nicht gerechnet die unschuldigen Opfer, darunter auch Kinder, die diese fehlgeleiteten und zum Äußersten bereiten Wahnsinnigen in ihrer Gewalt haben. Man vermutet, daß diese mindestens noch einmal so viel zählen.

Die Aufklärungshubschrauber kreisen über dem beinah fünf Hektar großen Grundstück. In einem gebührenden Sicherheitsabstand haben die Fernsehstationen Zelte aufgebaut und ihre Übertragungswagen abgestellt. Regelmäßig versuchen Schaulustige, in die Nähe des Gebietes zu gelangen. Manchmal kommt es zu vereinzelten Zwischenfällen. So zum Beispiel als ein mit vier Schülern besetztes Auto eine der Straßenabsperrungen durchbricht, sich dabei überschlägt und gegen einen Baum prallt. Die Einsatzkräfte befreien die stark angetrunkenen Jugendlichen, die wie durch ein Wunder mit ein paar Schürfwunden und dem Schrecken davongekommen sind, und übergeben sie den Eltern. Dann kehrt auf dem abgesperrten Abschnitt wieder der Alltag des Wartens ein.

3

In einer Stadt in Mittelhessen steht eine 43 Jahre alte Professorin für Frauenstudien fertig zum Ausgehen und mit dem Schlüssel in der Hand vor dem laufenden Fernsehgerät. Sie will zu einer Vernissage in die Mittelseestraße. In einem ehemaligen Buchladen, der jetzt einem Schmuckmacherkollektiv gehört, wird Perlenschmuck gezeigt. Es gibt Borschtsch zu essen und italienischen Landwein zu trinken. Die Broschen liegen in mit Sand gefüllten Blecheimern und werden mit kleinen Strahlern angeleuchtet. Die Ringe hängen an langen Zimmermannsnägeln, die man in die unverputzt belassenen Dachbalken geschlagen hat, und die Ketten sind um Stamm und Ast einer großen Yukka geflochten.

Der Lebenspartner der Professorin für Frauenstudien, ein zur Zeit arbeitsloser Spieleerfinder aus Graubünden, ist freitagabends regelmäßig zum Schach verabredet und deshalb schon aus dem Haus.

Die Professorin ist gerade noch von dem Beitrag des politischen Magazins eines öffentlich-rechtlichen Senders fasziniert. Nicht weit entfernt von Polar im Bundesstaat Wisconsin wird zur Stunde ein ohne Knochen geborener Siebzehnjähriger in einen Schacht gelassen, um mit Hilfe einer an seinem Kopf befestigten hochsensiblen Infrarotkamera, die ihre Bilder wahlweise in Bombenangriffsgrün oder Nachtüberwachungsblau liefert, herauszufinden, ob es über die Kanalisation einen Zugang zu dem Hauptquartier einer gefährlichen Sekte geben kann. Die Sekte nennt sich, so erfährt man nicht nur durch die Sprecherin, sondern auch auf einer vorbereiteten Tafel übersetzt »Die nackten Zeugen von Armagehdon« (The bare witnesses of Armagehdon). Professorin Rikke lacht auf, denn man hat in der Fernsehredaktion das Wort »Armageddon« falsch geschrieben.

In der Eile der sich überstürzenden Ereignisse läßt sich nicht jedes Detail recherchieren. So beantwortet das grobgerastert eingeblendete Foto von Douglas Douglas Jr., dem jungen Mann ohne Knochen, auch nur sehr unzureichend die Frage, was »ohne Knochen« genau bedeutet. Eine Art Schädel scheint er jedenfalls zu besitzen, auch wenn er vielleicht etwas schmal erscheinen mag. Professorin Rikke schaltet auf Teletext. Um zehn soll in einer Sondersendung ausführlich über Douglas Douglas Jr. und die Hintergründe der Geiselnahme berichtet werden. Vielleicht ist sie bis dahin zurück.

Sie schaltet den Fernseher aus und verläßt das Haus. An der immer noch heißen Luft, die in den Straßen steht und sich sofort auf ihre Kopfhaut legt, wird sie daran erinnert, daß sie sich die Haare zu kleinen Stacheln zusammengegelt hatte. Im Fenster des Penny-Marktes vergewissert sie sich, daß die Spitzen noch einigermaßen gleichmäßig von ihrem Kopf abstehen. In der japanischen Mythologie gibt es ein Kind ohne Knochen, das von seinen Eltern, wie so viele Helden, gleich nach der Geburt ausgesetzt wird. Fast ein Ereignis von mythologischem Gehalt, das sich dort in Amerika abspielt, denkt sie, während sie durch den Fußgängertunnel unter der Eisenbahnlinie geht.

Als sie den Schmuckladen betritt, ist gerade die neue Lebensgefährtin des grünen Außenministers im Mittelpunkt des Interesses. Professorin Rikke dreht sich einmal unauffällig im Kreis, um zu sehen, ob der Außenminister selbst auch anwesend ist. Sie kennt ihn noch aus der Zeit, als er das alternative Kino der Stadt in einem Kollektiv organisierte. Eigentlich müßte er schon an den in seiner Nähe herumstehenden Bodyguards zu erkennen sein. Aber wer einmal neben Madeleine Albright im Palais Schaumburg Hammelnüßchen Braganza zu sich genommen hat, wird wohl kaum nach Feierabend in der Mittelseestraße im Stehen einen Teller Borschtsch löffeln.

Professorin Rikke kennt die Lebensgefährtin bisher nur aus der Zeitung. Sie ist knapp über dreißig und war Volontärin beim Fernsehen. Es heißt, sie sei schwanger. Obwohl sich die beiden erst seit einem Vierteljahr kennen. Anders hat sie ihn wohl nicht binden können. Ein Lachen geht durch den Kreis, der die Lebensgefährtin umringt. Sie hält sich gerade zwei lange, fast unsichtbare Schnüre an die Ohrläppchen, um zu sehen, wie ihr dieses Ensemble steht. Ungefähr in Höhe ihres Busens schweben zwei glitzernde Perlen als symbolische Brustwarzen über ihrem bauchfreien Oberteil. Es wird genickt. Besonders von den Vertretern des Schmuckkollektivs. Aber sie plaziert das Ohrgehänge wieder zurück an den Stahlnagel, von dem sie es heruntergenommen hat, und bückt sich über einen der Blecheimer, wobei sie ihren prallen Hintern in den Schein eines Spots schiebt.

Professorin Rikke dreht sich um. Ein befreundeter Künstler aus dem städtischen Kunstverein betritt gerade mit einem nach frischer Ölfarbe riechenden und in eine alte Decke eingeschlagenen Rechteck unter dem Arm den Laden. Vielleicht würde sie mit ihm über die mythologischen Implikationen dieses Falls in Wisconsin reden können.

4

Man kann den Beruf des Wachmanns durchaus als eine Art Vertrauensstellung bezeichnen. Es reicht bei weitem nicht aus, in eine schwarze Kluft gehüllt Präsenz zu zeigen. Oft gerät man in Situationen, in denen innerhalb von wenigen Sekunden lebenswichtige Entscheidungen zu treffen sind. So hatte Kalle an einem Montagvormittag vor gut einem Vierteljahr zu entscheiden, ob das nur angelehnte Küchenfenster des ehemaligen Hausmeisterhäuschens auf dem Gelände der stillgelegten Papierfabrik Achenkerber keine besondere Auffälligkeit darstellte und so verbleiben konnte, oder ob er es zu sichern hatte.

Daß Kalle, ein untersetzter Mann Anfang fünfzig, der den Kampf mit seiner Alkoholkrankheit noch nicht ganz gewonnen hatte, bei der Firma für Sicherheitskonzepte Allwell zu der Zeit noch seine vierzehntägige Probezeit ableistete, erleichterte ihm die Entscheidung nicht. Auch die Tatsache, daß er außerhalb seiner eingeteilten Dienstzeit, die gewöhnlich in den Nachtstunden lag, auf dem Gelände erschienen war, war ihm keine besondere Hilfe.

Von dem Ausbildungswochenende in Dickschied hatte Kalle

den Merksatz behalten »nach Möglichkeit zusätzliche Informationen einholen«. Auf ein mehrfaches Schellen an der Tür, gefolgt von einem resoluten Klopfen, hatte jedoch niemand reagiert. Da von außen nichts weiter zu sehen war, nahm er seinen Schlagstock, stieß das angelehnte Fenster noch ein Stück weiter auf, um sich mit einiger Mühe, begleitet vom angenehmen Knirschen seiner neuen schwarzen Dienstlederjacke, ins Innere zu zwängen. Zwei Tassen gingen zu Bruch. Ein Verlust, den man bei einer solchen Aktion in Kauf nehmen mußte.

Nach dieser körperlichen Anstrengung wurde der Wachbeamte von einem fürchterlichen Durstgefühl überfallen. Er ging zum Kühlschrank, entdeckte dort aber nur eine angefangene Flasche Fruchtsaft, Milch und ein Stück Käse. Auch sonst war in der Küche außer einem Kasten Mineralwasser nichts Trinkbares zu sehen.

Im ganzen übrigen Haus waren die Läden geschlossen, was Kalles malträtierten Augen gut tat. Er nahm seine Stablampe vom Gürtel, ging in das neben der Küche liegende Wohnzimmer und suchte den Raum mit dem Lichtkegel ab. Eine alte Couch, ein Tisch, zwei Stühle und überall Bücher: in Regalen an den Wänden, in Stapeln auf dem Boden, noch unausgepackt in Umzugskartons und quer verstreut auf allen Sitzgelegenheiten. Von einer Hausbar war nichts zu sehen.

Kalle leuchtete sich den Weg in den Flur und stieg dort die kleine knarrende Treppe hoch ins oberste Stockwerk. Die Zunge klebte ihm am Gaumen. Er kannte alle Verstecke und würde sie auch finden. Als erstes ging er ins Schlafzimmer, öffnete den Kleiderschrank und schaute hinter Hemden und Handtüchern nach. Nichts. Dann durchsuchte er den Nachttischschrank. Noch nicht mal ein Flachmann. Er schraubte die Thermosflasche auf, die neben dem ungemachten Bett stand und roch daran. Kaffee. Vielleicht mit einem Schuß Rum? Er kostete vorsichtig. Von wegen. Schwarz und ohne Zucker.

Kalle ging ins Bad. Rasierwasser ohne Parfum und Alkohol. Komischer Heiliger. Es blieb noch ein Zimmer übrig. Irgendwo mußte er das Zeug doch haben. Um die Spannung für sich noch etwas zu erhöhen, vernachlässigte er bewußt alle Regeln der Eigensicherung, schloß die Augen, stieß die Tür des letzten Zimmers mit dem Fuß auf und trat wie zu einer Bescherung ein.

Ein langer Schreibtisch stand vor dem Fenster, davor ein Stuhl, daneben ein schmales Regal, an den Wänden mit Notizen übersäte Pinnwände, und überall im Zimmer Zettel und Papiere. Zettel und Papiere. Kalle versetzte einem kleinen Stapel auf dem Boden unwillkürlich einen Stoß mit dem Fuß.

Das mußte ein Schwachsinniger sein, der hier wohnte. Der hätte die Haustür auch gleich ganz auflassen können. So einen Krempel wollte doch niemand geschenkt. Andererseits: warum wurden noch regelmäßig Runden hier gedreht, wenn es nichts zu schützen gab? Kalle wußte natürlich nicht, daß die Firma für Sicherheitskonzepte Allwell ihre monatlichen Überweisungen eher versehentlich durch einen Konkursverwalter erhielt und sich schon deshalb, besonders aber nach dem Anruf von Hugo Rhäs, verpflichtet fühlte, ab und zu jemanden bei der Fabrik vorbeizuschicken. Außerdem eignete sich das Grundstück vortrefflich zur Erprobung neuer Kräfte. Es konnte kein Schaden angerichtet werden, während man mit Hilfe zweier noch funktionierender Überwachungskameras am Hauptgebäude sehen konnte, wie sich die Aspiranten in dem von ihnen angestrebten Job anstellten. Auch davon hatte Kalle nicht die geringste Ahnung. Und weil er weder das eine noch das andere wußte, zählte er zwei und zwei zusammen und schloß, daß es sich bei den vielen mit Formeln bedeckten Blättern und Notizen um eine wissenschaftliche Erfindung von höchster Geheimhaltungsstufe handeln mußte.

Erfinder waren verrückt und lebten ohne einen Tropfen in den unmöglichsten Verstecken. Sie mußten sich vor der Bedrohung durch alle möglichen Staaten schützen und untertauchen, um ungestört arbeiten zu können. Kalle fing einer inneren Eingebung folgend an, die Papiere zusammenzuräumen. Dann rannte er hinunter ins Wohnzimmer, leerte einen mittelgroßen Bücherkarton aus und füllte ihn mit den gesammelten Notizen von Hugo Rhäs.

Immer wieder schien es auf den Zetteln um irgendwelche Wurzeln und dann um etwas, das Radix genannt wurde, zu gehen. »Dichten = Wurzelziehen« stand zum Beispiel auf einem Zettel an der Pinnwand. Kalle hatte keine Vorstellung, um was es hier gehen könnte. Vielleicht um neuartige Dichtungen für Hochleistungsmotoren. Aber das war ihm auch egal. Er dachte noch nicht einmal daran, daß es unauffälliger gewesen wäre, nur einen Teil der Papiere mitzunehmen, sondern kletterte mit dem schweren Karton wieder aus dem Küchenfenster hinaus in die flache Aprilsonne. Zwei Untertassen und ein Glas gingen dabei kaputt. Ein Verlust, den man bei einer solchen Aktion in Kauf nehmen mußte.

5

Der spektakuläre Auftritt des knochenlosen Douglas Douglas Jr. im amerikanischen Fernsehen rief innerhalb kürzester Zeit alle möglichen Randexistenzen des nationalen Showgeschäfts auf den Plan. Schlangenmenschen und Torsionisten, Liliputaner und Spinnengestalten, kurzum alles, was bequem in eine Kanalöffnung paßte, traf in buntbemalten Bussen und Wohnwagen in Polar ein. Sie wurden dort von Hilfskräften der Bundespolizei in Empfang genommen und auf der Bundesstraße 64 in Richtung Langlade in ein fünfzehn Meilen entferntes Camp gebracht, das schon nach wenigen Tagen aussah wie die Müllhalde sämtlicher André-Heller-Projekte.

Die Lage war heikel. In einem Land, in dem man dazu übergegangen war, einen kurzen Menschen als »vertikal herausgefordert« und etwas Langweiliges als »reizfrei« zu bezeichnen, konnte man die freiwilligen Hilfsangebote einer ganzen Bevölkerungsgruppe nicht einfach ablehnen, ohne dabei Gefahr zu laufen, bekannte, registrierte und organisierte sowie bislang noch unbekannte Minderheiten zu diskriminieren.

Ganze vom Aussterben bedrohte Berufszweige witterten ihre letzte Chance. Wenn in immer mehr Staaten, um ein Beispiel zu nennen, das Zwergenwerfen verboten wurde, so konnte doch niemand etwas dagegen haben, daß man einen Zwerg in Richtung einer Kanalöffnung warf, damit dieser dort den Zugang zu der Farm einer gefährlichen Sekte erforschen konnte. Ein Mann, der sich trotz seiner Einszweiundneunzig so zusammenzufalten verstand, daß er bequem in der Verpackung eines Videorecorders Platz fand, und zwar zwischen den Styroporeinsätzen, schlug vor, ihn als Päckchen getarnt auf der Veranda der Ranch abzulegen. Ein zweiter Houdini wollte sich in Eisenketten legen lassen, mit dem Argument, daß ihn die Sektenmitglieder als ungefährlich genug erachten würden, um ihn ins Haus zu holen.

Man hatte ein Komitee eingerichtet, daß sich auf dem Platz geduldig alle Vorführungen und Kunststückchen ansah, um die Artisten anschließend mit dem Versprechen, sie umgehend zu verständigen, wenn man sie brauchte, wieder nach Hause zu schicken. Obwohl man in abwechselnden Schichten und rund um die Uhr arbeitete, wurde man des Ansturms nicht Herr. Im Gegenteil: ein gesellschaftliches Problem drohte aufzubrechen. Die durch die Verbreitung des Fernsehens verdrängten Varieté- und Zirkuskünstler klammerten sich mit dem selbstlosen Einsatz ihres geschulten Körpers an ihre vielleicht letzte Möglichkeit, noch einmal im Rampenlicht zu stehen.

In ihrem Schlepptau kam eine Reihe von Menschen, bei

denen der gute Wille das künstlerische Vermögen übertraf. Ein Mann, der einen Ventilator mit der Zunge anhielt. Eine Frau, die ihren Büstenhalter unter ihrer Bluse ausziehen konnte. Ein Junge, der die Einzelteile eines ganzen Fahrrads aufaß. Ein anderer Junge, der aus einer Handvoll in die Luft geworfener M&Ms ein rotes mit der Zunge auffing. Eine Frau, die ihre Augäpfel erschreckend weit aus den Höhlen holte. Ein Mann, der Zigarettenqualm aus den Ohren blies.

Da das Komitee in seinen Ablehnungen zu vorsichtig war, wurden die Kriterien immer verschwommener und lockten immer mehr Menschen an. Männer, die verschiedene Biersorten am Geschmack erkannten. Frauen, die alle Songs der Three Degrees, auf Wunsch auch rückwärts, vorsingen konnten. Generell Personen, die gerne auf Jahrmärkten herumlungerten.

Das Camp platzte aus allen Nähten. Mehr noch, es erdrückte Ranton, den kleinen Ort, der sich anfänglich noch an den leergekauften Supermärkten und kahlgefressenen Imbissen erfreut hatte. Das hier war eine Mischung aus Woodstock und Zirkus Barnum, nur mit mehr Stars als Zuschauern. Das heißt, Zuschauer gab es, die sechs ehrenamtlichen Herren des Prüfungskomitees einmal ausgenommen, so gut wie keine mehr. Und wie in Woodstock drohte auch hier ein ordentlicher Platzregen die ganze Veranstaltung in eine Katastrophe zu treiben und den unbefestigten Platz zu unterspülen.

Da die Bürger von Ranton nicht ahnten, daß man die herannahende Gewitterfront nur erfunden hatte, um die Stars endlich aus der Manege zu bekommen, verlangten sie ein schnelles und resolutes Eingreifen der Regierung.

Die Überlegungen der Bundesbehörde, ein Sperrgebiet zu errichten, kamen nicht weiter, da sie sich gleichzeitig noch mit dem Anlaß dieses ganzen Treibens, der Farm mit den Sektenmitgliedern, zu beschäftigen hatte. Und schon in der Nähe von Polar hatte man eine zeitweilige Sperrung von Landstraßen und

Zugangswegen nur mit Not und Gerichtsbeschlüssen erwirken können.

Unterstützt durch entsprechende Vorhersagen, verdunkelte sich der Himmel für die Bürger von Ranton tatsächlich. Die Dorfbewohner griffen nach Jahr und Tag wieder zu Mistgabel und Fackel und zogen mit Teereimern und Federn in Richtung Camp. Das, was man gerade hatte verhindern wollen, die Diskriminierung von Minderheiten, schien sich hier vor den Augen der Weltöffentlichkeit in einem ungeheuren Fanal entladen zu wollen. Wie sollte man das zum Beispiel dem deutschen Außenminister oder anderen sensibilisierten Organen der Weltöffentlichkeit erklären?

Die sechs Ehrenamtlichen bemerkten das Anschwellen von Menschenstimmen vor ihrem Zelt. Dazwischen das Heulen von Motoren. Der Boden wurde von herumfahrenden Wagen erschüttert. Sollten die Künstler endlich ein Einsehen bekommen haben und weiterziehen? Sie bedankten sich bei dem Bauchredner, dessen Nummer sie gerade begutachtet hatten und traten nach draußen. Die Zirkusleute hatten ihre Wohnwagen und Transporter vor den offenen Eingang des umzäunten und mit Sträuchern umwachsenen Platzes gefahren. Hinter den Wagen, auf der Straße zum Dorf, waren unter lodernden Fackeln in der Abenddämmerung die weit aufgerissenen Münder der schreienden Dorfbewohner zu sehen. Es war ein gräßliches Bild. Einer der Ehrenamtlichen lief in das Zelt zurück und versuchte zu telefonieren. Doch die Verbindung war unterbrochen. Eine erste über die Autobarrikade geschleuderte Fackel wurde von einem Feuerschlucker geschickt aufgefangen und gelöscht. Ein zweites und drittes der flammenden Geschosse nahm ein Jongleur auf. Trotzdem würde das nicht lange gut gehen. Plötzlich gab es einen Moment der Stille. Die aufgebrachten Bewohner von Ranton schauten zum Himmel, weil sie die befürchtete Sintflut erwarteten. Doch stattdessen hörte man ein dumpfes

Grollen, das aus den Schreien von Raubvögeln und dem Brüllen von Löwen und Tigern zu bestehen schien.

Die Tiere waren angekommen.

6

Glücklicherweise besaß die Hebamme so kurz nach dem Krieg schon ein Auto. Sie nahm das frisch entbundene Kind, wickelte es in eine Decke, zeigte der Mutter nur kurz den blutverschmierten Kopf und lief die Treppe hinunter zu ihrem Renault, um ins nächste Krankenhaus zu fahren. Der Vater rief ihr in seinem gebrochenen Deutsch nach, ob etwas mit dem Baby nicht stimme, doch sie sagte nur, er solle sich um seine Frau kümmern, sie habe jetzt keine Zeit.

Die Ärzte im Krankenhaus standen vor einem Rätsel. Sie untersuchten das Kind mit allen zur Verfügung stehenden Mitteln, konnten aber nur feststellen, daß etwas mit dem Skelett nicht stimmte. Wenn da überhaupt ein Skelett vorhanden war. Da der Vater des Kindes Soldat der amerikanischen Besatzungsmacht war, empfahlen sie der Hebamme, das Kind ins Armeehospital zu bringen.

Tatsächlich war den amerikanischen Ärzten das Phänomen der knochenlosen Geburt vertrauter als ihren deutschen Kollegen, auch wenn es bis dahin in den Vereinigten Staaten nicht mehr als ein Dutzend dokumentierter Fälle gegeben hatte. Das Problem war nur, daß man hier noch weniger als in den Staaten auf einen etwaigen Fall vorbereitet war. Das Neugeborene bekam über den Tropf eine Infusion mit Kieselsäure und Kalzium, wurde in ein Wärmebettchen gelegt und mit einem Trockenmilchpräparat gefüttert, das mit Folsäure versetzt war. Damit waren die Mittel, die man zu dieser Zeit besaß, ausgeschöpft.

Auf diese Art und Weise wurde es ein knappes dreiviertel

Jahr am Leben erhalten. Es befand sich in einer winzigen Kammer, die nur Ärzte und Pfleger betreten durften. Sonst niemand. Auch Vater und Mutter nicht. Nicht nur wegen des ungewohnten Anblicks, der einen Laien schnell hätte verwirren können, sondern auch und besonders aus hygienischen Gründen. Dann starb das Kind.

An einem Donnerstagnachmittag bestellte man Frau Howardt und ihren Mann in das Hospital. Sie mußten in einem gekachelten Flur auf einer braunlackierten Bank auf die Ärzte warten. Frau Howardt kannte diesen Flur. Hier hatte sie kurz vor Kriegsende schon einmal gesessen, um sich innerhalb einer großangelegten Untersuchung im mittelhessischen Raum ihre Gebärfähigkeit bestätigen zu lassen.

Damals war sie von einem Arzt in SS-Uniform in einen ebenfalls gekachelten Raum geführt worden, wo er ihren Beckenumfang und ihre Schenkelbreite maß. Er nahm noch andere Daten auf, zum Beispiel die Länge vom Nabel bis zum Ansatz der Schambehaarung, und den Winkel, in dem sie ihre Beine zu spreizen in der Lage war. Dann durfte sie sich wieder anziehen. Fast zwei Stunden mußte sie anschließend auf dem Gang warten. Schließlich wurde ihr die Mitteilung gemacht, daß ihre Gebärfähigkeit über dem geforderten Mindestmaß liege und sie folglich den Vorzug besäße, an einer weiteren Untersuchungsreihe teilzunehmen.

Nun stand sie, keine drei Jahre später, vor einem Spalier weißbekittelter Armeeärzte, die ihrem Mann etwas auf Englisch sagten und ihr mit bedauerndem Gesichtsausdruck die Hand drückten. Als sie es übersetzt haben wollte, schüttelte ihr Mann nur den Kopf. Ob sie nicht jetzt wenigstens das Kind einmal sehen durfte? Ihr Mann sagte, es sei besser, wenn er zuerst hineinging. Die zehn Minuten, die sie allein auf dem Flur warten mußte, waren fast unerträglich. Irgendetwas veränderte sich, und sie konnte es nicht aufhalten. Als ihr Mann aus dem Zimmer kam, war sein Gesicht flach und konturlos. Er sagte, sie solle den Kleinen so in Erinnerung behalten, wie sie ihn kurz nach der Geburt gesehen hatte. Sie konnte sich an kein genaues Bild erinnern, gab aber trotzdem nach.

An diesem Abend sprachen die beiden kein Wort. Auch am nächsten Abend redeten sie nicht. Sie saßen sich nur in der engen Küche gegenüber und hörten auf ein entferntes Schaben im Kamin. Am übernächsten Abend zog Samuel Howardt seine Uniform an und verließ die Wohnung. Seine Frau hörte nun allein auf das Schaben. Drei Tage. Dann kam ihr Mann zurück. Betrunken. Er sagte nichts. Nur sein Atem ging laut und unregelmäßig.

7

Mit sechsundzwanzig hatte Hugo Rhäs Heinrich Böll die Hand gegeben. Er hatte Danke zu ihm gesagt. Ein paar Jahre später schämte er sich für dieses Danke. Zeitweise fand er sogar, daß dieses Danke seinen schwachen Charakter und seine Unfähigkeit zu schreiben in einem Wort zusammenfaßte. Eine jener packenden Metaphern, um die er sich in seinen eigenen Texten immer wieder vergeblich bemühte.

Fast jahrzehntelang hatte ihn dieses Danke davon abgehalten, seinen Brief an Burroughs abzuschicken. Solange, bis dieser schließlich gestorben war. Im nachhinein war ihm auch das recht. Er hatte darin nämlich den Satz geschrieben: »I've been searching so long to find an answer.« Und dieser Satz, so war ihm später eingefallen, war wörtlich aus einem Lied von Chicago entlehnt. Den späten Chicago, also denen jenseits der fünften LP, als sie langsam anfingen, sich in Süßlichkeit und Peter Cetera aufzulösen. Der Name Cetera wäre vielleicht noch einen Aphorismus wert gewesen, aber bestimmt nicht dieses Gesäusel.

Terry Kath hatte sich erschossen. Rechtzeitig? Aber wie sollte sich denn die Kategorie des Todes auf das Leben anwenden lassen? War Kerouac zu früh gestorben? Oder Burroughs zu spät? Und was war mit Ginsberg? Werden wir nur im Tod unverwechselbar? Der eine im Bett bei seiner Mutter mit dem Kruzifix an der Wand, der andere in einem leergeräumten Keller. Und was bleibt vom Leben? Zwei Dosen mit einer nach eigenem Rezept hergestellten Suppe im Gefrierfach von Ginsbergs Kühlschrank. Die stehen jetzt auch in einem Museum. Das Vermächtnis eines Poeten.

Gab es denn nur diese beiden Extreme? Oder gab es selbst die nur in Rhäs' Einbildung? Gab es dann vielleicht nur den Tod? War alles nur ein einziges Zurasen auf den Tod?

Wenn er die Augen schloß, konnte er in der Ferne, über den Platz der alten Papierfabrik hinweg das Rauschen der Autobahn hören. So waren seine Gedanken. So war das ganze Leben. Die Schüler, wie sie hinausströmten in den Pausenhof. Die Lehrer, wie sie hinausströmten auf den Lehrerparkplatz. Alles nur Metaphern für das eine Strömen. Alles strömt. Das heißt: alles stirbt. Vielleicht konnte Hugo Rhäs das Licht am Samstag nicht ertragen, weil es doch auch nur starb, und weil der Samstag sich doch auch nur in den tristen Sonntag auflöste und der dann wieder in die Woche. Und so immer weiter. Als wäre jeder Anfang gleichzeitig ein Ende. Bis wir irgendwann aufgeben, vom Wahn zerstört, hungrig, hysterisch, nackt.

8

Auch wenn Dietmar Kuhn eine manchmal recht langatmige und umständliche Art hatte, freute sich Professorin Rikke, ihn auf der Schmuckausstellung zu sehen. Er deponierte sein Bild unter dem Buffettisch, nahm sich ein Glas Wein und einen

Teller Borschtsch, um ihr gleich darauf seine neusten Pläne mitzuteilen.

»Die von der Stadt sind Feuer und Flamme. Man muß denen die Idee eben nur richtig verkaufen. Und vor allem: sich gleich an die richtige Adresse wenden. Wir machen das nämlich nicht über das Kultur-, sondern über das Verkehrsamt.«

Professorin Rikke hatte schon mehrfach mit Dietmar zusammengearbeitet. Zum Beispiel bei der Wagenparade zur Sommersonnenwende auf dem Mainzer Lerchenberg. Ihre Studentinnen hatten bunte Sonnengefährte gebaut, mit denen sie den Lauf der Sonne als Kreisen um den weiblichen Zyklus symbolisierten. Und es war Dietmar, der die Idee hatte, das Ziel dieses Umzugs auf das ZDF-Gelände zu legen, so daß sie gleichzeitig in der Sendung *Fernsehgarten*, damals noch mit Ilona Christensen, auftreten konnten. Nachdem einer der Osmonds einen alten Hit zum Vollplayback nachgemimt hatte, waren sie winkend in das bunte Rund gezogen. Erst erklärte Dietmar mit ein paar geschickten Worten den künstlerischen Aspekt der Aktion, und dann bekam sie die einmalige Chance, ein Millionenpublikum an einem Sonntagvormittag über die Existenz des Fachbereichs Frauenstudien aufzuklären; auch wenn ihr die anschließende Überleitung etwas mißglückt erschien, da man zwei Zuschauerinnen auf die Bühne holte, die sich laut Anmoderation bereit erklärt hatten, bei einem Frisör und einer Visagistin »zu studieren, um das Beste aus ihrem Typ zu machen«. Dietmar hatte sie damals mit dem Hinweis auf einen gar nicht mehr auszurechnenden Multiplikator zu trösten versucht. Und tatsächlich war sie wenig später zu einem Symposium über die mythische Bedeutung des Ballspiels nach Worms eingeladen worden.

Dietmar tunkte ein Stück Weißbrot in seine Suppe. »Ich hab denen gesagt, ihr könnt doch nicht immer dasselbe machen zum Tag der offenen Tür. Da fährt die Feuerwehr vor, rollt Schlauch und Leiter aus und damit hat sich's. Damit lockt man niemanden mehr hinterm Ofen vor. Der Stadtmanager ist da durchaus aufgeschlossen. Der merkt das auch. Es fehlen eben nur die Ideen. Also, hab ich gesagt, wir müssen zum Ursprung zurück und das ganze wörtlich nehmen.« Er legte eine Kunstpause ein, wischte den letzten Rest Suppe aus seinem Teller, stellte den Teller hinter sich auf eine Vitrine mit Ringen aus unbehandeltem Baustahl und beugte sich fast verschwörerisch zu Professorin Rikke, die gerade versuchte, den Auftritt der Lebensgefährtin des Außenministers nicht ganz aus den Augen zu verlieren.

»Natürlich kostet das 'ne Kleinigkeit, aber dafür kriegen sie auch was geboten. Folgendes: Im Rathaus und allen anderen öffentlichen Stellen und Ämtern werden am Tag der offenen Tür die Türen ausgehängt. Aber das ist noch nicht alles. Wir sind uns noch nicht ganz einig, welche Lösung wir nehmen, aber entweder werden die Türen selbst verfremdet, also bemalt, beklebt und so weiter, oder es werden neue Türen entworfen, die statt der alten eingesetzt werden. Also eher Vorhänge aus Stoff, oder mit Bändern und Schnüren, da gibt's ja alles mögliche. Du hast doch auch mal ein Seminar über Türen gemacht?«

»Ja, über das Fehlen der Tür bei den Sedang.«

»Stimmt. Vielleicht könnten wir da irgendwas koppeln. Das wird nämlich eine größere Sache. Du kannst dir gar nicht vorstellen, wie viel Türen so ein Amt hat. Wirklich nicht auszumalen – im wahrsten Sinne des Wortes. Fünfzehntausend haben sie bislang sicher zugesagt. Über den Rest muß man noch mal reden. Vielleicht kann man das mit den ausländischen Gruppen koppeln und kriegt aus dem Topf noch was.«

Die Lebensgefährtin machte sich gerade zum Gehen auf und trug sich als letzte Amtshandlung umständlich und mit großem Gekicher in das Gästebuch ein.

»Was schreib ich denn nur?« flötete sie.

»Am besten eine Bestellung«, rief jemand aus dem Hintergrund. Durch das darauffolgende Lachen wurde auch Dietmar

Kuhns Aufmerksamkeit abgelenkt. »Ach, die ist auch da. Bist du so gut und paßt mal ’nen Moment auf mein Bild auf? Ja?« Mit diesen Worten schlängelte er sich geschickt durch die Herumstehenden und sah der Lebensgefährtin über die Schulter, während sie auf das handgeschöpfte Bütten schrieb: »Ein schmuckvoller Abend – rundum gelungen. Euer Geschäft: eine versteckte Perle.«

9

Das Milieu im Bahnhofsviertel wußte mit der Radix-Theorie von Hugo Rhäs seltsamerweise nicht das Geringste anzufangen. Selbst die unter dem Namen »Professor« bekannte Szenefigur, ein Mann jenseits der sechzig, von dem es hieß, er habe Abitur und sei sogar Berufsschullehrer gewesen, schüttelte nur bedauernd den Kopf und warf die Blätter mit den ellenlangen Bruchstrichen, um die sich ein endloser Zug von Variablen und Konstanten hangelte, wieder in den Karton auf dem Barhocker zurück. Es roch stark nach Schweiß und frischem Leder, so wie in einem der Dominastudios nebenan.

Kalle war seit drei Tagen nicht mehr aus seiner Allwell-Lederkluft gekommen. Nachdem ihm mit seinem Fund vom Gelände der ehemaligen Papierfabrik nicht der gewünschte Erfolg beschieden war, hatte er die anfänglich noch gewahrte Geheimhaltung immer mehr aufgegeben und schließlich jedem, der zufällig neben ihm an einem Tisch saß, einen Blick in den Karton aufgedrängt. Vielleicht war man hier aber auch einfach zu provinziell für ein Ding von diesem Format. Die Leute hatten einfach keine Ahnung. Die beiden Hütchenspieler, an die er die Papiere schon gleich am Montagabend verspielt hatte, ließen ihm den Karton durch eine Rotznase, die für sie Botengänge erledigte, zurückbringen. Zusammen mit der Drohung, er solle ihnen bis Ende der Woche die fünf Blauen vorbeibringen.

Als man ihm schließlich am Donnerstag, nachdem er bis zum Professor vorgedrungen war, in derselben Kneipe irgendwas ins Bier tat und er wie bewußtlos bis zum Abend durchschlief, vermißte er nach dem Aufwachen nur Lederjacke, Gummiknüppel, Stablampe und den Allwell-Blechstern, während der Karton mit den Papieren unangerührt neben ihm stand. Der Kellner kam, um abzukassieren, aber Kalle hatte schon am Mittag kein Geld mehr gehabt. Er bot einen Teil der Papiere als Pfand an. Zwei Schlägertypen packten ihn und warfen ihn auf die Straße. Die Papiere flogen hinterher.

Kalle stand mühsam auf. Ihm war schwindlig. Am rechten Knie seiner Allwell-Diensthose klaffte ein breiter Riß. Der Wind der Aprilnacht drückte sein durchgeschwitztes Hemd unangenehm klamm gegen seine Brust. Und wenn sie alle hier keine Ahnung hatten, einer kannte den Wert der Papiere mit Sicherheit: der, dem sie gehörten. Kalle würde sie dem Mann im ehemaligen Hausmeisterhäuschen gegen die Zahlung von, sagen wir mal, 250 000 Mark zurückgeben. Natürlich nicht alle Papiere. Das konnte der überhaupt nicht so schnell überprüfen. Und so würde er in absehbarer Zeit noch mal ein schönes Sümmchen einheimsen. Um diesen neuen Plan auszuführen, brauchte Kalle allerdings die Telefonnummer von Hugo Rhäs. Da er jedoch dessen Namen nicht kannte, konnte er nicht einfach im Telefonbuch nachschauen, sondern mußte sich die Nummer auf eine andere Weise verschaffen.

Und so kam es, daß der Nachtdienst der Firma für Sicherheitskonzepte Allwell an diesem Abend gegen halb zehn relativ kurz hintereinander zwei Anrufe erhielt. Im ersten Anruf fragte jemand mit offensichtlich verstellter Stimme, ob man ihm die Nummer des Hausmeisterhäuschens auf dem Achenkerberschen Gelände geben könnte. Er sei ein an den Rollstuhl gefesselter Nachbar, der gerade zufällig von seiner Wohnung aus gesehen habe, wie das Küchenfenster gefährlich im Wind schlagen würde. Nachdem man dieser Bitte aus Datenschutzgründen nicht nachkommen konnte, jedoch versicherte, umgehend ein Mitglied des eigenen Wachpersonals darüber in Kenntnis zu setzen, rief dreißig Sekunden später und wie durch eine Fügung des Himmels Kalle an.

»Ich mach hier gerade Dienst beim alten Achenkerber, und da ist mir aufgefallen, daß das Küchenfenster in der früheren Bude vom Hausmeister so klappert. Der Typ reagiert aber nicht auf mein Klingeln. Gebt mir doch mal kurz seine Nummer, vielleicht krieg ich ihn übers Handy.«

Die Allwell-Zentrale war über jeden Schritt Kalles seit Montag informiert. Er stand unter ständiger Bewachung und mit einem gewissen Amusement und auf der Suche nach weiteren Kündigungsgründen ließ man ihn weitermachen und gab ihm auch jetzt bereitwillig die Nummer von Hugo Rhäs. Schaden konnte er keinen mehr anrichten, dafür würde man schon sorgen.

10

Ein Ara ist kein billiger Vogel. Ein dressierter Ara jedoch, einer, der mit dem Schnabel Zuckerstückchen aus einer Dose holt oder einen Büstenhalterverschluß zu öffnen versteht, ist nahezu unbezahlbar. Hat man aber schon einmal so viel Geld für Anschaffung und Aufzucht ausgegeben, dann sollte sich das Tier auch auf irgendeine Art amortisieren. Nun sind Filme, in denen Papageien tragende Rollen spielen, leider rar. Oft tut es auch ein ausgestopftes Tier, dem Hans Clarin mit verstellter Stimme ein paar Wörter unterlegt, ganz zu schweigen von den immer perfekteren Computeranimationen.

Kein Wunder also, daß sich auch alle möglichen Tierbesitzer zusammen mit ihren Schützlingen in Richtung Polar, Wisconsin, aufmachten. Da sich die Behörden jedoch außerstande sahen, noch ein drittes Lager aufzuschlagen, wurden die Tierhalter ebenfalls in Richtung Langlade, zu dem Camp vor den Toren des kleinen Dörfchens Ranton umgeleitet.

Tiertransporte sind eine diffizile Angelegenheit und nicht so ohne weiteres zu bewerkstelligen. Glücklicherweise fand sich jedoch ein Organisator, der die verschiedenen dressierten Schützlinge gegen eine Aufwandsentschädigung zu einem Konvoi zusammenfaßte, die Fahrtroute erstellte und die Reise organisierte.

Neben einer Unmenge Vögel, die in einer alten fahrbaren Zirkusvoliere transportiert wurden, gab es so gut wie alles: normale Haustiere wie Katzen, Hunde, Hamster, Hühner, Schweine, die sich auf irgendein Kunststück verstanden, dann Schlangen, Reptilien, riesige Käfer und exotische Schmetterlinge, die vor allem durch ihr ungewöhnliches Aussehen faszinierten. Schließlich natürlich Löwen, Tiger, Geparden, Panther und andere Raubtiere. Ein Elefant und ein halbes Dutzend Pferde rundeten diese Arche Noah auf Rädern ab.

Wer weiß, was allein ein Elefant jeden Tag frißt, ahnt, daß das Konzept des Organisators, der blauäugig von einem gemeinsamen Topf gesprochen hatte, nicht aufgehen konnte. Ein hypernervöses Schwein starb als erstes. Es folgten drei Wellensittiche. Und so ging es weiter. Die Entsorgung der Kadaver, die man unter den Augen einer wachsenden Öffentlichkeit nicht einfach an andere Tiere verfüttern konnte, verschlang zusätzliches Geld. Obwohl der Zug nur drei Tage unterwegs war, ging es am Ende bloß noch darum, durchzuhalten und das Ziel zu erreichen.

Von dem Ziel hatte man natürlich völlig falsche Vorstellungen, obgleich es immer mehr Beteiligten dämmerte, daß der große Tierpark, in dem alle ihr Auskommen finden würden, auf diese Art und Weise bestimmt nicht existierte. Daß sie aber nichts weiter als einen mit Wohnwagen belegten Platz vorfanden, als sie am Abend des dritten Tages in Ranton ankamen, überstieg ihre schlimmsten Befürchtungen.

Man versuchte, den Organisator zur Rede zu stellen, doch der hatte sich kurz vor Polar aus dem Staub gemacht. Obwohl dem Konvoi mitgeteilt wurde, daß der Festplatz in Ranton aus allen Nähten platzte, beschloß der nun führerlose Zug, einfach immer weiter in das Dorf zu fahren. Es wurde langsam dunkel, und da man sich in der unbekannten und schlecht ausgeschilderten Gegend nach einem Lichtschein in der Ferne orientierte, stieß man schließlich auf den Fackelzug der aufgebrachten Bevölkerung.

Die Tiere wurden durch das Geschrei und den Schein der Fackeln unruhig und schlugen gegen die Wände ihrer Käfige. Schließlich verlor irgendwer die Nerven. Mit einem Mal waren die Wagen und Transporter offen und die Tiere in Freiheit. Da die meisten von ihnen Licht und Lärm verabscheuten, verteilten sie sich in den ausgestorbenen Straßen des Ortes und drangen in die leeren Häuser ein.

Und so kam in Ranton doch noch alles zu einem einigermaßen glücklichen Ende. Nun hatten die Behörden einen Grund, das Dorf abzusperren und jegliche Presse fernzuhalten. Da es sich teilweise um exotische Tiere handelte, deren Herkunft und Gesundheitszustand überprüft werden mußten, konnte eine vorübergehende Quarantäne verhängt werden. Die Dorfbewohner, die sich nur mit dem gewöhnlichen Vieh auskannten, waren auf die Hilfe der anwesenden Artisten angewiesen. Diese allein konnten aus Panik in Wasserleitungen geflüchtete Ozelote befreien, Leguane von den Bäumen pflücken und Tiger mit Hilfe eines vorgehaltenen Stuhls von den Stallungen weglocken. Alle arbeiteten in den nächsten Tagen so gut zusammen, daß die außergewöhnlichen, größeren und wertvolleren Tiere fast vollständig eingefangen werden konnten. Es fehlte am Ende nur ein dressierter Ara, ein äußerst sensibler Vogel, der mehrere zehntausend Dollar wert war. In der freien Natur kaum lebensfähig, machte sein Besitzer sich die allergrößten Sorgen und ließ mehrere Suchdurchsagen in lokalen Radiostationen schalten. Leider ohne den gewünschten Erfolg.

11

Wäre Kalle noch am Abend seines Diebstahls auf den Gedanken gekommen, Hugo Rhäs anzurufen, um ihm dessen Papiere zum Wiederkauf anzubieten, hätte er vielleicht sogar Glück damit gehabt. Natürlich hätte Hugo Rhäs nicht 250 000 Mark zahlen können und wollen, aber vielleicht 500. Ein Angebot, auf das Kalle nach kurzem Überlegen bestimmt eingegangen wäre. Jetzt allerdings, am Donnerstagabend, hatte Hugo Rhäs den Verlust seiner monatelangen Arbeit schon fast verwunden, oder vielmehr als neue persönliche Herausforderung umgedeutet.

Vielleicht war die Radix-Theorie noch nicht ausgereift genug. Schon gar nicht ihre Umsetzung in eine mathematische Formel. Hugo Rhäs ging in seinem Arbeitszimmer auf und ab. John Steinbecks Hund hatte die erste Fassung von *Jenseits von Eden* aufgefressen. Der erzwungene Neubeginn wurde zum Welterfolg. Doch was bedeutete das für Rhäs? Hin- und hergerissen zwischen dem Versuch einer Rekonstruktion und einem radikalen Neuanfang, entfernte sich das mühsam herbeigedachte Thema immer weiter von ihm.

Am Donnerstagnachmittag erhielt er dann einen Anruf der Firma Allwell. Man bat ihn, zum Schein auf das mögliche Angebot eines Wiederkaufs seiner Papiere einzugehen, weil man bei dieser Gelegenheit den Dieb stellen wolle. Hugo Rhäs erklärte sich einverstanden.

»Wenn ich Ihnen noch eine Frage stellen dürfte«, sagte der Allwell-Mitarbeiter.

»Ja, natürlich.«

»Um was für Papiere handelt es sich da eigentlich genau, falls das nicht einer strengen Geheimhaltung unterliegt?«

»Ganz und gar nicht. Es sind Notizen für eine sogenannte Radix-Theorie.«

»Radix?«

»Radix heißt soviel wie Wurzel. Ich verwende den Begriff, um ursprüngliche Gedanken zu bezeichnen. Einfälle, die einem spontan in den Sinn kommen, das, was Joyce als Epiphanien bezeichnet, was ...«

»Also nichts von wirtschaftlicher Bedeutung?«

»Das würde ich so nicht sagen. Auf den ersten Blick vielleicht ...«

»Was ich meine: wer könnte konkret noch ein Interesse an Ihren Unterlagen besitzen?«

»Nun, alle möglichen ... das heißt im momentanen Zustand, der eher fragmentarisch ist, ja, wie soll ich sagen, im Grunde kann damit kaum jemand etwas anfangen. Es ist noch zu kryptisch, noch ...«

»Ja, so ähnlich haben wir das auch eingeschätzt. Aber trotzdem vielen Dank für die Auskunft, und natürlich auch für Ihre Bereitschaft zur Zusammenarbeit. Wie gesagt, wenn jemand anruft und Ihnen die Papiere anbietet, dann gehen Sie bitte auf alle Forderungen ein. Wir haben Ihr Telefon angezapft und setzen uns dann wieder mit Ihnen in Verbindung.«

Der Allwell-Mitarbeiter ließ Hugo Rhäs mit einem Gefühl der Unzufriedenheit zurück. Es stimmte ihn nachdenklich, daß er seine Theorie noch nicht einmal ansatzweise hatte vermitteln können. Die mußten ihn für einen Spinner halten. Nichts von wirtschaftlicher Bedeutung! Was wußten die denn? Immerhin hatte sich ja jemand die Arbeit gemacht, die Papiere zu stehlen.

Eine Viertelstunde später klingelte das Telefon.

»Rhäs.«

»Ich glaube, ich habe hier etwas, das Sie interessieren dürfte.«

»Ja?«

»Ja. Oder vermissen Sie etwa nichts?«

»Wie man's nimmt.«

»Papiere.«

»Ja, ja, kommen Sie zur Sache.«

»Ich bin durch einen Zufall in den Besitz Ihrer Aufzeichnungen geraten und würde sie Ihnen gern zurückgeben.«

»Ja, dann tun Sie das doch.«

»Hören Sie mal, ich meine, Sie verstehen doch wohl, daß ich dafür eine kleine Aufwandsentschädigung erwarten darf.«

»Ja natürlich, das verstehe ich. Wie viel?

»Ich hatte an 250 000 Mark gedacht.«

»In Ordnung.«

»Was heißt das?«

»Ich habe gesagt: in Ordnung.«

»Und ich habe Sie gefragt, was das heißt.«

»Was heißt das wohl? Daß ich einverstanden bin.«

»Ich möchte 250 000 Mark.«

»Das habe ich verstanden.«

»Eine Viertelmillion. Und Sie haben nur bis heute Abend Zeit, um das Geld aufzutreiben.«

»In Ordnung.«

»In kleinen und unnumerierten Scheinen. Und wenn Ihnen das Probleme machen sollte, dann sage ich nur …«

»Es macht mir keine Probleme.«

»Keine Probleme?«

»Keine Probleme.«

»Um so besser. Ich melde mich mit weiteren Anweisungen.«

12

Als Professorin Rikke um viertel nach elf nach Hause zurückkam, war die Sondersendung über Douglas Douglas Jr., den knochenlosen Siebzehnjährigen, schon vorbei. Wansl, ihr Lebensgefährte, war vom Schachspiel heimgekehrt und saß mit einem Katalog für Elektronikbauteile im Sessel vor dem Fenster. In der Küche summte leise die Spülmaschine, die sie nach Erhalt ihrer Professur als erstes angeschafft hatte.

»Hast du zufällig ferngesehen?« fragte sie.

»Nur kurz. Es gab irgendwas über Schlangenmenschen und Feuerschlucker. Völliger Blödsinn. Hat mich nicht weiter interessiert.«

»Aber mich hätte es vielleicht interessiert. Außerdem ist das kein Schlangenmensch, sondern ein Junge ohne Knochen.«

Sie zog ihre Jacke aus und hängte sie an die Garderobe. Dietmar hatte wirklich keine Hemmungen. Ohne Überleitung hatte er angefangen, auf die Lebensgefährtin des Außenministers einzureden und sie zu allem Überfluß auch noch mit zu ihr gezerrt.

»Wenn Sie sich für Kunst interessieren, dann hab ich etwas ganz Besonderes für Sie.« Dietmar hatte das eingepackte Bild unter dem Buffettisch hervorgeholt, die Schnur gelöst und die Decke auseinandergeschlagen. »Sei doch so gut, Sabine, und halt das mal kurz.« Und so mußte Professorin Rikke das Bild in die Höhe halten, während Dietmar der Lebensgefährtin die Einzelheiten erklärte. »Ich setze mich gerade mit der Schrift in der Malerei auseinander. Ein Rückgriff auf den Kubismus. Malerei selbst ist ja auch Schrift. Und so frage ich mich, inwieweit Schrift nicht vielleicht umgekehrt, innerhalb eines Bildes, zum reinen Objekt werden kann.« Er machte beim Sprechen mit den ausgestreckten Handflächen kreisende Bewegungen über der Leinwand, so als wollte er das Gesagte in das Bild hineinreiben.

»Riechen Sie? Noch ganz frisch. Ich war den ganzen Tag im Atelier. Das dürfte Sie vielleicht interessieren. Wenn Sie mal vorbeikommen wollen, jederzeit. Warten Sie, ich gebe Ihnen mal mein Kärtchen. Danke, Sabine.« Dietmar nahm Professorin Rikke das Bild wieder ab und stellte es auf den Boden. Um die Pause zu überbrücken, während er in seinem Organizer nach seiner Karte suchte, stellte er Sabine der Lebensgefährtin vor.

»Sie ist Professorin für Frauenstudien in Gießen.«

»Interessant«, sagte die Lebensgefährtin und musterte dabei Professorin Rikke.

»Ist irgendwas?«

»Nein, nein. Ich überlege nur, ob ich Sie nicht von irgendwoher kenne.«

»Ich wüßte nicht.«

»Na, nicht so bescheiden«, mischte sich Dietmar wieder ein, während er der Lebensgefährtin seine Karte überreichte. »Vielleicht kennen Sie uns aus dem Fernsehen.«

»Stimmt«, ein Lächeln ging über das Gesicht der ehemaligen Fernsehvolontärin. »Sie waren mal im *Fernsehgarten*, richtig?«

»Haargenau«, strahlte Dietmar. Professorin Rikke war die Situation eher peinlich.

»Da hab ich damals mitgearbeitet. Sie haben da Frauen beraten, wie sie das Beste aus ihrem Typ machen können, nicht wahr?«

Dietmar konnte so etwas mit Humor nehmen. »Hahaha, na ja, nicht so ganz. Es ging um die Bedeutung der Sommersonnenwende in unserer Kultur.«

»Ach, das mit den Seifenkisten, ja das war schön. Ich durfte nachher auch mal mit einer fahren. Toll war das. Das kam bei den Kindern gut an.«

»Und hatte gleichzeitig noch einen tieferen Sinn.« Dietmar versuchte das Gespräch für Professorin Rikke erträglich zu halten, doch es war zu spät. Sie hatte sich reserviert höflich verabschiedet und den Laden verlassen.

»Und sonst haben die nichts gezeigt im Fernsehen?« fragte sie Wansl noch einmal, während sie sich selbst die verspannte Schulter massierte.

»In irgendeinem amerikanischen Kaff wollten die Bewohner irgendwelche Tiere aus einem Zoo in Teer sieden, und dabei ist ein unheimlich wertvoller Ara abhanden gekommen. Jetzt suchen die den bundesweit, weil es ein einmaliges Tier ist. Der kann mit seinem Schnabel Zahlen addieren und sogar schreiben.«

13

Kalle haßte dieses Gefühl der Unsicherheit. Warum war Hugo Rhäs nur so schnell auf alles eingegangen? Da konnte doch irgendetwas nicht stimmen. Wahrscheinlich waren die Papiere viel mehr wert als eine lumpige Viertelmillion. Aber egal. Die Zeit drängte. Die Groschen, die er vom Teller eines unbewachten Zeitungsstands genommen hatte, reichten gerade noch für einen Anruf. Außerdem hatte er seit fast fünf Stunden nichts getrunken. So übernächtigt und durchgeschwitzt wie er aussah, ohne Jacke, unrasiert und mit einer Pappschachtel unterm Arm, flog er selbst im Bahnhofsviertel gleich aus jeder Kneipe. Und auf Pump würden sie ihm erst recht nichts geben.

Kalle machte sich in Richtung der alten Papierfabrik auf. Einen Plan hatte er nicht direkt, aber das Gelände war dort unübersichtlich genug. Das Problem lag eher in der Tatsache, daß er alles allein machen mußte. Und daß er noch gut vier Stunden bis Sonnenuntergang zu warten hatte. Er fuhr einige Stationen schwarz mit der Straßenbahn, anschließend ein ganzes Stück mit dem Bus. Dann lief er schräg durch den Hartmann-Park und schlich sich von hinten an den Kiosk hinter dem Europa-Denkmal an.

Wie immer war die Gegend verlassen. Ein Mädchen kaufte gerade für eine Mark Brausebonbons. Sonst war niemand zu sehen. Nachdem das Mädchen bezahlt hatte, ließ sich der Kioskbesitzer wieder in seinen Korbstuhl fallen und schaute abwesend auf den laufenden Fernseher. Draußen vor dem Park fuhr eine Straßenbahn heulend über die Schienen. Die Kiosktür nach hinten war offen, so wie Kalle es erwartet hatte. Dort standen aber nur Bierkästen. Das nützte ihm nichts. Bis er sich an denen vorbeigequetscht hatte, war der Alte schon aufgesprungen und hatte nach seinem Baseballschläger gelangt. Einfach von vorn hingehen und eine Flasche Korn verlangen ging auch nicht, denn der Alte würde sie so lange in der Hand behalten, bis er das Geld auf den Zahlteller gelegt hätte.

Kalles Hände wurden schwitzig. Er stellte den Karton mit den Entwürfen für eine Radixtheorie ab und überlegte. Er hatte nichts mehr am Leib, das er als Gegenwert hätte anbieten können, soviel stand fest. Gewaltbereit war er nur bis zu einem gewissen Maß. Für eine ausgefeilte List hatte er weder Zeit noch Nerven. Außerdem mußte er seinen Grips für die Geldübergabe bei der Papierfabrik zusammenhalten. Er schaute sich noch einmal um. Die Europa lag im untergehenden Aprillicht lasziv auf ihrem Stier. Ganz in der Ferne kam eine alte Frau mit Stock angeschlichen. Hinter dem Zaun des Parks gingen wenige Leute von der Arbeit nach Hause. Kalle schloß die Augen und fing an, bis zehn zu zählen. Bei fünf hielt er es nicht mehr aus. Er riß die Augen wieder auf und stürmte von hinten in den Kiosk.

Der schmale Gang zwischen den aufeinandergestapelten Bierkästen war so eng, daß Kalle sich etwas zur Seite drehen mußte, um hindurchzukommen. Zum Glück saß der Alte mit dem Rücken zu ihm, wodurch er etwas Zeit gewann. Hinter ihm fielen Flaschen um. Jetzt gleich nach links. Chips, Kaugummis, Snickers, Mars, Zigaretten, irgendwo ganz oben stand der Klare.

»Sag mal, ich glaube, du spinnst! Was soll denn das?« Der Alte brauchte sich gar nicht nach dem Baseballschläger zu bücken, denn er hatte ihn schon in der Hand. Kalle konnte sich jetzt nicht von seiner Suche ablenken lassen. Ja richtig, dort oben. Er ging einen Schritt zur Seite und griff sich zwei Flaschen Wodka. Dadurch verfehlte ihn der erste Schlag des Kioskbesitzers. Der Schläger hinterließ im Deckel der Tiefkühltruhe eine tiefe Delle. Kalle sprang zurück und wollte wieder nach hinten raus. Doch dort lagen die umgefallenen Flaschen und Kisten und versperrten ihm den Weg. Der Alte holte zu seinem nächsten Schlag aus. Er mußte schnell handeln, und so opferte er eine der beiden Wodkaflaschen und warf sie nach dem Mann. Die Flasche traf ihn an der Brust, fiel zu Boden und zersprang. Diesen Moment nutzte Kalle aus, um sich umzudrehen und über die Kisten nach hinten zu klettern. Er warf dabei absichtlich andere Stapel um und versperrte dem Alten so den Weg.

Draußen hielt er kurz hinter dem Europadenkmal an, schraubte die Flasche auf und nahm einen tiefen Schluck. Dann einen zweiten. Aus dem Kiosk kam ein dumpfes Poltern. Kalle schraubte die Flasche wieder zu und rannte jetzt über die Wiese, dann den kleinen Kiesweg hoch zum Ausgang und dort über die Straße, wo gerade eine Straßenbahn hielt, die ihn fast bis zur Papierfabrik brachte.

14

Klara Rhäs, geborene Sammel, geschiedene Howardt, war im April 1944 im Kreiskrankenhaus innerhalb ihrer Untersuchung zur Gebärbefähigung nicht nur verschiedentlich vermessen, sondern auch fotografiert worden. Und es waren diese Fotos, die ihr ein unangenehmes Gefühl verursachten. Nicht, daß die Vermessungen angenehm gewesen wären. Das kalte Maßband auf ihrem Bauch und zwischen ihren Beinen verursachte einen Schwindel, wie sie ihn nur einmal bei einer Bergwanderung in großer Kälte verspürt hatte. Der Atem war ihr für einen Moment weggeblieben und stattdessen war ihr die klare Bergluft, ohne daß ihre Lungen etwas dazu getan hätten, in den Brustkorb geströmt. Ungeatmet hineingeströmt, um ungeatmet wieder hinauszuströmen. Nicht sie hatte die Luft gebraucht, benutzt, über die Bronchien in ihre Lungen gesogen und ihrem Blut Sauerstoff zugeführt, sondern die Luft war in sie gedrungen, wie in eine vom Ruß verkohlte Höhle, um nachzusehen, ob sich da vielleicht etwas befand. Wäre Klara Rhäs religiöser gewesen, sie hätte diese klare Bergluft als ein Licht empfunden, das in sie gefahren war, um ihr den Weg zu weisen, von dem sie im Begriff war abzukommen. Stattdessen sackte sie nach hinten und riß sich die Hand an einem tiefhängenden Tannenzweig auf. Die jungen Burschen, mit denen sie unterwegs war, kamen zurückgelaufen. Aus einer kleinen Wunde zwischen Handschuh und Armbündchen tropfte etwas Blut. Aber Klara lachte, weil sie wieder atmen konnte.

Auf dem Untersuchungsstuhl, der ihre Beine weit auseinanderspreizte, hielt sie selbst die Luft an, um dem fremden Ersticken zuvorzukommen. Glücklicherweise gelang ihr das auch. Die Messungen dauerten eine gute Viertelstunde. Dann bat der junge Arzt in Uniform, sie möge doch ihre Schuhe anziehen. Sie verstand nicht recht und wollte sich ganz ankleiden. Doch er wies sie ausdrücklich darauf hin, daß die Schuhe vollkommen ausreichend seien. Während sie dies tat, rückte er einen Wandschirm zur Seite. Dahinter stand auf einem schweren Stativ eine Kamera. Links und rechts waren zwei Blitzlichter angebracht. Klara Sammel stand nun bis auf ein schon fadenscheiniges Hemdchen, das gerade ihren Busen bedeckte und nicht einmal bis zum Nabel reichte, nackt und in Schuhen neben dem Untersuchungsstuhl. Der Arzt bat sie nun in die Mitte des Raums vor die Kamera und ließ sie allerlei verschiedene Posen einnehmen, um die Ausformung ihres Beckens hinreichend dokumentieren zu können. Insgesamt machte er nicht mehr als sechs, vielleicht sieben Aufnahmen. Der Grund dafür lag jedoch nicht etwa an einer während seines Tuns aufkeimenden Zurückhaltung, sondern allein an dem zur damaligen Zeit äußerst spärlich vorhandenen Filmmaterial.

Um diese und andere Aufnahmen von jungen Frauen zu machen, hatten die Beteiligten einen ganzen Aufklärungsflug sozusagen »leer fliegen« lassen müssen und sogar gehofft, daß das Flugzeug ein Opfer der feindlichen Abwehr werden würde, um diese ungeheure Manipulation zu vertuschen. Doch wie es eben so geht: Maschine, Besatzung und Ausrüstung waren unversehrt zurückgekommen. Zwar hatte es einige Nachforschungen gegeben, aber so etwas konnte, gerade in den chaotischen letzten Kriegsjahren, durchaus mal passieren. Und die Mitglieder der Untersuchungskommission hingen selbst mit drin.

So war nach einer weiteren Viertelstunde alles vorbei. Klara Sammel durfte sich anziehen und draußen Platz nehmen. Auf derselben Bank, auf der sie wenige Jahre später mit ihrem ersten Mann sitzen und auf die Mitteilung der amerikanischen Militärärzte warten würde, die besagte, daß man ihr Kind nicht hatte retten können.

15

Die nackten Zeugen von Armageddon, die sich immer noch im Hinterland von Wisconsin in ihrer Farm verschanzt hielten, waren von ungetrübter Stimmung und bei bester Laune. Gerade näherte sich der siebte Tag der Belagerung durch die Bundesbehörden seinem Ende, und noch hatten sie Nahrungsmittel und Wasser in Überfluß. In den Zeitungen erschienen Bleistiftzeichnungen, auf denen Illustratoren versuchten, mit Hilfe der Informationen des selbstverständlich ahnungslosen Hausbesitzers ein Bild vom Innenleben der Farm zu geben.

Es ging das Gerücht, die Sekte werde von drei weisen Männern mit den Namen Arnon, Arod und Arioch geführt. Auf den Kreideskizzen routinierter Gerichtszeichner sah man sie alle drei mit ununterscheidbar langen Bärten und wallendem Haar auf einem Podest stehen, das sich angeblich im nach hinten gelegenen Versammlungsraum der Farm befand und nach neusten Gesichtspunkten der Bühnentechnik ausgestattet sein sollte. Mit Hilfe von Scheinwerfern, Trockeneis und Theaternebel konnten sie so den zu ihren Füßen gescharten Anhängern noch eindringlicher ihre flammenden Durchhalteparolen predigen.

In Fernsehprogrammen wurden ähnliche Szenen mit der Kennzeichnung »Reenactment« nachgespielt. Dazwischen zeigte man Archivmaterial, bestehend aus Berichten über andere Sekten und Religionsgemeinschaften. Leser und Zuschauer waren so schon bald tief in eine phantastische Welt eingetaucht, die sich irgendwo zwischen *Quo Vadis*, *Twilight Zone* und einem ZZ-Top-Videoclip befand, und damit natürlich ganz hoch in der Publikumsgunst stand.

Schließlich stellte sich auch den Fernsehanstalten nicht länger die Frage nach dem Wahrheitsgehalt der von ihnen in Bilder übertragenen Vermutungen. Entscheidend war allein, daß genügend Sendezeit aus dem spärlichen Material herausgepreßt werden konnte. Den Polizeibehörden war das alles nur recht. Mit dem Dreigespann Arnon, Arod und Arioch, das schon bald den Wiederholungen der Three Stooges den Rang abgelaufen hatte, konnten die amtlichen Pressesprecher in ihren Fernsehkonferenzen, von denen ebenfalls ein gewisser Unterhaltungswert erwartet wurde, frei schalten und walten, ohne dabei Gefahr zu laufen, tatsächliche Ermittlungsergebnisse preiszugeben.

In Los Angeles saßen Teams von Zeichnern und Textern in Doppelschichten an einer Comicversion der Ereignisse. Es war ein Wettlauf gegen die Zeit, denn die Nachfrage auf dem Sprechblasenmarkt näherte sich ihrem Höhepunkt und würde, gemäß statistischer Erkenntnisse, unversorgt in spätestens zwölf Tagen wieder verebbt sein. Mit den Fassungen, die im Enten- oder Mäusemilieu spielten, konnte man sich noch etwas Zeit lassen. Wichtig war es, vor allem diejenigen Leser zu bedienen, die das Ende von *Superman* und die Gerüchte um *Batmans* Homosexualität nicht verwinden konnten. Ihnen lieferte man nach den *Fantastic Four* nun *The Gigantic Three As.* Arbeitstitel der ersten Geschichte »The 3As On The Highway To Armageddon«.

Am Freitag gegen Mitternacht wurde die Wasserzuleitung zur Farm für zwei Stunden unterbrochen. Man ließ Douglas Douglas Jr. zusammen mit seinem Begleiterteam zu einem ersten Vorstoß in die Kanalisation herunter. Er trug einen Froschanzug mit dem Namen *Leviathan.* Das an seinem Kopf angebrachte Nacht- und Unterwasserfilmgerät war von der Firma Knighteye. Seine Eltern, ein kleines und ältlich erscheinendes Ehepaar, standen zusammen mit dem Arzt des Jungen, Dr. Samuel Howardt, verschreckt am Ort des Geschehens. Man hatte ihnen einen Wohnwagen in die Nähe des Journalistenzeltes gestellt und eine Betreuerin zugewiesen, die sie mit Kaffee und belegten Brötchen versorgte. Über mehrere Bildschirme konnten sie die Expedition ihres Jungen mitverfolgen.

16

Im Schutz der Dunkelheit schlich Kalle gegen halb neun auf das Gelände der Papierfabrik Achenkerber. Die Flasche Wodka hatte ihm genug Klarheit zurückgegeben, um seinen Plan jetzt zu Ende zu bringen. Alles war in die Wege geleitet. Er hatte Hugo Rhäs für neun Uhr in die Lagerhalle bestellt. Dort gab es einen halboffenen Speicher, von dem aus man durch eine Luke zu einer Außenleiter gelangen konnte. Auch sonst hatte er sich alle für sein Vorhaben nötigen Utensilien verschafft: im Grunde nur ein Päckchen Streichhölzer, das ihm ein Passant überlassen hatte.

Unter dem Arm trug Kalle einen dicken Stapel mit Zeitungen und Prospekten. Da er bei seiner Flucht den Karton mit den Papieren im Hartmann-Park hatte zurücklassen müssen, hatte er unterwegs einen Stapel kostenloser Werbezeitungen und Broschüren aus dem vor einem Haus abgestellten Wagen eines Verteilers genommen. Hatte Kalle anfänglich noch geplant, nur damit zu drohen, den Karton mit den Papieren anzuzünden, wenn man ihm nicht umgehend und zuerst das Geld aushändigte, so mußte er die Papiere nun auf jeden Fall anzünden, damit der Betrug nicht aufflog. Das war ihm selbst unangenehm. Aber es ging nun mal nicht anders.

Das ehemalige Hausmeisterhäuschen lag ungewöhnlich still da. Die Läden waren geschlossen, und nur im Schlafzimmer brannte ein Licht. Kalle hastete vorbei, lief zwischen den beiden Fabrikteilen hindurch und kletterte von hinten durch eines der eingeschlagenen Fenster in die Lagerhalle. Hier war es stockdunkel. Er legte den Stapel mit Zeitungen ab, holte die Streichhölzer aus der Tasche und zündete einige an. Zum Glück lagen hier genug alte Kartons herum. Er nahm einen und legte die Zeitungen hinein. Draußen huschten Schatten am Gebäude vorbei, aber das bildete er sich bestimmt nur ein. Das Streichholz erlosch. Er tastete sich zu der Leiter, die an das offene Stück Dachboden gelehnt war und stieg hinauf. Das war gar nicht leicht, denn er mußte den Karton immer vor sich herschieben. Oben war es etwas heller, weil das Mondlicht durch die Dachluke fiel.

Kalle zog die Leiter hoch und machte sicherheitshalber schon jetzt das Dachfenster auf. Draußen war alles ruhig. Seinetwegen könnte es jetzt losgehen. Doch es rührte sich nichts. Da man Kalle auch die Uhr geklaut hatte, war er sich über die Uhrzeit nicht ganz im Klaren. Hoffentlich war es nicht schon nach neun. Zweifel plagten ihn. Und außerdem mußte er unbedingt noch ausprobieren, ob sich die Kiste leicht genug in Brand setzen ließ. Am besten versuchte er es erst einmal mit einem Stück Zeitung. Er riß ein Blatt ab, rollte es zusammen und zündete es an. Im selben Augenblick ging unten in der Halle unter großem Quietschen und Ächzen die Tür auf und eine dunkle Gestalt trat mit festem Schritt herein. Kalle ließ vor Schreck die brennende Zeitung fallen. Trug die Gestalt einen Koffer? Es war einfach nicht zu erkennen.

»Los! Schnell! Beeilung! Werfen Sie das Geld hoch! Sonst brennen Ihre Papiere ab!« Das angezündete Papier war in den Karton gefallen, schien aber dort gerade auszugehen.

»Ich muß erst sichergehen, daß es sich tatsächlich um die richtigen Papiere handelt«, sagte die Stimme von unten.

»Nein! Nein! Dafür haben wir keine Zeit! Geld her! Los! Das Geld her! Verstehst du nicht!« Wie um Kalles Worte zu unterstreichen, züngelte mit einem Mal eine Stichflamme aus dem Karton mit den Zeitungen. »Hier! Du siehst, ich mach' Ernst! Los! Wirf das Geld hoch!« Das Licht der hochschlagenden Flammen nahm Kalle die Sicht. War der Mann da unten überhaupt noch da?

»Hallo? Los! Das Geld! Ich spaße nicht! Kapier das doch!«

schrie er noch einmal. Der Karton brannte nun lichterloh. Kalle lief in Richtung Luke, aber dort stand inzwischen schon ein Allwell-Wachmann. Ein weiterer kletterte gerade nach. Von unten wurde eine Leiter angelegt und drei ehemalige Kollegen von Kalle kamen nach oben, um ihn unsanft zu Boden zu werfen. Mit einem Feuerlöscher wurden die Flammen erstickt.

Hugo Rhäs verzichtete auf eine Anzeige. Als ihm die Allwell-Männer eine Viertelstunde später in einer alten Blechschachtel die eingeäscherten Reste seiner Radix-Theorie brachten, bewies er Größe und betrachtete das Ganze als ein tiefgründiges Symbol. Der in Handschellen gelegte Kalle stand mit gebeugtem Kopf zwischen ihnen.

»Wir möchten uns im Namen unserer Firma in aller Form bei Ihnen entschuldigen, Herr Doktor Rhäs«, sagte einer der Männer. »Es handelt sich bei diesem Subjekt, das möchte ich betonen, um eine Vertretung, die unerklärlicherweise durch das Netz unserer strengen Persönlichkeitsprofile gerutscht ist. Ich weiß, daß dies keine Entschuldigung ist, und schon gar kein Ersatz für den Ihnen entstandenen Schaden, dennoch garantieren wir Ihnen in Zukunft eine sorgfältige Bewachung und zwar Tag und Nacht.«

Man war bei Allwell froh, daß Hugo Rhäs nicht auch noch die Polizei einschalten wollte. Die ganzen Nachforschungen hätten nur Unruhe in den Betriebsablauf gebracht. Und wie sollte man den Behörden gegenüber einen solchen Mitarbeiter rechtfertigen?

Da Allwell selbst auch nichts weiter gegen Kalle unternehmen konnte und wollte, hielt man ihn noch die Nacht über in einer Art inszeniertem Verhör fest. Gegen Morgen mußte er einen Schuldschein über fünftausend Mark wegen erlittenen materiellen Schadens – Lederjacke, Stablampe, Allwellstern und so weiter – und Schmerzensgeld wegen Rufschädigung unterschreiben. Dann wurde er in einem billigen Plastikregenmantel in den Morgen entlassen. Hose und Hemd waren schließlich auch Eigentum der Firma. Wenigstens hatte Kalle schon gleich zu Beginn seiner Anstellung ein paar Briefbögen mitgehen lassen, so daß er sich das ihm verweigerte Zeugnis selbst ausstellen konnte.

Während er nach Hause irrte, befanden sich die ersten Kinder auf dem Weg zur Schule. Eine kleine Gruppe lief durch den Hartmann Park, und da sie noch Zeit hatten, spielten sie hinter dem Europa-Denkmal Verstecken. In einem Gebüsch stieß ein Junge auf einen Karton mit Papieren. Die Kinder beschlossen, ihren Fund mit in die Schule zu nehmen. In der ersten Stunde hatten sie Musik. Die Lehrerin Frau Helfrich sah sofort, daß es sich bei den Papieren um unbrauchbare Notizen handelte, die jemand weggeworfen hatte. Sie ließ den Karton zu Frau Vesa bringen. Frau Vesa war eine junge Referendarin aus Finnland, die in der Unterstufe Kunst unterrichtete. Sie konnte die Papiere gut gebrauchen, da sie mit einer Klasse gerade Rasseln herstellte. Die Kinder nahmen alte Glühbirnen und umwickelten sie mit mehreren Schichten leimgetränktem Papier. Das ganze ließen sie einige Stunden trocknen. Wenn man dann die so beklebten Glühbirnen anschließend auf eine Tischkante schlug, blieb die mittlerweile feste Hülle aus Pappmaché ganz, während innen das Glas der Birne zerbrach und die Splitter das Geräusch einer Rassel erzeugten.

17

Der Grund, warum sich Siegfried Rhäs schon nach zweieinhalb Jahren Ehe wieder von seiner Frau Klara hatte scheiden lassen, und das, obwohl sie einen kleinen Sohn namens Hugo besaßen, ein gesundes Kind mit allen Knochen, war so heikel, daß Hugo Rhäs ihn erst erfuhr, als er die dreißig schon weit überschritten hatte.

Siegfried Rhäs, ein Mann mit einer naiven, aber gut gesinnten Frömmigkeit, hatte Klara kurz nach ihrer unglücklichen Niederkunft und der Trennung von ihrem ersten Mann, Samuel Howardt, kennengelernt. Mit seiner sanften und einfühlenden Art verstand er es, der gebrochenen Klara ihren Lebensmut zurückzugeben, so daß sie sich schon bald wieder in der Lage fühlte, erneut eine Ehe einzugehen und eine Familie mit ihm zu gründen. Siegfried Rhäs war Berufsschullehrer und sie besaßen ihr geregeltes Auskommen. Das Kind, das ein gutes Jahr nach ihrer Heirat zur Welt kam, war gesund und wuchs prächtig heran. Die Ehegatten liebten sich, und es hätte gar nicht besser sein können, bis ..., ja bis sich an einem Montag im August 1954 mit einem Mal alles änderte.

An diesem Montag erschien nämlich die Illustrierte *Bonbonniere.* Es handelte sich dabei um ein Boulevardblatt von mehr als zweifelhaftem Ruf, welches einen Spagat zwischen Berichterstattung aus den internationalen Königshäusern einerseits und verbrämten Erotikdarstellungen der frühen fünfziger Jahre andererseits versuchte. Unter der Überschrift: »O là là, die Fräuleins von der Front« brachte man an diesem Augustmontag eine Bildreportage über Pinup-Mädchen, deren Bilder unter den vom Volk nicht vergessenen deutschen Soldaten des letzten Krieges kursiert waren. Darunter auch ein Bild von Klara Rhäs.

Nun waren die Illustrierten in dieser Zeit gewissen Zensurbestimmungen unterworfen, die das Abbilden einer nackten oder auch nur halbnackten Frau unmöglich machten. Doch auch mit einem großen schwarzen Balken, der die Hüfte bis zu den Knien bedeckte, war der Skandal perfekt.

Es handelte sich bei der Abbildung von Klara Rhäs um eins der Fotos, die der junge Arzt in Uniform bei seiner Untersuchung zur Feststellung der Gebärfähigkeit von ihr gemacht hatte. Dieses Foto war selbstverständlich nicht im geringsten anziehend oder kokett, das fadenscheinige Leibchen alles andere als aufreizend. Das Gesicht von Klara Rhäs, halb weggedreht, hatte für jeden einigermaßen unvoreingenommenen Betrachter ganz deutlich einen Ausdruck von Angst und Scham. Doch so stellte man sich damals eben die Abbildung einer Nackten vor. Genau dieses Gefühl des Unwohlseins gehörte zur Attraktion solcher Bilder dazu und erregte die Generationen der Väter und Großväter von Hugo Rhäs.

Der gutgläubige Berufsschullehrer Siegfried Rhäs fühlte sich betrogen. Mehr noch, er fühlte sich verkannt, hatte das alles, oder so etwas ähnliches, im tiefsten Inneren schon immer geahnt und nur nicht wahrhaben wollen, und kostete jetzt, da selbst er dies alles nicht mehr länger vor sich verleugnen konnte, sein vermeintliches Recht der Ehrenrettung bis zur Neige aus. Und so sah auch Siegfried Rhäs mit einem Mal nicht mehr die Angst und die Scham im Gesicht seiner Frau, sondern nur den schwarzen Balken, der das Ungeheuerliche zwischen Leibchenende und Wadenanfang verbarg, das ihn nun zum Gehörnten und Vorgeführten machte, und zwar nicht nur vor der recht eingeschränkten Leserschaft der *Bonbonniere*, sondern gleich vor der ganzen Welt.

Er mußte Konsequenzen ziehen, und er zog sie ohne ein weiteres Wort. Er packte das zusammen, was er für seinen Privatbesitz hielt, und quartierte sich in einer Pension ein. Alles andere erfolgte schriftlich. Neben den Briefen des Anwalts, der noch zwischen Annulierung der Ehe und Scheidung schwankte, schickte Siegfried Rhäs ein hölzernes Bekenntnis, in welchem er versicherte, sich seiner Verantwortung trotz der über ihn gekommenen Schmach auch weiterhin bewußt zu sein und sich seinen Pflichten gemäß um seinen Sohn und dessen Erziehung kümmern zu wollen.

Klara Rhäs durfte die Wohnung behalten, in deren Küche sie nun mit ihrem zweijährigen Sohn saß und sich die Augen rot heulte.

18

Die Professorin für Frauenstudien, Rikke, nahm es ihrem Lebensgefährten, dem arbeitslosen Spieleerfinder Jochen Kuptschek, genannt Wansl, weder übel, daß er Spieleerfinder, noch daß er arbeitslos war. Auch, daß sie mit ihm nicht über die japanische Mythologie des knochenlosen Kindes, die Weltmythologien der in einem Fluß ausgesetzten Kinder oder das letzte Schlachtfeld der biblischen Prophezeiung, Armageddon, reden konnte, machte ihr nichts aus. Im Gegenteil. Es störte sie, wenn er umgekehrt versuchte, mit ihr ein Thema anzuschneiden, das über seine Elektronikbastelei und seinen sich mittlerweile schon ein halbes Jahr hinziehenden Prozeß hinausging. Wansl hatte große Chancen, endlich mit seiner Klage durchzudringen und eine umfangreiche Entschädigung zu erhalten, da seine alte Firma die noch von ihm entwickelte Idee für ein neuartiges Murmelspiel ohne seine Zustimmung umgesetzt und auf den Markt gebracht hatte.

Professorin Rikke mochte ihn am liebsten passiv, und sie war reif genug, um auch an einem Abend wie diesem zu sehen, daß man nicht alles von einem Lebenspartner erwarten kann. Obwohl sie gerade jetzt im Moment, nach dem etwas mißglückten Besuch der Schmuckgalerie, ein wenig phantasievolle Abwechslung durchaus zu schätzen gewußt hätte. Aber für die Phantasie konnte sie schließlich auch selbst sorgen. Sie ging ins Schlafzimmer und holte den Prototyp des Murmelspiels in dem von Wansl selbst zurechtgesägten und mit Buntpapier beklebten Kasten aus dem Schrank. Professorin Rikke zog sich völlig aus und ging mit der Schachtel Murmeln ins Wohnzimmer zurück, wo sie sich vor Wansl auf den Teppich setzte.

»Spielen!« rief sie in einer etwas höheren als ihrer normalen Stimme.

»Und was willst du spielen?« fragte Wansl interessiert zurück, während er seinen Katalog zuschlug. Rikke lachte. Sie lehnte sich weit zurück und schloß die Augen. Für einen Moment drehte sich alles im Gesumme der Spülmaschine aus der Küche. Sie hatte das Gefühl, als sei sie mit dem Kopf in einen Blecheimer getaucht, in dem Perlen wie Luftblasen vorbeischwammen. Ihre Beine steckten in Treibsand. Und während sie mit dem Oberkörper immer tiefer in dem Eimer verschwand, glitten ihre Beine immer weiter in den Sand. Sie steckte fest. Oben und unten. Nur ihre glattrasierte Scham war noch frei. Und jetzt spürte sie die erste Murmel über sie hinweg zwischen ihre Beine rollen. Wansl führte die Kugel geschickt mit einem Finger. Es war die kirschgroße mit den blauen Einschlüssen. Festgefrorene Flocken Eierstich, die sie übermorgen, am Sonntag, dem Tag, an dem sie kochte, in die Hühnerbrühe gleiten lassen würde. Geronnene Fäden, die zehn Minuten später auf ihren Bauch tropften. Ein Mann ohne Knochen, der seine Hand leicht in sie zwängen könnte. Sie ließ sich ganz zurücksacken. Schon spürte sie die Murmeln unter ihren Schenkeln nicht mehr. In dem Blecheimer lag eine letzte leuchtende Perle. Genau vor ihren Augen.

19

Dr. Samuel Howardt, ein mit Ende sechzig immer noch kräftiger, braungebrannter Herr mit dichtem weißen Haar, war der Mann der Stunde. Die Fernseh- und Radiostationen des gesamten Erdballs wollten von ihm wissen, was es mit der Krankheit von Douglas Douglas Jr. auf sich hatte, und wie es ihm gelungen war, den Jungen nicht nur am Leben zu erhalten, sondern sogar so weit zu kräftigen, daß er in der Lage sein sollte, eine schwierige und gefährliche Mission wie diese auf sich zu nehmen. Dr. Howardt, der sich seit Jahrzehnten mit der Behandlung von Knocheninstabilitäten und -defekten beschäftigte, fühlte sich den Anforderungen der Medien nicht recht gewachsen und bat deshalb einen jüngeren Mitarbeiter und Kollegen, eine von ihm vorbereitete Erklärung zu verlesen und eventuell anfallende Fragen zu beantworten.

Howardt studierte nach dem Krieg, in dem er als Soldat in Deutschland gekämpft hatte, an der Heidelberger Universität Medizin und machte dort seinen Doktor. In den sechziger Jahren war er viele Jahre in Kenia und Somalia gewesen, um dort spezifische Ausprägungen des Morbus Paget, von dem vor allem Neugeborene betroffen sind, zu untersuchen. Normalerweise taucht der Morbus Paget nur am ausgewachsenen Skelett auf, wo er die von ihm befallenen Knochenteile durch weichere und vergrößerte knöcherne Strukturen ersetzt. Bei den von Dr. Howardt in Kenia und Somalia untersuchten Fällen, fast ausschließlich Neugeborene und Kleinkinder, handelte es sich jedoch nicht nur um einzelne Teile des Skeletts, sondern um das Skelett im ganzen, das sich, einmal von der Krankheit befallen, innerhalb weniger Tage völlig aufzulösen schien, was den sofortigen Tod der Patienten zur Folge hatte. Eine Variante des Morbus Paget, die nach dem ersten Arzt, der sie beschrieben hatte, Morbus Mannhoff hieß.

Durch hunderte von Operationen an und bedauerlicherweise fast ebenso vielen Obduktionen von Klein- und Kleinstkindern konnte Howardt feststellen, daß selbst dann, wenn sich das Skelett so weit zersetzt hatte, daß es nicht einmal mehr in Resten vorhanden war, dennoch im gesamten Körper ein Hohlraum existierte, der diesem Skelett entsprach. Dieses Phantomskelett wurde von Nervenbahnen und Blutgefäßen durchzogen und mußte, so die Vermutung Howardts, auch für den Patienten selbst immer weiter spürbar gewesen sein. Daher nahm Howardt an, daß der Tod der Patienten keine direkte Folge des fehlenden Skeletts war, sondern vielmehr eine Folge der fehlenden Rückmeldung von diesem Skelett an das Gehirn.

Bei dieser fehlenden Rückmeldung spielt ein wichtiger und bis weit in die siebziger Jahre unterschätzter Sinn des Menschen eine Rolle, jener Körpersinn nämlich, der über das zentrale Nervensystem beständig Größe, Haltung, Gewicht etc. des Körpers mißt und diese Messungen an das Gehirn weitergibt. Das Gehirn der von dem massiven Knochenschwund Befallenen erhielt nun zwei in sich widersprüchliche Signale. Zum einen meldeten Nerven und Blutgefäße die Existenz eines Skeletts, das sie versorgten – es handelte sich dabei um den im Körper ausgesparten Hohlraum –, auf der anderen Seite gab der Körpersinn, der vor allem über die Muskulatur gereizt wird, das Fehlen eben jenes Skeletts weiter. Beide Informationen können jedoch nicht nebeneinander bestehen. Bei einer solchen Unstimmigkeit setzt sich die in der evolutionären Entwicklung wichtigere Information durch, in diesem Fall die des Körpersinns. Indem sich jedoch der Körpersinn behauptet, wird die Blutzufuhr eingestellt. Mehr noch: »Kreislauf und Nervensystem werden«, wie es in der von Dr. Howardt für die Presse bewußt populär verfaßten Erklärung lautet, »faktisch dazu gezwungen, sich selbst nicht nur als falsch, sondern mehr noch, sich sogar als tot zu erkennen. Denn wenn sie glauben, etwas zu versorgen, was es tatsächlich nicht gibt, so gibt es sie selbst folglich auch nicht. So lautet der eindeutige Rückschluß des Gehirns des Morbus-Mannhoff-Patienten. Und an diesem Rückschluß stirbt er.«

Dieser zunächst für unabwendbar gehaltene Zustand wandelte sich Ende der achtziger Jahre in einen Glücksfall. Zwar war man mit den medizinischen Möglichkeiten immer noch nicht in der Lage, einem Kind, welches ja beständig wächst, ein künstliches Skelett einzusetzen, doch konnte man durch Beeinflussung des Körpersinns dem Gehirn zumindest die beständige Rückmeldung eines Skeletts simulieren. So kam es zu keinen widersprüchlichen Informationen und das Kind konnte, wenn auch mit gewissen anderen Symptomen und Krankheitserscheinungen, erst einmal am Leben erhalten werden.

20

Einst lebten die Menschen und die Götter beisammen. Die Menschen waren jedoch viel schlauer als die Götter und spielten ihnen beständig Streiche. Das einzige Mittel, um sich gegen die Frechheiten der Menschen zur Wehr zu setzen, bestand darin, daß die Götter sich unsichtbar machen konnten. Und wie machten sie sich unsichtbar? Ganz einfach: indem sie den Menschen, und zwar jedem einzelnen, Töpfe zum Reiskochen über die Köpfe stülpten. Schon wußten die Menschen nicht mehr, wo sie waren, und wurden ganz kleinlaut. Allein die Schamanen können die Götter, wenn auch etwas undeutlich, aus den Augenwinkeln heraus erkennen. Denn ihre Töpfe sitzen schief.

Dieser Mythos der Sedang fiel der Professorin für Frauenstudien, Rikke, nach dem Aufwachen als erstes ein. Sie meinte sogar, diesen Mythos selbst geträumt zu haben. In ihrem Traum waren es allerdings keine Schamanen, sondern Priesterinnen gewesen. Wer anders als die Frauen sollte es denn verstehen, mit dem Topf so gut umzugehen.

Sie hatte etwas Kopfweh von dem billigen Wein, den sie auf der Vernissage getrunken hatte. Wenn sie die Augen wieder schloß, sah sie eine leuchtende Perle am Boden eines Reistopfs liegen. Könnte diese Perle nicht das Auge des Schamanen sein? Der Reis als Symbol für Erkenntnis? Aber nur diejenige erkennt, die sich nicht allein um die Nahrungszubereitung bemüht, sich nicht mit dem ganzen Kopf im Topf, das heißt in Heim und Herd, versenkt.

Professorin Rikke rieb sich über das Gesicht. Es war Samstag früh. Wansl war schon mit Freunden unterwegs zu einem Flohmarkt, um elektrische Bauteile und alte Radios zu kaufen. Sie stand auf, ging aufs Klo, wusch sich flüchtig, schüttete sich ein Glas Milch ein und schaltete den Fernseher an. Gerade noch bekam sie die letzten Minuten der von Dr. Samuel Howardts Assistenten verlesenen Erklärung über den Morbus Mannhoff, die sogenannte *Absolute Knochenabsenz*, mit. Die Erklärung enttäuschte die Erwartungen von Professorin Rikke keineswegs, sondern beflügelte ihr Interesse für Douglas Douglas Jr. und dessen Eltern. Von Douglas Douglas Jr. selbst war, aus Gründen der Geheimhaltung wegen seines bevorstehenden Auftrags, nichts zu sehen. Ein Vertreter der Firma Behemoth führte stattdessen den Spezialanzug *Leviathan* vor und vergaß in seinen der Sachlage angemessenen ernsten, doch nicht gänzlich humorlosen Ausführungen auch nicht, Hobbes zu zitieren. Den Umständen angepaßt natürlich, die zwar auch nach einem absoluten Staat verlangten, aber, sozusagen auf dem Weg dorthin, zuallererst nach einem absolut zuverlässigen Froschanzug. Das Wortspiel rankte sich um »Art of the State« und »State of the Art« und lautete wörtlich: »If we want to set foot towards the ultimate Art of the State, what we do need now in this historic moment is a diving suite which comprises the ultimate State of the Art.« Im Hintergrund meinte Professorin Rikke ein Ehepaar zu sehen, das so aussah, wie sie sich die Eltern von Douglas Douglas Jr. vorstellte. Aber die Kamera zog zu schnell vorüber.

»Was hat die Eltern dazu bewogen, bei so einer Aktion ihr Einverständnis zu geben?« überlegte sie. Oder war es der ausdrückliche Wunsch des Jungen gewesen? Inwiefern war er überhaupt in der Lage, die ganze Situation einzuschätzen? Und dann dieser Arzt. Auf Ärzte hatte sie noch nie viel gegeben. Schon gar nicht auf die da drüben mit ihrem seltsamen Supermarkt-Gesundheitssystem, wo jeder sehen mußte, wo er bleibt und sich dann eben auf Liposuction und Boob-Jobs spezialisiert. Professorin Rikke wußte, wovon sie sprach, denn sie war vor zwei Jahren für drei Monate in Spokane, Washington gewesen, wo man ein kleines Zentrum für unabhängige Frauenstudien eingerichtet hatte.

Sie schaltete den Apparat aus und räumte die immer noch auf dem Boden verstreuten Murmeln in die Holzschachtel, die sie anschließend ins Schlafzimmer zurückbrachte. Natürlich gab es diese aufregenden Momente, die sie wohl mit kaum einem anderen so würde erleben können. Trotzdem überfiel sie, gerade jetzt am Wochenende, immer wieder dieses seltsam hektische und pochende Gefühl, endlich mal etwas anderes tun zu müssen. Und zwar sofort. Buntpapier in Fetzen reißen und auf riesige vorgeleimte Pappen streuen zum Beispiel. Aus so einer Idee war mal eine Performance im Foyer des Gießener Rathauses entstanden. Oder sich als Schwangere mit Lehm einschmieren und abfotografieren. Was Unsinn war, weil man nicht einfach kurz schwanger sein konnte. Oder sich in eine Maschine nach Wisconsin setzen, ganz so wie ein x-beliebiger Schaulustiger. Oder besser noch ein Journalist. Eine Story draus machen. Die Eltern von diesem Douglas aufspüren. Besser noch ihn selbst. Hintergrundinformationen bekommen. Ein paar Fotos machen. Und vielleicht mit ihm schlafen. So wie Diane Arbus mit ihren Modellen. Das waren auch Gnome und FKKler und alles bunt gemischt. *Everything is Oooo*. Oder dann doch nicht? Außerdem hatte das bestimmt schon längst einer gemacht. Was heißt einer. Alle Zeitungen hatten schon jemanden hingeschickt. Der *Rolling Stone* Hunter Thompson, und der *New Yorker* Tom Wolfe. So sah es doch aus. Sie zog sich an und beschloß, zum Bahnhof zu fahren, um sich dann wenigstens die einschlägigen amerikanischen Zeitungen zu besorgen.

21

Fast genau drei Monate waren seit der völligen Vernichtung seiner Aufzeichnungen vergangen. Und doch hatte Hugo Rhäs bislang nicht den Mut gefunden, einen wirklichen Schlußstrich unter dieses Thema zu ziehen. Nachdem sich der Samstag in einem Zustand des Herumdösens, Träumens und Erinnerns aufgelöst hatte, war er an diesem Julisonntag relativ zeitig aufgestanden und hatte die Blechdose mit dem symbolischen Ascherest seiner Radix-Theorie als *Memento mori* beim Frühstück vor sich auf den Tisch gestellt.

Er wußte, daß heute der Tag gekommen war, an dem er sich auch noch von diesen letzten Überbleibseln würde lösen müssen. Also ging er in den ersten Stock hinauf und stieg von dort mit Hilfe einer Leiter auf den Speicher. Die Hitze war hier oben trotz der frühen Morgenstunde unerträglich. Staub flimmerte in den Sonnenstrahlen, die durch die schmalen Ritzen zwischen den Dachschindeln hereinfielen. Gebückt ging Hugo Rhäs zu der Dachluke und öffnete sie. Draußen rührte sich kein Lüftchen. Ohne noch einen Moment weiter zu zaudern – denn Hugo Rhäs kannte die Gefahr, die von einer falsch verstandenen Zurückhaltung ausging, zur Genüge – nahm er die Blechdose, öffnete sie und übergab ihren Inhalt der Freiheit. Fast auf den Tag genau vor dreißig Jahren hatte Mick Jagger zu den ersten Takten von *You can't always get what you want* mit einer ähnlichen Geste hunderte weißer Schmetterlinge in den Himmel über dem Hyde-Park entlassen. Dust to the dust! Möge der reine Geist zurückfließen in den brennenden Brunnen, aus dem er entstand. Die Asche rieselte die Dachziegel entlang nach unten in die Regenrinne.

Obwohl er nur die Überreste einiger kostenloser Werbezeitungen entsorgt hatte, fühlte sich Hugo Rhäs wie ausgewechselt.

Er warf noch einen Blick über das Gelände der alten Papierfabrik, ließ die Büchse auf dem Speicher, da ihn nichts mehr an dieses Kapitel seiner Vergangenheit erinnern sollte, und stieg hinunter in seine Wohnung.

Als er wieder am Frühstückstisch saß, fiel ihm ein, daß ihn das alles an etwas erinnerte. Genauso hatte er sich mit Anfang zwanzig von seiner Sammlung schwedischer Hefte mit Aktaufnahmen getrennt. Damals hatte er sich gerade zum ersten Mal verliebt. Wie unendlich weit entfernt das alles schon war. Dabei hatte sein Opfer seinerzeit durchaus Erfolg gezeigt, zumindest für vier Monate. Seitdem war ihm in Bezug auf Frauen wenig Glück beschieden gewesen. Die Zeit der Literaturen und Theorien verlief anders als die des Lebens. Gewöhnt, gegebenenfalls anzuhalten und zurückzublättern, alles neu zu schreiben und umzuformulieren, fand Hugo Rhäs sich eines Tages in einem Netzwerk von Gedanken wieder, in dem das Weibliche in seiner konkreten Erscheinungsform erst durch eine Konstante ersetzt und dann ganz herausgekürzt worden war. Manchmal fiel ihm irgendetwas an einer Schülerin auf, aber das war dann nur der Anlaß für eine sentimentale Erinnerung, die er in seinem Notizbuch festhielt.

Hörten seine Gedanken sonst an dieser Stelle meist schon auf, so drängte ihn an diesem Sonntag etwas weiterzuforschen. Was für Frauen kannte er denn? Verkäuferinnen, Sprechstundenhilfen, Cousinen zweiten und dritten Grades, Joggerinnen, Frauen mit Hund, Politessen. Nein, das war doch einfach zu lächerlich.

Dann fiel Hugo Rhäs mit einem Mal Frau Helfrich ein.

Frau Helfrich war eine Kollegin. Musiklehrerin. Schätzungsweise vierunddreißig. Sie war nicht nur die erste einigermaßen ansprechende Frau, die ihm einfiel, sondern bei weiterem Nachdenken auch die einzige. Warum nur Frau Helfrich? Sie hatte einen breiten Mund. Aber das war eher ein Argument gegen sie.

Das ist wieder mal typisch für mich, dachte er, da kommt mir mal eine Frau in den Sinn, und gleich muß ich sie wieder demontieren. Hugo Rhäs beschloß, diesmal bei der Sache zu bleiben und nicht gleich wieder klein beizugeben. Schließlich waren das nur Äußerlichkeiten. Also weiter.

Redet etwas zu laut. Lacht zu laut. Das eine hängt eben mit dem anderen zusammen. Und ein Lachen ist doch eher angenehm. Obwohl man sich schon überlegen muß, wie so eine Frau dann im Bett ist. Lacht die dann auch? Und auch so laut? War das dann so, wie er es aus manchen Filmen kannte, wo die Paare mit dem Kopf unter der Decke lagen und rumalberten? Das würde ihn nicht erregen. Im Gegenteil.

An ihre Augen konnte er sich nicht erinnern. Der Mund geschminkt. Die Lider wahrscheinlich auch. Die Haare hatten so eine Unfarbe. Grau, würde er sagen, aber das war wohl eher eine Art blond. Musiklehrerinnen müssen so sein. Etwas laut und lustig. Anders bringt man die Kinder nicht zum Singen. Ihre Figur? Die konnte er nicht so recht einschätzen, was unter anderem an ihrer Kleidung lag. Offen gestanden wieder ein Minuspunkt. Sie trug immer Hosen und Sweatshirts. Unisex.

Hugo Rhäs schloß für einen Moment die Augen. Eine konsequente Auflistung war das nicht gerade. Keine Arbeitsgrundlage. Aber vielleicht war das auch gar nicht nötig. Denn mit einem Mal erschien ihm ein Bild, das alle anderen Vorstellungen überstrahlte. Er sah einen Blusenausschnitt vor sich. Dieser Ausschnitt war recht unscharf und so, als habe er ihn unter sehr schwierigen Bedingungen und nur für sehr kurze Zeit zu Gesicht bekommen. Dennoch besaß dieses Bild durchaus eine Wirkung. Bei aller Kürze, Unschärfe und unglücklichem Blickwinkel konnte er doch relativ deutlich einen Busen erkennen. Und zwar sah man diesen Busen kurz bevor sich die Bluse beim Aufrichten nach einem Bückvorgang wieder behutsam über die Haut legte. Es war ein eher kleiner Busen. Die Brustwarzen waren hingegen eher groß. Es waren Brustwarzen, bei denen Warze und Warzenhof ineinander übergingen, so daß eine Warze an sich nicht zu erkennen war.

»Ja, dieser Busen könnte durchaus zu Frau Helfrich passen.« Mit diesem Satz rüttelte sich Hugo Rhäs wieder wach. Er schüttete Kaffee nach. Tatsächlich stieg ein Gefühl der Erregung in ihm auf. Erstaunlich schnell war das alles gegangen. Und gar nicht so kompliziert wie sonst. Wäre da nicht dieses Lachen. Ein Lachen lacht auch schnell jemanden aus. Vielleicht war es das, was ihm zu schaffen machte. Aber sie würde auch nicht immer lachen. Niemand hatte immer etwas zu lachen.

22

Der *Rolling Stone* hatte tatsächlich einen Artikel von Hunter Thompson in seiner neusten Ausgabe. Leider war diese Ausgabe noch nicht in Deutschland eingetroffen. Hunter Thompson war auf seinem Weg nach Polar, Wisconsin, in einem kleinen Kaff in der Nähe von Lakewood hängengeblieben. Etwa vierzig, fünfundvierzig Meilen von der Farm der Bare Witnesses of Armageddon und dem mittlerweile im allgemeinen Sprachgebrauch der Medien zum Loophole D verkürzten abgesperrten Stück Landstraße neben der Bundesstraße 52 entfernt, mietete er in einem kleinen Motel ein Zimmer.

Die Hitze war immer noch weiter angestiegen. Als er am Abend in einer benachbarten Bar etwas trinken ging, traf er Hal Swiggett. Hal Swiggett war der Veranstalter des jährlichen Handfeuerwaffenwettschießens am Ort. Thompson und er kamen über Waffen ins Gespräch, wobei sich herausstellte, daß Swiggett eine Auto Mag besaß. Thompson war sofort interessiert. Er selbst hatte seine T/C's .30-30 dabei, auf die er ein Leupold M8-2x Zielfernrohr geschraubt hatte.

»Geht das denn mit dem Leupold-STD-Aufsatz?« fragte Swiggett. Thompson lachte.

»Wenn, dann benutze ich nur Conetrol. Aber das hier ist eine Spezialanfertigung.« Die beiden verschwanden gegen Mitternacht, um mit Swiggetts Truck in ein nahegelegenes Waldstück zu fahren, wo sie, wie es dann später in der gekürzten Fassung der deutschen Ausgabe des *Stone* hieß, »einige Runden abfeuerten«. Swiggett hatte seine eigene Theorie über Loophole D und die Bare Witnesses.

»Was brauchen wir da diesen Kerl ohne Knochen? Das schafft der doch nie. Alles Hinhaltetaktik der Armee, wenn du mich fragst. Wenn die Farm eine Verbindung zur Kanalisation hat, und das scheint sie ja wohl zu haben, dann brauche ich nichts weiter als einen zweiten Mann.«

Thompson lachte: »Und deine Auto Mag.«

»Meine beiden Auto Mags«, verbesserte Swiggett ihn. Thompson schaute ungläubig. »Klar doch. Ich hab natürlich beide Versionen, die .357er Magnum und die .44er Magnum. Und damit kann man diesen Burschen schon ganz tüchtig einheizen.«

Hunter Thompson blieb im Ort. Tagsüber lag er in seinem Zimmer und trank. Abends ging er mit Swiggett schießen. Sie schossen auf nichts besonderes, ballerten eben so ein bißchen im Wald herum. Und eigentlich erlebten sie nur einmal etwas Komisches.

Swiggett hatte die letzten Male eine Bekannte aus der Bar zu ihren Ausflügen dazugebeten. Frauengesellschaft gab dem Zielschießen noch eine zusätzliche Würze. Außerdem hatten sie gleichzeitig jemanden, der die leergetrunkenen Bierdosen auf dem Holzblock neu aufstellen konnte. Die Bekannte von Swiggett war gerade im Begriff, genau das zu tun, als mit einem Mal und buchstäblich wie aus heiterem Himmel ein seltsamer weißer Vogel auf sie zugeflattert kam. Die Entfernung von ihr zu den Männern betrug ungefähr fünfzig Meter. Der Vogel ließ sich seelenruhig auf ihrer Schulter nieder. Die Frau erstarrte, weil sie nicht wußte, was sie tun sollte.

»Bleib ganz ruhig!« schrie ihr Swiggett zu. Und Thompson rief: »Den nehm ich!«

»Wir müssen eine günstige Gelegenheit abwarten«, raunte Swiggett. Und die bot sich auch gleich. Der komische weiße Vogel hob sich nämlich von der Schulter der Frau in die Luft, flog hinter sie und versuchte mit dem Schnabel, den Verschluß ihres aus dem Rückenausschnitt herausschauenden Büstenhalters zu lösen.

»Haste sowas schon gesehen?« zischte Thompson durch die Zähne und legte an.

»Jetzt!« gab Swiggett das Signal.

Thompson erwischte den Vogel mit einer Breitseite, konnte jedoch nicht verhindern, daß dieser sich in seinem Todeskrampf mit dem Schnabel im Büstenhalterverschluß von Swiggetts Bekannter verhakte. Als diese spürte, wie sich etwas an ihr festbiß und nach dem Schuß plötzlich Blut ihren Rücken herunterlief, wurde sie von Panik gepackt. Ohne auf die Rufe der Männer zu hören, lief sie immer tiefer in den Wald hinein, konnte den Vogel jedoch nicht abschütteln.

Bei Loophole D schien sich nicht mehr viel zu tun. Oder es lag eine große Geheimhaltung über der Sache. Vielleicht planten die auch etwas ganz anderes und hatten nur ein Spektakel für die Medien veranstaltet. Aber das war Thompson im Grunde egal. Am vierten Tag tippte er gegen Mittag ein paar Seiten herunter. Der Bericht handelte von einem kleinen Ort in der Nähe von Lakewood, Wisconsin, von Auto Mags und Whiskey und trug den Titel »Araschießen in Langlade«. Dazwischen eingestreut waren ein paar Gedanken über Religion, Sekten und das friedliche Leben auf dem Land. Ralph Steadman verzerrte das Polaroid, das Thompson und Swiggett vor dem grauen Betonklotz des örtlichen Target Master Indoor Pistol Range zeigte und spritzte ein paar Tintenkleckse darüber. Der *Rolling Stone* hatte seinen Artikel.

23

Die Ausgabe des *New Yorker* mit einem etwas sorgfältiger recherchierten und mit seinen 27 dreispaltigen Seiten für den Durchschnittsleser vielleicht sogar etwas zu ausführlichen Bericht über Douglas Douglas Jr., die Bare Witnesses und Loophole D war hingegen an bundesdeutschen Bahnhöfen schon erhältlich. Nicht Tom Wolfe, sondern ein gewisser Harold Nicholson hatte ihn verfaßt. Nicholson befaßte sich nur am Rande mit der Sekte. Ausführlicher ging er auf Douglas Douglas Jr. und dessen Krankheit ein. Er verglich die Symptome des Morbus Mannhoff mit unserer gesellschaftlichen Struktur.

»Kreislauf und Nervensystem werden faktisch dazu gezwungen, sich selbst nicht nur als falsch, sondern mehr noch, sich als tot zu erkennen. Wenn sie glauben, etwas zu versorgen, was es tatsächlich nicht gibt, so gibt es sie selbst tatsächlich auch nicht. Das ist der eindeutige Rückschluß des Gehirns des Morbus-Mannhoff-Patienten. Und an diesem Rückschluß stirbt er.« Dieser Kernsatz aus der Krankheitsbeschreibung faszinierte Nicholson, und er stellte die Frage, inwieweit sich nicht die unterschiedlichsten politischen Diskussionen einer ganz ähnlichen Argumentation bedienten. Er schrieb: »Geht es nicht in vielen Bereichen darum, dem anderen nicht allein zu beweisen, daß er falsch liegt, sondern mehr noch, daß er mit dieser falschen Meinung sein Lebensrecht verwirkt hat?« Dann kam er auf den religiösen Fanatismus zu sprechen und bezeichnete es als in diesem Zusammenhang überaus symbolisch, einen von seinen körperlichen Krankheitssymptomen quasi Geheilten gegen eine Gruppe einzusetzen, die unter ähnlichen, wenn auch geistigen Symptomen litt. Nicholsons These wurde durch einen längeren Einschub untermauert, der sich mit der kenianischen Mythologie auseinandersetzte.

In Kenia, wo Dr. Samuel Howardt seine wichtigsten Untersuchungen durchgeführt hatte, ist der Morbus Mannhoff schon seit Jahrhunderten bekannt. Fast jedes fünfte Neugeborene ist von ihm befallen und stirbt in den ersten sechs Monaten nach der Geburt. Interessant ist, daß sich durch das Leben mit der Krankheit eine völlig eigenständige Symbolsprache herausgebildet hat, die schließlich auch Einfluß auf die abstrakt philosophische Gedankenwelt nahm. So beschäftigte die Kenianer nicht so sehr die Unterscheidung von Körper und Geist, wie den Menschen des Westens, sondern vielmehr die Unterscheidung von Körper und Skelett.

Der Geist ruht im Skelett, heißt es, und die Kraft Gottes verkörpert sich in ihm. Skelett und Körper liegen in einem beständigen Streit miteinander. Der Körper ist träge, faul und gibt sich dem Laster hin. Das Skelett vertritt die Moral und bringt den Menschen zur Arbeit und zur Sorge um Familie und Dorf. Wie die Kenianer feststellten, haben weder die Sinnes- noch die weiblichen Geschlechtsorgane Knochen. Sie sind folglich die ureigenen Organe des Menschen, die Organe, mit deren Hilfe er sich als Mensch überhaupt erst konstituiert. Gleichzeitig handelt es sich dabei auch um diejenigen Organe, mit denen er sich vom Göttlichen entfernt. Nase und Ohren bestehen aus Knorpel, Mund und Vagina aus Schleimhäuten, Sehnen und Blutgefäßen. Und die Augen sind sogar in Aussparungen des Skeletts eingelassen.

»Hinter jedem Sinnesorgan gähnt das Loch der Unvernunft«, heißt es in Bezug auf das Skelett, während von dem verstorbenen Menschen allein noch das Göttliche übrigbleibt. So vertritt das Skelett auch die Seele. Das Kind ohne Skelett ist ein Kind ohne Seele und ohne göttlichen Einfluß. Auf der einen Seite ist es schwach und muß schon bald sterben, auf der anderen Seite tritt es den Beweis an, daß es eine reine Existenz des Menschen, außerhalb des Göttlichen, dennoch durchaus zu geben vermag.

Die Legenden aus Kenia erzählen auch von einer Heilung des Morbus Mannhoff, die auf ihre Art der von Dr. Samuel Howardt herausgefundenen Methode durchaus ähnelt. Der befallene Mensch muß sich ganz bewußt und vollkommen dem Göttlichen widmen. Er muß auf die Erkenntnis seiner Sinnesorgane und die Benutzung seiner Geschlechtsorgane verzichten. Er muß sein Leben liegend in einer verschlossenen Hütte zubringen. Das heißt, er muß seinem Gehirn die Rückmeldung simulieren, daß er im Grunde das Göttliche besitzt. Da er es tatsächlich nicht besitzt, muß er das Göttliche um so mehr simulieren und vertreten. Während der normale Mensch im Widerstreit zwischen Göttlichem und Menschlichem, zwischen Skelett und Körper steht, muß er, der diesen Widerstreit nicht mehr in sich trägt, sich ganz für das Göttliche entscheiden. Und dies gerade, weil er ganz Mensch ist. Er muß sich deshalb so vollkommen für das Göttliche entscheiden, weil es ihm vollkommen fehlt.

Von diesem kenianischen Beispiel ausgehend, kam der Artikel im *New Yorker* wieder auf die Bare Witnesses zu sprechen. »Sie müssen das Göttliche so absolut vertreten, weil sie es selbst nicht besitzen«, schrieb Nicholson, doch er blieb nicht dabei stehen, sondern fragte, inwiefern die amerikanische Gesellschaft ihren Gottesglauben nicht ebenso einseitig vertrete, so, als bräuchte sie ebenfalls jemanden, dem sie die Rolle des reinen Körpers, des Verblendeten und von Gott Entfernten, zuweisen könne. »Douglas Douglas Jr., dessen Aktion in Loophole D mehr als fragwürdig und umstritten ist, wäre dann nichts anderes als der personifizierte Beweis, daß die amerikanischen

Behörden das Skelettlose, das heißt das Gottlose, in sich selbst überwunden haben. Deshalb allein muß Douglas Douglas Jr. vorgeführt werden: um die eigenen Zweifel zu übertönen.«

24

An diesem Sonntag, dem 11. Juli, feierte Frau Helfrich ihren 39. Geburtstag. Feiern im Sinne von »begehen«. Obwohl man sie im allgemeinen mindestens fünf Jahre jünger schätzte, war sie an diesem Morgen deprimiert. Man stellt sich bei Menschen, die laut lachen und einen großen Mund haben, selten vor, daß auch sie deprimiert sein können. Man sieht Frau Helfrich vor sich, wie sie mit den beiden Sportlehrern und einigen Oberstufenschülern beim Schulfest auf einer kleinen Bühne in der Aula zwei südamerikanische Volkslieder singt und sich zum Rhythmus bewegt. In den erhobenen Händen zwei Rasseln, die ihre Kinder im Kunstunterricht aus alten Glühbirnen hergestellt haben. Bestimmt denkt jedoch kaum jemand daran, was sie in ihrer Freizeit macht. Oder zum Beispiel am Morgen ihres neununddreißigsten Geburtstages.

Frau Helfrich stand im Pyjama vor dem Spiegel und putzte sich die Zähne. Sie hatte sich im letzten Monat die Vorderzähne oben überkronen lassen, und das verursachte ihr immer noch ein fremdes Gefühl im Mund. Im Alter lernt man notgedrungen, mit dem Fremden in sich selbst umzugehen. Man erhält kleine bis mittelgroße Prothesen und manchmal muß man sogar aufgeschnitten werden und fremde Hände greifen mit kalten Scheren und Messern in einen hinein.

Zum Glück machte die Medizin fast täglich enorme Fortschritte. Sie entdeckte zum Beispiel immer mehr Sinne. Sinne, die das Körpergefühl regulieren, das Gesichtsfeld, einen Sinn, der allein dafür da ist, eine Rückmeldung an das Gehirn zu liefern, ob es ein Skelett in seinem Körper gibt und wie sich dieses Skelett verhält. Warum sollte es da nicht einen Sinn geben, der allein die Aufgabe hat, dem Gehirn das Gefühl zu vermitteln, es sei unsterblich? Ein Sinn, der uns am Leben hält und dessen Versagen unweigerlich zum Tod führt. Mit einem Mal sehen wir das Leben in seiner ganzen bitteren Wirklichkeit vor unseren Augen, ohne die Rückmeldung des Lebenssinns, der uns sonst mit Hilfe irgendwelcher Neurotransmitter das Gefühl der Unsterblichkeit vermittelt.

»Was? So sieht das alles aus?« durchfährt es uns. »Unmöglich! Das ist doch unmöglich!« Der Vater geht erst in den Schuppen, um die Axt zu holen, dann ins Kinder- und schließlich ins Schlafzimmer, um die Familie von dieser Sinnlosigkeit zu befreien. Das ist natürlich fürchterlich und grausam, denn der Lebenssinn ist bei *ihm* ausgefallen und hat allein *seinem* Gehirn keine Meldung von Unsterblichkeit weitergegeben. Bei seiner Familie hingegen existiert dieser Sinn völlig einwandfrei. Weshalb sich Kinder und Frau zu wehren versuchen. Sie kämpfen. Und doch ist es zu nichts nutze. Ihr Lebenssinn erlahmt. Er gibt in Panik nur unzureichende Rückmeldungen. Diese Rückmeldungen können nicht mehr entsprechend decodiert werden. Neuronen, Eiweiße, Transmitter, Kalzium, Phosphor, ohnehin ein recht fragiles Gebilde. Schließlich erlahmt der Lebenssinn und gibt seinen Geist auf.

Das soll mein Vater sein? Das also ist mein Mann? Ein allzu grober Verstoß gegen einmal gemachte Erfahrungen vermag den Lebenssinn so schwer zu schädigen, daß er umgehend zum Erliegen kommt. Das Ausfallen des Lebenssinns muß zwangsläufig zum Tod führen. Der Mann geht nach oben auf den Speicher und erhängt sich. Er war ein ganz normaler Mann. Unverständlich. Natürlich unverständlich. Wir alle, deren Lebenssinne uns sekündlich ein Gefühl der Unsterblichkeit suggerieren, können so etwas nicht begreifen. Selbst Soziologen und Thanatologen tun sich schwer damit. Dabei beschäftigt sich der Mensch schon seit alters her mit dem Lebenssinn. Ohne bislang jedoch brauchbare Resultate vorweisen zu können.

Bei Frau Helfrich war der Lebenssinn völlig in Ordnung. »Du bist unsterblich!« meldete er im Sekundentakt. Sie spülte gerade ihren Mund aus. Trotzdem, diese Kronen waren nun wirklich keine Meisterleistung. Woran lag das nur? Auch neulich im Fernsehen, wer war das noch mal gewesen? Genau, Thomas Fritsch. Braungebrannt saß er in Spanien und ließ sich interviewen. Inzwischen so alt wie der Vater, sah er immer noch gut aus. Aber diese Kauleiste da oben. Nein wirklich. Frau Helfrich sang eine Zeile aus einem der beiden südamerikanischen Volkslieder und achtete darauf, ob ihre Zähne dabei natürlich aussahen. Es ging. Aber sie bekam den Mund nicht mehr so weit auf. Vielleicht taten ihr die Muskeln immer noch von der Behandlung weh. Und am Ende war es auch besser so. Das Zahnfleisch dunkelt bei Kronen so schnell nach. Sie sang dieselbe Zeile noch einmal und ließ dabei die Lippen etwas dichter zusammen. Nein, so ging das nicht. Frau Helfrich war stolz auf ihren großen Mund. Sie fand, daß sie ein bißchen aussah wie Tamara Tajenka.

Komisch eigentlich, daß man an so jemanden noch denkt, dachte sie. Komisch, daß ich bestimmt seit zwanzig Jahren nichts mehr von Tamara Tajenka gehört oder gesehen habe. Aber immer wieder denke ich an sie. Frau Helfrichs erster Freund, sie war damals 17, hatte ihr gesagt, daß sie wie Tamara Tajenka aussehe. War die eigentlich Deutsche oder kam sie irgendwo aus dem Osten? Sie hatte doch einen Akzent? Und wie hieß nur das eine Lied? Sie kam nicht drauf.

»Tamara Tajenka«, sagte sie halblaut und lachte. Dann ging sie ins Schlafzimmer, um sich anzuziehen. Hatte man Tamara Tajenka nicht tot in ihrem Appartement aufgefunden? Umringt von einer Batterie leerer Wodkaflaschen? Das Opfer ihres eigenen Images, wie so viele Stars. Wahrscheinlich hatte sie die immer gleichen Fragen nicht länger aushalten können: Bin ich Deutsche? Komme ich aus Rußland? Was für andere ein Wissensgebiet aus *Trivial Pursuit* ist, kann für einen selbst leicht zum existentiellen Scheideweg werden.

Nein, dachte Frau Helfrich, das war jemand anderer mit dem heruntergekommenen Appartement. Der Name Bodo Silber fiel ihr ein. Ebenfalls ein deutscher Schlagerstar der frühen siebziger Jahre. Den kennt heute nun wirklich niemand mehr. Bodo Silber hatte aber doch eine ähnlich komplizierte Geschichte. Frau Helfrich meinte sich an eine Afrokrause zu erinnern. Aber die Texte waren deutsch, ihres Wissens. Von Bodo Silber hatte sie nicht nur über zwanzig Jahre lang nichts gehört oder gesehen, sie hatte in dieser Zeit auch kein einziges Mal an ihn gedacht. Nun, an ihrem neununddreißigsten Geburtstag fiel er ihr mit einem Mal ein. Wieder lachte sie. Sie zog das Pyjamaoberteil aus und holte ein blaßrosa Unterhemd aus dem Schrank. Darüber zog sie ein Sweatshirt.

25

»Doktor Benway wartete auf den Mann. An jedem seiner Zähne hing ein schwarzer Käfer, und wenn er schluckte, wurden die Käfer vom entstehenden Vakuum im Mundraum nach hinten an seinen Gaumen gedrückt, was ihm einen Brechreiz verursachte. Der Junge neben ihm versuchte, mit dem Mund seinen Schwanz zu erreichen. Natürlich hatte er keinen Schwanz mehr. Sie hatten ihn in Algier wegschneiden müssen, weil sie in über zweitausend Jahren nicht gelernt hatten, mit einer Phimose umzugehen. Obwohl es ihr selbstgebrannter Kakteenschnaps ist, der die Haut zusammenzieht und verklebt. Zumindest wenn man ihn zusammen mit unverschnittenem Stoff einnimmt.

Zwei Liter am Tag und es wächst dir vorne zu. Und so sieht es in den Straßen von Algier auch aus. Dr. Benway erkannte sie nach einiger Zeit sofort. Socke in der Hose, während der Mund selbst im Stehen Richtung Latz zuckte. Aber die Pisse kam aus dem After. Benway preßte langsam seine Zähne aufeinander. Die Käferschalen knackten, aber die Biester ließen einfach nicht los.

›Nein, das sind keine Kaffeebohnen‹, hatte der Alte an der Theke gelacht. ›Man steckt sie sich zwar in den Mund, aber zerkauen, das kannst du vergessen.‹ Er leckte das Salz von seinem Handrücken, stopfte sich drei Käfer in den Mund und schüttete den Schnaps nach.

›So ist's richtig!‹ brüllte der Alte lachend und entblößte dabei sein Gebiß. An jedem Zahn zappelte ein schwarzes Tierchen.«

Und so weiter. Eigentlich dürfte es doch nicht weiter schwer sein, so etwas zu schreiben. Gerade wenn man eine Stelle als Lehrer hat, mit Ferien, in der Regel freiem Mittag und freiem Wochenende, und nicht in Tanger oder New York auf der Suche nach Yage herumhängt. Aber es ging nicht. Es wollte Hugo Rhäs ums Verrecken nicht gelingen. Selbst wenn er etwas getrunken hatte. Wo sitzt Dr. Benway? Wer ist der Junge? Warum Phimose? Warum Käfer? Was für Käfer? Was für Schnaps? Und so weiter. Wahrscheinlich dachte er immer noch, er müßte die Geschichte der Buddenbrooks schreiben. Vier Generationen chronologisch. Thomas Mann war keine fünfundzwanzig gewesen. Aber deshalb war er ja auch ein Genie. Rhäs hielt viele für ein Genie. Gar nicht unbedingt wegen ihrer Werke. Er konnte mit Thomas Mann im Grunde nichts anfangen. Trotzdem hielt er ihn für ein Genie. Eben weil er diese Werke geschrieben hatte. Nicht das Was, sondern das Daß. Auch eine uralte philosophische Angelegenheit, der Gegensatz von Quodditas und Quidditas. Aber das war für Hugo Rhäs kein Trost. Auch die Selbstdiagnose »Willenslähmung« nicht. Denn erstens traf sie die Sache nicht sehr genau, und zweitens half die Benennung auch nicht bei der Bekämpfung der Symptome.

Außerdem wollte er sich doch die nächste Zeit nicht mehr mit Literatur, sondern mit Frauen beschäftigen. Kaum eine Stunde nachdem ihm Frau Helfrich das erste Mal in den Sinn gekommen war, mußte er sich schon wieder mühsam an das Vorhaben erinnern, sein Gefühlsleben etwas mehr in den Vordergrund zu rücken. Hugo Rhäs versuchte sich das unscharfe Bild ihres Busens wieder in Erinnerung zu bringen. Aber es wollte ihm nicht richtig gelingen. Andere Gedanken drängten sich ihm auf. Die Zeitschriften, die er damals verbrannt hatte, das waren doch nicht nur schwedische Magazine gewesen.

Gab es da nicht in den Siebzigern eine Zeitschrift mit Namen *High Society*, die sich darauf spezialisiert hatte, Berühmtheiten nackt abzubilden? Und war damals nicht auch ein Bild von Tamara Tajenka in einer deutschen Ausgabe erschienen? Auf einem Presseball hatte sie sich ungeschickt gebückt und prompt war ihr Wickelkleid vorn auseinandergeklappt und hatte ihre Brust für einen Moment entblößt. Dreimal hatte der Auslöser des Fotografen geklickt, und alle drei Fotos waren dann einmal ganz, obwohl nur auf einem der Busen selbst zu sehen war, dann noch einmal in Ausschnitten und dann noch einmal spiegelverkehrt in der Novembernummer zu begutachten. Fünf ganze Seiten hatte die Redaktion damit gefüllt. In dem zusammengestückelten Text, den ein Journalist beifügte, hieß es, daß zu später Stunde das russische Temperament mit ihr durchgegangen sei. Die Überschrift lautete »Na sdarówje, Schwesterchen!«

Ein collagiertes Sammelsurium auf Seite 5 stürzte den naiven Leser – und welcher Leser einer Zeitung mit dem Namen *High Society* ist nicht naiv? – in den befriedigenden Taumel ununterscheidbarer Nudität, der für das wenig Neue, das auf der Titelseite als »Enthüllungen des Schlagerlieblings« angekündigt wurde, entschädigen sollte. Gemäß den Gesetzen der freien Assoziation fanden sich hier neben den erneut, diesmal kleiner, abgedruckten drei Bildern Tamara Tajenkas auch einige Fotos ebenso offenherziger Tänzerinnen aus dem New Yorker *Studio 54*, das damals sehr beliebt war. Bianca Jagger, Jerry Hall und so weiter. Des weiteren einige als »Töchter Lenins« betitelte Schönheiten. Angeblich Landesgenossinnen von Tamara Tajenka, in Wirklichkeit eine willkürliche Mixtur von Archivmaterial. Auswahlkriterium: östlicher Einschlag.

Hugo Rhäs' Zweifel verstärkten sich. Hatte er Frau Helfrichs Busen vielleicht gar nicht im Lehrerzimmer oder bei einer anderen Gelegenheit gesehen, sondern vielmehr seinerzeit den Bericht über Tamara Tajenka in der *High Society* gelesen, und nun bei seinem Gedanken an Frau Helfrich Tamara Tajenkas Busen unwillkürlich mit der Person von Frau Helfrich verbunden? Konnte eine entfernte Ähnlichkeit des Gesichts, eigentlich nur des Mundes, zu einer Ähnlichkeit des Busens führen?

Hugo Rhäs schaute nachdenklich auf das gerahmte Bild über seinem Schreibtisch. Dem Autorenfoto von Burroughs auf der Umschlagrückseite von *Softmachine* nachempfunden, zeigte es das Gesicht von Hugo Rhäs einmal aus zwei linken und einmal aus zwei rechten Gesichtshälften zusammenmontiert. Das Portrait aus den beiden Rechtshälften stellte einen naiven und kindlichen Mann dar, der mit einer Nacherzählung der Buddenbrooks beschäftigt war. Die beiden Linkshälften hingegen wucherten dämonisch ineinander. Aus diesem Gesicht loderte und schrie es: »Schreib dein eigenes *Naked Lunch*! Härter! Stärker! Ungebändigt!« Und obwohl er aus beiden Hälften bestand, gefiel Hugo Rhäs die Linke an diesem Sonntagmittag wieder einmal viel besser.

26

Ebenfalls an diesem Sonntag machte sich Professorin Rikke mit ihrem Lebenspartner Wansl gegen neun Uhr vormittags zu einer Wanderung auf. Obwohl die Hitze so früh am Morgen noch erträglich war, konnte sie sich nicht richtig an der ruhigen und schattigen Umgebung der Wälder erfreuen. Ihr spukte noch immer der Artikel aus dem *New Yorker*, den sie gestern Nacht trotz seiner Länge in einem Rutsch durchgelesen hatte, im Kopf herum. Die Beispiele der kenianischen Mythen hatten sie zutiefst beeindruckt, und dann auch die Idee, den Morbus Mannhoff gesellschaftlich zu interpretieren. Da mußte man erst einmal drauf kommen. Es gab da draußen zwischen dieser ganzen Flachheit und Einfältigkeit tatsächlich noch ein paar scharfe Geister, die etwas zustande brachten, auf das sie selbst nicht ohne weiteres gekommen wäre. Natürlich auch, weil ihr einfach die nötigen Informationen fehlten. Weit abgeschlagen in der mitteldeutschen Provinz. Wo selbst die Städte provinziell sind. Und die Lehrstühle an den Universitäten nicht minder.

Wansl ging neben ihr. Er sagte nichts. Wahrscheinlich löste er im Geist ein Schachproblem. Oder er konstruierte eine elektronische Schaltung. Das zweite, was Professorin Rikke immer wieder daran hinderte, die Wanderung zu genießen, war die Tatsache, daß sie für diesen Abend bei ihrer Freundin Gisela zum Geburtstag eingeladen war. Und sie hatte noch kein Geschenk. Schlimmer: sie hatte noch nicht einmal eine vage Idee für ein Geschenk. Wenn sie daran dachte, überkam sie ein Gefühl der Leere. Da ihr bislang jedes Jahr etwas Besonderes eingefallen war, hatte sie sich selbst in einen gewissen Zugzwang gebracht. Der Wandbehang aus Seidenmalerei mit den Zeilen aus einem Gedicht von Karl Krolow. Die Tanzperformance zu einem Cello-Solostück von Heitor Villa-Lobos. Die lebensgroße

Fotografie mit dem von ihr selbst und ihren Freundinnen nachgestellten *Letzten Abendmahl.* Da konnte sie nicht auf einmal mit einem Buch aus dem Walter Verlag ankommen. Außerdem las Gisela nicht besonders viel. Sie war eben mehr der musische Typ.

Während sie zusammen mit ihrem Begleiter weiter einen Hügel namens Kleiner Knöbis hinaufstieg, überlegte sie, ob man wenigstens mit der Zahl des erreichten Alters etwas anfangen konnte. 39. Drei mal drei ist neune. Die freie Assoziation half ihr oft weiter. Vielleicht ein paar Daten von Ereignissen aus dem Leben bekannter Frauen in deren neununddreißigstem Jahr? Aber auch wenn sie die am Nachmittag noch aus ihrer Bibliothek zusammenklaubte, wie sollte sie das ganze präsentieren? Selbst für einen Kartoffeldruck reichte die Zeit nicht mehr. Je mehr sie versuchte, eine originelle Idee zu finden, desto tiefer verrannte sie sich in immer aussichtsloser erscheinende Überlegungen, die ihr auch noch den Spaziergang vergällten.

27

Tamara Tajenka war entgegen manchen Annahmen weder tot, noch hatte sie sich in ihre russische Heimat zurückgezogen. Im Gegenteil. Die Wiederbelebung der Volks- und Schlagermusik der letzten Jahre hatte auch sie erneut ein Stück ins Rampenlicht gerückt. Sie tingelte mit einigen ihrer größten Erfolge, neuen, eigens für sie arrangierten Titeln und einem Potpourri aus österreichischen und russischen Volksweisen durch die Bierzelte und Lokale der deutschsprachigen Lande. Die kurzzeitig aufgekommene Idee, ihr sogar eine eigene Show im zweiten Programm des deutschen Fernsehens zu geben, eine Neuauflage der einst sehr beliebten Sendung *Der goldene Schuß*, diesmal natürlich nicht mit einer Armbrust, sondern komplizierten elektronischen Schießgeräten, war zwar schnell wieder im Sand verlaufen, dennoch hatte sie auch ohne diese fragwürdige Reprise, der kein Kenner der Branche mehr als drei zähe Sendungen prophezeit hatte, ihr durchaus geregeltes Einkommen gefunden.

An diesem Sonntag war sie zum Beispiel für eine Matinee-Veranstaltung in der *Gezackten Krone* auf dem Kleinen Knöbis gebucht. Und schon am nächsten Tag sollte sie zusammen mit anderen nationalen Stars bei einem Benefiz-Konzert in einem Nobelhotel in Frankfurt auftreten. Der Erlös der Veranstaltung sollte Morbus-Mannhoff-Patienten zugute kommen, auf deren Schicksal man durch den Sektenkrieg in den USA, wie die Zeitungen die Unternehmung Loophole D hier bezeichneten, nun auch in Deutschland aufmerksam geworden war. Gesponsert von der Firma Behemoth, die sich mit ihren Schwimm-, Tauch- und Sportanzügen auf dem deutschen Markt zu etablieren gedachte, versprach der Abend eine große Sache zu werden. Mehrere private Fernsehsender hatten sich angeschlossen und wenn alles klappte, sollte es auch eine Direktschaltung nach Amerika zu Douglas Douglas Jr. geben.

Als Professorin Rikke und Wansl den Gipfel des Kleinen Knöbis erreicht hatten, mußten sie zu ihrem Bedauern feststellen, daß die *Gezackte Krone*, dieses kleine und gewöhnlich kaum besuchte Lokal, in dem sie an anderen Sonntagen vor dem Abstieg immer einen Salat und eine Käseplatte zu sich genommen hatten, aus allen Nähten platzte. Der Parkplatz war mit Autos und Bussen überfüllt und an der Eingangstür hing ein Schild »Geschlossene Gesellschaft«. Von drinnen hörte man gerade die letzten Takte eines Kasatschoks. Sowohl Rikke als auch Wansl hatten Hunger. Also drückten sie sich vorsichtig in den engen und verqualmten Raum. Die anwesenden Gäste, es handelte sich vorwiegend um die Belegschaft einer mittelständischen Firma für Raumluftdesign, also Klimaanlagen, waren ausgelassen und in bester Stimmung. Die Kellner wankten mit hocherhobenen Tabletts zwischen den Tischen umher, und als niemand den beiden auch nur die geringste Beachtung schenkte, zwängten sie sich auf eine schmale Eckbank in einer Nische. Tamara Tajenka hatte ihr zweites Set gerade beendet und kündigte eine kurze Pause an. Da die Bühne von der Nische, in der Professorin Rikke und Wansl saßen, nicht einzusehen war, bekamen sie Tamara Tajenka erst zu Gesicht, als diese an ihnen vorbei nach draußen ging. Professorin Rikke erschrak.

»Das ist doch …« Sie stieß Wansl an. »Da! Schnell! Schau!«

»Was?« Wansl sah langsam von der Karte auf.

»Die Gisela.«

»Wer?«

»Die Frau dort, hast du nicht gesehen, die sieht doch aus wie …« Ein Kellner hatte sich zu ihrer Ecke durchgekämpft und wollte die Bestellung aufnehmen. »Wir nehmen den Haussalat und eine Käseplatte mit Camembert und zwei Radler.«

»Heute gibt's nur Menü.«

»Und was ist das Menü?«

»Russische Schweinshaxe oder russischer Hackbraten.«

»Kein Salat?«

»Nein.«

»Ist da Salat dabei?«

»Weißkohl ist da dabei.«

Rikke und Wansl schauten sich fragend an. »Wir nehmen einmal den Hackbraten.«

»Einmal Hackbraten und?«

»Und zwei Radler.«

»Es gibt nur Kwas oder Wein. Aus Georgien.«

»Dann zwei Wasser, bitte. Ach, und könnten wir vielleicht eine Extraportion Weißkohl haben, wenn das geht?« Der Kellner verschwand. Tamara Tajenka kam von ihrer Zigarettenpause zurück. Die Leute im Saal klatschten, als sie wieder die Bühne betrat. Die Begleitband setzte mit *Nathalie* von Gilbert Bécaud ein. Professorin Rikke wandte sich zu einem Herrn neben ihr, der gerade seine russische Haxe aufgegessen hatte. »Könnten Sie mir sagen, wer das da ist?«

Er lachte und wischte sich mit der Serviette über den Mund. »In welcher Abteilung sind Sie denn?«

»Wir gehören hier nicht dazu.«

»Ach so, ach so. Na trotzdem, die müßten Sie doch kennen. Tamara Tajenka.« Professorin Rikke nickte und drehte sich zurück. Tamara Tajenka. Natürlich. Gisela hatte ihr doch selbst ein paar Mal erzählt, daß sie ihr angeblich so ähnlich sah, und wie man sie während des Studiums immer damit aufgezogen hatte. Das wäre doch überhaupt die Idee: heute Abend mit Tamara Tajenka auf der Geburtstagsfeier zu erscheinen. Was könnte das kosten? Vielleicht fünfhundert Mark. Für ein, zwei Stunden. Wenn man es richtig anpackte. Ihr das ganze schmackhaft machte. Sie brauchte ja nicht zu singen. Zumindest war die Band nicht nötig. Wenn sie dann später vielleicht ein Lied, zusammen mit Gisela ... Das wäre eine Überraschung. Der Geburtstag, besonders der vor der gefährlichen vier, war genau der richtige Tag, um mit solchen mythischen Figuren im eigenen Leben aufzuräumen. Und man räumt immer am besten auf, wenn man den Dingen oder Personen, die einen so lange verfolgen, direkt ins Gesicht sieht. Der Doppelgänger. Kurz kamen Professorin Rikke Zweifel. Wenn man seinem Doppelgänger begegnet, muß man sterben. So heißt es im Märchen. Oder einer von den beiden muß sterben. Aber das war natürlich Unsinn. Es handelte sich dabei nur um ein Symbol. Selbstverständlich muß etwas in einem sterben. Zum Beispiel der Glaube, daß man einmalig ist, völlig unverwechselbar. Die große narzißtische Kränkung. Aber darüber waren sie hinaus. Sie selbst und Gisela auch. Obwohl, wer weiß. Mit Giselas Weiblichkeit, sie hatten schon einige Male darüber geredet, da gab es noch einige Probleme. Schon seit einigen Jahren keinen Freund. Immer Jeans und

Sweatshirt. Und dann diese Gegenfigur hier im engen Glitzerkleid. Dafür um einiges älter. Das kann auch ein Trost sein.

Unsinn, schon wieder machte sie sich zuviel Gedanken. Wo sich doch jetzt ganz einfach etwas zu ergeben schien. Wichtig war erstmal, ob sie Frau Tajenka überhaupt dazu bewegen konnte, heute Abend mitzukommen. Vielleicht hatte sie ja noch andere Verpflichtungen. Wer weiß, wie lang das hier noch ging heute. Der Kellner kam und stellte einen großen Teller vor die beiden.

»Einmal Hackbraten Petersburg.« Daneben setzte er eine Untertasse ab, auf die zwei Eßlöffel Weißkraut gehäuft waren. »Und die Extraportion Weißkohl. Bier kommt gleich.«

28

Das Chop Suey, das sich Hugo Rhäs am Sonntagnachmittag gegen halb drei von dem neuen Chinesen am Bahnhof hatte bringen lassen, schmeckte nicht besonders. Er saß im Wohnzimmer auf dem Boden zwischen den beiden zur Seite gerückten Sesseln. Zum Glück war es draußen schon wieder so heiß, daß er gar nicht überlegen mußte, ob er sich noch einmal zu einem Spaziergang aufraffen sollte. Als sein Vater damals seine Mutter verlassen hatte, saßen sie auch den ganzen Frühsommer nur in der kleinen Wohnung. Seine Mutter immer nur unbeweglich am Küchentisch, mit roten Augen. So meinte er sich zumindest zu erinnern. Wahrscheinlich hatte Klara Rhäs ganz normal den Haushalt weitergeführt und ihn versorgt. Dennoch erschien ihm, wenn er an seine Kindheit dachte, vor allem dieses Bild.

Eines Tages hatte es an der Tür geläutet. Es war ein netter Mann so um die dreißig. Er arbeitete freiberuflich als Journalist für verschiedene Zeitungen. Er erzählte erst ganz allgemein und unverbindlich dies und das, um dann mit kleinen vorsichtigen

Ansätzen auf die Veröffentlichungen der Fotos in der Illustrierten *Bonbonniere* zu sprechen zu kommen. Es sei, rundheraus gesagt, ein Skandal.

»Das ist die Form von Vergangenheitsbewältigung, die sie betreiben können. Kein Wort von den Nazi-Untersuchungen. Der Gebärbescheinigung. All das. Diese ganzen Sauereien. Das wird wie immer alles schön unter den Teppich gekehrt. Und die Opfer bleiben die Opfer.« Klara Rhäs verstand nicht genau, was er damit meinte. Ihr war dieses Vokabular fremd. Nie käme sie auf den Gedanken, sich als Opfer zu sehen. Sie bat ihn in die Küche. Nein, er wolle keinen Kaffee, sei nur auf einen Sprung vorbeigekommen, um ihr das zu sagen. Aber warum? Es hat ihn eben bewegt. Schließlich ist er auch vom Fach. Was einem da vorgesetzt wird Tag für Tag: Unvorstellbar.

»Aber Ihre Sache, Frau Rhäs, Ihre Sache, wirklich abscheulich. Was sagt denn Ihr Mann?« Klara Rhäs antwortete nicht auf diese Frage. »Und einen Jungen, soviel ich weiß?« Sie holte Hugo aus dem Nebenzimmer.

»Na, kleiner Mann«, sagte der Journalist und gab ihm eine leere Filmspule zum Spielen. »Sie arbeiten?«

»Zur Zeit nicht.«

»Ja, das kann ich verstehen.« Der Journalist nickte mehrfach betroffen und verabschiedete sich dann höflich und nicht ohne sich noch einmal dafür zu entschuldigen, dieses unangenehme Thema zur Sprache gebracht zu haben. »Ich weiß, man möchte am liebsten alles vergessen ...«

Das war das erste Gespräch. Es war tatsächlich recht kurz. Trotzdem war eine gewisse Verbindlichkeit hergestellt. Am darauffolgenden Montag kam der Journalist wieder. Er wollte einfach mal nach dem Rechten sehen. Er hatte ein Holzauto für Hugo dabei. Hugo sagte schön Danke. Diesmal sprach der freie Journalist von einem Prozeß.

»Anders kommt man gegen die nicht an. Das wühlt natürlich alles wieder auf, und das tut weh. Aber da muß man durch. Augen zu und durch. In Amerika ist das gang und gäbe. Und was macht es den großen Zeitungen denn auch aus? Während bei uns mit der alten Nazi-Justiz. Das sind alles alte Nazis. Da sitzen welche, die saßen wahrscheinlich auch in dem Ausschuß, der die Frauen nach ihrer Gebärfähigkeit untersucht hat. Und fotografiert, nicht zu vergessen. Was glauben Sie, wie viel anderen Frauen es auch so geht wie Ihnen? Wie viele Fotos da kursieren. Und wie viele Frauen tagein tagaus zittern und sich gar nicht mehr trauen, die Zeitung aufzuschlagen. So was kann immer wieder bei einem Redakteur landen, der eben keine Skrupel kennt. Und dann …«

Klara Rhäs wollte über die Sache nicht reden. Sie wollte das alles vergessen. Sie konnte und wollte sich keine anderen Frauen vorstellen. Es gab nur die Fotos von ihr. Es gab nur ihre Scham, und die wollte sie vergessen. Der Journalist sprach die spätere Ausbildung von Hugo an. Ein Handwerksberuf, vielleicht sogar ein Studium. Aber erstmal die Schule. Das kostet schon was. Klara Rhäs konnte sich nicht vorstellen, daß Siegfried sich nicht mehr um seinen Sohn kümmern würde. Er hatte sich jetzt zwar einige Wochen nicht gemeldet, aber das würde auch wieder anders werden. Wenn sie nur wüßte, wo er steckte.

»Sehen Sie, wenn man das ganze einfach mal aufrollen würde. Ich weiß, ich weiß, ein fürchterlicher Gedanke, aber ich habe immer wieder erlebt, daß es einen befreit, wenn die Fakten auf den Tisch kommen. Wenn man mit einem Mal seine Unschuld beweisen kann, Sie sich selbst, Ihrem Fleischer, Ihrem Kaufmann, Ihrem Ehemann nicht zu vergessen, und hier dem kleinen Hugo natürlich, auch wenn er jetzt noch nichts versteht, aber später, was glauben Sie, wenn er in die Schule kommt. Irgendwann tauchen Fragen auf, und dann stehen Sie immer allein da. Und alles, was Sie dann zu Ihrer Verteidigung vorbringen, hat schnell den Beigeschmack von fauler Ausrede. ›Die muß sich verteidigen‹ heißt es dann. Aber vor einem Gericht, da zählen Fakten. Nur die Fakten. Und die Fakten sprechen für Sie. Eindeutig. Ein richtiger Anwalt, der bläst den Nazi-Richtern schon den Marsch. Und außerdem zeigt man selbst, daß man nichts zu verbergen hat. Man geht in die Offensive. Aber ich kann natürlich vollstens verstehen, wenn Sie davon nichts mehr wissen wollen.«

Das war der zweite Besuch. Der dritte Besuch verlief fast ähnlich. Hugo bekam einen Anhänger für das Auto. Klara Rhäs war nicht mehr verheult. Sie sah irgendwie frischer aus. Der vierte Besuch war überraschend. Der Journalist kam mit der Nachricht, er habe einen Anwalt für die Sache gefunden. Dieser sei mehr als interessiert. Die Aussichten auf Erfolg gleichermaßen vielversprechend. Es gehe jetzt allerdings um zwei Dinge.

»Da müssen *wir* uns drum kümmern. Zum einen: Klärung der Beweislage. Zum anderen: Geld. Natürlich brauchen wir Geld. Ganz umsonst macht es der Anwalt selbstverständlich nicht.« Klara Rhäs nickte. Sie wußte nicht genau, zu was sie nickte, aber sie nickte. Beweise und Geld. Beides besaß sie nicht. Und beides mußte beschafft werden.

»Aber das ist kein Problem. Wir schaffen das schon. Für das Geld habe ich auch schon eine Idee. Wir machen einfach eine große Reportage über Sie, über die Untersuchung, die Fotos, den ganzen Fall. Eine Bildreportage. Über mehrere Folgen. Das gibt genug Geld. Da können Sie den Anwalt bezahlen und Hugo auf die Schule schicken.« Und während der durch und durch sympathische Journalist weiter über das Thema sprach und Klara Rhäs zwischendurch immer wieder zum Lachen brachte, verflüchtigten sich ihre Bedenken, und schließlich willigte sie ein.

Der Journalist war gleich am nächsten Tag wieder zur Stelle, um so etwas wie einen Schlachtplan auszuarbeiten. Sieben Folgen müßte man einer Illustrierten schon anbieten. Aber sieben

Folgen mußten erst einmal gefüllt werden. Vor allem mit Fotos. Er war schon in dem Krankenhaus gewesen. Aber das sah mittlerweile alles ganz anders aus da, und mit den Alliierten, die stellen sich immer gleich so an mit Genehmigungen und Papieren, bis man da die erste Aufnahme im Kasten hat…

»Und Ihre Fotos, die liegen ja nun mal leider bei der *Bonbonniere.* Noch, sage ich nur. Da kommen wir nicht ran. Auch so eine Sauerei. Aber so ist das nun mal. Das hat alles seine rechtlichen Hintergründe. Dafür führen wir ja den Prozeß. Trotzdem brauchen wir Material. Was wir brauchen, ist Material.« Nachdem er diesen Satz noch einige Male wiederholt hatte, verschwand der Journalist. Und tauchte auch erst einmal nicht mehr auf. Klara Rhäs saß am Küchentisch und wartete auf das Klingeln. Aber es passierte nichts. Es wirbelten ihr alle möglichen Gedanken im Kopf herum. Der Prozeß. Die Reportage. Hugo. Siegfried. Vielleicht würde Siegfried ja auch zu ihr zurückkommen, wenn alles erst einmal von einem Gericht richtiggestellt und entschieden war. Sie überlegte, wie sie die Arbeit des netten Journalisten unterstützen könnte. Aber wie sehr sie sich auch den Kopf zermarterte, es wollte ihr nichts einfallen.

Nach zehn sehr langen Tagen stand der Journalist an einem Freitagabend endlich vor der Tür. Er schien verändert, das bemerkte Klara Rhäs gleich. Irgendetwas mußte vorgefallen sein. Aber was? Er war ruhiger als sonst, sprach weder vom Prozeß noch von der mehrteiligen Bildreportage, sondern überreichte Klara Rhäs fast wortlos einen kleinen Strauß Blumen. War das etwa der Abschied? Eine Weile saßen sie sich in der Küche gegenüber. Klara Rhäs fiel nichts ein, was sie ihn hätte fragen können. Und er sagte auch nichts. Schließlich wollte er ganz unvermutet wissen, ob Hugo nicht ein paar Stunden bei der Nachbarin bleiben könnte? Er würde sie nämlich gern zu einem Essen einladen. Eine Kleinigkeit, wirklich nichts Besonderes. Klara Rhäs war erleichtert. Wahrscheinlich hatte sie sich gleich zuviel Gedanken gemacht. Er war vielleicht nur müde von seiner Arbeit. Beim Essen würden sie das weitere Vorgehen besprechen.

Sie brachte Hugo zur Nachbarin, zog sich das beige Kleid mit den großen Tulpen an und ging mit dem Journalisten in den Ratskeller essen. Sie aß ein Kotelett und trank zwei Gläser Wein und noch eins. Der Journalist erklärte ihr während des Essens ganz sachlich, ganz so wie ein Chirurg einen nötigen Eingriff bespricht, daß man einfach alle Bilder nachstellen müsse. Das sei so üblich bei der Presse. Irgendwelche Anhaltspunkte bräuchte man einfach. Material eben. Dann brachte er Klara Rhäs heim. Oder wollte sie sein Atelier einmal sehen? Er hatte nämlich schon etwas aufgebaut. Also machten sie vor dem Haus wieder kehrt und gingen zusammen zu seinem Atelier. Klara Rhäs hatte sich einen lichtduchfluteten Raum mit großen schrägen Fenstern vorgestellt, aber es handelte sich um zwei Kellerräume in einem leerstehenden Haus ohne Dach.

»Als Fotograf ist so viel Licht gar nicht gut.« Ja, das war verständlich. In dem einen Raum entwickelte er seine Bilder. Im anderen machte er seine Aufnahmen. Ein alter Zahnarztstuhl stand in der Ecke. Ein Paravent. Ein paar Schüsseln.

»Na, sieht das nicht schon ganz aus wie in einer Arztpraxis?« Klara Rhäs nickte. Sie war angeheitert, aber jetzt bekam sie mit einem Mal einen trocknen Mund. Als hätte er es erraten, bot ihr der Journalist etwas von der halben Flasche Wein an, die er noch da hatte. Klara Rhäs trank schnell. Dann stellten sie die Fotos nach.

29

»Über die meisten Dinge macht man sich völlig falsche Vorstellungen. Zum Beispiel über den Geheimdienst. Natürlich taucht von Zeit zu Zeit jemand auf, der behauptet, einmal dazugehört zu haben und jetzt die ganze Wahrheit zu erzählen. Aber was bedeutet diese Wahrheit schon? Um eine Wahrheit wirklich zu begreifen, muß man sie erleben. Man muß sie selbst erfühlen und durchdenken. Man muß die Strukturen in sich aufnehmen. Und diese Strukturen müssen einem in Fleisch und Blut übergehen.

Nehmen wir mal an, daß tatsächlich jemand über den Geheimdienst, ich halte es bewußt allgemein, Bescheid wüßte, und daß er dieses Wissen veröffentlichen würde. Kein Problem für uns. Wirklich nicht. Die Medien müßten diese Äußerungen nämlich zwangsläufig in Bilder übersetzen, die der Durchschnittszuschauer oder -leser versteht. Und das werden zwangsläufig die üblichen Bilder sein. Die üblichen Klischees. Und so bleiben die falschen Vorstellungen erhalten. Falsche Vorstellungen haben etwas Gutes. Etwas sehr Gutes sogar. Sie lassen uns ungehindert unsere Arbeit tun.

Beispiel Loophole D. In den acht Tagen, seit wir dort unser Lager aufgeschlagen haben, geistern so viele Thesen durch das Land, daß niemand mehr Bescheid wissen *kann*. Und ich sage ganz bewußt ›kann‹. Sie können versuchen, sich zu informieren. Versuchen Sie es nur, es kommt nichts dabei raus. Aber, was rede ich. Ich könnte Ihnen die ganze Geschichte erzählen. Ich könnte die wirkliche Geschichte in diese Flut der Desinformation hineinwerfen. Und was würde geschehen? Gar nichts. Wahrscheinlich würde man mir am allerwenigsten glauben. Aber warum erzähle ich das überhaupt?

Ich wollte etwas ganz anderes sagen. Das wirklich Gefährliche sind nicht solche Gruppen wie die Bare Witnesses. Lachhaft. Sobald die sich einen Namen geben und Pamphlete veröffentlichen und eine Farm kaufen, haben wir alles in der Hand. Vollkommen. Die wirkliche Gefahr geht von den Psychopathen aus, den Spinnern. Diesen Eigenbrötlern, die weiß Gott wo in einem Zimmer hocken und meinen, sie müßten die Menschheit retten, indem sie so viele Häuser wie möglich in die Luft jagen, oder was weiß ich. Die haben keine Lehre, keinen Glauben, keinen Wahn, die haben gar nichts. Wenn wir die dann später mit Mühe und Not aufgespürt haben, wird ihnen irgendso ein Anwalt schon etwas zurechtdichten. Sie selbst werden sich etwas zusammenlesen aus dem, was die Zeitungen über sie schreiben. Die sind immer schnell bei der Hand mit Vergleichen und Theorien. Die merken gar nicht, daß die Täter diese Theorien übernehmen. Also denken die Schreiber: Da haben wir wieder voll ins Schwarze getroffen. Dabei ist es genau umgekehrt.

Ich habe darüber übrigens einmal mit einem sehr interessanten Mann gesprochen. Einem Franzosen. Einem Philosophen. Er war eine Zeitlang hier bei uns in den Staaten, weil sie ihm einen Preis verliehen haben, und er an einer Universität ein paar Vorträge halten sollte. Ich weiß nicht, warum er sich für den Geheimdienst interessierte. Auf alle Fälle gab es ein Essen. Man hatte mir vorher ein paar Bücher von ihm auf den Schreibtisch gelegt. Übersetzungen natürlich. Trotzdem verstand ich kein Wort. Keine Silbe. Sollte das Englisch sein? Na, ich weiß nicht. Dann haben sie mir ein paar Zusammenfassungen hergestellt. So das Wichtigste in Kürze. Wieder nichts. Ich verstand einfach nicht, was er meinte.

Ich muß mich bei meiner Arbeit nun wirklich durch alle möglichen Machwerke quälen. Ich habe so viele Prophezeiungen und Untergangsvisionen von Gestörten gelesen, daß mir die Bibel vorkommt wie *House on Pooh Corner*. Wirklich. Ich habe gedacht, mich schreckt so leicht nichts. Aber das, das war wirklich eine Nummer zu stark. Ich dachte also: Das kann ja heiter werden. Da sitzt du dann im kneifenden Frack neben einem französischen Philosophen, der so ein seltsames Englisch spricht, eben wie Yves Montand oder Maurice Chevalier, *Sony sight ove de street,* und weißt nichts zu sagen, außer: ›Ich hab gehört, daß ihr immer noch Froschschenkel eßt.‹ Aber es kam ganz anders. Ein sehr witziger Mann, wirklich. Und auch seine Philosophie. Ich glaube, daß er einfach Schwierigkeiten hat, das alles in Worte zu fassen, wenn er es hinschreibt. Schreiben ist ja auch nicht jedermanns Sache. Mir auf jeden Fall konnte er wunderbar erklären, was er meint.

Und da kamen wir auch auf dieses Phänomen zu sprechen. Daß die Täter das Geschwätz der Zeitungen nachbeten und die Zeitungen meinen, sie würden es nur berichten. Er hat das so erklärt: Eigentlich, obwohl wir das nur schwer glauben können und obwohl es ganz unsinnig erscheint, aber er wisse aus Erfahrung, daß es stimmt, also eigentlich gibt es zuerst die Schrift und dann die Sprache. Das hat er herausgefunden. Und davon handeln auch seine Bücher. Davon handeln die. Ich hab zu ihm gesagt: ›Mein lieber Freund, das läuft bei uns unter oberster Geheimhaltungsstufe. Und Sie können von Glück sagen, daß Ihre Werke so unlesbar sind. Sonst müßte ich Ihnen nämlich ein paar meiner Leute vorbeischicken.‹

Da hat er gelacht. Aber wirklich. Wenn das mal jemand verstehen würde, ich meine: wirklich verstehen. Und da sitzt also jetzt dieser Franzose neben mir. Wunderbares weißes Haar. Auch sonst sehr gepflegte Umgangsformen. Durchaus ein Mann von Welt. Und ich habe mir gedacht, auch wieder so ein Fall. Eigentlich weiß er Bescheid. Er weiß nicht nur Bescheid, sondern er schreibt auch noch eine Masse Bücher darüber. Und die Bücher werden angeblich auch gelesen. Sie werden auch übersetzt. Der Mann bekommt Preise und wird zu uns eingeladen. Und trotzdem sage ich: Er wird nicht verstanden. Nicht wirklich.

Die Leute, die solche Bücher lesen, die haben in Wirklichkeit keinen blassen Dunst. Die Leute, die solche Bücher lesen, die interessieren sich nicht für den Geheimdienst. Die interessieren sich nicht für die wahren Beweggründe der ganzen Spinner da draußen, die irgendwo in ihren Zimmern hocken. Im Gegenteil. Die sind die ersten, die diese Spinner noch auf ein Podest heben. Die alles mögliche in diese wirren Phantasien hineingeheimnissen. Aber das hab ich ja schon gesagt.

Trotzdem, auch wenn ich mich wiederhole, wenn Sie mich fragen, das, was mir wirklich Angst macht, das ist die Tatsache, daß man überhaupt nicht mehr nachvollziehen, geschweige denn kontrollieren kann, was aus Information wird. Wo Information hingeht. Ich möchte es nicht allzu laut sagen, aber: Danke für jede Sekte, die sich in einer Farm verschanzt. Die machen uns die Arbeit leicht. Aber was ist mit diesen Spinnern da draußen? Irgendwo schnappt irgendwer was auf und fühlt sich mit einem Mal berufen, den Weltuntergang vorzubereiten. Er redet da mit niemandem drüber. Aber jedes Stückchen Schnur, das er im Supermarkt kauft, das kauft er, um an seiner großen Massenvernichtungsmaschine zu arbeiten. So sieht das aus.«

30

Es ist selten genug, daß ein Geheimdienstmitarbeiter, noch dazu einer aus den höheren Rängen, Humor besitzt. Schon, daß er nicht wie gemeinhin üblich ein vertraut klingendes Pseudonym gewählt hatte, sondern sich als Edgar Jay anreden ließ. Und was die höheren Ränge des Geheimdienstes anging, da konnte er nur lachen.

»Es gibt gar keine Ränge bei uns. Wir sind alle gleich hoch. Anders geht es doch gar nicht. Irgendwann kommt man eben zum Kern der Sache. Das kann man sich gemeinhin nur nicht vorstellen. Wie bei einem Atom. Meinetwegen kann man das auch noch spalten. Aber da gibts dann eben einen Mordsknall. Da gibt es Tote. Verwüstung. So ungefähr müssen Sie sich das auch mit dem Geheimdienst vorstellen. Wir sind ein Atom. Wir leben in einem Atom. Wir sind die Elektronen. Die Protonen und Neutronen. Da gibt es keine Unterschiede mehr. Wir sind alle eins. Weil wir eben am Ende der Leiter stehen. Man kann auch ein Geheimnis nicht beliebig weiterteilen. Irgendwann stößt man zwangsläufig auf seinen Kern. Und da sitzen wir. Ohne Ränge. Ohne Unterschiede. Und ganz bildlich gesagt: Wenn man uns zu spalten versucht, dann knallts.«

Ein Unikum, dieser Edgar Jay, aber solche gab es eben auch im Geheimdienst. Er sprach übrigens immer nur vom »Geheimdienst«. Er benutzte keine genaueren Bezeichnungen oder Abkürzungen. Das seien ohnehin nur wieder alles inhaltsleere Erfindungen.

»Manchmal ist man am genausten, wenn man am allgemeinsten ist.« Irgendwoher hatte er das deutsche Wort »Frontschwein« aufgeschnappt und als treffendes Eponym für sich und seine Arbeit empfunden.

»Ich bin eine Frohntswine«, sagte er immer wieder lachend, wenn er sich in einen der vielen Ordner mit Pamphleten vertiefte, die ihm einmal wöchentlich vorgelegt wurden. Beim Durcharbeiten von Primärtexten blieb natürlich nicht mehr viel Zeit für einen theoretischen Überbau, obwohl eine weitere Beschäftigung mit dem Dekonstruktivismus für Edgar Jay durchaus lohnend, wenn natürlich auch nicht ganz einfach hätte sein können. Immer wieder wären ihm Beweise für die Unzulänglichkeit und Verletzlichkeit der Schrift geliefert worden. Nichts kann man beim Geschriebenen voraussetzen, weder daß es den erreicht, dem man es zukommen lassen will, noch, daß es verstanden, noch, daß es nicht verstanden wird und so weiter. Und wenn man sich des Empfängers nicht sicher sein kann, so kann sich der Empfänger ebenso wenig des Absenders sicher sein. So ist das Geschriebene unkontrollierbar. Aber nicht nur das: Anders als die Sprache vergeht es nicht, sondern bleibt bestehen. Und weil es bestehen bleibt, kann es immer wieder auf einen zurückfallen. Ihn verurteilen.

Keine besonderen Neuigkeiten für Edgar Jay, wenn auch er oder andere Mitarbeiter des Geheimdienstes sie niemals so hätten formulieren können, wie Derrida es später tat.

»Das besondere Merkmal des Geheimdienstes ist, daß er der einzige Ort der Welt ist, an dem es keine Theorie gibt, sondern nur Praxis. Theorie wäre der Versuch, eine Grundlage zu schaffen. Aber der Geheimdienst ist die Grundlage selbst. Wenn der Geheimdienst theoretisiert, löst er sich selbst auf.« Man sieht, die Begegnung mit Edgar Jay war auch an dem Philosophen nicht ganz spurlos vorbeigegangen. Edgar Jay selbst war sich des Problems der Theorieabsenz jedoch ebenfalls durchaus bewußt.

»Du kannst über das, was wir machen, nicht nachdenken. Das ist das Schwierige daran. Denn du möchtest auch mal darüber nachdenken. So wie du über dein Leben nachdenkst. Aber das geht nicht. Dann machst du das, was die ganzen Heinis machen. Aber das hat nichts mit unserer Arbeit zu tun. Nicht das geringste.«

So hätte es den Verfasser des *New Yorker*-Artikels über Loophole D, Harold Nicholson, vielleicht gewundert, wer alles seinen Essay gelesen und seine ureigenen Schlußfolgerungen daraus gezogen hatte. Bestimmt sogar hätte es ihn erstaunt, denn er war noch relativ jung und, wenn auch geistig brillant, unerfahren, was die Verbreitung von Medien anging. Er hatte beim Verfassen des Artikels an alles mögliche gedacht. An die doppelte Überprüfung von Quellen und Angaben. An Zurückhaltung bei Schlußfolgerungen. Und natürlich war sein Artikel von zwei Juristen, einem Sektenbeauftragten und einer Spezialistin für kenianische Völkerkunde gegengelesen worden. Aber daß in einem fast leeren Stockwerk einer ehemaligen Fabrik in Chicago eine gealterte Gestalt der amerikanischen Studentenbewegung, als habe sie schon seit Jahren darauf gewartet, aus diesem Artikel nicht nur die Legitimation, sondern die unumstößliche Notwendigkeit herauslas, endlich, und radikaler denn je, aktiv zu werden, das konnten sich vielleicht Jacques Derrida und Edgar Jay vorstellen, aber nie und nimmer Harold Nicholson.

31

Obwohl Gisela Helfrich ihre Geburtstagsfeier schon rechtzeitig drei Wochen vorher geplant hatte, lief am Sonntagmittag doch einiges schief. Es stellte sich heraus, daß der Brötchenservice »Das goldene Schnittchen« von einem Mann Anfang fünfzig betrieben wurde, der den Kampf mit seiner Alkoholkrankheit noch nicht ganz gewonnen hatte. Zudem arbeitete Kalle tagsüber am Flughafen bei der Gepäckkontrolle. Eine Vertrauensstelle, die er nur erhalten hatte, weil er noch bis vor einem Vierteljahr bei der renommierten Wachgesellschaft Allwell angestellt gewesen war.

Zwar hatte er ausdrücklich darum gebeten, nicht am Wochenende eingesetzt zu werden, allein schon um seine Tochter, die bei seiner geschiedenen Frau lebte, regelmäßig sehen zu können, doch an diesem Sonntag hatte es sich beim besten Willen nicht vermeiden lassen. Die Belegschaft des Bodenpersonals war durch eine Sommergrippe dezimiert, und so wurde gerade in diesen Tagen, an denen Sonnenhungrige von den frisch freigerodeten Startbahnen in noch heißere Gegenden aufbrachen, jeder Mitarbeiter dringend und ohne Einschränkungen benötigt. Das bedeutete für Kalle Dienst bis sieben. Spätestens um sechs jedoch sollten die Platten an Gisela Helfrich geliefert werden.

Samstagfrüh hatte er mit dem Gewerbeausweis eines Bekannten bei einem Großhandel zweihundert Hot-Dog-Brötchen, fünf Plockwürste, ein Kilo Butter, zwei Eimer Miracle Whip, mehrere große Tuben Senf und Ketchup und ein Faß eingelegter Gurken gekauft. Er hatte die Sachen gleich im Auto gelassen, weil er die Brote natürlich unmöglich schon am Samstag schmieren konnte. Sein Plan, die Brötchen einfach während seiner Arbeitszeit am Sonntag zu belegen, harrte ebenfalls immer noch der Durchführung. Der Weg bis zur Tiefgarage nahm einfach zu viel Zeit in Anspruch, selbst wenn er nicht auf den Aufzug wartete, sondern die Rolltreppen nahm. Außerdem konnte man sich in der Dunkelheit und Enge des Autos kaum bewegen. Er fragte eine Bekannte, die im Flughafenrestaurant arbeitete.

»Zweihundert Brötchen? Du nimmst mich wohl auf den Arm. Wenn du nachher um sieben kommst, kannst du ein paar von unseren übriggebliebenen Sandwichs haben.« Die Vorschriften waren in diesem Lokal sehr strikt. Gerade im Umgang mit leicht verderblichen Wurstwaren. Sieben Stunden nach seiner Herstellung durfte ein Sandwich nicht mehr verkauft werden. Kalle überlegte einen Moment, ob er auf das Angebot eingehen sollte, aber hier würde er höchstens ein halbes Dutzend bekommen, und selbst wenn er die anderen Sachen einfach so anlieferte, schließlich könnten sich ja die Gäste selbst die Brote machen, wäre er immer noch zu spät. Er fing an zu schwitzen und bekam einen trockenen Mund. Seine Bekannte vom Flughafenrestaurant schob ihm ein Wasserglas mit einem dreifachen Wodka über die Theke. Er trank. Dann trank er noch einen. Und dann legte er seine letzten zehn Mark hin und bekam dafür einen halben Liter Kümmel zum Einkaufspreis.

Während er zu seiner Arbeit zurückging, beschloß er, Frau Heinrich anzurufen und ihr die Sachlage zu schildern. Es hatte keinen Sinn, sich darum herumzudrücken, das führte zu nichts. Das hatte er in der Vergangenheit immer wieder gesehen. Die

Leute reagieren viel verständiger, wenn man ihnen einfach sagt, was los ist. Und wenn ihm diese Frau Heinrichs schon die Chance gegeben hatte, schließlich kannte sie seinen Betrieb nur von den kleinen Handzetteln, die seine Tochter nach der Schule auf der Straße verteilt hatte, dann würde sie ihm auch noch eine zweite Chance geben. Zusammen würde ihnen bestimmt etwas einfallen. Vielleicht reichte es ja auch aus, wenn er erst um acht käme. Vorher erscheinen sowieso nur meist einige gute Bekannte. Die können dann schon mal was trinken, oder die paar Sandwichs essen, die er vom Flughafenrestaurant bekommen und mit einem Taxi vorgeschickt hätte. Obwohl das gleich wieder so viel kosten würde. Am Ende bliebe wieder nichts für ihn. Aber was soll er sich jetzt unnötig den Kopf zerbrechen. Erst einmal anrufen und sehen, wie sie reagiert.

Leider hatte Kalle den Zettel mit der Telefonnummer und der Adresse zu Hause vergessen. Als er im Telefonbuch nachsah, gab es eine erschreckende Vielzahl von Heinrichs. Und war es jetzt Heinrich oder Heinrichs? Selbst wenn er die Männernamen ausschied. Er versuchte, sich an den Straßennamen zu erinnern, aber er wollte ihm nicht einfallen. Günthersburgring, Grünbergstraße, Güldenweg. Irgendwas in die Richtung. Er war sich auch mit dem Namen nicht mehr so sicher. Es könnte auch Hennrich gewesen sein. Nein, Unsinn. Heinrich. Ganz bestimmt. Vielleicht hatte er ja Glück. Er wählte die erste Nummer. Niemand da. Gut, das war sie schon mal nicht. Denn jetzt um drei müßte sie eigentlich schon mitten in den Vorbereitungen sein. Sie würde ja auch bestimmt noch selbst etwas kochen oder backen. Nur belegte Brote, das ist doch ein bißchen popelig. Obwohl es durchaus nach etwas klang, was auf den Zetteln stand, die seine Tochter verteilt hatte. Auf der anderen Seite konnte er hier auch nicht seine wertvolle Zeit mit Telefonieren vertrödeln. Er mußte zurück zur Arbeit. Wieder fing er an zu schwitzen. Wieder wurde sein Mund trocken. Er leerte die

Flasche Kümmel zur Hälfte, was nicht ganz leicht war, da er sich in der halboffenen Telefonzelle etwas nach vorn bücken mußte, um nicht von irgend jemandem dabei gesehen zu werden. Kalle hatte Pech. Keiner der fünf Heinrichs, die er erreichte, hatte zweihundert Hot-Dog-Brötchen für eine Geburtstagsfeier bestellt. Er trank den Rest der Flasche und ging zur Arbeit.

32

Als die Leute vom »Goldenen Schnittchen« um halb sechs, eine Stunde nach der verabredeten Zeit, immer noch nicht erschienen waren, und sich auch unter der Nummer auf dem Handzettel niemand meldete, entschloß sich Frau Helfrich, schnell zu handeln. Sie griff zum Branchenbuch, rief der Reihe nach die verschiedensten Restaurants mit sogenanntem Home Service an und stellte kurz und bündig ein Menü aus kleinen chinesischen, indischen und italienischen Speisen zusammen.

Dann kamen die ersten Gäste. Gerade heute fiel ihr wieder mal besonders auf, daß sie eigentlich nur Paare kannte. Und daß es bei diesen Paaren die Regel zu sein schien, daß entweder der Mann nett war oder die Frau. Niemals jedoch beide. Oder bildete sie sich das nur ein? Sie stellte Beobachtungen an. Nein, es stimmte. Helga nett und heiter – Hans-Günther mürrisch und verstimmt. Walter zuvorkommend und charmant – Anneliese zänkisch und verkniffen. Und so weiter. Gegen halb neun waren alle eingetrudelt. Es hatte nur zwei Ausnahmen gegeben: Waldemar und Sophie – beide problematisch. Und Ute und Caroline – beide nett. Mehr als nett. Und war das ein reiner Zufall, daß ausgerechnet zwei Frauen, die zusammen waren, nicht nur nett erschienen, sondern auch glücklich miteinander? Mit einem Mal fiel ihr auf, daß Sabine und Wansl noch fehlten.

Gisela Helfrich dachte an die kleinen Aufführungen und

Performances bei ihren früheren Geburtstagen zurück. Man mochte dazu stehen, wie man wollte, Sabine war immer etwas Besonderes eingefallen. Schade, wenn sie heute nicht kommen würde. Sie drehte sich im Zimmer um und schaute, ob auch alle gut versorgt waren. Das mit den verschiedenen Kleinigkeiten war überhaupt die Idee. Sie hatte mehr als genug bestellt, und einige hatten auch noch, ganz wie früher, selbst einen Salat oder Kuchen mitgebracht.

Das Telefon klingelte. Sie ging hinaus auf den Flur. Ihre Mutter, die es sich nicht nehmen lassen wollte, ihr noch einmal einen schönen Abend zu wünschen, war am Apparat. Während Gisela sich bedankte, schellte es an der Tür. Sie machte Anneliese, die gerade aus dem Bad kam, ein Zeichen, zu öffnen. Vor der Tür stand ein verschwitzter Mann Anfang fünfzig. Sein Gesicht glühte rot. Seine Haare waren naß an Kopf und Stirn geklatscht. Seine Hose hing etwas zu tief nach unten. Sein Hemd war offen. Im rechten Arm hielt er einen Eimer Miracle Whip. Links neben ihm stand ein großer Plastiksack mit weichen Brötchen, den er mühsam oben zuhielt. Aus der Art, wie Anneliese automatisch einen Schritt zurückging, konnte man schließen, daß der Mann eine Fahne hatte.

»Ich muß jetzt mal aufhören, Mama. Da ist jemand an der Tür. Ich erzähl dir dann morgen, wie es war. Ja, tschüß.« Der Mann im Hausflur hatte angefangen, sich leicht schwankend die Schuhe auf der Matte abzustreifen. »Ja bitte?«

»Ich, ich komme mit den Brötchen. Ich, das goldene Schnittchen.«

»Na, Sie sind vielleicht gut. Es ist gleich neun.«

»Ich mußte arbeiten. Und dann hatte ich die Adresse verlegt.«

»Ja, alles schön und gut, aber ich kann Sie leider nicht mehr gebrauchen. Das ist Ihnen doch wohl klar.«

»Aber ich hab doch die ganzen Sachen. Unten ist noch mal so viel. Und Wurst.«

»Aber Sie haben die Brötchen ja noch nicht mal belegt. Und was sind das außerdem für Brötchen? Auf Ihrem Zettel hieß es doch ›Vielfältige Leckereien auf exklusiver Brotunterlage. Mit ausgesuchten Wurst- und Käsesorten. Auf Wunsch auch vegetarisch und vegan.‹ Ich habe extra halb und halb bestellt.«

»Ich hab auch noch Gurken.« Kalle machte eine hilflose Bewegung mit den Armen, so als wollte er aus einem mit Essiglauge gefüllten Bassin auftauchen. »Unten. Im Auto.«

»Nein, das tut mir leid. Das müssen Sie verstehen. Ich brauche nichts mehr. Sie haben sich nicht an unsere Vereinbarungen gehalten, da kann ich nichts weiter für Sie tun.«

Sie schloß die Tür und ging ins Zimmer zurück. Ute und Caroline tanzten zusammen zu der Samba-CD, die sie Gisela geschenkt hatten. Sie sahen wirklich sehr glücklich und zufrieden aus. Ute winkte Gisela zu sich und für ein paar Takte tanzten sie alle drei umarmt ein paar Schritte. Wieder schellte es. Am Ende wieder dieser unmögliche Mensch vom Brötchenservice. Hoffentlich hatte er nicht noch mehr angeschleppt. Gisela Helfrich ging zur Tür und öffnete.

»Sabine! Wansl! Ach, das ist aber schön, daß ihr doch noch kommt. Ich freu mich wirklich.« Sie wollte beide hereinlassen, aber nur Wansl ging an ihr vorbei, während Sabine in der Tür stehen blieb.

»Und ich hab auch noch eine Überraschung für dich.«

»Ja? Aber das ist doch nicht nötig. Das weißt du doch.«

»Nein, nein. Du weißt doch, daß ich eigentlich immer versuche, selbst etwas auf die Beine zu stellen. Aber diesmal habe ich dir jemand anderen mitgebracht. Ich hoffe, daß du dich freust.« Sabine ging zurück zum Treppenabsatz und winkte nach unten. Gisela Helfrich war gespannt. Man hörte leichte Schritte, und dann erschien eine Frau. Sie hatte ein auffälliges, doch sehr geschmackvolles Cape an, unter dem ein buntes Kleid zu sehen war. Die Frau war Anfang fünfzig, sah durchaus gut aus, fremdländisch, und irgendwie kam sie Gisela auch bekannt vor. Sie schaute etwas verwirrt zu Sabine.

»Du willst doch nicht etwa sagen, daß du sie nicht erkennst?«

»Doch, doch«, sagte Gisela zögernd.

»Und ihr seht euch wirklich ähnlich«, fügte Sabine hinzu, »vor allem der Mund, das ist schon frappant.« Ja, das stimmte. Dennoch wußte Gisela Helfrich immer noch nicht, wen sie da vor sich hatte, und von wem sie gerade die Hand gedrückt und »S dnjom roshdjenija!« gesagt bekam. Sabine bemerkte die Unsicherheit wohl, und natürlich konnte man auch unmöglich mit so etwas rechnen, das war ihr schon klar. Also sagte sie mit übertriebener Geste: »Darf ich vorstellen: Gisela Helfrich. Tamara Tajenka.«

33

Aus dem Prozeß, auf den Klara Rhäs noch einige Zeit gehofft hatte, wurde nichts. Die nachgestellten Fotos waren zu gewagt, um bei der deutschen Nachkriegsboulevardpresse einen Abnehmer zu finden. Sie erschienen unzensiert und ohne Balken in mehreren schwedischen Magazinen. Der nette Journalist ließ anfangs nichts von sich hören, kam dann aber nach über einem Monat vorbei, um Klara Rhäs fünfhundert Mark zu bringen. Fünfhundert Mark waren eine Menge Geld. Aber lange nicht ausreichend, um einen Prozeß zu führen oder Hugo eine Ausbildung zu garantieren.

Der Journalist wollte nur noch einmal nachfühlen, wie die Sache so stand. Hatte Frau Rhäs begriffen, um was es ging? Wußte sie mittlerweile, wie sie sich immer wieder ganz leicht etwas dazuverdienen konnte? Unter Umständen auch etwas mehr, wenn sie zu etwas mehr bereit war. Sie war eine attraktive Frau. Aber was sie besonders attraktiv für gewisse Kunden machte, war ihre Geschichte. Sonst mußte man immer eine Geschichte konstruieren, das war eine alte Sache. Man konnte nicht einfach ein paar Bilder abdrucken und fertig. So lief das nicht. Man mußte den Lesern das Gefühl vermitteln, jemanden Außergewöhnlichen vor sich zu haben. Das Mädchen von nebenan. Die biedere Hausfrau, die man aus irgendeinem Grund dann doch nackt zu sehen bekam. Diesen Grund mußte man für die Kunden liefern. Und das war nicht leicht. Es reichte nicht, irgendeinem Chorgirl eine Schürze umzubinden oder sie neben einen Staubsauger zu stellen. Das wirkte unecht und ließ den Puls um keinen Schlag steigen. Natürlich gab es welche, die lieferten ihre Geschichten selbst, aber das waren die wenigsten. Für die anderen mußte man sich schon etwas einfallen lassen.

Da war Klara Rhäs in gewisser Hinsicht ein Idealfall. Es gab tatsächlich Fotos, die ohne ihr Wissen gemacht und an die Front verkauft worden waren. Dazu die neuen Bilder. Sie kehrt zum Ort ihrer Erniedrigung zurück, aber diesmal mit Selbstbewußtsein. Sie will zeigen, daß sie immer noch schön ist. So etwas in der Art hatte er dazu geschrieben. Sie will sich nicht mehr schämen. Sie will kämpfen. Mit den Waffen einer Frau. Je abstruser desto besser. Das könnte man dann ausbauen. Na gut, der Sprung zu richtigen Paaraufnahmen, der wäre nicht so leicht. Obwohl, warum sollte sie nicht auch ihr Glück genießen, nach so vielen Jahren der Entbehrung? Zwei Männer haben sie verlassen. Jetzt gibt es einen, der sie versteht. Oder sogar gleich zwei.

Aber Klara Rhäs hatte nicht ganz begriffen, was er wollte. Sie sagte höflich Danke für das Geld. Aber dann wollte sie wissen, wann sie zum Anwalt gingen.

»Ein zu heißes Eisen«, sagte der freundliche Journalist. »Das ist nur ein Entschädigungshonorar sozusagen, weil meine Zeitung die Folge nicht bringen will. Nicht bringen kann. Die haben mich hängen lassen. Aber ich lasse Sie nicht hängen.« Noch eine

Stunde hatte er bei ihr gesessen. Hugo war hereingekommen und hatte ihm Auto und Anhänger gezeigt. »Ach, für dich habe ich ja heute gar nichts.«

»Aber das macht doch nichts, ich bitte Sie. Ich kaufe ihm jetzt erstmal was richtiges zum Anziehen von dem Geld.« Nein, sie verstand wirklich nicht, worum es ging. Vielleicht war sie enttäuscht. Aber das konnte er sich eigentlich nicht vorstellen. Vielleicht ging es ihr tatsächlich darum, ihren Mann wiederzubekommen. Wieder eine Familie zu haben. Aber auch dafür war sie ihm zu ruhig, zu lethargisch, gar kein bißchen kämpferisch. Er legte ein paar von den schwedischen Zeitungen auf den Tisch. Natürlich keine, in der ihre Aufnahmen waren. Und sagte nur beiläufig, daß man mit sowas, seltsamerweise, Geld verdienen könne. Aber sie reagierte nicht. Sie reagierte mit keiner Miene. Sie wurde nicht rot, wie manche anderen, die alles weit von sich wiesen und schon wenig später ähnlich aufgemacht aus dem Nebenzimmer erschienen. Sie machte auch keine Witze. Sie war einfach gleichgültig und auf eine seltsame Art verschlossen.

Ganz beiläufig fragte der nette Journalist beim Hinausgehen nach der Nachbarin, die damals so lieb auf den kleinen Hugo aufgepaßt hatte. Auch alleinstehend und ohne Arbeit. Allerdings auch ohne Kind.

»Ob sie jetzt wohl gerade da ist?«

»Durchaus möglich.«

»Ich wollte sie nur etwas fragen, ganz kurz.« Und Klara Rhäs schloß die Tür und hörte, wie der nette Journalist nebenan klopfte. Und sie hörte Stimmen, und wie er hineingebeten wurde. Und sie hörte, wie der Wasserhahn quietschte, weil Wasser für Kaffee aufgesetzt wurde. Und es war schon recht spät, als der nette Journalist wieder ging. Aber da konnte sich Klara Rhäs auch getäuscht haben. Vielleicht waren das auch die Schritte von jemand anderem auf der Treppe.

Zweiter Teil

Cancel my subscription
to the resurrection.
Send my credentials
to the house of detention.
I got some friends inside.

The Doors

1

»You can go on, go on forever. Permanent green light«, schrie und stampfte es in ständiger Wiederholung aus den Lautsprechern. Es hallte an den unverputzten Wänden der Fabriketage wider und verfing sich in dem Strudel der über den Estrich verteilten Platten, Zeitschriften, Bücher und Kleider.

Abbie Kofflager war nach der eher zufälligen Lektüre des *New Yorker*-Artikels über Douglas Douglas Jr. und Loophole D in einen Zustand der Unruhe verfallen. Er lief hin und her und suchte seine Laufsachen zusammen. Die Schuhe, Turnhose und Socken sowie ein ausgewaschenes T-Shirt mit einem rosenverzierten Schädel und der Zeile »Who are the Grateful Dead and why do they keep following me?«

Obwohl das Loft, das er bewohnte, sehr weitläufig war, staute sich die Hitze schnell unter den hohen, nur schlecht zu öffnenden Deckenfenstern, die er mit Bettlaken abgehängt hatte. Fast schien die Luft über der HiFi-Anlage zu flimmern. Der Schweiß verklebte seinen Vollbart und sickerte in die langen, struppigen Haare. Seine gelbgetönte Brille fing an zu beschlagen.

Abbie Kofflager war eher schmal, dennoch hatte seine äußere Erscheinung ausgereicht, nach Dead-Konzerten in der Chicagoer Gegend erfolgreich Mädchen anzusprechen und mit nach Hause zu nehmen. Er hatte dabei niemals vorgegeben, Jerry Garcia zu sein, aber entsprechenden Vermutungen auch nicht direkt widersprochen. Meist waren die Teenies ohnehin zugedröhnt und einfach froh, einen Platz zum Schlafen gefunden zu haben. Aber das lag Jahre zurück. Abbie hatte inzwischen keine Lust mehr auf so etwas, denn wie sich bald herausstellte, war durchaus etwas wahres an dem alten Witz: Woran erkennt man, daß Deadheads in deiner Wohnung waren? Sie sind immer noch da.

Meist gab es gleich zwei, drei Konzerte in der Nähe, und da war es einfach praktisch, sich tagsüber bei Abbie auf die faule Haut legen und für den Abend und die lange Nacht ausruhen zu können. Dagegen hätte Abbie im Grunde auch nichts einzuwenden gehabt, wären ihm im Laufe der Zeit nicht unersetzliche Platten mit Kerzenwachs und Zigarettenasche ruiniert, einmalige Bootleg-Kassetten sowie eins seiner Scrapbooks geklaut und sein Dope weggeraucht worden. Als man dann Randall Delpiano, einen Mann, der als Bob-Weir-Double die Leute ausnahm, für zwei Jahre ins Gefängnis schickte, nahm Kofflager das zum Anlaß, seinen Lebensstil zu ändern.

Die Hochbahn fuhr mit dem jammernden Aufschrei einer verzerrten Gibson um die Biegung hinter der Fabrikhalle. Die Sonne rutschte wie ein müder Fesselballon abwärts über den Himmel in Richtung Bridgeport. Abbie schnürte seine Laufschuhe, rannte die Treppen hinunter und trat auf die Straße. Die Luft des Spätnachmittags war staubig und kaum weniger drückend als in seiner Wohnung. Abbie bog nach rechts ab und lief seine übliche Route.

Unter anderem führte ihn dieser Weg an einem kleinen, leerstehenden Grundstück vorbei, auf dem es seit einiger Zeit geschäftig zugegangen war. Man hatte den Maschendrahtzaun ausgebessert, die größten Löcher im Boden mit Rollsplit zugeschüttet und schließlich eine Art Baracke aus Fertigteilen errichtet. Vor ein paar Tagen standen dann mit einem Mal fünfzig auf Hochglanz polierte Gebrauchtwagen da.

Als Abbie Kofflager sich jetzt dem Platz näherte, hörte er schon von weitem laute Musik. Er kannte das Stück. Es war das Ende von Perry Comos *Catch A Falling Star.* Wie oft hatte er das zu Hause hören müssen. Sein älterer Bruder war ein eingeschworener Perry-Como-Fan gewesen und hatte mit dieser Schnulze immer gegen Abbies Musik angekämpft, und schließlich auch gewonnen, da er sich als Student einfach die bessere Anlage hatte leisten können, während Abbie nur den alten ausrangierten Kofferplattenspieler seiner Eltern besaß.

Die Baracke glänzte in einem neuen rosa Anstrich. Am Zaun festgebundene Heliumballons wiegten sich in der Melodie und stießen aneinander. Die Musik verklang.

Jetzt müßte eigentlich *I Love You And Don't You Forget It* kommen, dachte Abbie unwillkürlich und ärgerte sich, daß er nach über zwanzig Jahren noch immer die Reihenfolge der Lieder auf den Platten seines Bruders auswendig kannte. Und das Lied kam tatsächlich. Abbie Kofflager war inzwischen gut dreißig Minuten gelaufen. Die Ausschüttung von Endorphinen hatte eingesetzt, weshalb er weiter auf regelmäßige Atemzüge achtete und das ganze für einen Zufall hielt. Platten sind Platten, da ist die Reihenfolge ein für allemal festgelegt. Nach *Ripple* kommt *Brokedown Palace* und nach *Heartbreaker* kommt *Livin' Lovin' Maid*, obwohl dieser Übergang alles andere als zufällig und mehr als gekonnt war.

Aus den Augenwinkeln sah er einen breitschultrigen Mann in einer kleinen Gruppe von Menschen mit Martinigläsern zwischen den Autos stehen. Ein Mann, der ihm eigentlich hätte bekannt vorkommen können, obwohl er fast genauso lang nichts mehr von ihm gehört hatte wie von Perry Como. Aber beim Laufen zählt immer nur der nächste Schritt. Und so kam Abbie erst nach knapp siebzig Minuten, als er wieder in seinem Loft angelangt war und unter der Dusche stand, die Szene erneut in den Sinn. Und jetzt erst sah er auch den Mann deutlich vor sich: Die langen Koteletten, die fahrigen Bewegungen der Hände, die Art, den Kopf immer etwas einzuziehen, um ihn bei geeigneter Gelegenheit mit einem Ruck wieder ausfahren zu können, kein Zweifel: das war sein Bruder.

2

Der Mann führte das Messer mit den Bewegungen einer in langen Jahren eingeübten Routine. Kleine Blutstropfen quollen aus den Wunden des Jungen und liefen in dünnen Bächen die Vorderseite des leicht gebeugten Kopfes hinunter, wo sie die weiße Gesichtsbemalung verschmierten. Ein Gehilfe schöpfte mit einem Holzlöffel etwas braunen Sud aus einer abgegriffenen Tupperwaredose und träufelte die Flüssigkeit langsam in die offenen Schnitte auf dem kahlrasierten Kopf. Erneut ließ der Mann das Messer langsam am Hinterkopf des Jungen entlanggleiten, um die Spitze der Klinge schließlich zentimetertief in der Nackengrube zu versenken.

Dr. Howardt nahm an, daß es die Stelle zwischen Protuberantia occipitalis und dem Dornfortsatz des Epistropheus war, hinter der sich eine der liquorgefüllten Zisternen des Schädels befand. Der Junge verzog keine Miene. Der Mann drehte das Messer wieder heraus und übergab es seinem Helfer. In dem Hinterzimmer kehrte völlige Ruhe ein. Bestimmt mehr als dreißig Personen drängten sich auf engstem Raum aneinander. Die Hitze war unerträglich.

Von seinen Aufenthalten in Somalia und Kenia kannte Dr. Howardt ähnliche Riten. Gerade in Kenia hatte man mit allen möglichen Beschwörungen versucht, die an Morbus Mannhoff erkrankten Kinder trotz des fehlenden Skeletts am Leben zu erhalten. Allerdings war er in diesem Juli 1996 nicht aus beruflichen Gründen nach Kuba gekommen, sondern um sich an seinem siebzigsten Geburtstag etwas Ruhe und Erholung zu gönnen. Seit einiger Zeit machten ihm nämlich depressive Stimmungsschwankungen zu schaffen.

Obwohl er das erste Mal in Kuba war, fühlte er sich beständig an etwas erinnert. Dem Touristenprogramm zu folgen, tagsüber am Strand herumzudösen, abends eine der Zigarrenfabriken zu besichtigen und nachts durch die Bars zu ziehen, war für ihn unmöglich. Lieber strich er allein durch die Gassen, schaute in Hinterhöfe und ließ sich von Kindern in Wohnungen ziehen, wo immer eine zahnlose Alte bewegungslos auf einer Liege lag und Che und der Papst einträchtig nebeneinander im Goldrahmen über einer primitiven Feuerstelle wachten. Er betrachtete die einfach geschnitzten Holzboote, mit denen die Kleinen spielten, lehnte den angebotenen Kaffee der Hausherrin ab und versuchte, die Flecken um den Mund und andere Hinweise auf Krankheiten nach Möglichkeit zu übersehen.

Immer aber ließ er etwas Kleingeld oder einen Schein zurück. So auch jetzt, als er sich noch vor Ende der Zeremonie aus dem düsteren Hinterzimmer des Frisörgeschäfts nach draußen drängte und durch den Laden zurück auf die Straße schlich.

Eine knappe Generation später und man hätte ihn irgendwo hier und nicht in Europa eingesetzt. Die Enge der Gassen und das ständige Gemurmel einer fremden Sprache ließen die Erinnerung an Deutschland in ihm aufsteigen, obwohl es dort kalt und diesig gewesen war. Er mußte an eins der Spielzeugboote mit dem eingekratzten Namen *Miami* denken und an das Schiff, daß er während der Schwangerschaft seiner Frau geschnitzt hatte.

Als er sein Hotelzimmer betrat, kam es ihm verändert vor, ohne daß er hätte sagen können, warum. Sein Koffer schien unangerührt und seine Sachen lagen, soweit er das beurteilen konnte, alle auf ihrem Platz. Hatte er das Fenster offen gelassen oder selbst geschlossen? Vielleicht war auch nur das Zimmermädchen hereingekommen, um die Handtücher zu wechseln.

Er legte sich auf das Bett und starrte an die Decke. Jetzt in der Stille nahm seine innere Spannung noch mehr zu. Wenn er die Augen schloß, sah er den Weiher vor sich. Es war der Abend, nachdem das Kind gestorben war. Er hatte getrunken und mußte sich am Brückengeländer festhalten. Unter ihm das graue Wasser, in dem sich eine Laterne spiegelte. Eine verspätete Ente schwamm vorbei und ganz in der Ferne trieb schwankend der kleine, hölzerne Dreimaster, der keinen Namen mehr bekommen sollte.

Dr. Howardt stand auf und ließ sich am Waschbecken kaltes Wasser über die nackten Arme laufen. Dann telefonierte er mit der Rezeption und kündigte für den nächsten Tag seine Abreise an.

3

Das Zucken des Stroboskoplichts ließ die Bewegungen des kleinen Hans ruckartiger erscheinen als sie waren. Er lief den Flur entlang und rüttelte verzweifelt an den verschlossenen Türen. Der bucklige Gnom, der ihn verfolgte, mußte immer wieder Halt machen und den schweren Eiseneimer absetzen, den er mit sich schleppte. Trotzdem würde er Hans gleich eingeholt haben. Am Ende des Flurs angekommen, warf der sich gerade mit aller Kraft gegen die letzte Tür. Doch auch hier hatte er kein Glück. Der Gnom lachte. Er holte einen großen Schlüsselbund aus dem Eimer und öffnete damit einen der vorderen Eingänge. Ein Hund mit drei Köpfen sprang heraus und bellte in die Richtung des inzwischen auf den Boden gesunkenen Jungen. Der Gnom humpelte weiter und ließ aus dem nächsten Zimmer eine Frau in einem glänzenden Stahlkorsett frei. Wieder lachte er und schloß eine dritte Tür auf, aus der sich ein dicker Spinnenleib herausquetschte. Noch einige Schritte, dann war der Gnom bei seinem Opfer angelangt. »Steh auf!« befahl er mit heiserer Stimme. Doch Hans blieb liegen. Tränen flossen aus seinen Augen. Er warf sich hin und her und strampelte mit den Beinen. Schließlich faßte er sich, drehte seinen Kopf langsam dem

Gnom entgegen und hob mit verzweifelter Stimme an: »Can't see my eyes, can't smell my nose, my thoughts are weird and comatose – can't take this anymore. Can't take this anymore.«

Dr. Rubinblad wandte sich zu seiner Frau und flüsterte: »Ich halte das auch bald nicht mehr aus.« Sie lächelte und legte einen Finger auf ihre Lippen. Auf der Bühne bahnte sich gerade ein weiterer Höhepunkt an. Der Schauspieler, der den jungen, pubertierenden Hans spielte, war inzwischen aufgestanden und tanzte zwischen den greulichen Ungeheuern umher, wobei er mit jedem der Monstren ein kleines Duett sang. Besonders eindrucksvoll war der Part der Spinne, in dem als Leitmotiv eine Paraphrase aus der *Königin der Nacht* anklang. Diese Melodie verspann sich immer dichter mit dem Hauptthema des kleinen Hans.

Frau Rubinblad fand die Vorführung durchaus unterhaltsam. Selbst die Tatsache, daß der farbige Hauptdarsteller mit einem leichten deutschen Akzent sang, war dem Stück dienlich, da es unwillkürlich Anklänge an die Heimat der Psychoanalyse hervorrief, für deren Umsetzung der Regisseur ergreifende Bilder gefunden hatte. Gerade jetzt setzte die Metamorphose der Ungeheuer ein, krümmte sich die Frau im Stahlkorsett in einer hysterischen Brücke, um im nächsten Moment geläutert und in einen Traum aus Seide gekleidet neben dem kleinen Hans nach vorn zu schreiten, wo sie der Chor der befreiten Triebe empfing. Wie in einer Szene aus *Hair*, das 1996 wieder vermehrt auf den Spielplänen amerikanischer Theater auftauchte, fielen sich das steife Über-Ich im blauen Zweireiher und das Es in Fransenjacke in die Arme.

Sinnigerweise hatte man im Theater von East Saint Louis das Musical *The Gordian Knot* als Rahmenprogramm für den Neurologenkongreß zum Thema »Fokale Störungen höherer Hirnfunktionen« ausgewählt. Es handelte sich bei dem Musical um eins der ersten Werke Stephen Sondheims, das er nach Beendigung seiner Zusammenarbeit mit Leonard Bernstein verfaßt hatte und dem die Spuren des Vorbilds noch deutlich anzumerken waren. Auch war das Stück mit seiner Bearbeitung der Freudschen Trieblehre und den Anleihen aus dem Opernfach vielleicht eine Spur zu ehrgeizig geraten. Die zwingende Handlung fehlte, und die Zeit zwischen den einzelnen, durchaus eingängigen Liedern verstrich eher langsam.

Dr. Rubinblad fragte sich, ob die Inszenierung, so wie sie hier umgesetzt wurde, tatsächlich vom Komponisten vorgeschrieben war, oder ob die Interpretation eher ein Zugeständnis des Regisseurs an die sich zur Zeit der Premiere in der Stadt aufhaltenden Neurologen und Psychologen darstellte. Doch wenn er sich umsah, konnten das da auf den Rängen unmöglich alles Kollegen sein, die an diesem Abend begeistert die letzte Vorstellung des Stücks verfolgten.

Der kleine Hans und seine Braut ritten auf der Spinne nach links ab, während der sich selbst zerfleischende Gnom unter den Trümmern des Flurs, dessen Aussehen die Form einer Gehirnwindung angenommen hatte, begraben wurde. Der Vorhang fiel und frenetischer Applaus setzte ein. Frau Rubinblad zwinkerte ihrem Mann zu, und so klatschte er schließlich, wenn auch widerstrebend, mit.

4

Tamara Tajenka war unkompliziert. Sie stand eine Weile bei Frau Helfrichs Geburtstagsfeier am Buffet herum, um zu sehen, ob man sie vielleicht nicht doch erkannte. Als dies jedoch nicht der Fall zu sein schien, löste sich schon bald ihre Stimmung. Jemand fragte sie, ob sie auch Lehrerin sei, und sie lachte und sagte »Ja.«

»Auch Musik?«

»Nein, Sport und Religion.« Dann trank sie Bowle. Mittlerweile tanzten mehrere Paare. Sie fand Ute und Caroline am sympathischsten. Beide konnten sich dem lateinamerikanischen Rhythmus am besten hingeben. Dann wurde sie aufgefordert. Gisela Helfrich sang laut mit zur Musik. Tamara Tajenka sang nicht, aber sie empfand den Gesang von Gisela keineswegs als aufdringlich oder störend. Sabine Rikke klatschte sie ab, aber nicht um selbst mit ihr zu tanzen, sondern sie zu Gisela zu führen, damit die beiden einmal ein paar Schritte zusammen versuchen sollten. Ein Foto? Natürlich. Jetzt die Gesichter noch etwas dichter nebeneinander. So ist es gut. Lächeln. Danke. Gisela Helfrich und Tamara Tajenka sahen sich für einen Moment verlegen an. Sie hatten für das Foto ihre Backen gegeneinander gepreßt. Das war ein angenehmes Gefühl gewesen. Dann klatschten sie in die Hände und tanzten weiter.

Es wurde spät. Die entfernteren Bekannten verabschiedeten sich. Es wurde noch später. Sabine Rikke fragte Tamara Tajenka, ob sie mitfahren wolle, denn sie mußten jetzt langsam los. Tamara Tajenka saß gerade neben Gisela Helfrich und betrachtete Kinderbilder in einem Fotoalbum. Je jünger Gisela war, desto ähnlicher wurden sie sich.

»Nein danke, ich nehme mir gleich ein Taxi«, erwiderte Tamara höflich. »Und vielen, vielen Dank, daß Sie mich hierher mitgenommen haben. Es hat mir wirklich großen Spaß gemacht. Und falls Sie morgen Abend Zeit haben, ich würde mich freuen. Es gibt leider keine Freikarten, weil es eine Benefizveranstaltung ist, aber vielleicht können wir ja nachher noch etwas zusammen trinken.«

»Ja, das Thema interessiert mich durchaus«, sagte Professorin Rikke, »ich denke schon, daß ich komme.« Dann waren Gisela Helfrich und Tamara Tajenka allein. Es war kurz nach drei. Gisela hatte mit einem Mal noch Hunger. Sie ging zum Buffet und nahm zwei Frühlingsrollen.

»Du auch?« Tamara Tajenka schüttelte den Kopf und lächelte.

»Oh, entschuldigen Sie.«

»Was?«

»Das Du.«

»Aber das macht doch nichts. Wir duzen uns alle im …« Sie unterbrach sich. Showgeschäft klang so albern. Außerdem war das ein anderes Du. Sie stand auf. »Ich glaube, ich mach mich dann mal auf den Weg.« Gisela schluckte ihren Bissen schnell hinunter. Mit einem Mal wollte sie noch ganz viel loswerden. Über ihren Geburtstag, der etwas traurig, oder was heißt traurig, aber eben so normal angefangen hatte. Überhaupt ihr Leben in der letzten Zeit. Und daß es doch noch ein rundum gelungener Tag geworden war. Stattdessen sagte sie jedoch nur »Du kannst auch hier bleiben«.

Wieder lächelte Tamara Tajenka. »Nein, ich glaube, das geht nicht.« Sie machte zwei Schritte in Richtung Flur.

»Soll ich ein Taxi rufen?«

»Nein, das Hotel ist ja ganz in der Nähe. Ich gehe die paar Meter.« Sie stand jetzt direkt vor Gisela. Gisela legte die zweite Frühlingsrolle schnell hinter sich auf den Tisch zurück und wischte sich die Finger an ihrer Hose ab. Fast gleichzeitig streckten sie sich die Hände zum Abschied entgegen. Und fast gleichzeitig umarmten und küßten sie sich. Sie waren genau gleich groß und weil sie beide getrunken und von demselben gegessen hatten, roch auch ihr Atem gleich. Sie ließen sich los und atmeten beide tief ein. Dann küßten sie sich ein zweites Mal. Gisela versuchte dabei, mit dem ausgestreckten rechten Arm an den Lichtschalter zu kommen. Es gelang ihr zwar, aber sie verspürte plötzlich einen stechenden Schmerz in der Schulter. Sie hatte sich den Arm überdehnt.

»Au«, sagte sie in der Dunkelheit.

»Hab ich dir weh getan?« fragte Tamara.

»Nein, meine Schulter. Ich bin auch zu blöd.«

»Warte.« Tamara ging um sie herum und fing an, ihre Schulter leicht zu massieren.

»Besser?« fragte sie. Gisela nickte stumm. Tamara versuchte, unter das Sweatshirt zu greifen, kam aber nicht bis zur Schulter. Als sie die Hand zurückzog, streifte sie seitlich Giselas rechte Brust. Gisela drehte sich zu ihr um, nahm sie an der Hand und führte sie über den mit einem Mal gleißend hellen Flur zum Schlafzimmer. Dort machte sie die Nachttischlampe an und zog ihr Oberteil aus. Tamara drehte ihr auffordernd den Rücken zu, und Gisela öffnete ihr den Reißverschluß. Das Kleid rutschte zu Boden. Im selben Moment löste Tamara ihren Hüfthalter und ließ ihn etwas verlegen hinterherfallen. Immer noch stand sie mit dem Rücken zu Gisela. Gisela hakte den schwarzen Büstenhalter auf. Nun erst drehte sich Tamara zu ihr um. Sie umarmten sich wieder und küßten sich. Ihre Brüste drückten sich gegeneinander. Gisela zog ihre Hose und ihren Slip aus und Tamara ihre Strumpfhose und ihren Slip. Jetzt waren sie vollkommen nackt.

»Warte«, sagte Gisela und klappte die beiden Türen des Schlafzimmerschranks zu einem großen Spiegel zusammen. Sie stellten sich davor und betrachteten sich. Tamara hatte mehr Bauch, nicht unbedingt dickere Schenkel, aber einen breiteren Hintern. Gisela blickte neidisch auf die runden und straffen Brüste. Tamara erkannte in der spitzen, ganz von einer Brustwarze überzogenen Brust Giselas ihre eigene natürliche Brust wieder.

Sie ließen sich beide aufs Bett gleiten, küßten und streichelten sich und schliefen miteinander. Beide schauten sie dabei ab und zu kurz und etwas verlegen in den Spiegel. Und eigentlich war es ein sonderbares Bild, das sich ihnen dort bot: Tamara schlief mit einer jüngeren Tamara. Nach über fünfzehn Jahren begegnete ein Körper noch einmal sich selbst in der Zeit. Gisela schlief mit einer Frau, die schon vor ihr existiert hatte und ihr ähnlich sah. Tamara dachte: »So war ich.« Gisela dachte: »Wenn ich so werde, in Ordnung. Warum nicht?« Sie dachten nicht daran, wie sie überhaupt darauf gekommen waren, miteinander zu schlafen, eine Frau mit einer anderen Frau, denn beide hatten so etwas noch nie getan. Gisela war nie auf die Idee gekommen, und Tamara, der es schon im Laufe der Zeit das eine oder andere Mal angeboten worden war, hatte immer strikt und ohne überlegen zu müssen abgelehnt. Heute Nacht war es selbstverständlich. Natürlich müssen Dinge, die selbstverständlich sind, deshalb noch lange nicht passieren. Aber heute Nacht war es eben passiert.

5

Obwohl kein Fleckchen Schatten auf dem Platz war, stand kein Tropfen Schweiß auf Maxwells Gesicht. Er trug wie immer die Nummer 7 und stand konzentriert, jedoch nicht angespannt auf dem Feld. Die Knöchel seiner Finger bewegten sich fast unmerklich um das abgeriebene Holz des erhobenen Schlägers. Der Werfer auf der anderen Seite zögerte noch immer. Im Stadion wurde es totenstill. Mit einem Windzug glitt ein Hot Dog-Papier von einer der Tribünen, flog über die Ränge, drehte eine Pirouette in der Luft und legte sich dann sanft über Charley Maxwells Gesicht. Maxwell rührte sich nicht, sondern blieb bewegungslos stehen. Sehen konnte er so bestimmt nichts mehr.

Abbie war aufgesprungen, um etwas zu rufen, doch er brachte keinen Ton heraus. Die Zuschauer rings um ihn saßen wie versteinert da. Der Werfer machte sich bereit. Auf der Schautafel sprang der Sekundenzeiger der Uhr mit einem Klicken weiter. Eine Wolke rutschte vor die Sonne. Ein Gatter quietschte. Unten auf dem Platz erschien ein Mann in einem gelbkarierten Anzug und ging mit großen Schritten auf Maxwell zu. Abbie beugte sich nach vorn über die Brüstung und erkannte seinen Bruder. »Nimm ihm das Papier vom Gesicht!« rief er ihm zu. Sein Bruder drehte sich um, nickte und legte Zeigefinger und Daumen der rechten Hand zum Okay-Zeichen aufeinander. Dann ging er weiter zu Maxwell, streckte vorsichtig beide Hände aus und zog ihm langsam das Papier vom Gesicht. Er hielt es auseinandergespannt vor sich, drehte sich um und zeigte es Abbie. Maxwell hatte einen Abdruck seines Gesichts auf dem Papier hinterlassen. Das Gesicht wirkte traurig und die Ketchupflecken glitzerten wie Blutstropfen auf seiner Stirn. Abbie war gerührt und winkte seinem Bruder freudig zu. Der grinste jedoch und riß das Papier von oben bis unten durch. »Nein!« schrie Abbie verzweifelt. »Nein! Nicht! Alle anderen, aber nicht die!«

Abbies Mund war trocken und sein rechter Arm eingeschlafen. Er war nach dem Duschen bei der erneuten Lektüre des *New Yorker*-Artikels halb auf der Matratze liegend eingenickt. Wie hatte er auch nur für einen Moment auf die Idee kommen können, während einem seiner nächsten Läufe bei seinem Bruder haltzumachen? Zwanzig Jahre war es mittlerweile her, daß er das Charley-Maxwell-Sammelbild vor seinen Augen zerrissen hatte. Wegen irgendeines idiotischen Streits. Das wertvollste Stück aus Abbies Sammlung.

Abbie stand auf und lief einige Male quer durch sein Loft. Dann legte er die *American Beauty* auf und nahm sich den Artikel aus dem *New Yorker* noch einmal vor.

Die nächsten Tage verbrachte er bis spät abends in den verschiedenen Chicagoer Bibliotheken, wo er alles, was auch nur im entferntesten mit kenianischen Mythen und Riten zusammenhing, fotokopierte, auslieh oder an Ort und Stelle exzerpierte.

Als erstes faszinierte Abbie die Aufteilung des Menschen in Körper und Skelett. Er empfand diese Zweiteilung als eine völlig einsichtige und zudem viel logischere als die traditionelle westliche, die dem Körper den Geist gegenüberstellt. Der Geist, so wie er es verstanden hatte, war bei den Kenianern in beiden Teilen gleichermaßen vorhanden. Nur daß das Skelett das Göttliche war, weil es ohne den Körper zu leben verstand, während der Körper ohne das Skelett sterben mußte.

Immer wieder sprachen die Mythen jedoch von einem Gott, Gottmenschen oder Gottessohn, der einst kommen und dessen Einzigartigkeit sich gerade dadurch beweisen würde, daß er als einziger kein Skelett besitzt, aber dennoch lebt.

Es ärgerte Abbie, daß er sich mit Synopsen dieser Mythen begnügen mußte. Nirgendwo waren Originaldokumente aufzutreiben. Doch selbst wenn er solcher Schriften hätte habhaft werden können, wären sie überhaupt zu entziffern gewesen? Besaßen die Kenianer überhaupt eine Schrift? Oder waren das alles mündliche Überlieferungen?

Kofflager wollte sich konkretere Informationen über Kenia verschaffen, sah in den gelben Seiten nach und fand durchaus einiges, das mit dem Land in Verbindung stand. Da gab es einen kenianischen Friseur, einen Lebensmittelladen, drei kenianische Heißwasserinstallateure, einen nicht weiter spezifizierten Laden mit dem Namen Kenyatta Mondatta und schließlich die National Association for the Advancement of Kenyan Wildlife (NAAKW), hinter deren Namen sich ein kleiner Betrieb verbarg, der darauf spezialisiert war, für gleichermaßen vermögende wie exzentrische Sammler Exemplare geschützter Tierarten nicht nur aus Kenia, sondern aus dem gesamten afrikanischen Raum zu beschaffen.

Weder die Installateure noch der Friseur verstanden ein einziges Wort Englisch. Unter der Nummer von Kenyatta Mondatta meldete sich der Anrufbeantworter einer eingeschworenen Fangemeinde der englischen Gruppe Police. Es war kein richtiger Anrufbeantworter, sondern eher ein Nachrichtengerät, das neben den Statuten des Clubs die Neuigkeit verkündete, daß die dritte LP der Gruppe nicht deren Abstieg, sondern in Wirklichkeit ihre *Sergeant Pepper* gewesen sei.

Bei den Tierfreunden tat man erst sehr geheimnisvoll. Eine Computerstimme wies Abbie an, sein Kennwort auf der Telefontastatur einzugeben. Da ihm nichts anderes einfiel und auch keine Möglichkeit zur Rückfrage bestand, tippte er die Zahlenkombination für Kenia ein, worauf sich nach einigen Sekunden die Angebotspalette des Monats Juli vor ihm auffächerte. Unter den Klängen burundischer Trommeln konnte er aus einem ganzen Zoo frisch aus Ostafrika eingetroffener Tiere wählen: Löwen, Tiger, Geparden, Panther, ein Elefant, sowie ein halbes Dutzend Pferde. Und für den schmaleren Geldbeutel: Schlangen, Reptilien, Käfer und Schmetterlinge. Lieferung frei Haus. Automatische Abbuchung über Kreditkarte. Überlebensgarantie bei Säugetieren bis zu vierzehn Tagen, bei Insekten 12 Stunden.

Beim Lebensmittelladen nannte ihm eine freundliche Frauenstimme auf seine verschiedenen Fragen hin immer wieder nur höflich die Öffnungszeiten, weshalb er beschloß, einfach persönlich vorbeizugehen und nachzusehen, ob nicht jemand zu finden war, der aus erster Hand über die kenianischen Mythen Bescheid wußte und ihn in die wahren Hintergründe des skelettlosen Messias einweihen konnte.

Der Laden hatte bis elf Uhr abends geöffnet. Jetzt war es gerade halb zehn. Abbie Kofflager zog seine Turnschuhe an. Er beschloß, die fünf Meilen quer durch die Stadt zu laufen.

Eine knappe halbe Stunde später stand er vor dem spärlich beleuchteten Geschäft. Er ging hinein und verlangte eine Dose Sprite. Der Schwarze hinter der Theke reichte sie ihm. Dabei lachte er und deutete auf die Bäche von Schweiß, die Abbie vom Gesicht liefen und aus Haar und Bart tropften. Er setzte die Dose an und trank sie auf einen Zug leer. Dann verlangte er eine zweite.

»Ihr könnt natürlich viel besser laufen. Keine Frage«, sagte er zu dem Schwarzen.

»Ja, ja«, lachte der zurück. »Das denkt man hier so.«

Abbie setzte die zweite Dose ab. »Und stimmt das nicht?«

»Wer sich ein Auto leisten kann, der muß nicht laufen.« Er lachte wieder. Abbie lachte auch. Er drehte sich um und musterte den Raum. An den Seiten waren große Säcke aufeinandergestapelt. In der Mitte standen offene Eimer, in denen fremdartige Gemüse schwammen. Dann gab es ein Regal mit amerikanischen Süßigkeiten und Pudding- und Backmischungen, sowie ein weiteres Regal mit Batterien, tragbaren Radios, Fernsehgeräten und Uhren. Über diesem Regal hing ein Zeitungsausschnitt, den er sofort wiedererkannte. Es war ein Bericht über Loophole D mit einem Foto von Douglas Douglas Jr. Er ging zu dem Regal. Neben dem Zeitungsausschnitt hingen Pergamentblätter, die den Eindruck vermittelten, als seien sie recht alt. Sie waren mit einer Schrift beschrieben, die Abbie Kofflager nicht kannte. Zwischen den Zeilen gab es kleine Zeichnungen, die einen Menschen im Querschnitt zeigten. Dieser Mensch schien keine Knochen zu besitzen. Abbie winkte den Mann hinter der Ladentheke zu sich und deutete auf die verschiedenen Papiere.

»Hier, was hat das zu bedeuten?«

»Das ist ein Zeitungsausschnitt.«

»Ja, das sehe ich. Aber die anderen hier. Die Schrift und die Zeichnungen.«

»Das sind Abschriften aus sehr alten und sehr wertvollen Büchern.« Wie hieß das eine Buch noch? Es wollte Abbie einfach nicht einfallen. Er hatte zuviel durcheinander gelesen. Sich zu lange mit Theorien beschäftigt, die nachweisen wollten, daß die Königin von Saba ursprünglich aus Mombasa stammt, wo heute noch die Bundeslade versteckt gehalten wird, daß der Rindergott aus der Umgebung von Nairobi in seiner versteckten Gestalt als Ochse im heiligen Stall des Christentums wieder auftauchte, wo er unter anderem den vierten heiligen König aus dem Morgenland symbolisierte, und daß man mit Hilfe mehrfacher Brechungen und Spiegelungen den Grundriß von Kenia fast exakt auf den von Wisconsin projizieren konnte, wobei der Victoria See dann dem Michigan See entspräche. Aber der Name des heiligen Buches war ihm entfallen. Schließlich deutete er auf die anatomischen Zeichnungen des knochenlosen Mannes und fragte:

»Wer ist das?«

»Das?« fragte der Schwarze zurück.

»Ja, das.«

»Budu Sulber.«

»Budu Sulber? Was ist das, ein Name?«

»Ja, ein Name. Ein heiliger Name.«

»Und hat er eine Bedeutung?« Abbie hatte sich angewöhnt, zuerst einmal in allem eine Bedeutung zu suchen.

»Ja, Budu Sulber bedeutet Heiliger König.«

6

»Ich verstehe das nicht«, sagte Dr. Rubinblad auf dem Rückweg vom Theater zu seiner Frau, »daß solche Veranstalter allem Anschein nach immer wieder denken, man möchte nach den langweiligen Vorträgen den ganzen Tag über auch noch am Abend irgendetwas Fachliches dargeboten bekommen.«

»Hat es dir denn nicht gefallen?« fragte seine Frau.

»Na, es war schon etwas platt, mit dieser aufgesetzten ödipalen Problematik und den ganzen Türen zu den verschiedenen Hirnkammern, die sich immerzu geöffnet haben, wie eine Mischung aus Blaubart und frühem Hitchcock.«

»Es ist eben ein Boulevardstück.«

Dr. Rubinblad lächelte. »Du hast ja recht, ich nehme das wahrscheinlich alles viel zu ernst.«

»Ich fand einige Melodien ganz eingängig: Can't hear my ears, can't think my brain, I think that I will go insane – can't take this anymore«, trällerte seine Frau vor sich hin.

Sie kamen an einer unbeleuchteten Garageneinfahrt vorbei und Frau Rubinblad sprang über eine kleine Pfütze. Dr. Rubinblad war vom Bürgersteig auf die Straße getreten, um die Pfütze zu umgehen, und drehte sich nun halb nach seiner Frau um, die aus irgendeinem Grund stehengeblieben sein mußte. »Ich finde, dieses Lied hat auch etwas Unheimliches«, hatte er gerade sagen wollen, hielt aber inne, da er im Halbdunkel nur eine regungslose Silhouette ausmachen konnte.

»Was ist denn, Liebling?« rief er und hörte seinen Satz sogleich blechern aus der Garageneinfahrt widerhallen. Ein Zischen ging durch die Luft. Wasser, das in einem Schwall aufklatschte. Dann ein stechender Gestank. Schritte, die näherkamen. Etwas sprang aus der Einfahrt in die Luft. Es sah aus wie die Frau im Stahlkorsett. Nein, eins der Tiere. Er hörte das gurgelnde Bellen der drei Hundemäuler. Die Schneidezähne blitzten in den Scheinwerfern eines vorbeifahrenden Autos auf. Dann rasten sie nieder und senkten sich in die Brust seiner Frau. Die hob die Hände unter einem roten Schleier. So als seien sie sich selbst uneinig, winselten und knurrten die Hundemäuler gleichzeitig. Der rote Schleier sank von Frau Rubinblad und wurde zu einem Flußarm, durch dessen zähes Wasser Dr. Rubinblad auf sie zu watete. Der Hund bleckte seine Zähne, als er Dr. Rubinblad näherkommen sah, und sprang ihn an. Dr. Rubinblad hob die Hände, und die Hauer fuhren durch sie hindurch. Er fiel nach hinten auf etwas Weiches, das sich anfühlte wie der Bauch seiner Frau, auf den er manchmal abends seinen Kopf legte. Aber dieser Bauch atmete nicht ruhig und gleichmäßig, sondern zuckte und bebte. Der Hund jaulte ein letztes Mal auf und lief dann mit klackenden Pfoten die Straße hinunter. Dr. Rubinblads Kopf versank in einem blutroten Marshmallow, das ihn schließlich ganz umschloß. Seine Frau summte ihm ein Gutenachtlied ins Ohr, das wie das Zirpen einer fernen Polizeisirene klang.

7

Als Dr. Howardt von seiner Kubareise nach Hause zurückkehrte, fand er in seinem Briefkasten unter anderem einen grauen Briefumschlag vor, in dem ein Zeitungsartikel steckte. Der Brief trug keinen Absender und außer der Tatsache, das der in dem Bericht erwähnte Psychiater ganz in seiner Nähe im selben Viertel wohnte, konnte sich Dr. Howardt nicht erklären, warum ihm jemand diesen Artikel hatte zukommen lassen.

Die Frau eines gewissen Dr. Rubinblad war vergangene Woche während eines Aufenthalts in East St. Louis auf offener Straße überfallen und niedergestochen worden. Allem Anschein nach handelte es sich um die Tat eines Wahnsinnigen, da der Täter die Frau zuvor noch mit Schweineblut übergossen hatte. Frau Rubinblad erlag noch in derselben Nacht ihren Verletzungen. Die Polizei vermutete den Täter im Umfeld der Patienten Dr. Rubinblads. Leider konnten die Behörden noch keinen Fahndungserfolg verbuchen, obwohl sie von einem aus Tagungsmitgliedern zusammengestellten Team von Psychologen bei ihrer Arbeit unterstützt wurden. Von der Tatwaffe fehlte jede Spur. Allein der Eiseneimer, in dem sich das Schweineblut befunden hatte, konnte sichergestellt werden. Er lag neben einem überdimensionalen Schlüsselbund aus Plastik, einem Spielzeug, das wahrscheinlich ein Kind dort verloren haben mußte und das nach bisherigen Erkenntnissen in keinerlei Zusammenhang mit der Tat stand.

Dr. Howardt legte den Zeitungsausschnitt zur Seite und vergaß ihn wieder. Nachdem er seinen Urlaub abgebrochen hatte, stand er jetzt vor der Frage, wie es weitergehen sollte in seinem Leben. Wieder ein neuer Forschungsauftrag? Vorträge über seine Erfolge bei der Heilung von Morbus-Mannhoff-Patienten? Natürlich hatte er mit seiner weltbewegenden Entdeckung ausgesorgt und wurde gern auf jedem Kongreß gesehen, doch das alles waren doch nur winzige Schritte, deren konkrete Umsetzung ihm viel zu lange dauerte, und deren Ergebnisse man nur recht unklar einschätzen konnte. Im Grunde träumte er davon, etwas zu tun, bei dem ein direktes Resultat sofort zu erkennen war. Nur was sollte das sein?

Nach ungefähr drei Wochen kam Dr. Howardt bei einem Spaziergang zufällig an der Praxis von Dr. Rubinblad vorbei und las dessen Namen auf dem Schild am Gartenzaun. Der Zeitungsartikel fiel ihm wieder ein, und er fragte sich, ob Dr. Rubinblad nach diesem schweren Schicksalsschlag weiter praktizierte oder ob er seine Arbeit unterbrochen oder unter Umständen ganz aufgegeben hatte.

Die nächsten Tage beschäftigte ihn dieser Gedanke immer wieder und schließlich suchte er die Nummer von Dr. Rubinblads Praxis aus dem Telefonbuch heraus und rief ihn an. Eine ruhige und angenehme Stimme teilte ihm vom Band die Zeiten mit, unter denen Dr. Rubinblad telefonisch zu erreichen war. Der Praxisbetrieb schien allem Anschein nach weiterzugehen.

Im Grunde hätte Dr. Howardts Neugier an dieser Stelle befriedigt sein können, doch die Vorstellung einer persönlichen Kontaktaufnahme ließ ihn nicht mehr los, weshalb er am nächsten Nachmittag zur angegebenen Zeit noch einmal die Nummer der Praxis wählte.

»Rubinblad.«

»Ja, guten Tag, mein Name ist Howardt, Dr. Howardt.«

»Was kann ich für Sie tun, Dr. Howardt.«

»Ich, ja, wie soll ich es sagen, es gibt verschiedene persönliche Gründe, weshalb ich Sie anrufe.« Dr. Howardt machte eine Pause. Dr. Rubinblad sagte nichts. »Also, als erstes interessiert es mich natürlich, ob Sie noch praktizieren.«

»Warum sollte ich nicht mehr praktizieren?«

»Ja, natürlich, entschuldigen Sie bitte, es ist, also, ich habe von Ihrem fürchterlichen Schicksalsschlag gehört, und ich möchte Ihnen auch dafür mein Beileid ausdrücken.«

»Ist das der Grund, warum Sie anrufen?«

»Auch, unter anderem. Sagen wir, es ist der Anlaß.« Dr. Howardt zögerte. Mit einem Mal entstand in ihm das Bedürfnis, noch länger mit Dr. Rubinblad zu sprechen. »Sehen Sie, ich glaube, daß ich mich in einer ähnlichen Lage wie Sie befinde.«

»Sie haben auch einen nahen Menschen verloren?«

»Nein, nein, das heißt ja, aber das ist schon sehr lange her. Entschuldigen Sie, ich habe mich falsch ausgedrückt, ich wollte eigentlich etwas ganz anderes sagen. Was ich meinte, war: ich habe einfach das Gefühl, daß Sie mich verstehen könnten, einfach durch Ihr eigenes Schicksal.«

»Sie möchten also eine Therapie bei mir beginnen?«

»Ich weiß nicht«, Dr. Howardt zögerte erneut, dann atmete er tief durch. »Ja, warum eigentlich nicht.«

»Dann kommen Sie am besten zu einem Vorgespräch bei mir vorbei.«

8

Obwohl Hugo Rhäs Sonntagnacht so gut wie nichts getrunken hatte, fühlte er sich am Montagmorgen, als er in der ersten großen Pause in Richtung Lehrerzimmer ging, verkatert. Es war kein Kater, der vom Alkohol herrührte, sondern ein Nachgeschmack aller Erinnerungen und Reflexionen, die ihn das Wochenende über beschäftigt hatten. Wenn er diese Gedanken wenigstens hätte hinschreiben können. So aber versank alles in dem immer gleichen Nebel, und das ungute Gefühl, sich am nächsten Wochenende wieder mit genau denselben Themen beschäftigen zu müssen, verstärkte den Druck in seinem Kopf und das Brennen in seinem Hals.

Er hatte zwar montags die ersten beiden Stunden frei, doch das nützte ihm heute nichts, da er die Nacht über unruhig geschlafen hatte und ohnehin seit sechs Uhr wach war. Sein Vorhaben hatte er jedoch nicht vergessen. Er würde Frau Helfrich heute ansprechen, komme, was da wolle. Und schon das Ansprechen selbst würde er als Erfolg werten. So wie eine beschriebene Seite. Gleichgültig, was im Endeffekt daraus werden sollte.

Eine Schülerin aus der Unterstufe zupfte an seinem Ärmel und bat ihn, ihren Klassenlehrer aus dem Lehrerzimmer herauszuholen. Hugo Rhäs nickte zerstreut. Dann öffnete er die Tür und trat in den etwas stickigen und von der Sonne schon um diese Uhrzeit aufgeheizten Raum.

Frau Helfrich war nicht sofort zu sehen. Sie stand in der hinteren Ecke am Fenster und war gerade von einigen Kolleginnen umringt, die ihr nachträglich zum Geburtstag gratulieren und mit ein paar Gläsern Multivitaminsaft anstoßen wollten. Hugo Rhäs ärgerte sich wiederholt. Zum einen war ihm der Andrang zu stark, zum anderen war ihm da gerade eine gute Gelegenheit zur Kontaktaufnahme durch die Lappen gegangen.

Aber wäre es nicht noch auffälliger gewesen, einer Kollegin, mit der er bisher gerade mal ein paar Sätze gewechselt hatte, etwas zum Geburtstag zu schenken? Das wäre übertrieben und damit sofort verdächtig. Nein, es war schon in Ordnung, so wie es war.

Er legte seine Tasche ab, ging um die Tische herum und stellte sich diskret hinter den Kreis der Gratulanten. Schließlich wurde er entdeckt. Die Kolleginnen gingen zur Seite und bildeten ein enges Spalier. Frau Helfrich schaute unsicher.

»Ich habe gerade gehört … Alles Gute«, sagte Hugo Rhäs und streckte ihr die Hand hin. Frau Helfrich setzte ihr Glas auf dem Fensterbrett ab und drückte sie kurz und unsicher. Hugo Rhäs verspürte einen leichten Schwindel. Warum hatte er sich nicht wenigstens irgendetwas zurechtgelegt? Wie sollte es jetzt weitergehen? Was sollte er sie jetzt fragen? Er hatte sich so sehr mit dem Vorhaben selbst beschäftigt, mit der Tatsache, daß er Frau Helfrich an diesem Vormittag ansprechen wollte, daß er alles andere, den Inhalt, den Vorschlag, das genaue Vorgehen, darüber vergessen hatte.

Frau Helfrich sah an diesem Morgen gut aus. Mehr als gut. Eigentlich blendend. Sie hatte so etwas Frisches, Attraktives.

»Ich wollte Sie noch etwas fragen«, sagte Hugo Rhäs mit einer etwas gedämpften Stimme.

»Ja?« Zum Glück waren die Kolleginnen diskret genug, zu ihren Plätzen zurückzugehen.

»Es hat sich da ganz kurzfristig etwas ergeben.« Frau Helfrich wartete ab. Hugo Rhäs wußte nicht, was er als nächstes sagen sollte.

»Mit einer meiner Literaturgruppen.«

»Ja?«

»Weil Sie doch Musikunterricht geben, da dachte ich …«

»Ja?«

»Es gibt da Verbindungen, die Beat-Bewegung, Ginsberg, die Fugs, also Musik und Literatur.« Jetzt hatte er Land gewonnen. »Ich wollte Sie da gerne mal zu einigen Sachen befragen. Vielleicht könnte man auch mal eine Stunde koppeln. Also nur, wenn es Sie interessiert.«

»Doch, natürlich, das klingt spannend, auch wenn ich nicht ganz genau weiß …«

»Heute Abend?« Das war natürlich nicht nur unpassend,

sondern vollkommen aus dem Zusammenhang gerissen. Frau Helfrich lachte.

»Heute Abend, da bin ich leider auf einer Veranstaltung.«

»Ja, natürlich. Entschuldigung. Es war nur, weil ich selbst, ich muß mich selbst noch mit dem Thema, ich habe das etwas schleifen lassen, und jetzt fehlen mir einfach ganz grundsätzliche, deshalb dachte ich, noch vor den Sommerferien, aber es ist natürlich Unsinn.«

»Das ist eine Benefizveranstaltung für Patienten mit Knochenkrebs. Vielleicht interessiert Sie das ja auch?«

Kann man sagen, daß einen Knochenkrebs interessiert? Ist Interesse in diesem Zusammenhang das richtige Wort? Denn warum sollte jemanden eine Krankheit interessieren? Aus Angst? Durchaus möglich. Aber auch wenn zum Beispiel jemand an den Tod denkt, käme er dann unbedingt auf die Idee zu sagen: »Mich interessiert der Tod«? Genausogut könnte man sagen »Ich brauche den Tod«, oder »Der Tod fasziniert mich«. Es gibt Menschen, die diese Aussagen durchaus machen würden, aber wissen sie tatsächlich, was sie damit meinen? Und ist es nicht vielmehr so, daß hier das Interesse unter Umständen sogar eine Verdrängung andeutet?

Wozu ein Museum für Sepulkralkultur, wenn ein Blick in den Spiegel genügt? Vor dem Fenster ein Winterabend. Langsam die Kaffeetasse heben. Wieder hinstellen und zurück zum Sessel. Erst die Zeitung vom Sitz, dann mit ihr in der Hand dasitzen und gegen die Wand schauen. Die Wand müßte mal wieder gestrichen werden. Seit dem Einzug ist nichts mehr daran gemacht worden. Damals war die Wohnung noch klar und leer. Jetzt ist sie vollgestellt. Draußen wechselt das Licht.

Eine riesige rosa Wolke schwimmt über die Stadt und bleibt einen Moment über dem Hinterhof hängen. Von fern winken zwei von städtischen Hilfsarbeitern gestutzte Pappelwipfel. Die rosa Wolke schwebt hin und reißt verzweifelt an den Ästen.

Doch niemand kann dem anderen helfen. Die Wolke nicht den Bäumen. Die Bäume nicht der Wolke. Die Bäume bleiben verwurzelt und müssen langsam eingehen. Eine eigens dafür abgestellte Beamtin geht durch die Straßen und stellt die Schäden an der Rinde fest. Nur diejenigen, die man durch bloßen Augenschein wahrnehmen kann. Aber das reicht. Die Wolke ist gleich verschwunden. Dunkel wird es. Ein kleines Licht in einer schrägen Küche. Ein Kessel wird auf die Gasflamme gesetzt. So wie es Hugos Mutter immer tat. Jetzt sieht er es mit einem Mal wieder vor sich. Er kam mit dem vom freundlichen Journalisten geschenkten Auto vom Flur hinein. Draußen war es kalt. Der Geruch von Eiern und Speck zog von der Nachbarwohnung herüber. Das Spielzeug war eine leere alte Waschpulvertrommel. Dazu ein Schuhkarton. Der Kopf paßte gerade mal hinein. Die Spielzeugsoldaten hatten sich in die Ecken verzogen. Schon viel zu müde blieb er unter dem Küchentisch hocken. Nur nicht in das kalte Schlafzimmer mit den kahlen Tapeten, die sich von der Feuchtigkeit wellten. Lieber hier im warmen Licht bleiben. Die Mutter hatte ein Blatt Papier vor sich liegen. Immer wieder fing sie einen Brief an. Sie fand die Worte nicht. Man findet die Worte nie. Die Bewegung, wie man das Wasser aufsetzt, und die Anstrengung, Worte zu finden. Alles vererbt sich unbemerkt. Und so einen Küchentisch, findet man den auch im Museum für Sepulkralkultur? Oder sind da nur Schädel und alte Grabsteine? Das aber ist nicht der Tod. Das sind die Versuche, mit dem Tod fertig zu werden. Aber das ist nicht der Tod. Also kann man von Interesse sprechen, was den Tod angeht?

Doch meistens geht es gar nicht darum, Aussagen zu Ende zu denken. Hugo Rhäs wußte sofort, was gemeint war. Selbstverständlich interessierte er sich für Knochenkrebs. Eine Benefizveranstaltung? Wunderbar. Und so kam er, ganz gegen seine eigene Erwartung, zu seiner ersten Verabredung mit Gisela Helfrich.

9

Das Problem der akzelerierenden Drehung war einfach noch nicht gelöst. Außerdem war die Frage, ob das Festhalten an der Vorstellung des Amphitheaters so nützlich war oder am Ende doch mehr Probleme aufwarf als löste. Natürlich waren in den letzten Jahren entscheidende Verbesserungen vorgenommen worden: man hatte das Theater mehr dem römischen Kolosseum angepaßt, dann ringsherum geschlossen und überdacht, um ein geschlossenes Ganzes zu simulieren. Und mit drei Geschossen zu je 80 Pfeilerarkaden, die insgesamt fast 50 000 Plätze beherbergten, hätte man meinen können, auch die größten Ängste zu beruhigen.

Giulio Camillos Theater war nichts dagegen. Und doch war auch er gescheitert. Trotz Zuwendungen des französischen Königs. Die fünfhundert Dukaten waren schnell aufgebraucht und bald ein Dreifaches an Schulden aufgenommen. Ohne Entscheidendes zu publizieren.

Dr. Rubinblad diagnostizierte Camillo eindeutig als Lethephobiker. Das Zögerliche, was Äußerungen betraf, das Festhalten an Kleinigkeiten, die am Schluß das gesamte Werk verhinderten und natürlich das Besessensein von der Erinnerung.

Lethephobie ist die Angst vor dem Vergessen. Wer unter Lethephobie leidet, gerät bei der Vorstellung, nicht jederzeit alle Gedanken und Erinnerungen parat zu haben, in einen Zustand der Panik, der mit körperlichen Symptomen wie Schwindel, Herzrasen, Übelkeit oder Todesangst verbunden ist und oft zu unüberlegten und für den Betroffenen gefährlichen Handlungen, sogenannten Übersprungsreaktionen, führt.

Um diese Anfälle zu verhindern, sind Lethephobiker beständig bemüht, alles jemals von ihnen Gedachte oder Erlebte verfügbar zu haben. Zu diesem Zweck errichten sie komplizierte

Kontrollsysteme, deren Bearbeitung einen immer größer werdenden Zeitaufwand beansprucht und es ihnen schließlich, im Vollbild der Lethephobie, versagt, einem auch nur einigermaßen normalen Tagesablauf, geschweige denn einer geregelten Arbeit, nachzugehen.

Ein neuer, aus Italien stammender Ansatz zur Behandlung bestand nun darin, diese Systeme der Erinnerung auf eine exakt wissenschaftliche Grundlage zu stellen und dem Lethephobiker damit die Möglichkeit zu geben, seine Ängste zu kontrollieren. Ausgehend von den Arbeiten Camillos, Portas, Brunos und anderer Theoretiker des 16. Jahrhunderts waren Psychiater aus Verona dazu übergegangen, immer perfektere Erinnerungstheater zu konstruieren, die sie ihren Patienten als Orientierungshilfen anboten.

In Dr. Rubinblads Augen hatte diese Theorie, und dies war nicht allein auf eine persönliche Abneigung zurückzuführen, jedoch mehrere Schwächen. Zum einen, wie schon gesagt, das Problem der akzelerierenden Drehung. Wie geschlossen das Theater des Lethephobikers auch sein mag, wie genau durchnumeriert und belegt die einzelnen Plätze, er wird immer versuchen, alles gleichzeitig zu erfassen und sich bei diesem Versuch geistig immer schneller um sich selbst drehen, was einen starken körperlichen Schwindel verursacht. Dr. Rubinblad fragte sich sogar, ob die als Symptom der Lethephobie in Erscheinung tretende Vertigo nicht generell durch eine gedankliche Drehbewegung verursacht wurde. Außerdem übersahen die italienischen Psychiater den Zusammenhang zwischen der Lethephobie und gewissen psychotischen Erscheinungen, die Dr. Rubinblad beschrieben hatte. Oft wird der Lethephobiker allein durch die als sekundär anzusehende Psychose auffällig, und dementsprechend meistens falsch diagnostiziert und behandelt.

Die größte Schwierigkeit bei der Behandlung der Lethephobie bestand jedoch in der Auflösung des Widerspruchs, der ihr zugrunde lag. Der Lethephobiker leidet ja nicht allein am Vergessen, sondern noch mehr am Erinnern. Jede Erinnerung nämlich macht ihm deutlich, daß genau das, woran er in diesem Moment denkt, wenige Sekunden zuvor noch nicht präsent war. Diese Tatsache führt ihn zu der Schlußfolgerung, daß er genausogut hundert andere Dinge hätte erinnern können, und daß er diese hundert anderen Erinnerungen mit einer tatsächlichen Erinnerung vernichtet hat.

Trotz seiner permanenten Anstrengungen vermag es der Lethephobiker dennoch nicht zu verhindern, daß ihm etwas in den Sinn kommt oder er von außen an etwas erinnert wird, an das er schon geraume Zeit nicht mehr gedacht hat, ein Umstand, der unweigerlich zu einem Anfall führen muß. Daraufhin verstärkt der Patient die ohnehin schon bis an die Grenzen seiner Kraft gehenden Bemühungen und manövriert sich in eine Pattsituation, der er oft nur durch die Entwicklung einer Wahnidee, in der Fachliteratur als sekundäre Psychose bezeichnet, zu entkommen vermag.

»Der Lethephobiker weigert sich, das Arbiträre und Akzidentelle unserer Existenz anzuerkennen«, hatte Dr. Rubinblad in einer seiner ersten Abhandlungen zu diesem Thema ausgeführt. »Ein vom Zufall regiertes Leben erscheint ihm absurd und, da er kein Regelwerk für sein Verhalten entwickeln kann, unmöglich zu leben. Aus diesem Grund ist es für den Lethephobiker zum Beispiel unerträglich, von anderen an etwas erinnert zu werden, da ihn das Erinnertwerden nur immer wieder an die tief in jedem Menschen verankerte Unmöglichkeit, sich wirklich zu erinnern, denken läßt.«

Dr. Rubinblad brachte den Lethephobikern vor allem deshalb ein so großes Interesse entgegen, weil er ihre Krankheit plausibler als viele der üblichen Lebensentwürfe empfand. Manchmal dachte er sogar, daß einige seiner anderen Patienten ruhig eine kleine Portion Lethephobie besitzen könnten. Wohlgemerkt: eine kleine, besser noch, eine winzige Portion, denn mit der Lethephobie war keineswegs zu spaßen.

Dr. Rubinblad vermutete auch bei Dr. Howardt zumindest eine Anlage zur Lethephobie. Die Art und Weise, wie dieser während der Therapiesitzungen Anmerkungen überging oder scheinbar nicht wahrnahm, deutete darauf hin, da der Lethephobiker in der Regel versuchen wird, äußerliche Impulse, die mit ihrer Mahnung an das Nicht-Erinnerte einfach zu schmerzlich für ihn sind, auszublenden.

10

Bodo Silber befand sich seit Ende 1996, also seit gut zweieinhalb Jahren, bei Dr. Rubinblad in Behandlung. Während es sich bei Dr. Howardt, der seine Therapie einige Monate vor Silber begonnen hatte, um eine eher schwache Form der Lethephobie handelte, war Silber durch das Vollbild der sekundären Psychose auffällig geworden.

Bodo Silber lebte seit mittlerweile zwölf Jahren in den Vereinigten Staaten. Nachdem sein Stern am deutschen Schlagerhimmel verblaßt und schließlich untergegangen war, hatte er sich eine Zeitlang in Las Vegas durchgeschlagen, wo er zwischen Varieté-Nummern anderer Künstler kleine Gesangseinlagen zum Besten gab.

Nach einem unglücklichen Sturz von der Bühne, bei dem er sich die Hüfte angebrochen hatte, war ihm jedoch auch hier der harte Wind des Showgeschäfts und des eigentümlichen Systems der amerikanischen Krankenversicherung ins Gesicht geblasen. So hatte das Vierteljahr Krankenhausaufenthalt nicht nur seine gesamten Ersparnisse verschlungen, sondern ihn darüber hinaus, in Form einer sehr effektiv arbeitenden Verwaltung, gezwungen, zwei Kredite aufzunehmen, die er, kaum daß er auch nur einigermaßen wieder laufen konnte, als Ronald-McDonald-Darsteller bei Kindergeburtstagen abzuarbeiten versuchte. Seine Afrokrause wurde dafür zuerst mit Wasserstoff gebleicht und anschließend rot eingefärbt. Da er jedoch mit seiner frisch verheilten Hüfte nicht mehr der Gelenkigste war, blieb auch diese Anstellung nur von kurzer Dauer. Ungefähr zur selben Zeit tauchten die ersten Wahnideen bei Bodo Silber auf.

Während die Lethephobie selbst zu einer eher introvertierten und grüblerisch depressiven Grundstimmung führt, bewirken die aus ihr resultierenden Wahnideen das genaue Gegenteil und treiben den Patienten dazu, nach außen zu agieren, eine Anlage, die Bodo Silber in seinem Beruf eher dienlich hätte sein können. Ausgerechnet zum Zeitpunkt der sogenannten Psychotisierung seiner Lethephobie war seine Karriere jedoch an einem Tiefpunkt angelangt. Der Weg ins Rampenlicht wurde ihm durch widrige Umstände und einen gewandelten Zeitgeschmack immer öfter versperrt, weshalb ihm schließlich kein anderer Ausweg mehr blieb, als sich die für ihn lebensnotwendige Aufmerksamkeit mit Hilfe von Gewalt zu verschaffen.

Was aber genau sind eigentlich Wahnideen? Daß ein großer Blumenkohl zu einem spricht, daß man nach dem Verzehr eines Schokoriegels mit Kokosgeschmack einen Panther auf der Spitze seines ausgestreckten Zeigefingers sieht, daß ein Wirbelwind in der rundum gekachelten Küche erscheint oder ein Flaschengeist, beide nur, um alles, was sie berühren, zum Glänzen zu bringen, das sind, auch wenn man es auf den ersten Blick vielleicht meinen möchte, keine Wahnideen, sondern die einfachen Metaphern der Werbung. Diese Sprache vermag jedes Kind zu decodieren. Die gezeigten Bilder bedeuten nicht, daß das, was sie zeigen, irgendeiner Form von Realität entspricht. Vielmehr bedeuten diese Bilder absolut nichts. Sie sind noch nicht einmal mehr eine obskure Aneinanderreihung von Archetypen, Reflexen und Auslösern für die sieben Todsünden. Vielmehr überbrücken sie nur ein Stück Leere. Dieses Stück Leere hat eine Firma für sehr viel Geld gemietet. Sie hat es gemietet, damit am Ende dieses Stückchens Leere der Name dieser Firma erscheint. Da nun Leere aber ein dem Menschen unerträglicher Zustand ist, überbrückt man sie. Diese Überbrückung ist so etwas ähnliches wie Däumchendrehen. Nur bunter und schneller. Dennoch ist sie deswegen nicht weniger leer.

Manchmal scheinen sich kleine Fehler bei der Überbrückung dieser Leere einzuschleichen. War da nicht eben eine Mutter mit einem behinderten Kind? Hatte da nicht jemand HIV auf seinen Hintern tätowiert? Und heißt nicht wenigstens das dann etwas? Nein, auch das heißt nichts. Die Leere ist immer leer. Sie ist vollkommen leer. Sie ist das unbewegende Unbewegte. Sie muß völlig leer sein, um sich einst zurückziehen zu können. Denn erst wenn sich die Leere selbst leert, kann der Name des Produkts in sie strömen, auf daß er ewig leuchte.

Das Verhalten der Leere ist so obskur, daß oft selbst die größten Geister an ihr scheitern. Sie nennen die Leere Nichts und setzen sie mit dem reinen Sein gleich. Obskur, aber dennoch kein abwegiger Gedanke. Doch hat das alles nichts mit Wahnideen zu tun. Umgekehrt eher.

Die Wahnidee fängt wahrscheinlich dort an, wo man der Leere einen Sinn zuordnet. Der Blumenkohl meint mich. Es ist die gequälte Natur, die aus dem Schlemmereintopf zu mir ruft. Auch der Zitronenreiniger spricht ganz persönlich mich an, und ebenso das Aufbaushampoo. Die Wahnidee beginnt bei dieser Form der Apperzeption. Dann aber folgt sogleich ein Scheideweg. Es stellt sich die Frage: Wie wirkt sich diese Wahnidee aus? Nämlich gesamtgesellschaftlich akzeptabel, das heißt: ich ziehe meinen Mantel an, gehe die Straße hinunter, biege nach links ein, dann nach rechts, dann noch mal links und kaufe in dem Supermarkt meiner Wahl eine Mayonnaise, unter deren leichtem Gewicht keine Kartoffel länger zusammenbrechen muß;

oder gesamtgesellschaftlich nicht akzeptabel, das heißt: ich ziehe meinen Mantel an, gehe die Straße hinunter, brülle aber dabei, daß mich die Schweine jetzt kennenlernen werden, während ich später im Supermarkt weinend am Kühlregal zusammenbreche, ohne etwas zu kaufen.

Das äußere Bild kann noch dadurch verstärkt werden, daß man seine Verwünschungen in einer ortsunüblichen Sprache ausstößt. Zum Beispiel in Deutsch auf den Straßen einer nordamerikanischen Großstadt. Es klingt dort dann gleich nach den Nazistatisten aus allseits bekannten Filmen und läßt die Krankheit bedrohlicher erscheinen, als sie unter Umständen tatsächlich ist. Obwohl sie bei Bodo Silber durchaus nicht auf die leichte Schulter zu nehmen war. Und ist.

Dr. Rubinblad weiß das alles. Es hat ihn Zeit genug gekostet, Wahngebilde und Lethephobie bei Bodo Silber einigermaßen auseinander zu dividieren. Eine erhöhte Aufmerksamkeit ist bei einer solchen Kopplung unbedingt erforderlich. Da der Patient beide Symptome aufweist, ist er unter Umständen in der Lage, einen Wahnzustand durch das Simulieren von Zuständen, die aus seiner Phobie stammen, zu tarnen. Das hatte Bodo Silber jedoch niemals probiert. Er hatte sich einfach eine freie Woche erbeten, um sich bei verschiedenen Varietés für die Stelle eines Conférenciers zu bewerben. Hätte Dr. Rubinblad jedoch gewußt, daß Bodo Silber stattdessen einen Flug in seine alte Heimat Deutschland gebucht hat, um dort als Stargast an einer Benefizveranstaltung teilzunehmen, zu der man ihn noch nicht einmal eingeladen hatte, wäre er nicht nur zutiefst beunruhigt gewesen, sondern hätte darüber hinaus alles Menschenmögliche in Bewegung gesetzt, um den Abflug seines Patienten zu verhindern. Vielleicht wäre es ihm geglückt, vielleicht auch nicht, denn Bodo Silber war auf der Passagierliste unter dem Namen Douglas Douglas Jr. eingetragen.

11

David Batnik war wieder einmal von der Sonntagsschule nach Hause geschickt worden und trieb sich jetzt vor dem Sodafountain herum. Er selbst besaß keinen Cent und konnte sich nur ausmalen, wie die Shakes und Floats in den zwei Dutzend Geschmacksrichtungen schmeckten. Jetzt um elf Uhr war noch nicht viel Betrieb auf der Straße. Der Besitzer des Cafés hatte gerade den Bürgersteig fertig gekehrt und nickte David, der vor dem Kaugummiautomat stand, freundlich zu. David betrachtete die kleinen Taschenmesser und Wackelbilder, die zwischen den bunten Kugeln lagen, und drehte den Griff über dem Münzschlitz hin und her.

»Darf ich?« sagte eine Stimme hinter ihm. David erschrak und machte einen Schritt zur Seite. Ein Mann um die dreißig steckte eine Münze in den Automaten. »Hier, dreh«, sagte er, und David drehte, bis eine Kugel heruntergerollt kam. »Die ist für dich.«

»Oh, danke, Mister.«

»Keine Ursache.« David hielt den roten Kaugummi in seiner Hand.

»Willst du ihn nicht probieren?« fragte der Mann, und David nickte und steckte die Kugel in den Mund. »Du hast bestimmt nicht viel Taschengeld, oder?« David schüttelte den Kopf. »Hab ich mir gedacht. Wie wär's dann mit einem Dollar?«

»Einem Dollar?« fragte David ungläubig.

»Einem ganzen Dollar«, wiederholte der Mann und holte ein Bündel Scheine aus seiner Hosentasche. Er machte den Clip ab, zog einen Schein heraus und gab ihn David, der ihn zögerlich nahm. »Den kannst du behalten.«

»Wirklich?«

»Na klar.« David steckte den Schein in seine Tasche. Der

Mann wandte sich zum Gehen, drehte sich dann aber noch einmal um. »Ach, sag mal, könntest du mir vielleicht einen kleinen Gefallen tun?« David schaute den Mann fragend an. »Nichts besonderes, du kennst doch den Besitzer hier von der Eisdiele, oder?« David nickte. »Wie heißt er noch mal?«

»Das ist Mr. Dorreham.«

»Dorreham, genau. Könntest du einfach nach hinten in den Hof gehen und ihn rufen?«

»Ihn rufen?«

»Ja. Du rufst ihn einfach. Es ist jetzt noch niemand in seinem Laden, da kann er doch mal kurz nach hinten kommen.«

»Und warum soll ich ihn rufen?«

»Einfach nur so. Es ist ein Spaß, weißt du.«

»Aber wenn er kommt, was sag ich dann?«

»Na, du sagst einfach, daß du einen Marder gesehen hast, der sich an den Mülltonnen zu schaffen gemacht hat.«

»Und wenn da kein Marder ist?«

»Natürlich ist da kein Marder, nehm' ich zumindest an, aber du sagst einfach, der sei schon wieder weg. Mach dir mal keine Gedanken.«

»Na gut.« David Batnik ging los, wurde aber gleich wieder von dem Mann zurückgehalten. »Nicht vorn am Café vorbei. Mr. Dorreham muß dich ja nicht unbedingt sehen. Geh' hier links herum.«

David ging die Straße ein Stück entlang und bog dann in den ersten schmalen Weg ein, der zwischen den Häusern entlanglief. Hinter den Häusern lagen die Höfe und dahinter ein leerer, staubiger Platz. Er hatte Glück, denn das Tor zu Mr. Dorrehams Hof war offen. Er ging zu den Mülltonnen, vergewisserte sich noch einmal, daß ihn niemand sah und rief dann so laut er konnte: »Mr. Dorreham! Mr. Dorreham!«

Es dauerte einen Moment, dann erschien Mr. Dorreham am Hinterausgang. »Was willst du denn, David?«

»Hier, hier ist ein Marder.« Er hatte den Satz kaum ausgesprochen, als vorn aus dem Café der Aufschrei einer Frau kam. »Hilfe! Hilfe! Diebe!« Mr. Dorreham rannte zurück in seinen Laden und David lief aus dem Hof und um den Block nach vorn auf die Straße. Dort standen jetzt einige Menschen zusammen und redeten laut durcheinander. David blieb in einiger Entfernung stehen, als er von Mr. Dorreham entdeckt wurde. Dorreham löste sich aus der Gruppe und kam langsam auf David zu, der sich, von einer plötzlichen Angst gepackt, umdrehte und weglief.

Daß ein nagelneuer Dollarschein in Davids Hosentasche gefunden wurde, war Beweis genug. Man nahm den sonst nur durch eine gewisse Lernunwilligkeit in der Schule auffällig gewordenen David seiner Tante weg und steckte ihn in ein Heim.

12

Die Sekte der Bare Witnesses tauchte das erste Mal im April 1989 auf, als sich einige Personen um den damals gerade aus einer längeren Haftstrafe entlassenen und in der Öffentlichkeit vor allem unter dem Kürzel Dee Bee bekannten Kleinkriminellen David Batnik sammelten. Was seine Zellengenossen die letzten Monate mit einer Mischung aus Amüsement und Aggressivität beobachtet hatten, nämlich einen tiefreichenden Wandel des Siebenunddreißigjährigen, beurteilten Anstaltsleitung, Psychologen und Bewährungshelfer gleichermaßen als Finte. Da Dee Bee jedoch ohnehin in Kürze entlassen werden sollte, war der Verwaltung unklar, welchen Zweck dieses Verhalten hätte erfüllen sollen. Um Haftvergünstigungen konnte es nicht gehen. Folglich nahm die Anstaltsleitung an, daß es sich um die Vorbereitung eines ganz großen Dings handelte und empfahl in ihrem Abschlußbericht an die Staatsanwaltschaft, den ehemaligen Strafgefangenen David Batnik auch nach seiner Entlassung im Auge zu behalten. Eine solche Empfehlung entbehrte selbstverständlich jeglicher Rechtsgrundlage, weshalb die entsprechende Aktennotiz recht allgemein formuliert war.

Bewährungshelfer, Psychologen, Sozialarbeiter, Anstaltswärter, im Grunde alle helfenden Berufe, neigen dazu, ihre eigene Einschätzung einer Sachlage überzubewerten. Oft mit einer handfesten Ideologie und Lehrmeinung ausgestattet und in ein einigermaßen funktionierendes Sozialsystem integriert, sind sie es gewohnt, in den Menschen, mit denen sie zu tun haben, je nach eigener beruflicher und privater Ausrichtung Hilfsbedürftige, Verblendete, Kranke oder Gestörte zu sehen. Sie sind der Meinung, daß eine Veränderung des Menschen im Grunde kaum möglich ist. Wer sich ändert, überspielt etwas anderes. Oder er plant etwas. Selbst der Anstaltsgeistliche war von der Beseelung Dee Bees nicht recht begeistert. Er lächelte mild und spielte den Interessierten. Alle spielten sie die Interessierten. Und weil sie selbst gewohnt waren zu spielen, kamen sie auch sofort auf die Idee, daß Dee Bee spielte. Ein siebenunddreißigjähriger Taugenichts. Ohne Schulbildung. Früh ins Heim. Eine Kindheit voller kleiner Gaunereien. Dann Jugendarrest. Wieder Heim. Wieder kleinere Delikte, allerdings mit Gewaltbereitschaft. Gefängnis. Und so weiter. Eine ganz typische Karriere. Und wie sie weiterging, wußte man auch. Ob jetzt mit Heiligenschein oder ohne.

David Batnik war jedoch tatsächlich von einer Erscheinung heimgesucht worden. Einer simplen kleinen Erscheinung, von der er über ein Jahr lang niemandem auch nur ein Wort verraten hatte. Es handelte sich nicht um einen Engel, der ihm hinter einer Trennwand einen Text diktierte, den allein er zu lesen verstand, weil der Gottesbote ihm die dafür benötigte himmlische Brille gleich mitlieferte, auch nicht um einen brennenden Dornbusch, aus dem eine Stimme ihn zur Rückkehr aufforderte. Im Grunde war an seiner Erscheinung überhaupt nichts besonderes, weshalb Batnik anfangs auch gar nicht recht begreifen konnte, daß es sich dennoch um eine solche handelte.

Die Erscheinung bestand aus einem Jungen mit einem Ball in der Hand. David Batnik konnte nicht genau erkennen, ob es sich um einen Baseball oder Basketball handelte, obwohl er sich ziemlich sicher war, die Umrisse eines Basketballs ausgemacht zu haben.

Der Junge stand vor ihm mit dem Ball in der Hand und fragte: »Spielst du mit mir?«

Das war alles. Kein Licht. Keine Feuersäule. Keine Orgel. Keine Verzückung. Nur der Junge. Ungewaschen. Gerade mal zehn. Hinter dem Jungen sah er noch etwas. Es war eine ganz gewöhnliche Straße in einer etwas heruntergekommenen Siedlung. Die Sonne ging gerade unter. Daß der Junge überhaupt noch draußen sein durfte. Vielleicht waren seine Eltern noch nicht zu Hause. Seine Mutter mußte bestimmt arbeiten. Was hatte er heute gegessen? Nichts richtiges. Der Hunger schien ihm nichts auszumachen. Auch der Durst nicht, obwohl seine Lippen schon ganz eingetrocknet waren. Er hatte bestimmt den ganzen Tag noch nichts getrunken. Was hatte er überhaupt gemacht, nach der Schule? Auf einer Treppe gesessen? Seinen Ball springen lassen? Jetzt stand er da. Hinter ihm gingen die Straßenlampen an. Aus den offenen Fenstern und Türen drangen die Geräusche und Gerüche des Feierabends. Die Farben der Dämmerung vermischten sich zu einem Grau. Der Junge hielt den Ball fest mit beiden Händen vor die Brust gepreßt.

»Spielen«, dachte David Batnik. Das Wort kam ihm komisch vor.

»Möchtest du vielleicht 'ne Cola?« fragte David den Jungen. Aber der schüttelte nur den Kopf. Ohne etwas zu sagen. Das war alles.

Dann wachte David Batnik auf. Er hatte bei seiner Vision noch nicht einmal die Augen offen gehabt. Was für ein Reinfall. Auch fand sich kein an den Papst adressierter Brief in seinen vor Entzückung verkrampften Händen. Keine Nachricht, die der Heilige Vater schleunigst unter Verschluß nimmt, weil die Welt für diese gesalzenen Botschaften noch nicht reif ist. Vielleicht in fünfzig Jahren. Mal sehen, wie ihr euch so benehmt.

Die Phantasien der Gläubigen laufen heiß: Eiseneimer mit Schweineblut werden ausgeleert über der Menschheit. Posaunen und Trompeten werden erklingen und ein Tier mit drei Köpfen und eine Frau in einem Stahlkorsett werden erscheinen. Ein Zug mit Tieren, Schlangenmenschen, Torsionisten, Liliputanern und Spinnengestalten wird sich in buntbemalten Bussen und Wohnwagen in Bewegung setzen. Die Deiche werden brechen und die Stromleitungen die doppelte Spannung aus den Steckdosen jagen, damit die Elektrorasierer ihr blutiges Signet in die Haut Unschuldiger fräsen.

Nichts von alledem bei David Batnik. Und da er die Erwartungen erahnte und sie nicht enttäuschen wollte, behielt er dieses Erlebnis für sich, und zwar für immer. Selbst seine getreuesten Anhänger würden Jahre später nichts genaues über seine Vision erfahren und allein wissen, daß es sie gab.

Dabei hätte Batnik gar nicht so ängstlich sein müssen. Visionäre schreiben normalerweise einfach etwas auf ein Stück Papier und zeigen es nach mehrfachem Vertrösten einigen wenigen Auserwählten. Adepten, die mit solch großen Strapazen den steinigen Weg der Erleuchtung beschritten haben, werden sich eher die Zunge abbeißen, als ein Wort der Enttäuschung oder gar der Kritik verlauten zu lassen. Durch Last und Müh' geläutert, erkennen sie ohnehin in allem die göttliche Handschrift.

Die Geheimdienste kennen noch ganz andere Praktiken. Man kann Menschen so weich kochen, daß es einem manchmal vor sich selbst graust. Einmal richtig angefangen, kann man sie zu allem bringen. Und dafür braucht man gerade mal ein Semester Psychologia Vulgaris im Nebenfach. Positive Verstärkung und plötzlicher Entzug heißen die beiden Grundbegriffe.

Das Besondere an der Erscheinung von David Batnik aber bestand gerade darin, daß er wußte, felsenfest und unumstößlich wußte, daß nichts anderes mit ihr gemeint war. Ein Junge mit einem Ball, der eine alltägliche Frage stellt und eine ebenso normale Gegenfrage verneint. Batnik kam überhaupt nicht auf die Idee, etwas anderes dahinter zu suchen. Er war vollkommen mit dem zufrieden, was er gesehen hatte. Er hatte diese kurze Szene völlig begriffen und in sich aufgenommen. Und sie würde ihn nie wieder verlassen.

Menschen, die eine solche Erfahrung gemacht haben, neigen dazu, diese Erfahrung weitergeben zu wollen. David ging es ähnlich. Er wurde damit allein einfach nicht richtig fertig. Er versuchte, sich jemandem anzuvertrauen, doch das wollte nicht recht gelingen. Vielleicht lag ein Grund dafür in der Tatsache, daß sich Sprache aus der Benennung des Besonderen entwickelte. Sie entstand aus der Benennung des Besonderen, denn das Normale muß man nicht benennen. Nachdem man nun aber tausende von Jahren das Besondere benannt hat, ist einem das Normale abhanden gekommen. Es scheint nicht mehr zu existieren. Wie aber etwas erklären, das normal ist und noch nicht einmal existiert?

Nachdem David Batnik versucht hatte, sich eine Weile um die mit seiner Erfahrung verbundene Verantwortung herumzudrücken, nahm er die Verpflichtung an und gründete eine Religionsgemeinschaft. Er gründete diese Gemeinschaft noch im Gefängnis. Weil er aber nichts von Religion verstand, jedoch ahnte, daß die Erscheinung eines Jungen mit einem Basketball nicht viel hergeben würde, suchte er nach etwas anderem, das er dafür würde einsetzen können. Er suchte nach Bildern, die auch andere verstehen konnten.

Und so geriet David in seinen ersten tiefen Widerspruch. Einen Widerspruch, der sein übriges Leben und die Existenz der Sekte durchziehen würde. Indem er annahm, man würde seinen Ausdruck an Spiritualität nicht verstehen, suchte er nach einem anderen Ausdruck dafür. Aber dieser andere Ausdruck verdeckte gerade das, was er ursprünglich empfunden hatte und mitteilen wollte.

David Batnik suchte also nach einer allgemeinverständlichen Übersetzung seiner Erfahrung. Er lieh sich in der Gefängnisbibliothek die Bibel aus. Nachdem er die ersten fünfzig Seiten mit Mühe hinter sich gebracht hatte, fing er langsam an zu verstehen. Er ahnte in etwa, wie der Hase läuft. Allerdings war er selbst nicht der Mann, der sich schnell mal eine Religion mitsamt Lehre und Ritus zusammenbasteln konnte. Er war Mystiker, denn im Grunde gab es zwischen ihm und seiner Erkenntnis weiter nichts. Noch nicht einmal das Gefühl, daß es sich bei dieser Erkenntnis um eine Erkenntnis handelte.

Seine Bemühungen, schon im Gefängnis etwas von dem weiterzugeben, was ihn bewegte, scheiterten kläglich. Er wurde ausgelacht. Bestenfalls ignoriert. Manchmal stopfte man ihm auch zusammengeknüllte Zeitungsblätter in den Mund und versuchte, diese anzuzünden. Was allerdings nicht gelang, denn die Anstaltsleitung griff ein und isolierte David für seine letzten Wochen.

Und so verließ David Batnik, genannt Dee Bee, im April 1989 plangemäß das Gefängnis. Er verließ es, und das war bei den realistisch eingeschätzten Zielen des Strafvollzugs durchaus nicht eingeplant gewesen, als neuer Mensch. Immer noch war er davon beseelt, sein inneres Gefühl weiterzugeben. Er strich durch die Straßen und alles kam ihm fremd, kalt und weit entrückt vor. Er drehte sich im Kreis und fand sich schließlich in einer kleinen Bar wieder. Er wußte nicht mehr weiter. Sollte er zurück in den Bau? Zurück zu seinen wenigen alten Bekannten, die bestimmt wieder einen Job für ihn hätten? Im Grunde brauchte er Hilfe. Aber wer sollte ihm helfen?

Er schloß die Augen, und zum ersten Mal versuchte er, einen Nutzen aus seinem veränderten Bewußtsein zu ziehen. Nicht etwa, weil er einen so unerschütterlichen Glauben an seine eigenen Visionen besessen hätte, sondern einfach, weil er innerhalb weniger Stunden in Freiheit schon den absoluten Tiefpunkt seiner Existenz erreicht zu haben glaubte.

David Batnik atmete tief ein und rief sich das Bild des Jungen mit dem Ball ins Gedächtnis. Er stellte sich den Jungen und die Straße und alles, was noch dazu gehörte, haargenau vor. Ganz ganz genau. Dann atmete er langsam wieder aus und sagte: »Willst du 'ne Cola?«

»Warum nicht?« kam die Antwort. Und als David Batnik die Augen wieder öffnete, saß neben ihm der ehemalige Handelsvertreter James Holden-Smith und lächelte ihn an. Sein Flehen war erhört worden.

13

Der Tontomat war ungefähr 1 Meter 50 groß, hatte einen runden Körper und keinen Kopf. Trotzdem konnte er sprechen. Stellte man ihm eine Frage, so kam die Antwort aus seinem Bauch. Man schrieb die Frage auf ein Stück Papier, das zusammengefaltet auf den Anhänger einer Fleischmann-Lok gelegt wurde. Die fuhr den Zettel dann direkt in den Tontomat. Aber wer sollte den Trafo der Eisenbahn bedienen? Außerdem brauchte man jemanden, der den Tontomat vorstellte und das Geld einsammelte. Auch durften die anderen Kinder nicht zu nahe herankommen, weil sie Hugo dann im Inneren des alten Heizkessels entdecken würden. Er könnte natürlich auch versuchen, eine Verbindung zum anderen Keller zu bauen. Mit zwei Blechdosen, die durch eine Schnur verbunden waren, konnte man telefonieren. Wenn man eine der Dosen einfach in den Tontomat legte, ließen sich die Antworten vielleicht von nebenan geben. Aber das löste nicht die Frage, wie er an die Fragen kam. Und wer die Kinder begrüßte.

Auf dem Schulweg weihte Hugo Achim ein, der mit ihm zusammen in die vierte Klasse ging. »Wenn alle aus unserer Klasse kommen und noch ein paar aus der Parallelklasse, dann sind das bald vierzig Kinder«, rechnete Achim laut. »Wenn jeder zehn Pfennig zahlt sind das vier Mark.«

»Ja, aber das Geld ist für meine Mutter«, sagte Hugo.

»Mußt du das für sie machen?«

»Nein, aber ich will sie überraschen.«

»Für fünfzig Pfennig mach ich's«, erklärte Achim.

»Vierzig«, schlug Hugo vor, »dafür darfst du ja umsonst rein.«

Hugo malte zwei Plakate, die er in seiner Klasse und am Fahrradkeller aufhängte. Am Mittwoch um drei Uhr konnte jeder für zehn Pfennig Eintritt den Tontomat sehen und ihm eine Frage stellen. Achim würde im Hof auf die Kinder warten, den Eintritt kassieren und sie nach unten führen, wo sie im Gang stehen bleiben würden. Damit es nicht so lange dauerte, sollte jeder schon vorher eine Frage aufgeschrieben haben.

»Am besten, ich laß mir die Fragen schon in der Schule geben, dann kannst du dir bis um drei noch die Antworten überlegen«, sagte Achim. Hugo wäre nie auf so etwas gekommen. Er hatte schon seine ganzen Schulbücher und -hefte im Tontomat versteckt, um das, was er nicht auswendig wußte, nachzuschauen. Allerdings stellte es sich nach dem Einsammeln der Zettel heraus, daß die meisten Fragen gar nicht den Unterricht betrafen, sondern Geburtstagsgeschenke, Ausflugsziele und die ersten zarten Bande, die sich gerade zwischen Mädchen und Jungen aus der Klasse knüpften. Hugo Rhäs erlebte mit gerade einmal neun Jahren eine erste Form der Schreibhemmung, da es ihm schwerfiel, sich einfach irgendetwas als Antwort auszudenken und hinzuschreiben. »Was aber, wenn es nicht stimmt?« fragte er sich und kaute während des Mittagessens an seinem Bleistift.

Er war etwas früher nach Hause gekommen, weil Achim ihn auf einen weiteren Schwachpunkt seiner Vorführung aufmerksam gemacht hatte.

»Wenn du als einziger fehlst, dann weiß jeder, daß *du* in dem Roboter sitzt.«

»Aber was soll ich denn sonst machen?«

»Du sagst in der letzten Stunde einfach, daß du Bauchweh hast und gehst heim. Du mußt einfach so tun, als wenn dir ganz schlecht ist. Und dann sagst du zu den anderen: Schade, daß ich heute mittag nicht kommen kann.«

»Meinst du, das klappt?«

»Klar, die denken doch sowieso alle, daß ich das vorführe.«

Hugo hatte immer noch nicht alle Antworten fertig, als er unten im Hof die ersten Kinder hörte. Achim stand mit einer Zigarrenkiste in der Mitte und ließ sich von jedem zehn Pfennig geben. Hugo packte die Zettel mit den Fragen und den noch dürftigen Antworten ein und rannte die Treppe herunter in den Keller. Er ließ das Licht aus und nahm die Taschenlampe, die hinter der Tür an einem Haken hing. Damit leuchtete er sich den Weg zum Abstellraum seiner Mutter. Hugo schob den rostigen Riegel zurück und zog das Lattengitter auf. Die gestapelten Briketts, die Stiege mit den Eierkohlen, die beiden Bretter mit Einmachgläsern, das alte Fahrrad von seinem Vater, alles war an seinem Platz. Nur der Tontomat nicht. Hugo blieb das Herz stehen. Er schaute den Gang entlang, ob ihn vielleicht jemand dort abgestellt hatte. Aber der Gang war bis auf ein Paar Gummistiefel leer. Er ging in den Kellerraum und schaute hastig in alle Ecken, obwohl der Tontomat viel zu groß war, um ihn irgendwo zu verstecken.

Nachdem er mit der Taschenlampe in alle anderen Keller geleuchtet hatte, schlich er langsam die Treppe hoch, machte die Haustür einen Spalt auf und schaute nach draußen auf den Hof. Inzwischen waren bestimmt dreißig Kinder da. Fast seine ganze Klasse. Er versuchte sich mit einem leisen Pfeifen bei Achim bemerkbar zu machen, aber der war von den anderen umringt und hörte ihn nicht.

Schließlich blieb ihm nichts anderes übrig, er rannte nach draußen und zog Achim am Hemdsärmel aus der Gruppe. »Der Tontomat ist weg!« keuchte er.

»Was?«

»Mein Roboter, er ist weg.«

»Ja, und jetzt?«

»Ich lauf schnell zu meiner Mutter in die Wäscherei, vielleicht weiß die was. Du mußt irgendwas mit den Kindern machen. Ich bin gleich zurück. Hier.« Hugo drückte Achim die Zettel mit den Fragen in die Hand und rannte aus dem Hof die Straße hinunter.

Nach knapp zehn Minuten kam er atemlos in der Wäscherei an, in der seine Mutter arbeitete.

»Der Ton … der Tontomat!« stammelt er schon vorn im Laden. Die Verkäuferin rief nach Klara Rhäs.

»Hugo! Aber was ist denn?«

»Der Tontomat ist weg!« rief Hugo weinerlich.

»Was?«

»Es sollte doch eine Überraschung sein, der Tontomat im Keller.«

»Ich versteh nicht. Red doch mal ordentlich, Hugo.«

»Der alte Heizkessel, der …«

»Ja, den habe ich heute morgen dem Knettenbrecht mitgegeben.«

»Nein!« Hugo war fassungslos. »Aber, damit habe ich doch … das war doch …«

»Hugo, der stand doch nur im Weg herum. Ich bin froh, daß der endlich fort ist.«

»Aber da waren doch noch Bücher von mir drin.«

»Bücher? Was für Bücher?«

»Schulbücher. Mein Atlas und das Lesebuch und ...«

»Aber was steckst du denn um alles in der Welt deine Bücher in einen Heizkessel?« Jetzt bekam Hugo Rhäs mit einem Mal wirklich Bauchweh. Wenn die Bücher weg waren, dann mußte er sie ersetzen. Aber die Bücher waren teuer. Besonders der Atlas. Er ließ seine Mutter stehen und rannte zum Schrotthändler Knettenbrecht.

Der Mann in der Baracke neben der großen Waage am Eingang wußte nicht, wovon der Junge sprach.

»Wenn das ein Kessel war, oder ein Boiler, dann ist der schon in der Presse.«

»Aber die Bücher!«

»Was für Bücher?«

»Da waren Bücher drin und Hefte.«

»In dem Kessel? Davon weiß ich nichts. Altpapier kommt bei uns dahinten hin, aber das wird auch gepreßt.« Hugo lief zu einem großen Container, der bis oben hin mit Altpapier gefüllt war. Er zog sich am Rand hinauf, sprang hinein und wühlte zwischen den alten Zeitungen und Zeitschriften. »Wenigstens den Atlas! Wenn ich wenigstens den Atlas wiederfinde!« dachte er immer wieder. Da schimmerte etwas grünlichbraun, das sah aus wie die Karte von Afrika. Wenn er die Blätter finden würde, das würde schon reichen, die könnte man zusammenkleben. Aber es war nur ein altes Exemplar der Illustrierten *Die Schatulle*, und das grünlichbraune war der Badeanzug der Frau auf dem Titelbild. Komisch, die sah aus wie seine Nachbarin. Trotz seiner Angst um die Bücher und trotz seiner Bauchschmerzen verspürte Hugo Rhäs noch etwas anderes, etwas, das ihn dazu brachte, das Heft unter sein Hemd zu schieben, bevor er wieder aus dem Container kletterte und nach Hause rannte.

Die Kinder waren inzwischen heimgegangen. Nur Achim saß auf den Mülltonnen und schnitzte mit seinem Taschenmesser an einem Stock herum. »Und? Was ist mit deinem Roboter?« fragte er.

»Weg!«

»Wie weg?«

»Auf'm Schrott. Und hier?«

»Die fanden das alle klasse.« Achim rappelte mit der Zigarrenkiste. »Vier Mark dreißig.«

»Ja, aber der Tontomat? Die Fragen?«

»Die Fragen hab einfach ich beantwortet. Und nächste Woche machen wir das wieder. Sie wollen alle kommen. Das haben sie versprochen. Und es kommen bestimmt noch mehr. Wenn du willst, kannst du das Geld einsammeln. Du kriegst dann alles, was über vier Mark ist.«

14

Abbie Kofflager führte mit dem Besitzer des kenianischen Lebensmittelladens ein sehr interessantes Gespräch. Sie tranken schwarzen Tee und sprachen fast eine Stunde lang. Dann kaufte Abbie ein längliches grünes Gemüse aus einem der Eimer und ging nach Hause. Die Nacht war angenehm klar. Er ging unter einer Eisenbahnbrücke hindurch und kam auf einen kleinen Platz, den er nicht kannte. Normalerweise hätte er nach rechts weiter gemußt, aber genausogut konnte er den Platz auch überqueren und die Parallelstraße nehmen. Es gab einen ausgetrockneten Springbrunnen und ein umzäuntes Feld mit einem Basketballkorb. Einige Bänke. Dazwischen Sträucher und Bäume. Gerade wollte er um den Brunnen herumgehen, als er etwas darin liegen sah. Etwas flaches Schwarzes. Er bückte sich und erkannte den Körper einer Katze.

Abbie setzte die Tüte mit dem Gemüse ab und sprang in das Becken hinein. Er faßte die Katze an. Sie bewegte sich nicht. Er strich ihr über den Kopf. Immer noch nichts. Sie war warm. Er schob beide Hände unter ihren Körper und drehte sie auf die andere Seite. Dann sah er, daß sie nicht mehr lebte. Es war ein sehr schönes Tier mit einem schlanken Kopf. Die Augen waren geschlossen, aber durch die schwarzgraue Musterung des Gesichts fiel das nicht weiter auf. Man hätte in der Dunkelheit auch eine der Schattierungen für die Augen halten und meinen können, daß die Katze im Schlaf noch etwas blinzelte.

Abbie wollte gerade wieder rückwärts aus dem Becken steigen, als er einen Stoß in den Rücken bekam. Er fiel nach vorn und stieß sich den Kopf an der steinernen Säule in der Beckenmitte. Er drehte sich um. Ein etwa siebzehnjähriger Junge stand vor dem Becken und grinste ihn an.

»Was machst'n da mit meiner Katze?« Sein Mund sah im dämmrigen Schein des Scheinwerfers, der von dem kleinen betonierten Spielfeld herüberfiel, fast so aus, als würde er bluten.

»Ich wußte nicht, daß das deine Katze ist.«

»Ist sie aber. Und was machst du mit ihr, du Affe?«

»Ich habe sie da liegen sehen. Ich habe nur nachgeschaut.«

»Wehe, ihr ist was passiert, du Wichser.« Die Aggressivität war gespielt, aber das machte sie nur noch gefährlicher.

»Hör mal zu, ich bin hier gerade mal eine Minute. Ich hab da was liegen sehen und habe nachgeschaut. Mehr nicht.«

»Nur nachgeschaut, du Arsch. Und was ist das hier?« Der Junge schwenkte die Plastiktüte mit Gemüse vor Abbies Gesicht hin und her.

»Gemüse.«

»Aus dem Niggerladen.«

»Das ist einfaches Gemüse.«

»Und das wolltest du essen?«

»Ja, natürlich wollte ich das essen, was sonst.«

»Und was dazu?«

»Wie: und was dazu?«

»Hör doch mit dem Scheiß auf, du Wichser. Du wolltest dir meine Katze krallen. Da steht ihr doch drauf, ihr Arschlöcher. Ihr freßt Katzen und fickt Ziegen. Und das hier, damit wolltest du sie ausstopfen. Das ist wie Thanksgiving für euch, so 'ne Katze. Die wird erst ausgehöhlt und dann mit so 'nem Dreckszeug ausgestopft.«

»Das ist doch Quatsch. Ich esse überhaupt kein Fleisch.« Abbie versuchte, aus dem Becken herauszuklettern, wurde aber von dem Jungen wieder zurückgestoßen.

»Und was wolltest du dann mit meiner Katze?«

»Das hab ich doch schon gesagt: ich hab sie da liegen sehen und wollte einfach nachschaun.«

»Du wühlst wahrscheinlich auch im Müll rum?«

»Was soll das denn? Eine Katze ist doch kein Müll.«

»Für dich ist das dasselbe, du Arsch. So und jetzt komm her.« Abbie verstand nicht. Er zögerte, dann machte er eine langsame Bewegung, um anzudeuten, daß er wieder aus dem Brunnen steigen wollte.

»Nicht du. Sie.« Der Junge deutete diktatorisch auf die tote Katze.

»Ich glaube, sie hat sich was getan.«

»Sie tut sich nichts. Wenn, dann hast du ihr was getan. Aber dann warte. Und jetzt komm. Los.« Wieder meinte er die Katze. Der Ton, in dem er sprach, ließ deutlich erkennen, daß er vielleicht mal etwas mit einem Hund zu tun gehabt hatte, jedoch über Katzen rein gar nichts wußte. Natürlich war es nicht seine Katze. Das ganze war nur ein Spiel für ihn. Ein einfaches Spiel, weil er sich dabei immer dorthin wenden konnte, wohin es ihm gerade gefiel. Er war an keine Regel gebunden. Und deshalb war es eben auch kein richtiges Spiel. Was keine Regeln hat, das ist Ernst.

»Hör mal zu«, Abbie versuchte, ruhig mit ihm zu reden, »ich wollte hier nur gerade über den Platz gehen, und ...« Er merkte, daß jeder Versuch, ein vernünftiges Wort mit dem Jungen zu wechseln, vollkommen sinnlos war. Der Junge wartete nur darauf, daß Abbie irgendetwas sagte, das ihm endlich den Grund liefern würde, eine Schlägerei anzufangen. Es war sinnlos und absurd. Also sprach Abbie einfach weiter, im gleichen ruhigen Ton, sprang aber mit einem Mal ein paar Schritte in dem Becken zur Seite und dann über den Rand auf den Boden. Er kam etwas unglücklich auf, aber da er seine Laufschuhe anhatte, konnte er sich sofort wieder fangen, aufspringen und weiterrennen.

»Bleib stehen, du Wichser«, schrie der Junge hinter ihm her. »Ich will, daß du sie hier vor meinen Augen auffrißt, und zwar roh.« Abbie schaute nicht nach rechts und links, sondern lief immer weiter. Der Junge schien ihm nicht zu folgen. Als er das Ende des Platzes erreicht hatte, drehte er sich kurz um. Er konnte die Silhouette des Jungen erkennen. Er war in das Becken gestiegen und hatte die Katze an den Hinterpfoten herausgeholt. Jetzt stand er da, schrie etwas, das Abbie nicht verstehen konnte, und fing an, den toten Körper des Tieres gegen die Steinsäule in der Brunnenmitte zu schlagen. Abbie meinte, einen fürchterlich dumpfen Ton zu hören. Für einen Moment wurde er so wütend, daß er fast zurückgelaufen wäre, um sich mit dem Jungen zu prügeln. Aber dann überwog seine Vernunft. Oder seine Feigheit. Oder seine Angst. Er konnte der Katze ohnehin nicht mehr helfen. Sie war tot. Sie hatte es hinter sich. Wahrscheinlich hatte dieser Typ die Katze selbst getötet.

Der Leib ist tot, dachte Abbie, aber das Skelett ist unsterblich. Doch wohl dem, der ohne Skelett und nur als Leib zu leben versteht. Denn er ist unsterblicher noch als die Götter. Er ist reiner als die Tiere. Er ist weiser als die Menschen. Er hat die Natur der Pflanze und die Kraft des Steins. Doch ist er frei von Wurzeln und Trägheit.

15

Die Zeit der Psyche vergeht oft in viel langsameren Schritten als die meßbare Zeit unseres Lebens. Dr. Howardt war inzwischen schon fast drei Jahre bei Dr. Rubinblad in Behandlung, und noch immer beschäftigten ihn die Fragen nach dem Sinn seiner Existenz. Auch suchte er noch immer nach einer Tätigkeit, die ihm ein direktes und anschauliches Resultat liefern würde.

Die Zeit des Geheimdienstes verstreicht ähnlich zögerlich wie die der menschlichen Psyche. Man kontrolliert Hotelzimmer und Gepäck eines amerikanischen Staatsbürgers, der zwei Wochen Urlaub in Kuba gebucht hat. Als dieser Bürger überstürzt und fast eine Woche zu früh abreist, bleibt man ihm, eher routinemäßig, auf der Spur. Die Jahre ziehen ins Land.

Dann gibt es da einen eher unauffällig wirkenden Staatssekretär, der mit Dr. Howardt zusammen Mitglied im Rotary Club ist. Unmöglich eigentlich, daß dieser Staatsbeamte etwas von Dr. Howardts Gedanken weiß, denn die Gespräche der Mitglieder verebben normalerweise in einem höflichen Geplänkel. Schließlich trifft man sich, um einmal vom anstrengenden Berufsalltag abschalten zu können. Dennoch weiß der Staatssekretär wie zufällig genau die richtigen Saiten bei Dr. Howardt anzuschlagen.

»Ach wissen Sie, Dr. Howardt, ehrlich gesagt beneide ich Sie richtig.«

»Mich beneiden? Wie kommen Sie denn auf so etwas?«

»Na ja, Ihre Arbeit, das muß Ihnen doch eine tiefe Befriedigung geben, daß Sie Menschen ganz direkt helfen können. Kindern insbesondere. Das ist doch wunderbar. Kinder, die sonst keine Überlebenschance hätten, können jetzt unsere schöne Welt erleben.«

Dr. Howardt lächelte verlegen.

»Ja, ich weiß, was Sie sagen wollen«, fuhr der Staatssekretär fort, »so schön ist unsere Welt doch gar nicht. Und da haben Sie auch vollkommen recht. Es ist manchmal wirklich zum Verzweifeln. Womit man da so jeden Tag konfrontiert wird. Loophole D zum Beispiel, davon haben Sie doch bestimmt gehört?«

»Ach, Sie haben mit Loophole D ...«

»Natürlich nur ganz indirekt, verwaltungstechnisch. Aber trotzdem, ich sage Ihnen: mir reicht's. Was sich da abspielt! Vielmehr was sich da nicht abspielt. Denn es will ja einfach nicht vorwärts gehen.«

»Das ist bestimmt nicht so leicht, mit den Geiseln da drinnen.«

»Sie sagen es, Dr. Howardt, Sie sagen es. Wir müßten irgendwie an die rankommen, aber unauffällig. Nur wie?«

»Über die Luft?«

»Viel zu auffällig. Ganz unmöglich.«

»Kanalisation?«

»Kanalisation, sagen Sie? Gar nicht mal schlecht. Nein wirklich.« Dr. Howardt war erstaunt. Er hatte nur einfach etwas dahingesagt. Sollten die in den Behörden wirklich nicht schon selbst auf eine so naheliegende Idee gekommen sein?

»Sie meinen also«, hakte der Staatssekretär nach, »daß man jemanden durch die Kanalisation zu der Farm schicken könnte?«

»Na ja, es wäre immerhin vorstellbar. Aber hat das bislang noch niemand von Ihnen ...«

»Doch, doch, ich überlege gerade, es gab da irgendein Problem. Ja, jetzt fällt es mir wieder ein: die Röhren, das ist da oben alles völlig veraltet und dementsprechend eng, da kriegt man noch nicht einmal einen Zwerg durch.«

»Ach so, dachte ich mir's doch.« Der Staatssekretär meinte eine Spur von Enttäuschung aus Dr. Howardts Stimme herauszuhören.

»Einer unserer Mitarbeiter hat das in seiner etwas groben Art auf die Formel gebracht: Für diese Mission bräuchten wir einen Bond ohne Knochen.«

Deutlicher konnte der Staatssekretär unter den gegebenen Umständen Dr. Howardt gegenüber nun wirklich nicht mehr werden.

16

Die Illustrierte *Schatulle* entwickelte sich Ende der fünfziger Jahre zu einer immer stärkeren Konkurrentin der *Bonbonniere* und konnte diese Anfang der Sechziger sogar völlig vom Markt verdrängen. Das Heft, das Hugo Rhäs in seiner Pubertät begleitete, und das bedauerlicherweise bei einem Umzug verloren ging, würde heute auf einer Sammlerbörse bestimmt 200, 250 Mark bringen, natürlich nur in einwandfreiem Zustand und mit der vierseitigen Beilage »Warum nicht einmal Cha Cha Cha? Der Ferntanzkurs für die Dame und den Herrn«.

Tatsächlich tauchten Hefte der *Schatulle* so gut wie nie auf dem Markt auf. Ein einziges Mal hatte Hugo Rhäs eine Nummer zum günstigen Preis von 15 Mark aus einem Katalog bestellt, um bei Erhalt feststellen zu müssen, daß es sich um die gleichnamige Fachzeitschrift der Restaurateurinnung handelte.

Heute war er sich immerhin relativ sicher, daß das auf dem Titelfoto tatsächlich die Nachbarin seiner Mutter war, doch als Junge plagten ihn regelmäßig Zweifel, ob es sich bei den beiden Personen wirklich um ein und dieselbe Frau handelte. Das Verhältnis seiner Mutter zu der Nachbarin war seit einiger Zeit eher unterkühlt und beide, obwohl sie Tür an Tür wohnten, sprachen nur das Nötigste miteinander. Schließlich bekam Hugo eine geradezu panische Angst vor ihr. Je mehr er ihr heimlich nachts angeschautes Bild begehrte, desto unheimlicher wurde ihm die wirkliche Person, die oft tagsüber, wenn seine Mutter in der Wäscherei arbeitete, die Wohnungstür offen ließ und mit ihrer Zigarette im Türrahmen stand. Wenn Hugo nach der Schule an ihr vorbei zur eigenen Wohnung schlich, hielt er den Kopf gesenkt und schaute in die andere Richtung, damit sie ihn nicht ansprach. Vielleicht fürchtete er, daß sie, im Gegensatz zu seiner Mutter, die den Kasten unter seinem Bett nicht kontrollierte, etwas von seinem Laster ahnte.

Seit der unglücklichen Veranstaltung mit dem Tontomat plagte ihn auch öfter eine Form von Bauchweh, die schwer zu lokalisieren und noch schwerer zu beschreiben war, weshalb man Hugos Schmerzen allgemein als Simulation auslegte. Natürlich erwähnten die Lehrer, der Arzt und erst recht seine Mutter Hugo gegenüber nichts derartiges, aber in der Art, wie sie ihn trösteten, merkte er, daß man ihm nicht glaubte.

Der Umstand, daß ihn diese Schmerzen genau an dem Tag das erste Mal überfallen hatten, an dem er in der Schule vorgegeben hatte, sie zu haben, nur um früher nach Hause zu können, gab Hugo zusätzlich das Gefühl, daß es sich bei seiner Krankheit um eine gerechte Strafe für eine Lüge handelte. Eine Strafe, gegen die er sich noch nicht einmal zur Wehr setzen konnte, da er sie sich selbst gewünscht hatte.

Fast vierzig Jahre begleiteten Hugo nun diese Bauchschmerzen, die bislang durch kein Mittel längerfristig einzudämmen gewesen waren. Sie überfielen ihn in unregelmäßigen Abständen. So auch an diesem Montagnachmittag, während er mit einigen Kollegen im Lehrerzimmer saß und Arbeiten durchsah.

Er wollte die Zeit bis zu seinem Treffen mit Frau Helfrich am Abend möglichst mit etwas zubringen, das ihn ablenkte, jedoch gleichzeitig nicht allzu viel Aufmerksamkeit erforderte. Jetzt mußte er seine Arbeit immer wieder unterbrechen und sich den Schweiß von der Stirn wischen. Er versuchte, kräftig durchzuatmen und an etwas anderes zu denken. An Frau Helfrichs Brust zum Beispiel. Aber er sah nur ein Lächeln und eine Hand, die ein Glas Multivitaminsaft hielt. Er versuchte, im Geist an der Hand vorbeizuschauen, doch er geriet nur in ein schwammiges Grau. Das Bauchweh hatte mittlerweile seinen ganzen Körper erfaßt.

Hugo Rhäs schlug die Hände vor das Gesicht. Plötzlich roch er etwas. Er nahm die Hände wieder vom Gesicht. Nein, das war nur Einbildung. Niemand war hier dabei, Eier zu braten. Dann kam zu dem Geruch auch noch das passende Bild. So hatte es bei der Nachbarin seiner Mutter immer gerochen, der Nachbarin, die der nette Journalist später aufgesucht hatte. Die Nachbarin stand in der Tür. Aber sie lächelte nicht. Sie verzog das Gesicht, als sie Hugo sah. Nur weshalb? Hinter ihr konnte er einen unaufgeräumten Küchentisch sehen. Daneben war der Herd. Auf dem Herd stand eine Pfanne. Aus der Pfanne qualmte es. Aber die Nachbarin rührte sich nicht. Sie hatte eine Zigarette in der Hand und lehnte im Türrahmen. Einer ihrer Strümpfe war bis zu den Knöcheln hinuntergerollt. Sie trug eine gelbe Strickjacke. Blaßgelb und verwaschen. Darunter ein Nachthemd. Er traute sich nicht an ihr vorbei. Also blieb er stehen. Er schaute sie nicht an. Sie sagte etwas, das er nicht verstand. Sie sagte etwas über seine Mutter. Er konnte nicht zurück in die Wohnung. Aber an ihr vorbei konnte er auch nicht. Wo kam dieses Bild mit einem Mal her?

Hugo Rhäs fühlte seinen trockenen Mund. Seine Hände schwitzten. Er hätte seine Hände am liebsten auf seinen Bauch gepreßt und sich auf den Boden fallen lassen. Er atmete tief durch. Eine Traurigkeit überkam ihn. Er hatte das Gefühl, daß er alles verspielt hatte. Er hatte alles verspielt und verloren. Dabei hatte er noch nicht einmal bewußt etwas eingesetzt. Er hatte nur einen Gedanken gehabt. Er hatte einen Entschluß gefaßt. Und was heißt schon »Entschluß«? Warum sollte er nicht auch einmal einem ganz simplen Impuls folgen? Eine nette Kollegin einmal ansprechen? Das, was alle tagtäglich hundertfach taten, ohne überhaupt einen Gedanken daran zu verschwenden. Warum um alles in der Welt denn nicht?

Wie gern hätte er sich jetzt auf eine Couch gekauert. Eine Wolldecke hätte man über ihn legen können, so wie damals, als ihn seine Mutter spät in der Nacht unten vor der Kellertür gefunden hatte. Er hatte sich nicht mehr hochgetraut. Nicht noch einmal an der Nachbarin vorbei. Das eine Mal hatte ihm schon alle Kraft genommen.

Er war viel länger als gewöhnlich draußen geblieben und hatte zugeschaut, wie die anderen Kinder zum Abendbrot gerufen wurden und nach Hause liefen. Er war auch gelaufen, aber nicht nach Hause. Er war immer weiter herumgelaufen. Dann war er müde geworden. Er hatte Angst bekommen. Und schließlich hatte er sich heimlich in das Haus zurückgeschlichen. Aber der Geruch hing noch im Flur. Der Geruch von gebratenen Eiern. Also hatte er sich vor die Kellertür gesetzt. Und dort war er eingeschlafen.

Was stellte sich diese Frau eigentlich vor? Benefizveranstaltung für Knochenkrebs-Patienten. Hugo Rhäs ärgerte sich, daß sie ihn so unterschätzen konnte. Sie hatte wirklich keine Ahnung. Er war nicht einer von diesen kleinbürgerlichen Hanseln, die sich für so etwas begeistern konnten. Denen war doch alles recht, wenn sie nur eine Beschäftigung für ihre hohlen Abende finden konnten. Die lasen keine Bücher. Die wußten nicht, was Literatur war. Was Literatur für eine Existenz bedeuten konnte. Burroughs. Da hatten die keinen blassen Schimmer von. Drogen. Tod. Exzesse. Was spielten da solche Veranstaltungen noch für eine Rolle?

Da sitzt man hier in einem winzigen Raum, eingesperrt mit

einem halben Dutzend Anzugträgern. Wenn die wüßten. Und besonders, wenn sie wüßte, diese affige Musiklehrerin. Wenn er da überhaupt heute abend hinging, dann allein, um sich zu amüsieren. Um Stoff zu sammeln. Man würde es ihm sofort ansehen. Unter allen anderen Besuchern würde er herausstechen. Wer einen Blick für sowas hat, merkt das sofort. Mit ihm konnte man das nicht so einfach machen. So billig würden sie nicht dabei wegkommen. Gerade jetzt, wo seine alten Phantasien immer mehr verblaßten. Ein Stich ging durch seine Brust. Das war nicht mehr der Bauch. Aber dieser weitere Schmerz verlieh ihm nur noch eine zusätzliche Aura. Man mußte sich nicht um ihn kümmern. Das konnte er schon alles sehr gut allein erledigen. Benefizveranstaltung! Na, denen würde er heimleuchten. Wie gesagt: wenn er überhaupt hinging.

17

Bei Loophole D liefen die Vorbereitungen auf Hochtouren. Während es von außen die Anmutung von Fellinis *8½* oder einem durchschnittlichen amerikanischen Filmset hatte, arbeitete der Geheimdienst, oder die Geheimdienste, oder die verschiedenen Abteilungen verschiedener Geheimdienste, gleichzeitig an mehreren raffiniert ausgeheckten Plänen. Auf dem etwa eine halbe Meile langen und von der Polizei abgesperrten Areal standen Zelte, Kranwagen, Schlepper, Omnibusse, Übertragungswagen, Imbißstände, sowie eine große Anzahl Privatwagen herum. Der normale Durchgangsverkehr wurde schon einige Kilometer vorher umgeleitet. Die Autos holperten weiträumig und durch ein kleines Laubwäldchen sichtgeschützt auf aneinandergelegten Stahlplatten über benachbarte Felder. Die Bauern, deren Ernte natürlich hinüber war, erhielten dafür eine nicht geringe Entschädigungssumme.

Ein junger Mann mit Kopfhörer und Mikrofon führte Dr. Howardt gerade zu einem kleinen Bus, in dem er sich verschiedene Filmausschnitte über die hinter dem ungepflügten Acker winzigklein herausragende Farm anschauen sollte. Auch wenn der junge Mann ab und zu übergangslos mit jemandem sprach, der ihm über Funk Anweisungen erteilte, war er sehr freundlich und zuvorkommend zu Dr. Howardt.

»Ja, das hat alles schon seine Richtigkeit«, sagte er gerade, »kein Telefon, kein Funkverkehr nach draußen. Sendeempfang für Radio und Fernsehen bleibt.« Er lächelte Dr. Howardt entschuldigend an. »Man muß hier alles zehnmal sagen. Dabei ist das doch klar. Das ist auch Ihre Aufgabe, Doktor. Die müssen da drin das Gefühl haben, daß sie das alles nur zufällig empfangen und mitbekommen. Dabei wissen wir natürlich genau, was wir reinlassen und was nicht. Wenn Sie dann zum gegebenen Zeitpunkt Ihren Vortrag halten hier vor Ort, dann muß jedes Wort stimmen.«

Obwohl er noch nicht genau verstand, um was es im einzelnen ging, nickte Dr. Howardt. Die Hitze machte ihm zu schaffen. Schlimmer aber war das Gefühl, alles aus der Hand genommen zu bekommen. Die Fragen, die er sich selbst zurechtgelegt oder während der Analysestunde bei Dr. Rubinblad erarbeitet hatte, die Fragen, die ihm, wenn er allein zu Hause war, wichtig und unabdingbar vorkamen, sie waren hier regelrecht verschwunden. Er erinnerte sich einfach nicht mehr an sie. Schlimmer noch, er hatte selbst die Hilfsmittel vergessen, die ihm Dr. Rubinblad mit auf den Weg gegeben hatte. Ein Theater mit durchnumerierten Sitzplätzen, aber dann, was kam dann? Er schaute sich um und sah junge Leute geschäftig durcheinanderlaufen. Wie man ihm hier zum Beispiel von Anfang an ganz selbstverständlich die Betreuung von Douglas Douglas Jr. aus der Hand genommen hatte. Obwohl es sein Patient war, gab es einen Stab von Betreuern, die Dr. Howardt, wie sie sagten, die

Arbeit abnahmen, damit er sich ganz auf seine Aufgabe konzentrieren konnte. Aber seine Aufgabe war es doch, Douglas Douglas Jr. zu betreuen, oder etwa nicht? Dr. Howardt war sich nicht mehr so sicher. Selbst wenn er sich Bilder in Erinnerung rufen konnte, so fehlten ihm die entsprechenden Gefühle dazu.

In seiner Behandlung bei Dr. Rubinblad waren vereinzelt auch gewisse diagnostische Interpretationsansätze zur Sprache gekommen. In seiner ruhigen und zurückhaltenden Art erwähnte Dr. Rubinblad einige theoretische Begriffe, behandelte Dr. Howardt fast als Kollegen und gab ihm die Möglichkeit nachzufragen. So hatte Dr. Rubinblad einmal etwas von der Annahme einer lavierten Lethephobie erwähnt. Dr. Howardt aber hatte darauf nichts gesagt, sondern nur geschwiegen, obwohl er sich nichts darunter hatte vorstellen können. Es war ihm so ähnlich gegangen wie jetzt: er hörte die Worte, er sah die Personen, aber er wußte das, was er sah und hörte, nicht einzuordnen. Dr. Howardt konnte andere begreifen, und dieses Begreifen hatte es ihm auch ermöglicht, dem Grundprinzip des Morbus Mannhoff auf die Schliche zu kommen und es sogar für seine Therapie zu benutzen, aber wenn es auf seine Gedanken ankam, seine Gefühle, die er im Moment hatte, so verlor er jeglichen Bezug und konnte sich oft nicht einmal mehr an die einfachsten Dinge erinnern.

Es waren Fragen nach Gewalt gewesen und nach dem Geheimdienst, die ihm vor dem Einschlafen und nach dem Aufwachen immer wieder in den Sinn kamen. Eigentlich seit dem Tag, als ihn der Staatssekretär das erste Mal angesprochen hatte. Aber die Dringlichkeit dieser Fragen löste sich auf, sobald ihn wieder jemand beim Namen nannte und zu einem Kleinbus führte. Dort legte man ihm einen Plan vor, und in diesem Plan gab es keinen Platz für seine Fragen. Platz, es war ein Problem des Platzes. Er hatte nicht genügend Platz. Seltsam, sich dann mit einer Krankheit zu beschäftigen, die gerade darin bestand,

Platz zu schaffen und etwas so wesentliches wie das Skelett im Körper auszusparen.

Dr. Howardt ließ sich erschöpft auf einen der Sitze im Bus fallen. Der Schwindel war noch stärker geworden. Er kannte das schon. Am Ende war es fast unmöglich, noch ruhig sitzen zu bleiben. Wenn er die Augen schloß, hatte er das Gefühl, als würden seine Pupillen nach hinten gezogen. Und wenn er sie offen ließ, dann verschwammen die Formen der Dinge um ihn herum. Die durchnumerierten Plätze verschoben sich ineinander. Der Zuschauerraum wurde zu einem Strich zusammengepreßt.

»Das alles ist natürlich nur vorläufig«, sagte der junge Mann und deutete erklärend auf die fotokopierten Blätter, die auf dem kleinen Klapptisch lagen.

»Ja, in Ordnung. Vorläufig«, preßte Dr. Howardt heraus und versuchte ein Lächeln in die Richtung, aus der die Stimme kam. Im Vorläufigen verloren. Vielleicht war es das. Vielleicht waren seine Fragen immer zu grundlegend, zu bedeutungsschwer, so daß er sie im sich ständig ändernden Kontakt nicht mehr fassen konnte.

Dr. Howardt hielt sich an einer der kleinen Gardinen am Fenster fest und tat so, als würde er in Richtung Farm schauen. Er hätte ohnehin nichts sehen können, da die Aussicht gerade von einem Gabelstapler verstellt wurde, der einige Kisten Cola von einem Lastwagen lud.

18

Nachdem Professorin Rikke zusammen mit Wansl weit nach Mitternacht die Geburtstagsfeier ihrer Freundin Gisela verlassen hatte, konnte sie sich eines komischen Gefühls einfach nicht erwehren. Sie war auf der Rückfahrt recht schweigsam, aber in ihrem Kopf überschlugen sich die Gedanken. Zudem merkte sie jetzt, daß sie einiges getrunken hatte.

Die Stimmung war sehr angenehm und nett gewesen. Eigentlich ein gelungener Tag, zusammen mit dem Ausflug. Aber dieser Ausklang. Diese Annäherung zwischen Tamara und Gisela. Was hatte das um alles in der Welt zu bedeuten? War sie eifersüchtig? Nein. Warum auch? Schockiert? Was für ein Unsinn. Weshalb sollte sie schockiert sein? Natürlich kam das etwas unerwartet. Aber vielleicht erklärte das auch die Schwierigkeiten, die Gisela bislang mit Männern gehabt hatte. Auf der anderen Seite, nein, so richtig konnte sie sich das nicht vorstellen. Aber was wußte sie denn schon? Das konnte doch alles auch völlig harmlos sein.

»Wie fandst du das denn, mit den beiden?« fragte sie Wansl.

»Nett. Die sehen sich wirklich ein bißchen ähnlich.«

»Ja, aber so am Schluß?«

»Nette Stimmung. Hat mir gut gefallen.«

»Und daß die beiden so …«

»Das paßte gut zu der Musik. Die haben eben beide mit Musik zu tun. Ich glaube, das verbindet.« Warum sprach sie es Wansl gegenüber nicht einfach konkret aus, anstatt um den heißen Brei herumzureden? Sie wollte nicht voreilig sein. Dennoch nagte etwas in ihr.

Sie ließ die Schachtel mit den Murmeln in dieser Nacht, wo sie war. Das kam ihr auf einmal kindisch vor. Natürlich, die Kraft der Kugeln. Die Kugel und das Weibliche. Vielleicht gerade deshalb. Und wenn Frauen nun zusammengehörten? Nein, natürlich nicht so simpel, aber … Ja, was aber? Wäre sie gern geblieben? Vielleicht. Einfach nur, um zu sehen, was passiert. Nicht zwischen den beiden, sondern ganz allgemein. Meinetwegen auch mit ihr selbst. In den Workshops war das alles eine klare Sache. Natürlich arbeitete frau da mit dem eigenen Körper und mit den Körpern der anderen Frauen. Oder bei einer

Performance, da stellten sich solche Fragen gar nicht. Ob nackt oder angezogen, allein oder mit anderen, da stand der Ausdruck an allererster Stelle. Aber hier bei Gisela und Tamara, da ging es doch um gar nichts anderes, das war doch nur eine simple Geburtstagsfeier.

Sabine Rikke schlief in dieser Nacht recht unruhig. Am nächsten Tag konnte sie kaum erwarten, daß es drei Uhr wurde. Dann war Gisela aus der Schule zurück. Sie zügelte ihre Ungeduld noch bis fünf nach drei, dann rief sie an. Gisela bedankte sich sofort für die Überraschung. So eine tolle Idee. Und was für ein Zufall. Sabine sprach mehr allgemein, um nicht zu aufdringlich zu wirken, lenkte aber das Thema immer wieder auf Tamara.

»Und sie raucht ja, glaube ich?«

»Ach, ist mir gar nicht aufgefallen.«

»Aber ihr habt euch gut verstanden?«

»Blendend. Nein, wirklich.«

»Ging es eigentlich noch lang?«

»Nicht mehr so. Wir haben dann auch bald Schluß gemacht.«

»Du mußtest ja heute früh raus.«

»Genau.«

»Und, bist du jetzt müde?«

»Eigentlich gar nicht. Im Gegenteil. Heute abend gehe ich ja schon wieder weg.«

»Ach ja, wohin denn?«

»Na, hast du das schon vergessen? Zu der Benefizveranstaltung von Tamara natürlich.«

»Ja klar, klar, das war mir gerade entfallen. Da gehst du also auf jeden Fall hin?«

»Auf jeden Fall. Wolltet ihr nicht auch kommen?«

»Wansl bestimmt nicht, der ist schon verabredet. Und ich weiß noch nicht so recht.«

»Überleg's dir doch. Ich fände es nett.«

Richtig durchgedrungen war Professorin Rikke nicht. Aber ihre Stimmung hatte sich dennoch ein bißchen gebessert. Vielleicht war das auch eine günstige Fügung, daß Wansl heute abend keine Zeit hatte. Natürlich konnte man nichts forcieren. Sie machte eine übertrieben wegwerfende Handbewegung und schüttelte dabei den Kopf. Was für einen Unsinn sie sich manchmal so zusammendachte. Aber sie hatte es ja noch nicht einmal gedacht. Es gab da einfach nur die Idee, daß sie zu dritt noch etwas trinken gehen könnten. Dann würde sie schon sehr schnell merken, was zwischen den beiden vorgefallen war. Also nicht vorgefallen, wie das schon wieder klang. Die Stimmung einfach so zwischen ihnen.

Sie ging zum Schrank und holte ein frisches Handtuch aus dem obersten Fach. Das Telefon schellte. Es war eine Studentin, die sich noch einmal vergewissern wollte, ob sie sich um sechs oder sieben bei ihr trafen. Rikke hatte den Termin völlig vergessen. Eine Besprechung wegen des Vordiploms.

»Wenn du schon um sechs kommen könntest. Ich hab dann genug Zeit. Ich muß erst später noch einmal weg.« Von sechs bis neun, halb neun, das war mehr als genug. Dann kam sie zwar etwas zu spät, aber es reichte immer noch. Die Veranstaltung war bestimmt ohnehin ein riesiger Rummel, der sich bis in die Nacht zog. Sie schaute auf die Uhr. Viertel vor vier. Sie mußte sich noch einmal kurz das Konzept durchlesen.

19

Es gab etwas, daß den Handelsvertreter James Holden-Smith mit dem ehemaligen Sträfling David Batnik, genannt Dee Bee, verband, etwas, dessen sie sich beide nicht im geringsten bewußt waren, das sie aber doch innerlich schneller näher brachte, als dies gewöhnlich bei Barbekanntschaften der Fall ist. Beide wurden nämlich gleichermaßen von der Außenwelt verkannt. Man unterstellte beiden Heuchelei und hielt sie für berechnend. Wer Handelsvertreter ist, der hat es nötig. Der hat es sonst zu nichts gebracht. Der will die Leute übers Ohr hauen. Dasselbe mit einem religiösen Menschen, das sind Fanatiker, Spinner oder Volksaufwiegler.

Sicherlich besaß James Holden-Smith Talent, Dinge in sehr schöne Worte kleiden zu können. Darüber hinaus konnte er Charaktere schnell und präzise einschätzen. Denn schöne Worte sind nur für denjenigen wirklich schön, der sie auch zu verstehen weiß. Schöne Worte an sich existieren überhaupt nicht, sondern messen sich allein am Zuhörer.

Obwohl Holden-Smith aus einer Familie von Tierärzten stammte, auf Seite seines Vaters bis in die fünfte Generation zurück, bei seiner Mutter, die ebenfalls ausgebildete und praktizierende Veterinärin gewesen war, seit zwei Generationen, hatte ihn schon als Junge das Bild des Handlungsreisenden fasziniert. Ob er das Bild in einem Buch gesehen hatte, oder ob tatsächlich einmal ein solcher Vertreter in den kleinen Ort gekommen war, in dem er seine durchaus glückliche Kindheit verbracht hatte, wußte er nicht mehr, aber wenn er nach seinem Berufsideal gefragt worden war, dann hatte er von einem gestandenen Mann in den Fünfzigern erzählt, die Haut von der Sonne gegerbt, mit wildem, aber gepflegtem Haar, einem Bart vielleicht, der mit einem vollbeladenen Wagen, in dem er auch selbst schlief, durch die Lande zog und den Menschen allerlei nützliche, aber auch merkwürdige Dinge in ihre oft abgelegenen Heime brachte. Ein Mann, von dem man sagte, daß er alles verkaufen konnte.

Aber wenn man alles verkaufen kann, muß einem dann nicht das Produkt egal sein? Einem geborenen Verkäufer ist das Produkt keineswegs egal. Nun gut, er vermag in sehr vielen, um nicht zu sagen fast allen Produkten etwas Gutes und Nützliches zu sehen, aber so ist nun einmal sein Charakter. Genauso sieht er in fast allen Menschen etwas Gutes. Und deshalb kommt er auch mit ihnen zurecht. James Holden-Smith kamen insbesondere Heilmittel in den Sinn, wenn er an das Sortiment seines von Kindesbeinen an imaginierten Handelsvertreters dachte. Wässerchen, Salben, Tinkturen, und zu allem wußte dieser gute Mann nicht nur etwas zu sagen, nein, er applizierte sie auch gern selbst mit geschickter Hand. Dazu verkaufte er Bibeln, Auslegungen der Bibel, biblische Geschichten, und für die Kinder Bilderbücher. Schließlich nicht zu vergessen die sogenannten Novitäten. Wasserdichte Landkarten. Ein Gerät zum Entkernen von Melonen. Einen Gartenschlauch, der sich von selbst wieder zusammenrollt. Viele dieser Dinge kamen aus dem Bereich des Militärs. Soweit die Vorstellung von James Holden-Smith. Die Realität war zwangsläufig eine andere.

Manchmal fragt man sich, warum sich das gesellschaftliche Leben überhaupt ändert. Sehr viele Menschen haben Vorstellungen, die aus ihrer Kindheit stammen. Mit diesen Vorstellungen treten sie in eine veränderte Welt. Wer aber hat diese Welt verändert? Jemand, der andere Vorstellungen hat? Kaum. Vorstellungen geben eine enorme Sicherheit. Diese Sicherheit gibt niemand so ohne weiteres auf. Deshalb werden Vorstellungen auch gern bewahrt. Ändern will sie kaum jemand. Warum aber ändert sich die Welt dennoch, wenn kaum jemand seine Vorstellungen ändern will? Weil viele Menschen denken, es reiche nicht aus, an seinen Vorstellungen zu hängen, vielmehr müsse man diese Vorstellungen sogar noch verbessern. Es geht ihnen nicht um neue oder andere Vorstellungen, sondern um genau die alten, nur eben noch besser. Die kleinen Mängel sind ausgebügelt. Alles ist besser durchdacht und läuft geschliffener. Wie am Schnürchen. Eben dasselbe nur mit verbesserter Rezeptur. Mit den Mitteln der Zeit.

Und so fuhr der Handelsvertreter Holden-Smith nicht mit

einem vollbepackten Wagen von Bauernhof zu Bauernhof, sondern mit einem schwallwasserdichten Musterkoffer aus Alu die verschiedensten Aufzüge der Hochhäuser hoch und runter. Er schlief nicht in seinem Auto, sondern in einem billigen Hotel, und er verkaufte auch keine Bibeln. Was er weiterhin verkaufte, oder besser: dem Kunden anbot, waren Tinkturen und Cremes. Gab es früher einen segensreichen Ratschlag dazu, so memorierte er jetzt die Inhaltsstoffe, Vitamine, Mineralbausteine und so weiter. Aber während er dies tat, hatte er das Bild des sonnengegerbten Mannes im Sinn.

Die kürzeste und banalste Formel für das Maß an Unzufriedenheit lautet wahrscheinlich: Die Unzufriedenheit steigt in demselben Maße, in dem Realität und Vorstellung von der Realität auseinanderklaffen. Als sich James Holden-Smith nach einem anstrengenden Tag zu David Batnik an den Tisch setzte, waren bei ihm Bild und Realität mittlerweile so weit voneinander entfernt, daß sie unvereinbar erschienen. Mehr noch: das sich entfernende Bild stellte die Realität grundsätzlich in Frage. Denn ohne ein Bild von ihr existiert keine Realität. Deshalb muß ein zerbrechendes Bild auch ersetzt werden.

In dieser Nacht kam James Holden-Smith später als gewöhnlich in sein Hotelzimmer zurück. Er hatte viel weniger Alkohol im Körper als üblich, da er nichts von dem Gespräch mit David Batnik hatte verpassen wollen. Bevor er sich auf das Bett legte, blieb er für einen Moment vor dem Spiegel über dem Waschbecken stehen. Er sah sich selbst in die Augen und lächelte. Fast kam sogar ein Glucksen aus seiner Kehle. Zum ersten Mal nach langer Zeit empfand er wieder ein Gefühl von Freude und Genugtuung, ein Gefühl, das sich für ihn in dem einen Satz zusammenfassen ließ: »Jetzt verkaufe ich doch noch Bibeln.«

Beim näheren Hinsehen hätte ihm etwas seltsames auffallen können: Die Transaktions-Analyse spricht von einem Skript, das man für sein Leben hat, und nach dem man sich unbewußt ausrichtet. Vielleicht muß man mit Vorstellungen sehr vorsichtig umgehen und auch auf die vielen Details achten, die einem bei diesen Vorstellungen oft unwichtig erscheinen. Zwar trug er keinen Bart, war seine Haut auch alles andere als sonnengegerbt, aber sein Alter, das kam tatsächlich ziemlich genau hin.

20

Gut zehn Jahre später saßen James Holden-Smith und David Batnik in einer abgelegenen Farm bei Polar in Wisconsin und beobachteten mit zwei Feldstechern vor den Augen das Treiben einer größeren Menschenmenge auf dem abgesperrten Stück einer Landstraße. Man unterstellte ihnen und ihrer Sekte Verbrechen wie Menschenraub, Körperverletzung, Landesverrat und Volksverhetzung. Man beschuldigte sie darüberhinaus verschiedenster Anschläge, die sie nicht begangen hatten, und war der Meinung, daß sie nach vorsichtigen Schätzungen mindestens fünfzig Personen, darunter auch Kinder, in ihrer Gewalt hatten. Dabei waren die beiden doch nur allein dort draußen. Handelte es sich um eine Verwechslung, oder war alles ein abgekartetes Spiel, in das sie eher zufällig geraten waren?

Wäre man zynisch, könnte man behaupten, die beiden Gründer der Bare Witnesses sahen sich mit dem konfrontiert, was von Anfang an als unvereinbar zwischen ihnen gestanden hatte. Eine Religion gründet sich nämlich nicht so einfach. Es gibt viele Menschen, die mit der Idee herumlaufen, die Welt verändern zu können oder gar verändern zu müssen. Sie sind von dem Guten, das sich ihnen offenbart hat, dermaßen überzeugt, daß sie alle anderen Menschen daran teilhaben lassen wollen. Diese anderen unwissenden und verlorenen Schafe erinnern die Erleuchteten an sich selbst, an ihre eigene Misere, in der sie viel zu lange steckten, und die sich nun wie durch Zauberhand und allein mit der Hilfe einer wie auch immer gearteten göttlichen Macht aufgelöst hat. Dennoch finden viele von ihnen keine Anhänger. Denn um Anhänger zu finden, muß man nicht nur versponnen sein und einer fixen Idee anhängen, man muß die Menschen zudem mit einem entsprechenden Heilsversprechen an sich binden. Es braucht keine ausgefeilte Lehre, es braucht noch nicht einmal Antworten auf alle möglichen Fragen. Was es braucht, ist eine umfassende Antwort. Eine einzige. Doch diese eine Antwort muß überzeugend sein.

David Batnik hatte diese Antwort für sich gefunden. Das war auch schon alles. Seine Vision des Jungen mit dem Basketball, die ja Grundlage und Ursprung seines Glaubens war, erschien ihm als so wenig überzeugend für dritte, daß er sie nicht einmal seinem engsten Vertrauten, Sekretär und Schatzmeister der Religionsgemeinschaft, James Holden-Smith, anvertraute. Er redete sich heraus. Er sprach von Licht und Finsternis und Blitzen. Und je weiter Holden bohrte, desto diffuser wurde Dee Bee.

Holden beschloß daher, die Sache selbst in die Hand zu nehmen und sich erst einmal um die Rechtsgrundlage zu kümmern. Er mietete Batnik in einem kleinen Zimmer auf demselben Flur seines Hotels ein und verbrachte die nächsten Tage in der staatlichen Bibliothek. Seine Ergebnisse waren enttäuschend. Die Rechtsgrundlagen für Religionsgemeinschaften schienen überaus kompliziert und vor allen Dingen an keiner Stelle grundlegend ausformuliert. Natürlich gab es einen ganzen Katalog von Kriterien, die es zu erfüllen galt, um als Sekte anerkannt zu werden, aber immer wurde davon ausgegangen, daß diese Gemeinschaft schon existierte und sich nicht erst zu gründen gedachte.

Das war von der Warte des Gesetzgebers her auch zu verstehen. Und langsam dämmerte es Holden: das Grundprinzip jeder Religion bestand gerade darin, sich eben nicht wie eine

Firma zu verhalten, die von einigen Personen aus wohlüberlegten Gründen ins Leben gerufen wird, sondern alle Gesetze und Vorschriften zu ignorieren, da sie sich einem Ziel verschrieben hat, das nicht von dieser Welt ist.

Als ihm diese Erkenntnis gekommen war, kehrte er zum ersten Mal seit einer Woche wieder strahlend und frohen Mutes ins Hotel zurück. Er klopfte an Dee Bees Tür. Dee Bee hatte in den Tagen, die Holden in der Bibliothek zugebracht hatte, eigene Probleme zu bewältigen versucht. Ihm waren nämlich inzwischen Zweifel gekommen. Er saß in seinem engen und muffigen Zimmer und starrte auf den Bildschirm des kleinen Schwarzweiß-Fernsehers, auf dem alle möglichen Prediger erschienen. Sie schrien durcheinander. Sie heilten Menschen. Sie verwandelten Wasser in Wein. Sie bekannten sich selbst schuldig. Sie warfen sich auf den Boden. Sie blendeten eine Kontonummer ein.

So etwas wollte David Batnik nicht. So etwas konnte er vor allem nicht. Es war ihm zudem nicht klar, worin sich diese Sekten überhaupt voneinander unterschieden, da sie sich nach außen hin wie ein Kelch dem anderen glichen. Die meisten von ihnen glaubten sogar an Jesus Christus, genau wie die großen Kirchen. Niemand hatte einen richtig neuen Gott anzubieten. Wobei Batnik einfiel, daß auch er keinen richtig neuen Gott anzubieten hatte. Oder sollte der kleine Kerl mit dem Basketball ein neuer Gott sein? Und er dessen Stellvertreter auf Erden? Eine Religion der Straße? Auch dafür war er nicht der Typ.

Die Gedanken überschlugen sich in Batniks Kopf und schon bald fühlte er sich in seinem Hotelzimmer unfreier als die ganzen Jahre zuvor im Gefängnis. Und so kam Holdens Erkenntnis, erst einmal etwas auf die Beine stellen zu müssen, zu dem denkbar schlechtesten Zeitpunkt. Weil aber keiner der beiden von der eigenen Idee ablassen wollte oder konnte, entschlossen sie sich zu handeln.

Holden-Smith lief in dem Zimmerchen herum und brüllte »So kann es nicht weitergehen! Schau dich doch an! Schau uns doch an!« und noch vieles mehr. Dann trank er zwei Bier und beruhigte sich wieder. Er dachte an seine gute Stimmung vom Nachmittag und stieß Batnik in die Seite. Half ihm vom Bett hoch. Schaltete den Fernseher aus. Zog ihm das Jackett über. Und los ging es.

Sie zogen ohne ein bestimmtes Ziel durch die Straßen und trieben sich in der Stadt herum. Holden-Smith sprach Leute an. Er war eben Pragmatiker. Er sprach Leute an, ohne genau zu wissen, worauf er selbst hinaus wollte. Er redete über Religion, während Batnik verlegen danebenstand. Batnik hörte, wie Holden alles mögliche über ihn erzählte. Und manchmal wurde er von einem Gefühl der Scham erfüllt, so daß er sich abwenden oder sogar die Straßenseite wechseln mußte. Aber das machte Holden nichts aus. Und auch den Leuten nicht, die er in ein Gespräch verwickelte.

Holden-Smith bekam in dieser Nacht aufs Neue etwas bestätigt, das er schon während seiner Zeit als Vertreter mehr als genug erfahren hatte: Man überzeugt einen Menschen am besten dadurch, daß man ihn etwas fragt. Wenn man lange genug fragt und sich Antworten geben läßt, dann geschehen zwei Dinge. Zum einen faßt der andere Vertrauen; schließlich hat man nur selten im Leben die Gelegenheit, so lange einem Fremden gegenüber unwidersprochen die unausgegorensten Meinungen von sich zu geben. Zum anderen wird dem Befragten das Antworten, obwohl er das damit verbundene Gefühl der Aufmerksamkeit genießt, lästig. Er beginnt, sich in Widersprüche zu verwickeln. Er ahnt, daß er doch nicht so viel weiß, wie er immer dachte, und daß der Satz »Wenn man mich mal fragen würde« nur so dahingesagt war. Also wird er unsicher. Kurz: er wird bereit für eine Antwort. Eine Antwort, die ihn in diesem Moment der heißgeredeten Verwirrung erreicht wie die Stimme Gottes.

So waren schon in der ersten Nacht zwei Mädchen, die eigentlich zu einer Feier wollten, bereit, dem eloquent fragenden Holden und dem verstört dreinschauenden Dee Bee, den sie besonders süß fanden, zu folgen. Eine kleine Gruppe Jugendlicher vor einem Spielsalon wiederum zeigte sich umgehend willig, Aktionen auszuführen. Nur: Wohin folgen? Was für Aktionen?

Holden vertröstete seine zukünftige Speerspitze auf den nächsten Abend. Die beiden Mädchen nahm er mit ins Hotel. Sie bestellten sich Pizza, saßen zusammen auf dem Bett und schauten Fernsehen. Holden und die Mädchen tranken Bier, während Batnik sich sichtlich unwohl fühlte und mit den Händen vor dem Gesicht in eine Ecke gekauert hockte.

In dieser Nacht aber lernte Holden noch etwas anderes, das er vorher nicht wußte: Als Heiliger oder Prophet nämlich kann man sich gar nicht idiotisch genug benehmen. Während er zur vorgerückten Stunde nur versuchte, seine Arme um die Schultern der Mädchen zu legen, und trotz deren Alkoholpegel eine gesalzene Abfuhr erhielt, führten die beiden, nachdem sie ihn aus dem Zimmer geschmissen hatten, Batnik durchaus einiges vor. Wenn man von dem hochrechnete, was Holden durch das Schlüsselloch zu sehen bekam. Nein, so ging es wirklich nicht weiter. Batnik war nicht der Typ, der eine Lehre entwickeln konnte, und Holden konnte nur etwas verkaufen, das es schon gab.

Am nächsten Morgen fragte sich Holden solange auf dem Campus durch, bis er zu einem etwa zwanzigjährigen Studenten der Religionswissenschaften gelangt war. Ein sehr begabter, wenn vielleicht auch etwas zu ernsthafter Junge, der sich bereit erklärte, für 250 Dollar, 50 Dollar sofort, der Rest bei Ablieferung, eine Art Phantasiereligion zu entwickeln.

»Monotheistisch?« fragte der Student Holden.

»Wie?«

»Ich meine, die Form der Religion: ein Gott, zwei, oder mehrere?«

»Wie kommst du denn auf so einen Mist? Einfach eine ganz normale Religion. Wir sind doch hier nicht im Busch.«

Holden wurde etwas skeptisch. Vielleicht war der Junge doch nicht so gut, wie man ihm gesagt hatte. Er benahm sich zumindest nicht gerade sehr kooperativ.

»Also eine monotheistische Religion mit einem menschlichen Vertreter auf Erden.« Holden schwieg.

»Am besten ich orientiere mich am Christentum.«

»Woran denn sonst?« entfuhr es Holden.

»Nun, es gibt eine große Anzahl von Religionen, die sich doch in ihren wesentlichen …«

»Hör mal, ich habe bestimmt nicht so viel Ahnung wie du von alledem, aber ich weiß, was ich will, verstehst du? Einfach eine Religion. Das kann doch nicht so schwer sein. Eine, die eben etwas anderes ist, aber nicht so anders, daß die Leute Probleme damit haben. Keinen Sex oder so etwas. Auch nichts mit Blut. Es muß etwas sein für alle, für die ganze Familie.«

»Darf ich Sie etwas fragen?« Der Student war langsam bereit, auf die versprochenen 200 und die schon ausgehändigten 50 Dollar zu verzichten.

»Frag nur, Kleiner, frag nur.«

»Warum nehmen Sie nicht gleich das gute alte Christentum?« Holden wußte darauf nicht sofort etwas zu erwidern.

»Ich denke einfach, daß es da Probleme mit den Rechten geben könnte. Dachte ich«, versuchte er schließlich einzuwenden.

»Jesus Christus liebt dich. Das steht doch jedem offen zu verkünden.« Holden wußte mit Sicherheit, daß er damit nichts zu tun haben wollte, aber warum, das wußte er nicht. Es war eben so ein Gefühl.

»Ich will nicht teilen, Junge«, sagte er schließlich etwas abrupt.

»Nicht teilen?«

»Hör mal, wir können die Sache auch vergessen. Aber ich habe gedacht, daß du ein pfiffiges Kerlchen bist und nichts gegen ein paar schnell verdiente Mäuse einzuwenden hast. Wenn ich mich da getäuscht haben sollte, auch gut. Vielleicht ist das doch ein bißchen zu viel für dich. Was?« Holden versuchte mit aller Anstrengung doch noch aufmunternd zu lächeln. »Wir sehen uns einfach in einer Woche wieder. Hier, selber Ort, selbe Zeit, und dann zeigst du mir mal, was du dir so ausgedacht hast. Einverstanden?« Der Student nickte. »Allerdings«, fuhr Holden fort, »ich bräuchte einen Namen.«

»Einen Namen?«

»Für unsere Gemeinschaft.«

»Ja, den kann ich mir dann gleich mitüberlegen.«

»Nein, den bräuchte ich eigentlich schon heute, also genau genommen jetzt.« Der Student sah Holden zweifelnd an. »Einfach so, als Arbeitsgrundlage. Wir müssen doch auch anfangen. Und dazu müssen wir doch wissen, wie das Kind heißen soll, das wir schaukeln wollen. Das verstehst du doch? Ich kann doch nicht immer mit X und Y daherkommen, weißt du? Da draußen, da warten Leute, die wollen etwas hören.« Holden dachte vor allem an die fünf Jugendlichen vor dem Spielsalon, denen er heute abend wenigstens eine Kleinigkeit bieten wollte. Eigentlich dachte er insbesondere an das eine Mädchen, das zu den Fünfen gehörte. Heute abend würde er ohne Dee Bee losziehen. Das passierte ihm nicht noch ein zweites Mal.

Und so kam ein durchaus begabter Student der Religionswissenschaften in der Universitäts-Cafeteria nach einigen Überlegungen und etwas Herumgeschiebe mit Begriffen auf den schlagkräftigen Namen »The Bare Witnesses of Armageddon«.

21

Als Bodo Silber am Montagnachmittag auf einem großen deutschen Flughafen ankam, wurde seine über den Atlantik mitgebrachte manische Stimmung abrupt gedämpft. Obwohl er nur Handgepäck bei sich trug, mußte er durch die Zollkontrolle. Dort stieß er sogleich mit einem ungepflegten und nach Alkohol stinkenden Angestellten zusammen. Dieser Angestellte machte keinerlei Anstalten, sich bei ihm zu entschuldigen, sondern starrte nur mit irren Augen und so, als suche er jemanden, an Bodo Silber vorbei. Sein Uniformjackett schien mit Senf und Ketchup beschmiert.

Bodo Silber hatte einen leichten lethephobischen Anfall, der für einen Moment seinen ganzen Plan zu gefährden schien. Wie hatte er nur vergessen können, daß man es in Deutschland mit dem Service nicht so genau nahm? Wie hatte er vergessen können, daß Leute, die in den USA noch nicht einmal auf den Straßen herumlungern dürfen, hier als Angestellte das Sagen haben? Und wenn er das alles vergessen hatte, was hatte er noch von Deutschland vergessen? Die Nazis? Die horrenden Preise für Schokoriegel? Die ZDF-Hitparade? Das Wetter? Die langen Schlangen im Supermarkt?

»Mister Douglas«, sagte eine weiche Frauenstimme hinter ihm. Bodo Silber fühlte sich nicht angesprochen. Es war die Stewardeß seines Fluges, die ihn etwas verloren am Förderband hatte stehen sehen. Normalerweise wäre sie weitergegangen, aber sie fühlte sich ein bißchen verantwortlich, weil neben ihm ein schwitzender Penner stand, der sich von irgendwoher eine Uniform des Bodenpersonals besorgt haben mußte. Dieser Typ roch nach Alkohol, und jetzt zog er aus der einen Jackentasche auch noch ein Brötchen und aus der anderen eine angebissene Salami, und steckte sich beides in den Mund. Widerlich.

»Mister Douglas«, wiederholte sie und faßte Bodo Silber leicht an der Schulter an. »Hier geht es nach draußen. Ich wünsche Ihnen einen angenehmen Aufenthalt.« Bodo Silber drehte sich um.

»Danke«, sagte er mit heiserer Stimme. Und er meinte dieses Danke ehrlich, denn die Stewardeß hatte ihn aus seinem Anfall herausgeholt und in die Wirklichkeit zurückgebracht.

Er empfand die grüblerischen und selbstzerstörerischen Anfälle seiner Lethephobie als unwirklicher und fremder als die manischen und aggressiven Phantasien seiner Psychose. Kurz vor seinem Abflug erst war er darauf gekommen, diese beiden Teile in sich strikt auseinanderzuhalten. Und er hatte auch ein Mittel gefunden, das zu tun. Indem er seiner manischen Persönlichkeit einen anderen Namen gab, wußte er jederzeit, wo er sich gerade innerhalb von sich selbst befand.

Der Plan war folgender: Douglas Douglas Jr. sollte hier und heute für ein Revival von Bodo Silber kämpfen. Er würde bei der Benefizveranstaltung nicht nur dabei sein, sondern sie dazu benutzen, sich vor der Weltöffentlichkeit darzustellen. Oder zumindest vor Deutschland und Amerika. Seine beiden Pole. Sein Universum.

Bodo Silber wußte weder etwas von Loophole D noch von Douglas Douglas Jr. oder den anderen Morbus-Mannhoff-Patienten. Er hatte den Namen Douglas Douglas Jr. von einer Zeitungsschlagzeile aufgeschnappt und einfach beim Kauf seines Tickets angegeben. Er dachte dabei mehr an den Sänger von Kung Fu Fighting. Schließlich hätte er seinerzeit beinahe die deutsche Version aufgenommen und damit garantiert einen nicht zu verachtenden Hit gelandet. Bodo Silber drehte sich in der Gepäckhalle des Flughafens einmal auf dem rechten Absatz um sich selbst. Dann ging er leicht in die Knie.

»Ohohohooooo! Ohohohooooo! Jedermann mag Kung Fu kämpfen! Didididididie didididididie! Diese Kinder waren nicht zu dämpfen! Didididididie! Ja, ja, ja Kung Fu kämpfen.« Wieder drohte die Flutwelle einer Erinnerung ihn hinwegzureißen. Er sah mit einem Mal Christopher Yim von den Les Humphries Singers vor sich. Eigentlich hatte man damals ihm dessen Rolle in der Gruppe angeboten. Warum hatte er nur auf seinen Vater gehört, der ihn bis dahin noch gemanagt hatte? Wie anders wäre seine Karriere sonst verlaufen? Mit allen Konsequenzen bis hin zu *Dschinghis Khan*, das eigentlich für ihn komponiert gewesen war.

»Ihr werdet mich nie holen, hahahaha«, sang er durch die geschlossenen Zähne, »ihr affigen Mongolen, hohohoho.« Dann ging er gefaßt auf den Ausgang zu. Am liebsten wäre es ihm gewesen, heute abend mit der ganzen Bagage von damals abrechnen zu können. Aber die gab es natürlich alle nicht mehr. Er lachte laut.

»Aber mich gibt es noch. Mich gibt es noch.« Er schlug den Weg Richtung Taxistand ein und summte leise »Can't taste my tongue, can't grap my hand, where is this so-called promised land? Can't take it anymore. Can't take it anymore.«

Obwohl er direkt an einer Plakatwand vorbei mußte, auf der die Benefizveranstaltung, zu der er am Abend wollte, großformatig angekündigt war, bemerkte Bodo Silber nichts. Zum Glück könnte man sagen. Denn die von dem Plakat in riesigen Lettern herabprangenden Namen hätten höchstwahrscheinlich wieder einen neuen phobischen Anfall in ihm ausgelöst. Niemand, aber auch wirklich niemand aus der alten Riege schien in Deutschland vergessen.

Dritter Teil

And although my eyes were open, they
might have just as well been closed.

Procol Harum

1

Abbie Kofflager kommt ziemlich erschöpft in seine düstere Fabriketage zurück. Er zieht seine verschwitzten Sachen aus und duscht sich. Dann sammelt er ein paar frischere Kleidungsstücke vom Boden auf, Unterwäsche, eine Hose, ein Hemd, und zieht sie an. Schon den ganzen Rückweg über hat er versucht, das Bild von dem Jungen, der die tote Katze gegen den Brunnenpfeiler schlägt, zu vergessen. Er kann sich nicht mit dem Gedanken trösten, daß das Tier ohnehin schon tot war und so mit Sicherheit nichts mehr gespürt hat. Er kann sich mit gar keinem Gedanken trösten. Er mag auch keine Musik hören, im Moment.

Wenigstens ist das Gespräch mit dem kenianischen Lebensmittelhändler einigermaßen erfolgreich verlaufen. Abbie weiß nun, daß er sich von Anfang an auf der richtigen Spur befunden hat, da seine während des Gesprächs unauffällig eingeflochtenen Einzelheiten aus dem *New Yorker*-Artikel ihre Wirkung nicht verfehlt haben.

»Das sind Dinge, die selbst viele von uns nicht wissen«, sagte der Kenianer. »Es sind geheime Dinge.« Abbie lächelte nur schweigend zu dieser Bemerkung. »Woher weißt du diese Sachen?« Sein Interesse war alles andere als geheuchelt. Das war keine höfliche Neugier mehr, der Kenianer wollte wissen, inwieweit Abbie eingeweiht war. Fast schien es so, als fühlte er sich durch die Tatsache bedroht, daß dieses Wissen auch noch anderen Menschen zugänglich war.

»Und wenn er erst wüßte, wie vielen Menschen«, dachte Abbie. Dem Kenianer gegenüber behauptete er, ein Freund, der lange in Afrika gelebt und gearbeitet hatte, habe ihm das alles erzählt.

»Wie ist der Name von deinem Freund?« wurde er gefragt.

»Nein, das darf ich nicht so einfach preisgeben. Außerdem fragst du immer nur mich aus und sagst mir kein Wort von dem, was du weißt.« Das leuchtete dem Lebensmittelhändler ein, weshalb er Abbie die Geschichte von Budu Sulber, dem heiligen König seines Stammes, erzählte. Budu Sulber war das Kind einer kenianischen Frau und eines knochenlosen weißen Mannes.

»Das alles ist schon viele, viele Jahre her. Vier mal hundert. Bevor der knochenlose Weiße zu uns kam, gab es nur normale Kinder und Menschen. Aber eines Tages kam er zu unserem Stamm. Er wurde von zwölf Sklaven in einem Bett getragen, und er konnte sich nicht rühren. Aber seine Herrschaft war grausam. Er tötete die Männer und die Kinder und viele Frauen. Einige Frauen aber nahm er mit. Er gründete nicht weit von dem zerstörten Dorf unserer Väter ein neues Dorf. Alle Frauen, mit denen er schlief, mußten danach sterben. Er brauchte sie nicht zu töten, denn sie starben von selbst an einer unheilbaren Krankheit. Nur eine einzige überlebte. Sie gebar Budu Sulber. Weil das Kind von außen so aussah wie sie, innen aber keine Knochen besaß, so wie sein Vater, schämte sie sich. Doch es war nicht nur Scham, sondern auch eine große Angst in ihr, da sie nicht wußte, was aus ihrem Kind werden sollte. Drei Tage und drei Nächte verbarg sie es eingegraben in einer kleinen Erdkuhle in ihrer Hütte. Von dem kleinen Wesen war nur noch der Mund zu sehen, der aus dem Sand schaute und tagsüber von einem Kohlblatt bedeckt war. Die Mutter gab dem Kind in ihrer Verzweiflung und Angst nichts von ihrer Milch. Aber Budu Sulber starb trotzdem nicht.

Da grub ihn seine Mutter wieder aus. Nun war sie bereit, ihn zu stillen, doch jetzt wollte er nicht. Stattdessen wies er mit seinem winzigen Finger auf einen blühenden Zweig, der von draußen in den Eingang der Hütte ragte. Seine Mutter pflückte die Blüten ab und gab sie ihm zu essen. Er aß sieben Blüten. Danach konnte er sprechen. Er sagte seiner Mutter, daß er gekommen sei, die wenigen zu befreien, die von unserem Stamm noch übrig geblieben waren, und daß er den knochenlosen Weißen, seinen Vater, zu töten gedachte.

›Aber wie willst du das anfangen?‹ fragte ihn seine Mutter. ›Du bist schwach und klein und hast keine Knochen.‹

›Frag nicht und tu einfach folgendes‹, sagte das Kind. ›Morgen früh stehst du auf und gehst mit einem Korb voller fauler Gemüseblätter zur Abfallgrube. Wenn man dich fragt, was du da hast, dann sagst du: Der Leib ist tot, aber das Skelett ist unsterblich. Doch wohl dem, der ohne Skelett und nur als Leib zu leben versteht. Denn er ist unsterblicher noch als die Götter. Er ist reiner als die Tiere. Er ist weiser als die Menschen. Er hat die Natur der Pflanze und die Kraft des Steins. Doch ist er frei von Wurzeln und Trägheit.

Dann wirfst du mich mit dem ganzen Abfall in die Grube.‹

Seine Mutter fing an zu weinen. ›Das kann ich nicht tun‹, schluchzte sie. ›Du wirst da unten liegen und ersticken und bald sterben.‹

Doch Budu Sulber tröstete sie. Er versprach wiederzukommen, nachdem er zwölf Jahre in einem anderen Land zugebracht habe, um alles Wissen zu sammeln, das nötig sei, um unseren Stamm zu retten.«

Abbie kannte die Geschichte. Er hatte auch irgendwo eine Interpretation darüber gelesen. Einige Ethnologen waren der Meinung, daß in diesem Mythos der Grund für die Einrichtung der Abfallgruben erklärt werde, obwohl Abbie diese Begründung nicht ganz hatte nachvollziehen können, da der Mythos selbst die Abfallgruben schon voraussetzt.

»Und kam der Retter wirklich nach zwölf Jahren?« fragte Abbie den Händler.

»Unsere Weisen sind sich nicht einig, was ›zwölf Jahre‹ genau bedeutet. Es gibt so viele Zeitrechnungen. Jeder Mensch hat eine eigene Zeit.«

Abbie nickte. »Und diese Zeichnungen?« fragte er und deutete auf die angegilbten Blätter, die neben und an der Theke hingen.

»Diese Zeichnungen zeigen den König.«

Abbie sah das Cover der *American Beauty* vor sich, deren Schriftzug ihm oft, und nicht nur wenn er etwas geraucht hatte, wie ein Vexierbild erschienen war. Stundenlang konnte er darauf schauen, um in dem Wort »Beauty« den Begriff »Dead« zu erkennen und in den Zwischenräumen der Buchstaben immer neue Wörter und schließlich sogar ganze Sätze. Anders waren diese Zeichnungen hier auch nicht zu deuten. Die Körperumrisse mit den gepunkteten Linien für das fehlende Skelett wurden zur Karte eines ausgetrockneten Flußdeltas, das der verlorene und erwartete König wieder fruchtbar machen würde. Sie trieben als ewige Konstellationen dunkler Sterne am Himmelszelt. Sie waren in den Kapillaren drehender Blütenblätter zu finden. Alles nur Hinweise. Ein Suchscheinwerfer in den Wolken der Täuschung. Kräfte, die sich von der Achse losreißen. Die diamantene Dämmerung des Übergangs. Mit einem Hüsteln befreite Abbie sich aus seinen Phantasien und fragte den Kenianer so beiläufig wie möglich: »Und was ist mit Douglas Douglas Jr.?«

»Manche von uns glauben, daß er es sein könnte«, bekam er zögernd zur Antwort, »andere hingegen glauben es nicht. Schließlich ist er ein Weißer. Ein Amerikaner.«

»Aber der Vater von Budu Sulber war auch ein Weißer.«

»Aber es heißt, daß er außen so aussah wie seine Mutter. Nur innen war er wie sein Vater.«

2

An diesem Montagabend, es war inzwischen sieben Uhr geworden, dachte Hugo Rhäs nicht im Entferntesten an seine verbrannte Theorie der Radices, und das obgleich sich ihm genau in diesem Moment eine Radix von ungeheurem Ausmaß darbot. Seine Gedanken hatten sich nämlich seit den Mittagsstunden immer weiter aus jeglichem logischen Zusammenhang gelöst und waren jetzt gerade dabei, auch die sprachliche Ebene hinter sich zu lassen.

Die nicht genauer lokalisierbaren Bauchschmerzen hatten sich seit dem Mittag noch verstärkt. Er befand sich immer noch im Schulgebäude, lag jedoch mittlerweile, glücklicherweise unbeaufsichtigt, im Krankenzimmer auf einer Pritsche und krümmte sich unter den fürchterlichen Koliken in seinem Inneren. Wären die Schmerzen etwas leichter gewesen, vielleicht hätte er an Burroughs denken können. An den Entzug. An die Einsamkeit. An die Radix des Körpers. Dieses unlösbare Rätsel.

Wäre es nicht zum Beispiel ein durchaus guter und leicht zu verwertender Einfall, wenn man in einer Geschichte die Umdefinierung des Begriffs »Gehirn« vornehmen würde? Zuerst einmal die provokante These: Das Gehirn existiert nicht. Dann etwas abgeschwächt, weil man auch verständlich bleiben muß: Es existiert nicht so, wie wir es wahrnehmen. Das Gehirn ist ein Paradox. Und so weiter. Man müßte sich da schon etwas Genaueres ausdenken, oder eben mit ein paar Umschreibungen das Genauere zumindest so geschickt umgehen, daß es dem Leser nicht weiter auffällt. Zum Beispiel, daß das Gehirn in dem Moment, in dem es ein Pathologe vor sich auf dem Seziertisch liegen hat, eben so aussieht wie in einem medizinischen Lehrbuch. Tatsächlich jedoch …

Tatsächlich jedoch, und darum allein würde es Hugo Rhäs

in seiner Geschichte gehen, nimmt das Gehirn immer die Form des Körperteils an, den wir gerade am meisten spüren. In seinem speziellen Fall wäre das folglich der Bauch. Vielleicht der Darm. Obwohl das Gehirn ohnehin aussieht wie ein zusammengerollter Darm.

Es war zum Verzweifeln. Jetzt hier in seinem Schmerz und seiner Agonie hätte er sich zu lösen vermocht. Jetzt hätte er die Geschichte hinschreiben können. Neun Seiten. Vielleicht noch mehr. Vielleicht einen ganzen Roman. Einen Zyklus. Gehirn. Organe. Erde. Planeten.

»Der wahre Künstler«, das sagte er seinen Schülern immer wieder, »der wahre Künstler braucht kein Thema, oder besser, er kann jedes Thema wählen. Das Thema ist nur das Guckloch. So müßt ihr euch das vorstellen. Und durch dieses Guckloch sieht man die ganze Welt. Die Sterne sind nur Löcher im Himmel, und durch diese Löcher fallen Hunde und Katzen.«

Er las einfach zu viel auf Englisch. Viele seiner Assoziationen blieben für andere zwangsläufig unverständlich. Hugo Rhäs versuchte ruhig durchzuatmen. An Frau Helfrich dachte er gerade am allerwenigsten. Sein Gehirn dachte, gemäß seiner nicht vollständig ausgeführten Theorie, nicht an sie, eben weil es im Moment gar nicht existierte. Sein Bauch hingegen existierte sehr wohl. Und der dachte ›Au‹. Aber waren diese Schmerzen ein Denken?

Worauf sollte das jetzt hinauslaufen? Daß er einfach nicht in der Lage war, heute Abend zu der Veranstaltung zu gehen? Und daß er das selbst am allermeisten bedauerte? Wem gegenüber formulierte er diese Sätze? Waren sie schon für Frau Helfrich gedacht? Oder für ihn selbst? Und kamen nach diesen Sätzen nicht auch noch die tröstenden Phantasien, die ihm die Angst vor seiner Verabredung nahmen, indem sie ihm die ganze Unternehmung als unbedeutend vorführten und die problematischen Zonen an Frau Helfrich in immer verzerrteren Dimensionen vorgaukelten, bis am Schluß, wie bei der Grinsekatze, nichts weiter zurückblieb als ein überdimensionierter Mund, von dem er sich beruhigt und mit dem Gefühl, ohnehin nichts zu verpassen, abwenden konnte? Alles ohnehin eine Schnapsidee.

Andererseits war das nächste Wochenende nur noch ein paar jämmerliche Tage entfernt. Dieser Satz entstand in Hugo Rhäs als englischer Song: »But the next, next weekend is just a heartbeat away.« Gesungen von 10cc. Ein Gefühl von verzweifeltem Pathos wallte in ihm auf. Manchmal verhilft einem auch Kitsch zu einer lebensverändernden Haltung. Man muß einfach nur die Augen offenhalten. Und so sagte er sich, der einmal eingeschlagenen Linie folgend, schlecht und recht auf seine Muttersprache heruntersynchronisiert: »Ich werde sonst immer bereuen, es nicht wenigstens versucht zu haben.«

Und Hugo Rhäs richtete sich mühsam auf seiner Pritsche auf und erinnerte sich mit einem Mal daran, daß er ein mehr als erwachsener Mann war und auch um diese Uhrzeit noch in der Bahnhofsapotheke etwas gegen seine Schmerzen bekommen würde. Und wenn es ihn nur durch den Abend brachte. Er erhob sich mit einem leichten Schwindelgefühl. In was verwandelt sich das Gehirn eigentlich bei Schwindel? In die Flimmerhärchen im Nebenohr oder wo das war? Nein, Frau Helfrich unterrichtete nicht Bio. Musik und Sport. Bei dem Stichwort Sport tauchte der Blusen- oder Sweatshirt-Ausschnitt und der kleine und kräftig durchtrainierte und jetzt im Moment etwas nach vorn gekippte Busen mit der bewußten Brustwarze wieder auf. Wenigstens das sollte doch herauszufinden sein, dachte Hugo Rhäs im knappen Offizierston, der doch so gar nicht zu ihm paßte.

Er knallte mit den Hacken, sackte ein Stück in den Knien zusammen und ging auf den dunklen Flur hinaus. Lag es daran, daß er ohne Vater aufgewachsen war? Jetzt fiel ihm seine Radix vom ersten Vater wieder ein. Der war Soldat gewesen. Aber keiner, der die Hacken zusammenschlug. Eher ein schüchterner Typ, wenn man seiner Mutter glauben konnte. Zu sensibel. Mußte aber dennoch in den Krieg. Und über den großen Teich. Da würde Hugo Rhäs es wohl noch bis zur Bahnhofsapotheke und anschließend in das *Savoy*, oder wie das Ding hieß, schaffen. Wäre doch gelacht. Aber ein richtiges Lachen wollte ihm nicht gelingen. Er machte das Licht hinter sich aus und trottete zum Lehrerzimmer zurück, um dort seine Sachen zu holen. Draußen auf dem Parkplatz ging gerade ein Kollege zu einem Elternabend. In der Turnhalle brannte noch Licht. Die Gisela war das bestimmt nicht mehr. Und wenn auch, in dieser Verfassung sollte sie ihn nicht zu Gesicht bekommen. Ob er ihr noch etwas mitbringen sollte, heute abend, als verspätetes Geburtstagsgeschenk? Obwohl, dann steht man die ganze Zeit herum und hat nie die Hände frei. Es könnte natürlich etwas sein, daß einem leicht aus der Hand rutscht. Etwas, nach dem man sich bücken müßte. Aber an was er da schon wieder dachte.

»Na, dir scheint's ja schon wieder besser zu gehen«, hörte er eine Stimme in seinem Kopf. Es war nicht die Stimme seiner Mutter und auch nicht die der Nachbarin. Aber irgendwo hatte er genau diesen Satz schon einmal gehört. Die Stimme klang etwas blechern, fast so als würde jemand aus dem Bauch eines alten Heizkessels sprechen. Oder durch eine Blechdose.

3

Obwohl Tamara Tajenka als eine der Hauptattraktionen des Abends auf den Plakaten angekündigt wurde, war ihr Empfang im Hotel *Savoy* alles andere als ehrenvoll. Der Portier wußte angeblich noch nicht einmal etwas von der ganzen Veranstaltung und der herbeigerufene Geschäftsführer ließ Frau Tajenka eine gute halbe Stunde im Foyer warten. Ein Page brachte sie schließlich in einen schmalen Raum neben dem Heizungskeller, der durch die an der Decke entlanglaufenden Rohre das ganze Jahr über gut gewärmt war. Nicht gerade etwas, das man an diesem durch die pralle Sonne des Tages immer noch aufgeheizten Sommerabend unbedingt benötigte. Man hatte ein paar Tische in dieses Kämmerchen hineingeräumt, Stühle standen ohnehin noch gestapelt in der Ecke. Dazu einige ausrangierte Spiegel. Die Garderobe der Künstler.

Tamara Tajenka hatte in ihrer Laufbahn schon einiges erlebt. Sie war in kleinen Kneipen aufgetreten und hatte dort beim Singen direkt neben dem Eingang zur Küche stehen müssen, die Schwingtür im Rücken. Sie hatte an Freiluftkonzerten teilgenommen, die trotz ungünstiger Witterung vor einem treuen, meist extra angereisten Publikum durchgezogen wurden. Der Veranstalter hatte keine Lust, das Geld für die Eintrittskarten und womöglich noch ein Ausfallhonorar an die verpflichteten Künstler zu zahlen, und wägte deshalb zehnminütlich das Risiko eines Stromschlags ab. Tamara Tajenka war nach einer halben Stunde bis auf die Haut durchnäßt gewesen und hatte sich noch zusätzlich die anzüglichen Blicke gefallen lassen müssen, weil sie am Morgen nichtsahnend einen roten Büstenhalter gewählt hatte.

Jetzt stellte sie ihre Tasche ab und verließ den stickigen Raum umgehend wieder. Von den anderen Künstlern war noch niemand zu sehen. Bevor sie nicht wenigstens mit dem Veranstalter gesprochen hatte, dachte sie nicht im Traum daran, auch nur einen Lidstrich aufzulegen. Oben in der Hotelbar war mäßiger Betrieb. Der Veranstaltungsraum befand sich im ersten Stock und war von der Hotelhalle durch eine Freitreppe zu erreichen. Man sah einige Männer mit Gerätschaft und Koffern die Stufen hinauf- und hinuntereilen. Tamara Tajenka bestellte sich einen Bitter Lemon. Sie war in einer merkwürdigen Verfassung. Die Erlebnisse der vergangenen Nacht schwangen in ihr nach. Unwirklich kam ihr die Situation vor. Einfach mit völlig fremden Menschen zu einer Feier mitzugehen, um dann dort auf die eigene Doppelgängerin zu stoßen.

Wenn sie an Gisela dachte, dann war es nicht so, als ob sie an eine andere, fremde Frau dachte, sondern fast so, als würde sie sich an sich selbst erinnern.

Der körperliche Kontakt in der Nacht, die Berührung, fast mehr aber noch die Betrachtung des fremden und doch so ähnlichen Körpers, ließen diesen Moment immer wieder wie ein fernes Erlebnis erscheinen, so als sei sie noch einmal zehn, fünfzehn Jahre zurückgegangen, um sich selbst zu begegnen.

Sie dachte an Giselas Beine, die ihren durchaus ähnlich waren. Tamara empfand ihre eigenen Beine als zu kurz. Die Oberschenkel waren zu dick und die Waden einfach zu stämmig. Daran gab es nichts zu deuteln. Auch wenn sie im Laufe der Jahre gelernt hatte, dies durch entsprechende Schuhe und Kleidung zu kaschieren. Bei Gisela hatte sie den Eindruck gehabt, daß sie sich nichts daraus zu machen schien. Mit ihren flachen Schuhen und den Bundfaltenhosen hätte man meinen können, daß sie von ihrer Problemzone gar nichts wußte. Und dann sah sie diese Beine nackt und gespreizt auf dem Bett, und sie sah ihre eigenen Beine, etwas dunkler in der Tönung, etwas faltiger, die Waden besser rasiert, zwischen diesen Beinen, und mit einem Mal konnten die Schenkel gar nicht dick genug sein, war die Länge der Waden gleichgültig. Sie lagen wie selbstverständlich aufeinander und dann nebeneinander.

Sie hatten beide eine ähnliche Art zu lachen, das hatte Tamara schon am Abend gemerkt. Später stellte sie fest, daß sie sich beide auch sonst ähnlich ausdrückten. Die Lippen standen leicht offen und die Zunge stieß einzelne Silben durch diesen Schlitz hinaus. Ruckartig. Manchmal fiel eine Silbe zurück in den Hals und wurde dort mit einem Gurgeln verschluckt. Und noch später hätte sie dann fast geweint und war darüber im selben Moment einfach nur überrascht. Es war ein Gefühl von Vergänglichkeit. Das Leben hält an und man versteht sich selbst, so wie man vor vielen Jahren einmal war, und fragt sich, warum man sich damals so angestrengt hat und weshalb man überhaupt je unzufrieden gewesen war.

Am Morgen, Gisela war schon früh zur Schule gefahren, war sie in der fremden Wohnung unglaublich nervös geworden. Sie zog sich schnell an und riß dabei ihren linken Strumpf ein. Sie trank in der Küche im Stehen ein Glas Orangensaft und verschluckte sich. Als sie ein Blätterteigstückchen von dem unabgeräumten Buffet nahm, fiel ihr die Hälfte auf den Boden. Schließlich verließ sie die Wohnung, schlug fast wütend, ohne zu wissen, auf wen sie eigentlich wütend war oder hätte sein können, die Tür hinter sich ins Schloß und fuhr in ihr Hotel, um sich dort zu duschen und umzuziehen.

Als sie dann im Bademantel vor dem Fenster saß und ihre erste, viel zu späte Zigarette an diesem Tag rauchte, bedauerte sie, daß sie sich nicht verabredet hatten. Aber wollte sie Gisela denn überhaupt wiedersehen? Darum ging es nicht. Wieder wurde sie unzufrieden. Und so rauchte sie gleich die zweite Zigarette. Worum ging es dann? Sie wußte es nicht, aber das Gefühl begleitete sie den ganzen Tag. Und erst jetzt in der Hotelbar kam ihr der Gedanke, daß ihr die Nacht am Morgen danach aus irgendeinem Grund wie ein Engagement erschienen war. Aber warum sollte sie das unzufrieden machen? Vielleicht hing es mit dem Geld von Giselas Freundin zusammen.

Sie öffnete ihre Handtasche und holte ihr Portemonnaie heraus. Da waren die 200 Mark schon mal nicht. Das hätte jetzt gerade noch gefehlt. Daß das Geld einfach weg sein könnte, war ihr irgendwie auch nicht recht. Geld. Heute abend würden es auch nicht viel mehr als 600 Mark werden. Und dann mußte man sich noch gegen die unausgesprochene Forderung zu Wehr setzen, dieses schäbige Gehalt zu spenden.

Ihr fiel ein, daß sie die 200 Mark in ihrem Koffer im Hotel gelassen hatte. »Ob Gisela wirklich heute abend kommt? Machen wir es so: wenn sie kommt, dann spende ich 200 Mark. Genau die 200 Mark, die ich gestern bekommen habe.« Damit war Tamara Tajenka zufrieden. Das schien eine annehmbare Lösung zu sein. Ihre Laune hellte sich auf. Sie drehte sich zu der Freitreppe um, weil sie sehen wollte, wie weit die Arbeiter waren und ob nicht irgendwo ein bekanntes Gesicht auftauchte.

Tatsächlich sah sie auch jemanden, den sie kannte. Aber der stand überhaupt nicht auf dem Programm. Außerdem war der, soviel sie wußte, in Amerika. Das war bestimmt fünfundzwanzig Jahre her mittlerweile, daß sie einmal zusammen aufgetreten waren. Wie hieß die Sendung noch gleich? *Schaubude* oder *Showbühne* oder so ähnlich. Sie drehte sich wieder zu ihrem Glas Bitter Lemon um. Schon wieder ein Doppelgänger, dachte sie.

4

Das unvergleichliche Blau des kenianischen Himmels leuchtete im Licht der Neonlampen von den großformatigen Postern. Der Lebensmittelhändler war, gleich nachdem Abbie Kofflager sein Geschäft verlassen hatte, zum Telefon geeilt, um ein paar Freunde anzurufen, die nun zusammen mit ihm im Hinterzimmer saßen, um sich zu beraten.

Das Leben in der Fremde hat seine Vorteile. Man kann das, was man unter Heimat, Land, Familie, Gesellschaft oder Religion versteht, relativ unabhängig genießen, ohne sich allen restriktiven Regeln dieser Gemeinschaften unterwerfen zu müssen. Natürlich ist man von seinem Ursprung getrennt. Und diese Trennung ist mehr als schmerzlich. Aber auch wenn man meint, nur das gute Alte in der neuen Heimat weiterzuführen, so richtet man es unwillkürlich neu ein.

Gerade in der Nachbildung des Zurückgelassenen manifestiert sich die unauflösliche Trennung, die man durch eine Überbietung des Originals zu überspielen versucht. Deshalb sind Heimatvereine im Ausland noch konservativer als Heimatvereine in der Heimat, ohne daß es ihnen deshalb gelingt, mehr zu sein als der billige Abklatsch eines fragwürdigen Vorbilds.

Die sechs Männer, die dort zwischen Kisten und Säcken auf dem Boden hockten, hatten sich erst hier in Chicago kennengelernt. Ihr Alter lag zwischen fünfunddreißig und fünfzig. Für Auswanderer ein gefährliches Alter. Die Hoffnungen werden langsam zu Grabe getragen, und die Frage drängt sich auf, ob man bleiben oder zurückkehren soll. Um dieser Frage und der täglichen Desillusionierung zu entgehen, benötigt man eine Ablenkung. Was in früheren Jahren der Sport und die Frauen waren, das wurden für diese sechs Politik und Religion. Sie fingen an, sich die Mythen ihrer Heimat in Erinnerung zu rufen, denn sie suchten nach einer Erklärung für ihr Leben in der Fremde. Und schon bald waren sie auf eine Erklärung gestoßen, die durchaus etwas für sich hatte.

War nicht Budu Sulber, der heilige König, von einem knochenlosen Weißen gezeugt worden? Und hatte er nicht seine Wiederkunft aus der Abfallgrube nach zwölf Jahren versprochen? Und war er dieses Versprechen nicht schuldig geblieben? Was lag da näher, nachdem man ihn so lange Zeit vergeblich in Kenia, dem Land seiner Mutter, erwartet hatte, als ihn im Land seines Vaters zu suchen?

Nun kam Budu Sulbers Vater allerdings nicht direkt aus Amerika, sondern aus Deutschland. Ein Schwachpunkt der Theorie, den es zu überwinden galt. Immerhin war es ihnen gelungen, von Kenia in die USA zu gelangen, da würden sie den geistigen Sprung nach Europa auch noch schaffen. Westen ist schließlich

Westen, ob nun alte Welt oder neue. Zudem besaß Chicago, wo die sechs schließlich über verschiedenste Umwege aufeinandertrafen, eine Verbindung nach Polen. Und Polen war so gut wie Deutschland. Oder war sogar teilweise Deutschland. Oder ist es für manche sogar heute noch. Und aus der Ferne werden diese Unterschiede ohnehin verschwindend klein. Noch dazu, wenn auf der anderen Waagschale ein Heiliger König liegt.

Die regelmäßigen Treffen der Kenianer gestalteten sich allerdings gerade in letzter Zeit etwas zäh. Sie befanden sich in einer Sackgasse, aus der auch die alten Mythen nicht richtig heraushelfen wollten, obwohl die sechs sie um so fleißiger studierten. Da es sich vorwiegend um mündliche Überlieferungen handelte, endeten die meisten Versammlungen in einem Streit darüber, welche die einzig richtige Version war.

Wahrscheinlich hätte selbst Lévi-Strauss mit seiner Behauptung, jede Version eines Mythos' sei richtig, die Kenianer nicht überzeugen können, und so feilschten sie stattdessen bis in die frühen Morgenstunden um jedes Detail.

War Budu Sulber in einem Korb zur Abfallgrube getragen worden, oder hatte seine Mutter die Blätter und Pflanzenstiele einfach im Arm gehalten? Wie hatte sein knochenloser Vater überhaupt mit seiner Mutter verkehren können? In der kenianischen Überlieferung existiert nämlich der Glaube, daß sich im männlichen Glied einzelne Knochenteile befinden, die sich bei der Erektion zusammensetzen und das Glied aufrichten. Ursprünglich hatten alle Männer einen gesunden und ganzen Knochen in ihrem Glied besessen. Eines Tages jedoch verfolgte ein Mann bei der Jagd einen Fuchs, der sich in seinen Bau flüchtete. Weil das Glied des Mannes so sperrig war, konnte er dem Fuchs nicht hinterherkriechen. Nun geschah dies aber in einer Zeit des Hungers, und weil seine Familie zu Hause schon seit langem darbte, zögerte der Mann nicht lange und zerschlug den Knochen in seinem Glied, um dem Fuchs in dessen Bau folgen und dort auch fangen zu können. Seit dieser Zeit tragen die Männer Fuchsschwänze, wenn sie zur Jagd ausziehen. Das nicht erigierte Glied wird ebenfalls Fuchsschwanz genannt. Das erigierte hingegen heißt Fuchsfreude, da der Fuchs sich sicher wähnen kann, seinem Verfolger zu entkommen.

Dieser Mythos spiegelt recht deutlich die Bedrohung der gesellschaftlichen Versorgung durch eine Überbetonung der Sexualität wider. Der von eigener Hand zerbrochene, aber unter bestimmten Umständen wieder zusammensetzbare Knochen stellt einen gelungenen Kompromiß aus beiden Grundbedürfnissen des Menschen dar. Wie aber sollte der knochenlose weiße Vater mit der Mutter verkehren? Die Theorie, daß der Knochenlose in Wirklichkeit im ganzen Körper sogenannte zerbrochene Knochen besaß, die er bei sich bietender Gelegenheit wieder zusammensetzen konnte, war schon vor Generationen verworfen worden. Nein, der Knochenlose war tatsächlich knochenlos. Und der Verkehr? Im Grunde war es ganz einfach: Das Wunderbare an einem Mythos ist ja gerade, daß er das, was ihm am meisten zu widersprechen scheint, in eine Bestätigung verwandelt. Gerade *weil* Budu Sulbers Vater keine Knochen besaß, ist es ein umso größeres Wunder, daß er einen Sohn zu zeugen vermochte.

Aus diesem Trick besteht übrigens auch das gesamte Handwerkszeug eines Hochstaplers: Widersprüchlichkeiten als Eigenarten und damit Bestätigungen auflösen. Denn ein seltsamer Heiliger ist immer noch ein Heiliger. Der Widerspruch muß im Filter des Adjektivums steckenbleiben, dann ist die Rolle gerettet. Und so handelte es sich eben um eine sogenannte »knochenlose Zeugung«. In manchen Regionen auch »Fuchsschwanzritt« genannt.

Ob Budu Sulber allerdings auf einem Maisblatt in die Tiefe der Erde rutschte oder in einer ausgehöhlten Batate in den Himmel auffuhr, beantwortete noch nicht die drängendsten Fragen der sechs Fremden fern der Heimat. Und da keiner von ihnen genug Phantasie besaß, um dem Mythos eine eigene und ursprüngliche Wendung zu geben, waren sie mehr als erfreut, als tatsächlich ein knochenloses Wesen auftauchte und ihnen auch noch per Fernsehbildschirm frei Haus geliefert wurde.

Das völlige Fehlen einer gewissen Skepsis dem Medium gegenüber läßt dabei nicht so sehr auf eine in Ansätzen schon vollzogene kulturelle Assimilation schließen, sondern bestätigt vielmehr die These, daß das Fernsehen die schriftliche Überlieferung weit hinter sich läßt und mit einem Sprung zur *oral history* zurückkehrt. Was einst Hunderte von Jahren brauchte, um sich selbst mit einer Unzahl fein ziselierter Nebenmythen zu bestätigen, wird jetzt unter dem Diktat der rund um die Uhr zu füllenden Sendezeit in einer knappen Woche erledigt. Jede auch noch so entfernt mit einem Geschehen in Verbindung stehende Person wird bis in die kleinste Pore ausgeleuchtet. Weshalb es kein Wunder war, daß die sechs eingeschworenen Kenianer auch mit der Tatsache vertraut waren, daß der Betreuer des knochenlosen Jungen, Dr. Samuel Howardt, lange Zeit in Deutschland zugebracht hatte. Eine eindeutige Parallele zum Vater von Budu Sulber.

Aber es gab noch andere Übereinstimmungen. Schließlich sollte der knochenlose Douglas Douglas Jr. in einem Loch verschwinden, nämlich in der Kanalisation. Zweifellos ein Symbol für die Abfallgrube. Außerdem war das Lager der Bare Witnesses in der Berichterstattung des öfteren als Fuchsbau bezeichnet worden, obwohl sich mit diesem Vergleich die Legende des heiligen Königs mit einer viel älteren kontaminieren würde. Was für eine Legende immer nur von Vorteil ist. Die Information allerdings, daß man sogar an eine Verlegung der Hauptstadt dachte, war auf die noch nicht so überragenden Sprachkenntnisse der Kenianer zurückzuführen, die die Bemerkung einer Journalistin, die Hauptstadt habe sich in den letzten Tagen nach Polar/Wisconsin verlagert, als amtliche Mitteilung mißverstanden.

An diesem Abend des 10. Juli jedoch beschäftigte die sechs ein anderes Problem. Sie waren aufgewühlt und redeten lauter als sonst. Denn natürlich gab es zum Heiligen König auch einen Widersacher, der dessen Wiederkunft zu verhindern suchte. Es handelte sich um einen Geist, der jede mögliche Gestalt annehmen konnte, von dem es aber immer hieß, daß er kein Gesicht besäße. Der Lebensmittelhändler ärgerte sich, daß es ihm nicht gleich aufgefallen war und er sich noch von den Fragen des schwitzenden Weißen hatte täuschen lassen, denn daß dieser Mann kein Gesicht hatte, war mehr als deutlich: Sein Vollbart verdeckte nicht nur die Aknenarben, sondern auch seine Gesichtszüge, und die vom Laufen nassen Haare, die an seiner Stirn klebten, taten ein übriges. Glücklicherweise hatte der Händler noch schnell genug geschaltet und ihm eine giftige und nur in geringsten Abschabungen als Medizin verträgliche Wurzel als Gemüse verkauft.

Die anderen ließen ihn entsprechend hochleben. Dennoch mußte man diesen Kerl im Auge behalten, denn wer wußte, ob und wann er die Wurzel zu sich nahm, und selbst wenn: der Gegenspieler eines Gottes ist meist auch selbst so etwas wie ein Gott. Vielleicht konnte ihm die Wurzel überhaupt nichts anhaben. Und wenn es ganz schlimm kam, so beflügelte sie am Ende noch seine ohnehin schon übermenschlichen Kräfte. Die anfängliche Freude der sechs über ihren kleinen Teilerfolg verflog so schnell wie sie gekommen war. Zum Glück hatte der Gegengott seine Adresse hinterlassen. Natürlich, um sie in eine Falle zu locken. Aber wenn sie es vielleicht geschickt genug anstellten …

5

Nachdem Abbie Kofflager verschwunden ist, läßt der Katzenschänder von der Katze ab. Seine Arme sind müde. Er setzt sich einen Moment auf den Brunnenrand. Irgendwie fühlt er sich unbefriedigt und leer. Kein Arsch weit und breit zu sehen. Wohin jetzt? Keine Ahnung. Da fällt sein Blick auf die von Abbie Kofflager zurückgelassene Plastiktüte. Er nähert sich ihr, hebt sie auf, schaut hinein. Igittigitt, irgend so'n Niggergemüse. Damit stopfen sie die Katzen aus. Jede Wette. Sowas würde er nie essen. Nie im Leben. Trotzdem nimmt er die Tüte mit. Einfach so. Wer weiß, vielleicht kann man damit was anfangen.

Die Verhältnisse, in denen er lebt, sind etwas kompliziert, wenn auch nicht weiter ungewöhnlich. Der Katzenschänder wohnt bei seiner Schwester. Seine Schwester wohnt mit ihrem Freund zusammen. Sie hat eine vierjährige Tochter, allerdings nicht von ihrem Freund, sondern von ihrem Mann, von dem sie noch nicht geschieden ist. Dieser Mann wohnt ebenfalls bei ihr. In gegenseitigem Einverständnis. Meistens zumindest. Er hat einfach noch keine Wohnung finden können. Außerdem haben sie ihm vor einem halben Jahr die Stellung gekündigt. Das wäre jetzt alles ein bißchen viel auf einmal.

Der Freund der Schwester hingegen hat Arbeit. Er arbeitet in einem Fitness-Studio und sieht auch entsprechend aus. In letzter Zeit hat er allerdings viel Streß gehabt. Und da zu diesem Streß auch noch die Pillen kommen, die er täglich schluckt, bleibt nicht mehr viel Energie für ein Sexualleben übrig, was der Mann der Schwester, der den ganzen Tag nur zu Hause rumhängt, mitbekommt. Vielleicht habe ich ja noch eine Chance, denkt er und versucht, sich wieder an seine Frau ranzumachen.

Nicht allein, daß er eine gesalzene Abfuhr erhält und zwei Nächte auf dem Flur schlafen muß, nicht im Wohnungsflur, sondern im Hausflur, was er mit Hilfe von einigen Flaschen billigem Fusel auch schafft, sondern zusätzlich bekommt er von dem Fitneßlehrer auch noch einen nicht ganz fairen Nierenschlag versetzt. Und das komischerweise erst zwei Tage später, weil der Fitneßlehrer vorher keine Zeit fand, sich um die Angelegenheit zu kümmern.

Das Röcheln im Hausflur ist der Schwester peinlich. Also holt sie ihren Mann wieder zurück in die Wohnung und steckt ihn ins Bett. Sie macht sich nämlich Sorgen, daß ihm durch den Schlag ihres Freundes etwas Ernsthaftes passiert sein könnte. Da sich die Schwester des Katzenschänders ausgesprochen gut mit der Mutter ihres Noch-Mannes versteht, ruft sie ihre Schwiegermutter an und bittet sie, für ein paar Tage zu ihnen zu kommen, um sich um ihren Sohn zu kümmern. Obwohl es nun ziemlich eng in der Wohnung wird, versteht es die Schwiegermutter, mit ihrer Herzensgüte zwischen allen Beteiligten, also dem Katzenschänder, seiner Schwester, deren Mann und Freund und Tochter, zu vermitteln.

Als der Katzenschänder an jenem Abend nach Hause kommt, schmeißt er die Tüte mit der tödlichen Wurzel einfach nachlässig irgendwo in die Küche zwischen den Kasten mit Cola und den mit Bier.

Dann passiert zwei Tage lang nichts Ungewöhnliches. Schließlich entdeckt die Schwiegermutter die Wurzel zufällig beim Saubermachen. Sie denkt, daß der Freund ihrer Schwiegertochter sie dorthin gelegt hat, denn sie lebt in dem Glauben, daß sich Menschen, die auf ihren Körper achten, auch gesund ernähren, das heißt mit Gemüse und eben solchen Wurzeln. Sie kommt auf die Idee, quasi als Versöhnungsessen, denn ihrem Sohn geht es inzwischen auch schon wieder besser, diese Wurzel zusammen mit gegrilltem Hähnchen und Kartoffeln zuzubereiten. Sie teilt allen mit, daß es am Abend etwas ganz Besonderes gäbe. Und so sind auch alle pünktlich um acht Uhr da.

Der Katzenschänder, seine Schwester, deren Schwiegermutter, Mann, Freund und Tochter.

Das Essen ist lecker. Alle greifen zu. Nur die Tochter will kein Gemüse, obwohl sie dazu gedrängt wird. Der Katzenschänder mag Grünzeug ohnehin nicht. Er will nicht mal Kartoffeln. Nur Huhn.

Die Wurzel verursacht keine Koliken oder irgendwelche anderen Beschwerden. Am nächsten Morgen sind Schwester, Mann, Freund und Schwiegermutter einfach nur tot.

Der Katzenschänder und seine kleine Nichte haben überlebt. Sie stehen fassungslos vor den Betten mit den Leichen. Das kleine Mädchen ist ganz ruhig. Es sagt kein Wort, sondern schluckt nur laut. Es zittert in seinem dünnen Kleidchen. Der Katzenschänder kann keinen klaren Gedanken fassen. Nicht, daß er sonst einen klaren Gedanken fassen kann, aber jetzt ist es noch schlimmer. Noch viel schlimmer. Aus irgendeinem Grund, vielleicht als Auswuchs eines bislang unterdrückten und nun mutierten Gewissens, meint er, man würde ihm die Leichen in die Schuhe schieben. Er will nur noch weg. Er packt ein paar Sachen zusammen. Viel hat er ohnehin nicht. Dann wühlt er in den Taschen der Toten und in den Schubläden ihrer Schränke nach Geld. Obwohl ihn das Überwindung kostet. Beim Mann seiner Schwester findet er über zweitausend Dollar. Das Schwein. Und sich hier durchfressen. Bei dessen Mutter noch einmal zweihundert und ein Paar Ohrringe. Bei dem Freund seiner Schwester nur Pillen und einen Haufen Adressen von Frauen. Er verbrennt alles, was an ihn erinnern könnte, im Waschbecken. Seinen Hausschlüssel steckt er in die Handtasche seiner Schwester. Dann packt er seine Tasche und will los. Aber da steht noch seine Nichte. Er kann mit der Kleinen nichts anfangen. Sollen sich die Nachbarn doch um sie kümmern. Während er kurz im Flur anhält und sie anschaut, kommt sie auf ihn zu. Sie sagt immer noch kein Wort. Sie streckt ihm nur die Hand entgegen. Der Katzenschänder spürt die Hand. Die Hand, die sich an seine klammert. Im Hintergrund liegen vier Tote. Natürlich ist er ein Rassist und ein Tierquäler und wahrscheinlich noch schlimmeres. Aber er spürt die kleine Hand. Und daß das Mädchen nichts sagt. Daß sie nicht heult oder schreit. Also nimmt er sie mit.

Sie laufen zusammen quer durch die Stadt und steuern die erste Adresse auf der Liste an, die er bei dem Freund seiner Schwester gefunden hat. Genauso hat er sich die Frau vorgestellt, die aufmacht. Sie trägt einen engen Sportanzug aus Latex. Er nennt den Namen des Freundes seiner Schwester. Die Frau bittet ihn herein. Dann erzählt er folgende Geschichte:

»Er hat meiner Schwester alles gestanden. Er hat ihr gesagt, daß er dich liebt und daß er sie verlassen will, um mit dir zusammen zu leben. Er wollte klare Verhältnisse schaffen. Und jetzt sind sie alle tot.« Er kann die nächsten Wochen bleiben. Sie kümmert sich um das kleine Mädchen. Nachts darf er ihr bei ihren Übungen am Heimtrainer zuschauen und dabei onanieren. Näher kommt man in seinem Alter kaum an das, was man ein erfülltes Sexualleben nennt. Bevor es ihr zuviel wird, verabschiedet er sich selbst.

»Aber einmal die Woche müßt ihr mich besuchen kommen«, sagt sie zum Abschied.

»Natürlich.« Darauf wollte er hinaus.

Sie suchen die nächste Adresse auf. Dieselbe Geschichte. Diesmal legt die Frau sogar nachts selbst Hand an, verlangt aber ordentliche Tischmanieren und den Verzehr von Gemüse. So organisiert sich sein Leben. Von Frau zu Frau und wieder zurück. Irgendwann wird ihm an einem Frühstückstisch die Idee nahegelegt, seine abgebrochene Schulausbildung zu beenden. Warum nicht? Von den über zweitausend Dollar hat er noch kaum etwas angerührt. Die Chicagoer Polizei hat den Fall zu den Akten gelegt. Lebensmittelvergiftung. Das Chicagoer Jugendamt hat andere Sorgen.

Er geht auf die High-School und dann aufs College. Seine Nichte ist bei einer der Frauen hängengeblieben. Er besucht sie jedes Wochenende. Dann hat er einen Flirt mit einer Dozentin. Dann verliebt er sich in eine Mitstudentin. Die Eltern der Mitstudentin sind vermögend. Der Vater hat eine Anwaltskanzlei. Der Mutter mußte nach der Geburt ihrer ersten und einzigen Tochter die Gebärmutter entfernt werden. Sie ist selbst gerade Anfang vierzig und leidet darunter, nicht noch ein zweites Kind zu haben. Als sie die kleine Nichte ihres zukünftigen Schwiegersohns kennenlernt, ist sie entzückt. Als Anwalt weiß ihr Mann die Adoption schnell über die Bühne zu kriegen. Der Katzenschänder steigt in die Anwaltskanzlei ein. Er heiratet die Tochter. Die Mutter ist verrückt nach seiner Nichte. Bei einem Skiurlaub in Aspen verunglückt ihr Mann schwer. Er ist beidseitig gelähmt. Seine Frau kümmert sich rührend um ihn, und auch das adoptierte Töchterchen ist Balsam für seine Seele, auch wenn er das selbst nicht mehr mitteilen kann, da sein Sprachzentrum irreparabel gestört ist. Aber man sieht es genau an seinen Augen.

Der Katzenschänder übernimmt die Kanzlei. Es ist für sein Gefühl noch etwas früh, aber er findet sich schnell zurecht. Seine Frau bekommt ein Kind. Dann ein zweites. Der Katzenschänder macht viel ehrenamtliche Arbeit. Er verteidigt unter anderem einen politischen Aktivisten namens Abbie Kofflager. Der Fall fordert ihm viel ab. Er steht als Verteidiger fast allein gegen die Spitzen des Geheimdienstes. Dennoch gelingt es ihm, einen Kompromiß herauszuhandeln. An seinem fünften Hochzeitstag lädt er seine Schwiegereltern, seine Nichte, seine Frau und die Kinder zu einem großen Essen ein. Sie gehen in ein kenianisches Restaurant. Das Essen ist vorzüglich. Sie essen ein Gericht, das Budu Sulber oder so ähnlich heißt. Es besteht aus Fuchsfleisch in einer ausgehöhlten Batate. Es schmeckt ganz außergewöhnlich. Als Nachtisch gibt es ein leckeres Sorbet mit

Spuren einer seltenen Wurzel, die sehr anregend wirken soll. Auch dieses Sorbet ist außerordentlich. Wenn sie nicht alles täuscht, ist das da am Nebentisch Jeff Goldblum mit seiner Frau. Er ist wirklich sehr sympathisch. Und so natürlich. Gern gibt er ein Autogramm. Als sie spät am Abend nach Hause kommen und der Katzenschänder den Wagen in der Garage parkt, ist seine Älteste, die letzten Monat vier geworden ist, im Garten verschwunden. Man ruft sie, aber sie kommt nicht. Eine Taschenlampe wird aus dem Haus geholt und alles abgesucht. Man findet sie schließlich hinter einem Weidenstrauch. Sie sitzt auf dem Boden und hält ein kleines Kätzchen im Arm, das ihr zugelaufen sein muß. »Darf ich das behalten, Pappi? Ja? Och, bitte.«

6

Edgar Jay war ein Mann ohne Hobbies oder persönliche Interessen. Wenn er ehrlich war, so interessierte ihn im Grunde eigentlich rein gar nichts. Gleichzeitig war es genau diese Interesselosigkeit, die ihn dazu befähigte, einen Posten in dem wie auch immer gearteten Geheimdienst einzunehmen, der ihn, obwohl es, wie wir gehört haben, keine Rangunterschiede gibt, doch mit einer gewissen Befehlsgewalt ausstattete.

Interesselosigkeit ist bei Kant die Voraussetzung für das Empfinden von Schönheit. Geht man von diesem Grundsatz aus, so löst sich mit einem Mal das sonst seine Umwelt regelmäßig in Erstaunen versetzende Paradox auf, daß Edgar Jay die Welt schön findet, genauer gesagt »wunderbar«, obwohl er tagtäglich mit so viel Grausamkeit konfrontiert wird.

Viele Dinge erscheinen nur deshalb schrecklich, weil man sie nicht aus eigener Erfahrung kennt. So waren es vor allem Freunde und Verwandte, die Edgar Jay wegen der in seinem

Beruf ständig stattfindenden Konfrontation mit Gewalt und Schrecken bedauerten. Und Edgar Jay ließ seine Umwelt gern in diesem Glauben, auch wenn seine Arbeit die meiste Zeit in gut klimatisierten Büros vonstatten ging. Dieser Nimbus gab dem gesetzten Endfünfziger eine zusätzliche Spur dieser wunderbaren Gelöstheit, die er immer an Schauspielern bewunderte, deren Namen er sich zwar nie merken konnte, weil sie meistens in Nebenrollen, oder besser als *supporting actors*, auftauchten, deren Erscheinung jedoch etwas Beruhigendes ausströmte, das den ganzen Film beeinflußte.

Edgar Jay reichte es vollkommen, *supporting actor* zu sein. Er mußte nicht im Vordergrund stehen, und man mußte noch nicht einmal wissen, was er tat oder unterließ, wen er bekämpfte und wen er mit seiner Arbeit unterstützte.

Man darf im Geheimdienst nicht kurzfristig denken. Das führt zu gar nichts. Resultate, wenn man sie denn überhaupt jemals zu Gesicht bekommt, sind zweitrangig. Die Konzentration auf Ergebnisse ist der Sache nicht dienlich. So fördert die Geheimdiensttätigkeit die Beamtenmentalität. Man erledigt jeden Tag seine Arbeit, hetzt sich nicht dabei, verzweifelt bei etwaigen Mißerfolgen aber auch nicht. Jeder Erfolg ist immer nur ein Teilerfolg. Jeder Mißerfolg ebenso. Wie viele Mitarbeiter umfaßte die Gruppe, die den Plan ausarbeitete, Fidel Castros Schuhe mit einem Haarausfallmittel einzureiben, damit er zusammen mit seinem Bart auch seiner Autorität verlustig gehen sollte? Man kann nur vermuten, daß es sich um einen Bruchteil der Personen handelte, die mit der Invasion in der Schweinebucht befaßt waren. Und auch wenn beide Pläne fehlschlugen, so waren sie doch kleine wertvolle Schritte in einem weit größeren Kampf. Einem Kampf, der übrigens bald gewonnen sein würde. Mit Hilfe der katholischen Kirche, einiger Reiseunternehmen, eingeschleuster Prostitution und einer verfeinerten Abart von Crack würde sich Kuba schon in Kürze durch nichts mehr von einem Bundesstaat wie etwa Louisiana unterscheiden. Und dann? Aber so darf man nicht denken.

Edgar Jay hatte letzte Nacht gerade einmal zwei Stunden auf seinem Bett im Büro zugebracht. Es war ein bescheidener Vorzug seiner Stellung, daß er ein kleines Zimmer mit Bad und Bett besaß. Allerdings muß man bedenken, daß die Benutzung meist einen Zwanzig-Stunden-Tag voraussetzte. Schon gegen sechs hatte man ihn wieder geweckt, um ihm einige Videobänder vorzuspielen und weitere Vorgehensweisen für den kommenden Tag abzusprechen. Edgar Jay bekam von den Videobändern nur einen kurzen Zusammenschnitt, Index genannt, zu sehen, da er sich unmöglich auch nur durch einen Bruchteil des allein mit seinem Fall in unmittelbarem Zusammenhang stehenden Materials hätte arbeiten können. Pro Tag ungefähr sieben- bis achthundert Stunden Aufzeichnungen allein in seiner Behörde. Schon das für Loophole D angelegte Archiv umfaßte drei größere Kellerräume, die allesamt so aussahen wie Frank Zappas Tonstudio. Und auch hier gab es unendlich viele Versionen von *The Torture Never Stops*.

Edgar Jay lächelte, wenn er an diesen Fundus dachte und sich gleichzeitig überlegte, wie sich die Fernsehsender mit ihren Reality-Programmen abmühten und krampfhaft aus den jämmerlichsten Schnipseln von privaten Überwachungskameras eine Wiederholung nach der anderen zusammenschnitten. Er könnte sämtliche zweihundert Kanäle rund um die Uhr mit immer frischem Material versorgen. Und darauf wäre nicht immer nur der eine Lastwagen zu sehen, der durch eine Kleinstadt Amok fährt, oder die Frau, die nicht mehr bremsen kann und die Autobahn hinunterrast.

Diese Bilder, die angeblich von Polizeikameras aufgezeichnet worden waren, wurden eigens von einem Filmteam, das mit seiner Abteilung zusammenarbeitete, produziert. Einen Grund dafür hätte er im Moment gar nicht angeben können. Wahrscheinlich aus dem grundsätzlichen Prinzip, kein Material der Behörden jemals nach außen dringen zu lassen. Wurde nun Material angefordert, sei es durch Untersuchungsausschüsse oder durch Unterhaltungssendungen im Fernsehen, so stellte man dieses Material eben her. Damit erreichte man gleich dreierlei: zum einen die weitere Geheimhaltung des wirklichen Materials, zweitens die Vertuschung dieser Geheimhaltung und drittens eine Beeinflussung der öffentlichen Meinung durch das hergestellte und als authentisch bezeichnete Material. Im Grunde gar nicht so schlecht. Auch wenn es im einzelnen völlig egal war, ob man nun einen wirklich die Böschung herunterstürzenden Lastwagen zeigte oder nicht.

Am liebsten waren Edgar Jay jedoch die Fälle, in denen Material von eifrigen Journalisten als Fälschung enttarnt wurde. Dann konnte man noch einmal gefälschtes Material als das nun wirkliche und echte Dokument nachschieben. Eine enorme Chance, die unglaubwürdigsten Dinge zu verbreiten, weshalb auch die als Fälschung enttarnten Materialien in den meisten Fällen schon auf eine Enttarnung hin präpariert waren. Niemand ist gieriger und nicht nur bereit, Kopf und Kragen zu riskieren, sondern auch, alles Erdenkliche zu glauben, als derjenige, der meint, etwas Geheimem oder Verbotenem auf der Spur zu sein. Einmal eine Verschwörung aufdecken, das ist der Wunschtraum eines jeden Journalisten. Noch niemals in der Geschichte des amerikanischen Geheimdienstes jedoch war eine Konspiration aufgedeckt worden. Alles, was aufgedeckt worden war, sollte aufgedeckt werden, weil man sich von unliebsamen Gruppierungen oder Mitgliedern innerhalb der Organisation zu trennen gedachte.

Wenn Edgar Jay den etwa vierzigminütigen VideoIndex über seinen großformatigen Bildschirm flimmern sah, fühlte er sich in seinem Element. Andere hätten in diesem wirren Geflacker, das man sich ungefähr wie das Ende von *Koyaanisqatsi*, nur noch einmal mit doppelter Geschwindigkeit abgespielt, vorstellen muß, rein gar nichts erkannt. Er hingegen markierte souverän und ohne jemals anzuhalten mit seiner Fernbedienung die Stellen, die ihn interessierten, und ließ sich dann die Originaldokumente in sein Büro überspielen. Diesmal war überhaupt nichts Interessantes dabei. Eher der Form halber setzte er ein paar Indexpunkte und fragte seinen Chicagoer Mitarbeiter, ob sich bei den Kenianern wirklich nichts getan habe.

»Wir müssen die doch, in Gottes Namen, zu einer verdammten Aktion bringen können.«

»Kofflager ist übrigens aufgetaucht.«

»Bei den Kenianern?«

»Ja, vergangene Nacht.« Edgar Jay überlegte einen Moment, dann winkte er gelangweilt ab.

»Zufall, würde ich sagen. Und selbst wenn nicht, Kofflager steht doch noch unter Bewachung oder?«

»Das müßte ich nachsehen.«

»Dann tun Sie das bitte.« Kofflager und die Kenianer, das wäre zu schön, um wahr zu sein. Die Kenianer waren zu träge. Man hatte ihnen alle möglichen Informationen zugeleitet, aber sie konnten sich einfach zu nichts entschließen. Und langsam drängte die Zeit. Ewig konnte man da draußen bei Loophole D auch nicht warten. Sonst starben einem die zwei jämmerlichen Gestalten in der Farm noch von alleine weg. Aber ohne die Verbindung zu den Kenianern würde das den nötigen internationalen politischen Effekt verlieren.

Edgar Jay drehte sich auf seinem Sessel etwas nach hinten, um an die Tasse Kaffee auf seinem Schreibtisch zu kommen. Die Tasse war ein Souvenir. Er hatte sie vor jetzt beinahe fünfzehn Jahren als Gast bei Johnny Carson bekommen und behalten. Johnny und er waren immer noch miteinander befreundet.

Sein Auftritt in der Show war damals eigentlich aus einem Scherz entstanden. Edgar Jay hatte bei einer Cocktailparty gegenüber Carson bemerkt, daß er zu seinem Bedauern niemals im Fernsehen werde auftreten können, da allein die Tatsache, daß er vor einer großen Öffentlichkeit zu sehen sei, schon das Scheitern seiner Tätigkeit bedeuten würde. Edgar Jay hatte über all die Jahre die Erfahrung gemacht, daß es am besten war, relativ normal mit seiner Tätigkeit umzugehen. So machte er im kleineren Kreis keinen Hehl daraus, daß er beim Geheimdienst arbeitete. Die Sache herunterspielen und nicht noch geheimnisvoller machen, als sie schon ist, lautete seine Devise. Die Leute waren dann gar nicht so neugierig, wie man immer annahm. Vor einer breiten Öffentlichkeit jedoch mußte auch er sein Inkognito wahren. Denn sonst war er »verbrannt«, wie man in den entsprechenden Filmen sagte.

Unnötig zu erwähnen, daß auch dieses GeheimdienstVokabular von zwei eigens dafür abgestellten Mitarbeitern hergestellt wurde. Einer von ihnen war übrigens der ehemalige Student der Religionswissenschaften, der seinerzeit den mythologischen Hintergrund für die Bare Witnesses ausgearbeitet hatte. Von ihm war, mit Hoffnung auf eine etwas interessantere Position in der Abteilung, später auch selbst der Hinweis auf die Sekte gekommen. Man hatte den Hinweis zwar gern aufgegriffen, dann aber so getan, als wäre man selbst schon auf dieselbe Idee gekommen.

Der ehemalige Student blieb also weiterhin in dem kleinen Büro vor seinem Bildschirm sitzen und grübelte über eingängige Begriffe nach. Vor ihm an der Wand das gerahmte Foto eines fröhlich grinsenden Endvierzigers mit Angelgerät. Es handelte sich um den Gründer des Intrinsic Linguistic Departement, der vor jetzt bald fünfzig Jahren mit der Erfindung des Begriffs »Toter Briefkasten« einen Meilenstein der medialen Desinformation gesetzt hatte. Er war seinerzeit auch an dem Jux mit Carson beteiligt gewesen. Denn man soll nicht denken, daß Geheimdienstler keinen Humor besitzen.

»Die Doppelnull bedeutet die Lizenz zum Töten«, das stammte ebenfalls von dem Hobbyangler und sorgte noch heute für ausgelassene Heiterkeit. Eine Lizenz zum Töten, das wäre wirklich lustig, wenn es so etwas gäbe. Denn das würde bedeuten, daß man extra danach fragen müßte. Am Ende noch einen Antrag stellen. Nein, so geht es nun wirklich nicht zu im Geheimdienst. Obwohl es allgemein geglaubt wird. Es wurde ja auch geglaubt, daß Edgar Jay der Besitzer der größten Sammlung seltsam verformter Kartoffelchips sei, weshalb er dann doch noch eines Abends zwischen Johnny und Ed McMahon saß und sein Gesicht auf Millionen von Bildschirmen präsentierte.

Man zeigte verschiedenartige Chips, Tiersilhouetten, Haushaltsgegenstände, und schließlich die Profile von Berühmtheiten. Am Schluß hielt Edgar Jay, den man eingekleidet hatte, als käme er gerade aus Miami, einen letzten Kartoffelchip in die Höhe und ließ die Kamera drauffahren.

»Keine Ahnung«, sagte Johnny, »vielleicht einer aus der Band, den wir die ganzen Jahre mitbezahlen, aber noch nie zu Gesicht bekommen haben.« Er drehte sich zum Orchester.

»Sag mal Doc, benutzt ihr eigentlich eine Triangel?« Gelächter. Der Schlagzeuger schlug aufs Becken. Doc Sevenson prustete in seine Trompete. Dann wandte sich Johnny wieder rüber zu Edgar Jay.

»Aber jetzt mal Spaß beiseite, Mister Smith, um wen handelt es sich nun?«

»Um einen Geheimdienstmitarbeiter. Schnelle Verwandlung ist alles.« Und mit diesen Worten biß er ein Stück aus der Stirn, das aus dem unbekannten Gesicht das charakteristische Profil von Richard Nixon entstehen ließ. Und Nixon war auch nach all den Jahren immer noch einen tobenden Applaus wert.

7

Am Vormittag des 12. Juli bekam Dr. Rubinblad zwei Anrufe. Der erste Anruf war von seiner Tochter. Sie hatte es sich angewöhnt, wenigstens am Todestag ihrer Mutter kurz mit ihrem Vater zu telefonieren. Amie hatte in den letzten drei Jahren eine schwierige Zeit durchgemacht. Obwohl, wenn Dr. Rubinblad es sich richtig überlegte, dann hatte diese Zeit schon früher angefangen. Viel früher. Inzwischen war sie vierunddreißig.

Dr. Rubinblad sprach etwa fünf Minuten mit ihr. Dabei achtete er nicht so genau auf das, was sie sagte, sondern mehr auf den Ton in ihrer Stimme. Er war sich nicht ganz sicher, aber die Verzweiflung schien etwas abgenommen zu haben.

Amie war eine jener Frauen, die kein Glück in der Liebe haben. Sagt man diesen Satz allerdings einfach so lapidar dahin wie bei einer Redaktionssitzung von *Cosmopolitan*, erfaßt man unter Umständen nicht die ganze Tragweite, und vor allem die ganze Tragik, die sich für Amie hinter dem vermeintlichen Allerweltsproblem verbarg. Dr. Rubinblad hatte sich schon des öfteren gefragt, woran es wohl liegen konnte, daß sich Amie in bestimmten Abständen immer von neuem mit aller Kraft an einen Mann klammerte, der sie nicht beachtete. Natürlich dachte er als erstes an sich. Normalerweise waren die Väter solcher Frauen abwesend oder auf eine andere Art unerreichbar gewesen. Galt das auch für ihn? In gewissem Sinne bestimmt, obwohl er sich immer Mühe gegeben hatte, gerade wegen seiner nicht mehr ganz so jungen Jahre bei Amies Geburt. Oder war seine Ehe zu gut, das heißt zu einnehmend gewesen? Hatte es nicht genug Platz für Amie gegeben? War sie von vornherein chancenlos aus dem Feld geschlagen worden?

Er kannte ihre oft sehr verzweifelten Liebesgeschichten leider nur zu wenig, um sich ein genaues Bild machen zu können. In der Vergangenheit war Amie oft für mehrere Wochen, manchmal sogar Monate verschwunden, um dann eines Tages wieder abgemagert und mit tiefen Ringen unter den Augen vor seiner Tür zu stehen. Sie hatte in ihrem Leben schon so gut wie alles aufgegeben: ihre Wohnung, ihren Beruf, ihre Freunde und selbst ihre eigenen Interessen, wie zum Beispiel vor gut drei Jahren das Klavierspielen, wobei sie ihren Entschluß mit dem Verkauf des schönen alten Klaviers, das Dr. Rubinblads Mutter noch aus Europa mitgebracht hatte, untermauern mußte. Wußte sie denn nicht, welchen Wert dieses Instrument für ihn besaß? Und dieser Wert war nicht nur ideell, da er es von dem Trödler zu einem weit überteuerten Preis hatte zurückkaufen und zusätzlich noch für einige tausend Dollar restaurieren lassen müssen. Doch für Amie verdinglichte sich in diesem Klavier eben der Schmerz über den Verlust des Mannes, der ihr am Anfang der Beziehung immer Jimmy-Webb-Lieder vorgespielt hatte, um sie schließlich dann doch nur zu erniedrigen und zu verlassen. Wie all die anderen zuvor.

Dr. Rubinblad hatte diesen Mann, wie die meisten von Amies Bekannten, nie persönlich kennengelernt, aber nach Amies Schilderungen mußte es sich um einen gefährdeten Menschen handeln. Weiter wollte Dr. Rubinblad mit seiner Einschätzung nicht gehen.

Amie hatte keine richtige Ausbildung. Sie arbeitete als Kindererzieherin und interessierte sich sehr für Musik. So hatte sie bei einem Workshop für Stimmbildung auch diesen Mann kennengelernt. Er war Musiker. Sänger. Allerdings kein klassischer Sänger, sondern jemand aus der Unterhaltungsbranche.

»Von irgendwas muß er ja auch leben. Es kann schließlich nicht nur hochbezahlte Psychiater geben«, hatte sich Amie während eines Besuchs bei ihren Eltern verteidigt. »Er spielt ein halbes Dutzend Instrumente. Und jetzt lerne ich auch endlich richtig Klavier.« Dr. Rubinblad hatte seine Tochter angesehen.

Als Vater war er nicht objektiv. Er übertrieb bestimmt. Es hatte gar keinen Sinn, seinen Befürchtungen noch weiter nachzugehen, sie war eine erwachsene Frau und mußte wissen, was sie tat. Auch schien sie diesem Sänger zumindest nicht völlig egal zu sein. Immerhin hatte er für sie auf ein vielversprechendes Engagement verzichtet.

»Er will eben in meiner Nähe sein«, verkündete Amie strahlend. Normalerweise geriet sie an verheiratete Männer, oder an Männer, die nicht einmal im Traum daran dachten, eine feste Bindung einzugehen. Bei ihrem Sänger lag die Sache jedoch ganz anders. Er wollte nichts lieber, als nur mit ihr zusammen sein. Und verheiratet war er auch nicht. Endlich hatte auch sie einmal in den Topf mit Honig gelangt.

Nach ungefähr vier Monaten sah die Bilanz, hätte Dr. Rubinblad eine aufgestellt, allerdings ernüchternder aus: ein Autounfall des Sängers mit Rippenbrüchen und Quetschungen, Amies Auto Totalschaden. Drei Selbstmordversuche des Sängers. Zweimal Tabletten, einmal angeblich ein Sprung von einer Brücke, den niemand beobachtet hatte. Die Polizei griff ihn auf, als er nachts durchnäßt durch eine verlassene Einkaufspassage schlich, und brachte ihn nach Hause. Vier angefangene und wieder abgebrochene Therapien, darunter zwei Paartherapien. Alle möglichen Zeichen der Autodestruktion: Schnitte, Kratzer, Risse. Darüber hinaus lebte er asketisch, trank nicht, rauchte nicht, aß kaum etwas.

»Hat er irgendeine religiöse Anschauung?« hatte Dr. Rubinblad seine Tochter gefragt.

»Keine Ahnung. Mir hat er nichts davon erzählt. Ich glaube, er macht das wegen seinem Beruf.«

»Aber er hat doch seinen Beruf quasi aufgegeben für dich.«

»Weil er mich so liebt. Er hat mir das Wertvollste geopfert, was er besaß.«

»Gleich nach einer Woche?«

»Ja, so ist er nun einmal.«

Dr. Rubinblad schwieg.

»Du kennst ihn eben nicht«, sagte Amie mit einem leicht vorwurfsvollen Unterton in der Stimme.

»Da hast du recht, ich kenne ihn wirklich nicht. Und das liegt nicht allein an mir.«

»Er möchte dich auch gerne kennenlernen. Er sagt immer, du seist bestimmt ein reizender Mensch.«

»Reizend?«

»Jetzt klaub doch nicht in meinen Worten rum, Papa. Eben so was in der Art.«

»Warum kommt ihr dann nicht einfach mal vorbei. Zum Beispiel nächsten Sonntag.«

»Ich weiß nicht, ob das gut ist, zur Zeit. Außerdem ist er in Behandlung.«

»Hat er sich denn schon wieder ...«

Amie hatte starr vor sich hingeschaut. »Er sagt, daß er mich so liebt, und daß ihn das so durcheinanderbringt. Aber ich liebe ihn doch auch. Aber immer, wenn ich es ihm sage, schaut er mich so seltsam an. Und manchmal weint er. Und dann schlägt er sich wieder.«

»Schlägt er dich auch?« Dr. Rubinblad hatte versucht, so sachlich wie möglich zu bleiben.

Amie schüttelte den Kopf. »Nein, vielleicht ist das das Problem.«

»Wie meinst du das?«

»Er sagt, er liebt mich so sehr, daß er mich gar nicht anfassen kann.«

»Was heißt, er kann dich nicht anfassen?«

»Ich bin zu kostbar.«

»Zu kostbar?«

»Dann stellt er mir immer Fragen.«

»Was meint er mit zu kostbar?« Amie zuckte die Achseln.

»Du wolltest etwas sagen. Er stellt Fragen …«

»Wir haben nur einmal miteinander geschlafen. Als wir uns kennenlernten.«

»Und seitdem nicht mehr?«

»Nein.«

»Und das liegt an ihm?«

»Ich weiß nicht.«

»Was heißt ›ich weiß nicht‹?«

»Es kam einfach nicht mehr dazu.«

»Aber ihr schlaft doch in einem Bett?« Wieder schüttelte Amie den Kopf. »Er schläft neben meinem Bett. Das heißt er schläft gar nicht. Wenn ich aufwache nachts, dann habe ich immer das Gefühl, daß er wach ist und mich anschaut.«

»Und die Fragen, was meinst du mit den Fragen?«

»Verstehst du, ich liebe ihn doch. Es ist doch alles in Ordnung. Aber trotzdem. Ich weiß nicht, was ich noch machen soll. Ich weiß es einfach nicht.«

Leider kam es nicht mehr dazu, daß Dr. Rubinblad von seiner Tochter etwas über die Fragen erfuhr. Bedauerlicherweise, denn diese hätten ihm ein wichtiges Indiz an die Hand liefern können. Die Fragen, die der Sänger Amie stellte, beschäftigten sich fast ausschließlich mit der Vergangenheit. Warum hatten sie sich seinerzeit kennengelernt? An der Lösung dieser Frage arbeitete er wie besessen. Konnte er sie nicht beantworten, würde er seine Angst niemals besiegen, diese fürchterliche Angst, Amie genauso zufällig und unerwartet, wie er sie kennengelernt hatte, auch wieder zu verlieren. Deshalb versuchte er, seine und Amies Vergangenheit ganz genau zu rekonstruieren, um daraus den Grund herauszulesen, der sie beide zusammengeführt hatte und für immer zusammenbleiben ließ.

Es ist dies wahrscheinlich das Bedürfnis vieler Verliebter, aber bei dem Sänger hatte es solch eine alles verschlingende und alles dominierende Form angenommen, daß für ihn darüber hinaus bald nichts anderes mehr existierte. Dann aber änderte sich auch dieser Zustand. Plötzlich und wie aus heiterem Himmel nämlich, übergab sich der Sänger dem Zufall, den er doch angeblich wie nichts sonst auf der Welt fürchtete, und verschwand spurlos aus Amies Leben. Er hinterließ ihr noch einen Brief, in dem er schrieb, daß er erst alles über sie und sich herausfinden müsse, bevor er wiederkommen könne, um glücklich und zufrieden mit ihr zu leben. Das war alles.

Wie lange ist das jetzt her? überlegte Dr. Rubinblad nach dem Anruf seiner Tochter. Auch in etwa drei Jahre. Etwas mehr. Das war ja seinerzeit gerade diese tragische Kopplung gewesen für Amie: erst verschwand ihr Freund und dann wurde noch ihre Mutter auf so fürchterliche Art und Weise ...

Während Dr. Rubinblad diesen Gedanken nachhing, klingelte das Telefon zum zweiten Mal. Er nahm ab, verstand jedoch kein Wort von dem, was ihm die sich aufgeregt überschlagende Stimme am anderen Ende der Leitung erzählte. Es war die Stimme einer Frau, die von einem wichtigen Termin sprach und von der ganzen Welt, die auf etwas wartete und zuschauen würde. Schließlich stellte sich heraus, daß es sich um eine der Aufnahmeleiterinnen handelte, die für die Live-Schaltung von Loophole D nach Deutschland in das Hotel *Savoy* zu dem Benefiz-Konzert für Morbus-Mannhoff-Patienten verantwortlich waren. Dr. Rubinblads Patient Dr. Howardt hatte einen Schwächeanfall erlitten und nun war die Sendung in Gefahr.

»Bitte kommen Sie sofort«, wiederholte die Frau immer wieder aufgeregt, »Kosten übernehmen wir.« Dr. Rubinblad war im Prinzip dazu bereit, als er jedoch erfuhr, wohin er kommen sollte, hielt er das ganze für einen Scherz. Ein Stück abgesperrter Landstraße zwischen Polar und Lily? Er hatte die beiden Ortsnamen noch nie in seinem Leben gehört und mußte nach dem Bundesstaat fragen.

»Wisconsin? Aber wie soll ich denn da jetzt ...« Nein, es mußte sich um einen Scherz handeln. Oder um eine Verwechslung. Höflich bat er darum, einen Kollegen in der näheren Umgebung zu bemühen. Ein Schwächeanfall sei doch nichts Besonderes.

»Aber er verlangt nach Ihnen!«

»Trotzdem«, insistierte Dr. Rubinblad und legte auf. Er saß noch eine Weile in seinem Sessel und überlegte, ob ihm ein Kollege dort oben einfiel. Nein, in ganz Wisconsin nicht. Seltsam eigentlich. Dann zog er sein Jackett an, um noch einen kleinen Spaziergang zu machen.

Und so hörte er das Klingeln des dritten Anrufs an diesem Tage gar nicht mehr. Er wäre ohnehin nicht noch einmal an den Apparat gegangen, weil es doch nur wieder diese aufdringliche Frau vom Fernsehen sein konnte. Tatsächlich kam der Anruf jedoch aus der näheren Umgebung. Aus einem kleinen Büro zwei Stockwerke unter dem von Edgar Jay.

8

Die größte Gefahr im Geheimdienst ist eine gewisse Form von Übereifer, die sich aus der irrwitzigen Vorstellung speist, jeden und alles kontrollieren zu müssen. Ein guter Geheimdienstler, wie etwa Edgar Jay, weiß, daß man den Zufall nicht nur einkalkulieren, sondern regelrecht mit ihm spielen muß. Anders geht es in diesem Beruf nicht. Man muß durchlässig sein für die Welt, die einen umgibt, und in der man schließlich lebt und seine Arbeit verrichtet.

Wie einfach wäre es zum Beispiel, eine Aktion wie Loophole D in ihrer Gesamtheit zu inszenieren. Alle Personen gekauft. Die Farm mit den Bare Witnesses eigens dort oben hingestellt. Scheinbar einfach, doch im Endergebnis unberechenbar kompliziert. Was diese übereifrigen Kontrollfreaks nämlich regelmäßig übersehen, ist die Tatsache, daß irgendwo ein Austausch zwischen der Inszenierung und der realen Welt stattfinden muß, und daß genau dieser Austausch nahezu unmöglich wird, wenn man die Kontrolle zu weit treibt.

Leider ist es genau das, was sie einfach nicht einsehen wollen oder können. Werden sie nämlich mit Problemen konfrontiert, die sich allein aus der übersteigerten Kontrolle eines Projekts ergeben, so lautet ihre Schlußfolgerung irrigerweise: Irgendwo gibt es eine undichte Stelle, die wir auch noch kontrollieren müssen.

Erst einmal in diesen Kreislauf geraten, entwickeln sich sehr schnell Phantasien von absoluter Macht. Sie entwickeln sich aus der Unfähigkeit, den Apparat effektiv und wirkungsvoll einzusetzen und sind Symptome einer weit verbreiteten Berufskrankheit, die sich trotz aller Warnungen immer wieder in die Arbeitsweise einiger Mitarbeiter einschleicht.

Der dritte Anrufer bei Dr. Rubinblad gehörte zu eben dieser Kategorie Beamter. Damit beauftragt, das Umfeld von Douglas Douglas Jr. zu sondieren, war er über Dr. Howardt an Dr. Rubinblad geraten. Als er nun erfuhr, daß Dr. Howardt in einem zur Garderobe umgebauten Wohnwagen neben dem Übertragungsort bei Loophole D einen Schwächeanfall erlitten hatte und der Versuch, Dr. Rubinblad zu Hilfe zu holen, gescheitert war, beschloß er, die Sache selbst in die Hand zu nehmen. Daß niemand ans Telefon ging und nach viermaligem Klingeln nur der Anrufbeantworter ansprang und die Sprechstundenzeiten mitteilte, empfand er dabei schon als Affront gegen sich und seine Dienststelle.

Er ließ sich die Akte Rubinblad kommen und studierte sie eingehend. Und tatsächlich stieß er auf etwas höchst Interessantes. Vor ziemlich genau drei Jahren war Rubinblads Frau ermordet worden. Allein die Tatsache, daß ein Verbrechen, eine Gewalttat oder irgendetwas mehr oder minder Ungewöhnliches oder gar Kriminelles im Umkreis einer in das Interesse des Geheimdienstes gerückten Person auftaucht, reicht für viele ungeübte Beamte schon als Bestätigung ihres Verdachtes aus. Wer kriminell ist, hat im weitesten Sinn auch etwas mit dem Geheimdienst zu tun, so lautet ihre Schlußfolgerung. Entweder als Mitarbeiter oder als Täter. Wobei das völlig normale und unauffällige Leben natürlich genauso verdächtig erscheinen kann, denn warum hat es denn einer überhaupt nötig, sich bieder zu verhalten?

Nun gab es also bei Dr. Rubinblad gleich einen Mord. Und nicht nur im weiteren Umfeld, sondern in allernächster Nähe. Noch näher ging es eigentlich gar nicht mehr. Das Opfer war seine Frau. Der Mörder konnte nicht ermittelt werden, lautete es in der Polizeiakte. Zum Glück gab es jedoch nicht nur die, sondern auch die Akte des Geheimdienstes, in der wesentlich mehr zu finden war. Die Polizei in East St. Louis, sowie später auch die Staatspolizei von Illinois, hatte den Täter unter den Patienten von Dr. Rubinblad vermutet und diese auch recht sorgfältig, wenn auch ohne ein befriedigendes Ergebnis, überprüft. Der Beamte in dem kleinen Büro zwei Stockwerke unter dem von Edgar Jay lächelte in sich hinein.

»Manchmal muß man eben einfach warten«, dachte er. Die Polizei ist mit so vielen Aufgaben des täglichen Lebens konfrontiert, daß ihr einfach keine rechte Zeit zum Warten bleibt. Sie muß handeln und zwar möglichst schnell und effizient. Einen Mörder zu fangen, ist für sie vor allen Dingen deshalb eine dringliche Aufgabe, weil sie damit höchstwahrscheinlich weitere Morde verhindert. Kommt sie nicht weiter und geschehen in der näheren Zukunft auch keine weiteren, dem ersten Geschehen zuzuordnenden Verbrechen, so reduziert sich ihr Interesse an dem Fall recht schnell. Dem Geheimdienst hingegen geht es um Zusammenhänge. Alles ist immer von gleicher Bedeutung. Zufällig lautet auch die Definition der Paranoia so, aber das ist nur ein Zufall.

Der eifrige Geheimdienstler läßt den Blick schweifen, und da ihm alle gleichmäßig verdächtig sind, stößt er auch schnell auf Besonderheiten. Da gibt es eine Tochter mit Namen Amie. Unruhiger Lebenswandel, häufig wechselnde Sexualpartner, Drogen- und Alkoholmißbrauch, Psychiatrieerfahrung und so weiter. Diese Amie Rubinblad hatte ein Verhältnis mit einem Varietékünstler, der ebenfalls einige Auffälligkeiten zeigt. Amerikanischer oder halbamerikanischer Abstammung, hat er die ersten fünfundzwanzig Jahre seines Lebens in Deutschland verbracht. Anschließend versuchte er, in Las Vegas Fuß zu fassen, was jedoch mißlang. Zuletzt arbeitete er als Ronald McDonald, wurde jedoch wegen »unkontrolliert aggressivem Benehmens gegenüber der Kundschaft und vor allem den von ihm zu betreuenden Kindern« entlassen. Seitdem erwerbslos. Genau zwei Tage vor Frau Rubinblads Ermordung verläßt er die Wohnung von Amie Rubinblad, in der er die letzten Monate gewohnt hat. In den Wochen vor diesem Auszug war der Künstler des öfteren durch verschiedenste Aggressionsakte, auch gegen die eigene Person, auffällig geworden. Dann bleibt er eine Zeitlang verschwunden, natürlich nicht für den Geheimdienst, sondern nur für seine sonstige Umgebung, um schließlich drei Monate nach der Ermordung von Frau Rubinblad wieder auf der Bildfläche zu erscheinen. Diesmal als Patient von Dr. Rubinblad. Welch ein Zufall!

Der Beamte ließ seine Gedanken weiterschweifen. Das erste, was ihm dazu einfiel, war folgendes Szenario: Dr. Rubinblad wollte seine Frau aus dem Weg räumen. Er lernt über seine Tochter den aggressiven und zu Gewalttaten neigenden Sänger kennen. Mit Hilfe von psychischer Beeinflussung, unter Umständen Hypnose oder Gehirnwäsche, bringt er den labilen Künstler dazu, die Mordtat zu begehen. Anschließend versteckt er ihn und verspricht ihm eine Behandlung. Nein, wieso Behandlung? Daß der Künstler als Patient zu ihm kommt, ist reine

Tarnung. Oder der Künstler hat den Spieß einfach umgedreht und erpreßt jetzt Dr. Rubinblad. Die Therapiesitzungen wären dann einfach nur eine Tarnung, um jede Woche völlig unauffällig das Schweigegeld zu kassieren. Und jetzt taucht da mit einem Mal auch noch ein Dr. Howardt auf, der mit Loophole D zu tun hat.

Der Beamte lehnte sich zufrieden zurück. Wenn das kein Ergebnis war. Und allein durch genaues Aktenstudium erreicht. Dem mußte jetzt die praktische Umsetzung folgen. Er griff zum Telefon und bestellte zwei Observationsbeamte zu sich. Als erstes mußte herausgefunden werden, wo sich dieser Sänger aufhielt. Wahrscheinlich war er schon auf dem Weg nach Wisconsin. Dann natürlich, was Dr. Rubinblad gerade so trieb. Und dann diese Tochter. Vielleicht hatte sie auch etwas mit der Bluttat zu tun, war die ganze Trennung von ihr und dem Schlagerheini nur Komödie, damit der sich noch unauffälliger bei ihrem Vater einschleichen und ihn bei passender Gelegenheit über den Jordan gehen lassen konnte. Natürlich alles wegen der Erbschaft, die sie dringend für ihre Drogen benötigte. Wirklich eine schöne Bagage. Er zündete sich eine Zigarette an. Bevor er jedoch nicht alles haarklein vor sich liegen hatte, würde er keine weitere Meldung machen.

9

Für James Holden-Smith war es ein überaus erfolgreicher Tag gewesen. Nachdem er dem Studenten der Religionswissenschaften einen definitiven Auftrag erteilt und quasi als Gegenleistung für seinen Vorschuß einen durchaus eingängigen Namen erhalten hatte, traf er sich am Abend wie geplant mit den vier Jungen und dem einen Mädchen vor dem Spielsalon. Er hatte auf der Hinfahrt dem Sonderangebot eines Drugstores nicht widerstehen können und ein halbes Dutzend T-Shirts mit dem Namen seiner neuen Sekte bedrucken lassen. Werbematerial ist das A und O bei so einer Kampagne. Holden-Smith bremste mit quietschenden Reifen vor der kleinen Gruppe und warf ihnen noch aus dem Auto gönnerhaft die Hemden zu. Er war als Vertreter eine gewisse Klientel gewohnt, und darin lag wahrscheinlich auch der Grund für sein Scheitern an diesem Abend.

Die Vorstellung, mit einem Wagen über das Land zu fahren und Bibeln zu verkaufen, reichte bei diesen jungen Leuten nicht aus. Natürlich lachten sie und zogen sich die T-Shirts über. Sehr gut. Genauso hatte Holden-Smith sich das vorgestellt. Vielleicht hätte er Batnik doch mitnehmen sollen. So ein Anblick würde selbst ihm die letzten Zweifel austreiben. Eine Religion muß von unten aufgebaut werden, und von unten heißt mit Hilfe der Jugend. Die begeisterten Blicke der jungen Herzen, die nach Freiheit streben, das war es, was ihre Organisation brauchte. Er wurde nach Zigaretten gefragt und verteilte bereitwillig den Rest seiner Schachtel.

»Nein, laßt euch noch mal anschauen. Geht mal noch einen Schritt zurück.« Die Jungen schlurften über den staubigen Platz in Richtung Spielsalon. Das Mädchen blieb provokant grinsend vor ihm stehen. Warum hatte er nur keinen Fotoapparat dabei? Es handelte sich doch praktisch um den Gründungsmoment seiner Sekte, den entscheidenden Augenblick, an dem sie ihren ersten Schritt nach draußen in die Öffentlichkeit wagten. Versonnen blickte er auf das Mädchen, dem das T-Shirt zugegebenermaßen am besten stand. Die Jungen kamen ein paar Schritte zurück.

»Und jetzt?« Ja und jetzt? Holden überlegte. Seine Menschenkenntnis reichte aus, um zu wissen, daß er hier mit den üblichen Phrasen nicht weiterkam.

»Na, auf was hättet ihr denn Lust?« fragte er schließlich, um

Zeit zu gewinnen. Aber das war ein ganz schlechter Einfall. Das ist die Methode der Pater und Kapläne, der progressiven Lehrer, die sich mit dem »Ich bin doch euer bester Freund«-Quatsch einschleimen wollen. Sowas zieht nicht. Innerlich schalteten die fünf ab. Oder besser: sie schalteten um. Er hatte also nichts zu bieten, dann wollten sie selbst sehen, was noch aus ihm herauszuholen war.

»Was trinken«, antworteten sie einhellig.

Gut, dachte Holden, denn er meinte tatsächlich, Zeit zu gewinnen, um in geselliger Atmosphäre Vertrauen aufbauen zu können. Und so steuerte er zusammen mit den fünf den neben dem Spielsalon gelegenen Diner an, ganz so als handele es sich um den Abschluß eines Gebrauchtwagenkaufs. Händereibend bestellte Holden Bier für alle.

»Ihr seid doch schon achtzehn?« fragte er scherzhaft rhetorisch. »Klar. Allemal.« Das Bier kam. Man stieß an. Man trank. Man wischte sich den Schaum vom Mund. Holden gab dem Jungen neben sich Geld für Zigaretten. Ein weiterer Fehler. Die kleinen Gesten des Miteinander reichten nicht länger aus. Jetzt mußte ein Gespräch in Gang kommen. Holden hatte keinen blassen Schimmer, was er sagen sollte. Aber da er gewohnt war, zu sprechen, fing er einfach an.

»Also, jetzt hört mal zu«, er machte eine kurze Kunstpause, deutete dann auf jeden einzelnen und wiederholte laut und mit einem kleinen Zögern, so als müsse er sich erinnern, die Namen, die sie ihm beim letzten Treffen genannt hatten. Wenn er sich auf etwas verlassen konnte, dann war das sein Namensgedächtnis. »Jimmy. Bongus, stimmt doch, oder? So nennen sie dich doch? Al, das ist einfacher. Jad und Katherine-Anne genannt Katy. Also, ihr habt doch meinen Freund das letzte Mal kennengelernt, nicht wahr? Ein prachtvoller Kerl, wirklich. Alle Achtung. Nein, ich erzähle keinen Unsinn. Er ist wirklich einzigartig. Etwas zurückgezogen, vielleicht, aber so ist er nun einmal. Nein, von meiner Seite nichts dagegen. Jeder so wie er kann. Das ist bei euch bestimmt auch so, oder Katy? Jimmy? Bongus? Jeder ein anderer Typ. Aber trotzdem gehört ihr zusammen. Seid eine Clique. So wie ich und Dee Bee zusammengehören. Eingeschworenes Team wir beide. Seit alters her. Ja, ja.« Er lächelte und schüttelte dabei den Kopf, so als würde er sich an alle möglichen gemeinsamen Unternehmungen erinnern. Dann ließ er sein Lächeln abrupt einfrieren. Eine Geste, die er einmal in einem Film bei einem Wanderprediger gesehen hatte. Er senkte die Stimme. Sie sollten durch ein Wechselbad der Gefühle gehen. Man mußte sie mürbe klopfen, wollte man die Botschaft an den Mann bringen.

»Er war im Knast. Ja. Da gibt es gar nichts zu beschönigen. Nichts drumherum zu reden. Er hat gesessen. War hinter schwedischen Gardinen. Hat Zeit abgerissen. So sieht es aus. Aber verurteilt man einen Freund deshalb? Ich meine, wenn es ein wirklicher Freund ist? Al? Jad? Katy? Nein, das würdet ihr auch nicht tun. So wenig ich euch erst kenne, ich weiß: das würdet ihr nicht tun. Und ich sage: recht habt ihr. Ihr habt recht. Und ich habe recht, denn ich habe es auch nicht getan. Und ich würde es auch nicht tun. Nie im Leben.« Er nahm einen großen Schluck von seinem Bier. Das führte nirgendwo hin. Das war der verkrampfteste Versuch, Zeit zu gewinnen und um eine Sache herumzureden, den er je unternommen hatte. Er schaute sich in der Runde um. Das Leuchten in den Augen schien irgendwie gedämpft. Doch da irrte sich Holden-Smith. Wenn die Augen je ein Leuchten gezeigt hatten, dann in diesem Augenblick.

Der Clique war nämlich in den letzten Minuten klar geworden, daß sie es mit einem Schwachkopf zu tun hatten. Was erzählte er ihnen da? Die Pfarrer kamen wenigstens noch mit der Seele, und die Lehrer mit der Ausbildung und der Zukunft, aber er? Sein Freund hat gesessen, na und? Sie wußten, daß sie ein leichtes Spiel mit ihm haben würden, und es ging nur noch um die Frage, was genau sie mit ihm anstellen wollten.

Als erstes ließen sie Holden noch eine knappe Viertelstunde weiterreden. Der hatte sich inzwischen an der tiefgründigen Frage festgebissen, ob wir nicht alle in einem Gefängnis leben, und ob uns Dee Bee nicht gerade deshalb ein Vorbild sein sollte, weil er eben wirklich in einem Gefängnis gelebt hatte. Und dort bekehrt wurde. Holden sagte nicht bekehrt, er sagte auch kein anderes Wort dafür. Er ließ dieses heikle Thema einfach unter den Tisch fallen, wodurch natürlich die Essenz seiner Aussage verloren ging. Oder sollte jetzt jeder Knacki ein Vorbild sein? Stattdessen verlor er sich in fragwürdigen Metaphern.

»Da draußen die Menschen in ihren Autos. Sie sitzen in Gefängnissen. In kleinen fahrbaren Gefängnissen. Wir hier. Schaut euch um. Auch wir sitzen hier in einem Gefängnis. Bei Wasser und Brot.« Er lachte gezwungen und deutete auf die Biere und das Schüsselchen mit Erdnüssen. »Selbst unser Präsident im Weißen Haus. Schaut genau hin: die Fenster sind vergittert. Ich sage nur: Gefängnis. Der Mann, der jeden Abend die Nachrichten vorliest: Gefängnis. Und wir, die wir ihm dabei zuschauen, ob im Hotel oder zu Hause: Gefängnis.« Er versuchte gerade, einen gewissen Rhythmus in seinen Vortrag zu bringen und hoffte insgeheim, daß die Clique einstimmen würde, doch stattdessen standen alle fünf wie auf ein geheimes Zeichen hin auf und verließen wortlos das Lokal. Holden zahlte, klaubte die liegengelassenen Zigarettenpackungen zusammen und lief ihnen hinterher.

»He, wartet doch. Wo wollt ihr denn hin?« Sie antworteten nicht, sondern marschierten weiter zu dem Teil des Platzes, der nicht mehr beleuchtet war, und auf dem sie ihr Auto geparkt hatten. »Kommt, was habt ihr denn? Warum unternehmen wir denn nicht noch etwas?« Stimmt, warum eigentlich nicht? Holden lud Katy, Jimmy, Al und Jad in seinen Wagen und folgte dem angerosteten Camarro von Bongus zu einer alten Kiesgrube. Unter allgemeinem Geklatsche kletterte er auf ein morsches Förderband, das jedoch, er hatte sich gerade hingesetzt, um eine Zigarette zu rauchen, wie von Zauberhand anging und ihn in die luftige Höhe von circa fünf Metern transportierte. Fast wäre er von dort ohne Halt in die Tiefe gestürzt, hätte das Band nicht im letzten Moment mit einem Ruck wieder angehalten. Er versuchte über den Scherz zu lachen und machte Anstalten, auf dem Band zurück nach unten zu kriechen. Doch sobald er sich auch nur einen einzigen wackligen Schritt nach vorn wagte, ging das Band wieder an und schob ihn nach oben an den Abgrund zurück. Holden-Smith nahm es erst von der heiteren Seite, ermahnte dann streng nach unten in die Dunkelheit und begann schließlich, als das alles nichts nutzte, zu flehen und zu betteln.

Unten auf den Kieshügeln tranken sie jetzt Whiskey. Katy hatte ihre Jeans und ihren Pullover ausgezogen und tanzte nur mit dem Bare-Witnesses-T-Shirt bekleidet zu einer stampfenden Musik aus dem Autoradio vor den Scheinwerfern der Wagen. Wenn Holden ehrlich war, hatte er sich das genauso vorgestellt, eben nur allein vor ihm und in seinem Hotelzimmer. Er konnte von dort oben nicht genau erkennen, was Jad und Al mit seinem Wagen anstellten und zog es vor, besser nichts dazu zu sagen. Schließlich verlangten sie sein Geld. Dann seine Papiere. Und dann sollte er sich langsam ausziehen da oben. Stück für Stück.

Manchmal muß man vorsichtig sein mit seinen Träumen. Ein Mädchen nur mit einem T-Shirt bekleidet, das tanzt, während man sich selbst auszieht: Welcher Mann würde da schon Nein sagen? Daß das Ganze sich dann tatsächlich auf eine solch grausam ironische Art erfüllt: Welcher Mann würde schon auf diese Idee kommen? Irgendwann wurde es den fünfen zu langweilig. Jimmy spielte noch etwas mit dem Förderband herum und ließ den nackten Holden wie einen Hamster im Rad auf Trab gehen. Jad und Al versuchten das Auto von Holden in den See zu fahren, aber es blieb im Schlamm stecken und ließ sich nicht mehr bewegen. Sie schaufelten etwas Sand und Kies auf die Sitze und warfen den Zündschlüssel in die Büsche. Dann fuhren sie davon, nicht ohne zuvor mit Lippenstift auf Holdens Windschutzscheibe »Welcome to Armageddon« geschrieben und ihm im Scheinwerferlicht ihre nackten Hintern gezeigt zu haben.

Was für eine fürchterliche Pleite, dachte Holden, als er langsam das Förderband herabkroch. Seine Kleider lagen irgendwo in der Dunkelheit und an die Decke in seinem Kofferraum kam er ohne Wagenschlüssel nicht ran. Er kauerte sich auf dem sandigen Rücksitz zusammen. Ein fürchterliches Gefühl der Demütigung überfiel ihn. Und für eine gute und rapide kühler werdende Stunde sah er schon das ganze Projekt gefährdet. Dann aber entdeckte er hinter diesem Gefühl der Demütigung einen schmalen Silberstreifen am Horizont. Nein, er hatte es sich wirklich nicht ausgesucht, aber wenn es jetzt einmal soweit war, dann war er auch bereit, es anzunehmen, sein Martyrium, das ihn überhaupt erst dazu befähigte, Sektenführer zu sein. Die Unklarheit war von ihm gewichen. Der Geist des Herrn war in ihn eingekehrt. Oder der Geist, falls es keinen Herrn in ihrer Religion geben sollte. Oder irgendetwas von dem, was eine Religion eben auszeichnete. Was eine Religion unterschied von einem Rasierwasser und einem preisgünstigen Set Plastikschüsseln zum Einfrieren. So etwas muß man erlebt haben. Am eigenen Leib. Verspürt. Amen.

10

Hugo Rhäs hielt beim Verlassen der Schule noch einmal auf dem kleinen Hof neben dem Sportplatz an und setzte sich auf den Sockel der wuchtig in den Himmel ragenden Stahlplastik. Auch wenn seine Radixtheorie längst zu Asche geworden war, kamen ihm immer wieder Gedanken, die in ihrer absurden Verbindung genau das beleuchteten, was er seinerzeit mit Hilfe komplizierter Formeln hatte ausdrücken wollen. Die Frage nach seinen zwei Vätern war solch eine Radix und die Frage nach dem Grad seiner Verwandtschaft mit ihnen. Wie oft in seinem Leben bekommt man die Chance, das eigene Schicksal wie bei einer Rechenaufgabe an Hand einer Probe zu überprüfen? Selten. Der gesunde Menschenverstand scheut vor solchen Experimenten zurück. Dabei läßt er die ungeahnten Möglichkeiten, die sich ihm bieten, ungenutzt verstreichen. Die Radix führte in den nie zuvor betretenen Bereich des Nichtwissens, und man brauchte Mut ihr zu folgen. Es gab zwei Männer, einen Soldaten und einen Berufsschullehrer, zwei Kinder, ein krankes und ein gesundes und eine Frau. Die Rechnung sollte doch aufzumachen sein.

Hugo Rhäs stellte sich folgendes vor: Seine Mutter, damals noch Frau Klara Howardt, bringt als erstes kein knochenloses Kind zur Welt, sondern ein kerngesundes. Ihr Mann freut sich. Beide sind glücklich. Dann geht seine Zeit als Soldat zu Ende. Samuel Howardt war ein recht erfolgreicher Soldat gewesen. Er hat die Schweine aufgespürt, die noch in den letzten Kriegsjahren unter dem Vorwand einer Prüfung auf Gebärfähigkeit junge Frauen fotografiert und diese Fotografien an Soldaten, besonders an solche an der Front, verkauft hatten. Es war ihm gelungen, die gesamten Drahtzieher dieses feinlaufenden Unternehmens dingfest zu machen.

Einer von ihnen hatte versucht, sich der Verhaftung zu entziehen und war bei einer waghalsigen Kletterpartie an der Außenmauer des Krankenhauses aus etwa sieben Meter Höhe auf den gepflasterten Hof gestürzt und dort verstorben. Der Soldat Howardt hatte ihn aus Dokumentationsgründen mit dessen eigener fotografischer Anlage aufnehmen müssen. Das Gute, auf das wir im Leben hoffen, und das uns die Rettung bringen soll, scheint mit dieser Rettung auch immer einen grausamen und schmerzlichen Abschnitt des Lebens zu beenden, damit dieser nicht ewig weiterwuchern kann. Die Aktfotos vernichtet, der Arzt tot. Die Episode aus Klara Howardts Leben ist zu einem Ende gekommen.

Aber das Leben hält hier nicht an. Der ehemalige Soldat Howardt findet keinen rechten Halt in Deutschland. Er möchte studieren. Vielleicht Medizin. Er könnte in Heidelberg anfangen. Aber dann sind da das fröhliche Kind und seine liebe Frau. Zusätzlich hat er Heimweh. Ein Gefühl, das er sich am allerwenigsten eingestehen kann. Unterdrückte Stimmungen suchen sich langsam ihren Weg. Da Howardt ein Mann von Disziplin ist, versucht er, gegen diese Stimmungen anzukämpfen. Er nimmt einen Job als Lastwagenfahrer an. In seiner Freizeit trainiert er das Baseball-Team einer nahegelegenen *housing area*. Das verschlimmert sein Gefühl von Heimweh nur noch. Manchmal, wenn er abends nach Hause kommt, ekelt er sich vor sich selbst. Wo kommt dieser Haß her? Er liebt seine Frau doch. Natürlich liebt er sie. Und wie soll sie etwas verstehen, das er selbst nicht versteht? Ja wie?

Howardt verträgt überhaupt keinen Alkohol. »He can't hold his liquor«, hätte man in seiner Heimat dazu gesagt. Aber dieser Satz trifft nur zur Hälfte zu. Denn wenn Howardt ein Glas trinkt, stellen sich regelrechte Wahnvorstellungen ein.

Obwohl er die Reaktionen seines Körpers sehr gut kennt, obwohl er sie sogar fürchtet, beginnt er an manchen Abenden, wenn auch vorsichtig, zu trinken. Er sagt sich: »Ich bewege mich einfach nicht, sondern bleibe nur hier an meinem Tisch sitzen und schaue was passiert.«

Im Grunde keine schlechte Idee. Als Mann mit Selbstbeherrschung gelingt es ihm, am Tisch sitzen zu bleiben. Er starrt vor sich hin. Die Gespräche rings um ihn herum verändern sich langsam. Obwohl sein Deutsch durchaus zu wünschen übrig läßt, stellt sich durch den Alkoholgenuß bei Samuel Howardt eine Art Hypersensibilisierung des Gehörs ein, die ihn jeden auch noch so dahingenuschelten Wortfetzen in dieser nicht gerade ruhigen Kneipe hören und verstehen läßt.

Man redet an den Tischen über seine Frau. Man erzählt sich die Geschichte eines tapferen amerikanischen Soldaten, der diese Schweine aus dem Krankenhaus zur Strecke gebracht hat. Howardt freut sich, als er das hört. Dann aber geht das Gespräch an den Tischen neben ihm weiter.

»Der arme Kerl«, heißt es mit einem Mal, »seine Frau war ja auch eine von den bedauerlichen Geschöpfen, die sie abgelichtet haben.«

»Ja, ja«, sagt jemand an einem anderen Tisch, »was für ein Schock, als der mit einem Mal diese Fotos sah.«

»Was reden die Leute da?« denkt Howardt. »Ich habe keine Fotos gesehen.« Wirklich nicht? »Nein, wirklich nicht. Als ich die Tür endlich eingeschlagen hatte und in das Zimmer stürmte, da brannte der Schrank schon. Und in dem Schrank waren die Negative. Ein Mann im weißen Kittel kletterte aus dem Fenster. Zwei andere schossen auf mich. Ich mußte schnell handeln.« Niemand hat etwas von Negativen gesagt. »Aber die Fotos brannten auch. Sie hatten einen Stapel auf dem Boden aufgeschichtet und angezündet. Es roch fürchterlich. Und das ganze Zimmer war voller Qualm.« Das ist schon alles richtig. Aber nehmen wir nicht viel mehr auf, als wir tatsächlich zu wissen meinen?

Der Soldat Samuel Howardt, obwohl er es bewußt nicht wahrnahm, sah doch in einer Tausendstelsekunde das Bild seiner zukünftigen Frau dort in dem Krankenhausbüro unter den Flammen hinwegschmelzen. Nun aber, während er sich mit beiden Händen am Kneipentisch festklammert, um den Stimmen ringsum lauschen zu können, taucht dieses Bild in seinem Inneren wieder auf. Er sieht es vollkommen deutlich vor sich. Kein Zweifel, das war Klara. Seine Frau. Wie hatte er das nur übersehen können?

Die Wortfetzen von den anderen Tischen hämmern in seinem Kopf. Das Feuer mit den Fotografien flackert vor seinen Augen. Irgendwann stürzt er schließlich in die Nacht. Er irrt solange dort draußen herum, bis er wieder einigermaßen nüchtern ist. Dann geht er nach Hause. Fremd ist ihm diese Frau, neben die er sich legt. Fremd diese Wohnung. Diese Stadt. Dieses Land. Er kann mit seiner Frau nicht über diese grausamen Heimsuchungen und Zweifel reden. Schon gar nicht über sie selbst und die Fotografien.

Die Vergangenheit schien doch gerade glücklich überwunden und abgeschlossen. Und jetzt taucht sie mit einem Mal wieder auf. Brennend und lodernd. Sie taucht auf und bringt ihn schließlich dazu, seine Frau zu verlassen und in seine Heimat zurückzukehren. Er trinkt keinen Schluck mehr und ist wie ausgewechselt. Sein ganzes Interesse gilt jetzt nur noch der Wissenschaft. Er will etwas herausbekommen. Natürlich nicht die Behandlung von Morbus-Mannhoff-Patienten, sondern die Bedeutung unserer unbewußten Wahrnehmung.

Dieser andere Dr. Howardt wird Doktor der Psychologie und beschäftigt sich mit sogenannten *Subliminal Messages*, die er überall und besonders in der Werbung entdeckt. In den schillernden Eiswürfeln eines Whiskeyglases sieht er eine sich räkelnde nackte Frau, und die Salzkrümel auf einem Ritz Kräcker buchstabieren »Eat Me«. Der sich kräuselnde Tabakrauch eines zufrieden lächelnden Rauchers widerspricht leicht zur rechten Seite gekippt auf groteske Art und Weise der Warnung des *Surgeon General*, denn hier ist in geisterhafter Handschrift »Healthy« zu lesen, während die fratzenhaften Gesichter der scheinbar marschierenden Bäume im Hintergrund einer Waschmittelreklame mit duftend im Garten aufgespannter Wäsche die Assoziation zu Lady Macbeth und deren Waschzwang evozieren.

Dr. Howardts Arbeiten auf diesem Gebiet sind so erfolgreich, daß ihn eines Tages der Geheimdienst kontaktiert. Natürlich hat man gerade in diesen Reihen ein sehr großes Interesse an seinen Untersuchungen. Und so kommt es, daß er an einem Montagnachmittag auf einem Stück abgesperrter Landstraße fast parallel zur Bundesstraße 52 im Staate Wisconsin, etwas nördlich eines Ortes mit Namen Polar, in einem Wohnwagen sitzt und auf die Satellitenschaltung nach Deutschland wartet.

Aber wenn ein Schicksal anders verläuft, dann verändert es damit auch alle anderen Schicksale. Klara Sammel, geschiedene Howardt, lernt einige Zeit später einen anderen Mann kennen: Siegfried Rhäs. Sie heiraten. Dann wird Klara schwanger. Leider bringt sie ein Kind zur Welt, das an Morbus Mannhoff leidet und den damaligen medizinischen Möglichkeiten entsprechend nicht am Leben erhalten werden kann. Dieser tragische Tod des Neugeborenen reißt eine tiefe Kluft zwischen die beiden Eheleute. Der Berufsschullehrer Rhäs beginnt, ein seltsames und für einen Lehrer äußerst unpassendes Verhalten zu entwickeln. Er kann einfach keine Kinder mehr ertragen, selbst die Jugendlichen nicht, die er unterrichtet. Warum, fragt er sich, gibt es so viele gesunde und unbekümmerte junge Menschen, wenn mein Kind noch nicht einmal ein paar Jahre leben durfte? Wie unnütz und lächerlich erscheinen ihm die kleinen Sorgen dieser Kinder. Was hat es schon zu bedeuten, ob man eine Eins oder eine Zwei bekam? Oder eine Fünf? Denn so sah kurz vor seiner

Entlassung seine Notengebung aus. Willkürlich. Nun ist Willkür im Schulbetrieb und überhaupt in allen restriktiv geführten Organisationen etwas durchaus normales. Nur darf sie nicht auch noch mit einer willkürlichen Argumentation zusammenfallen.

»Warum habe ich eine sechs und der Herbert eine zwei, obwohl ich nur einen Fehler mehr habe?«

»Weil das Leben eben so ist. Es gibt keine Regeln im Leben. Man kann nichts vom Leben fordern. Und es wird Zeit, daß ihr das begreift.« So etwas kommt bei den Eltern und auch bei der übrigen Lehrerschaft nicht besonders gut an; wenn Siegfried Rhäs den meisten Kollegen auch aus dem Herzen spricht, weshalb sie ihn heimlich bewundern und alles daran setzen, ihn so lange wie möglich an ihrer Schule zu halten. Irgendwann jedoch ist dies einfach nicht mehr möglich. In Biologie will er in einer nicht angekündigten Klassenarbeit von den Schülern wissen, warum der Mensch überhaupt Knochen bräuchte. Jedes aufgeführte Argument für die Knochen wird mit einem Minuspunkt quittiert. Daß es nur noch Fünfen hagelt, stört ihn nicht im geringsten.

»Zur Not lasse ich die Arbeit beim Kultusminister genehmigen«, schreit er in den Klassenraum. »Mal sehen, ob der ein bißchen weniger Rückgrat besitzt als ihr.« Er lacht und schreibt das Thema der Religionsstunde an die Tafel. »Warum hat Silenos mit seiner Äußerung gegenüber König Midas, es sei das Beste für den Menschen, niemals geboren zu sein, und das Zweitbeste, so bald wie möglich zu sterben, recht, recht und nochmal recht?« Ein Thema, das nicht nur eine Klasse Berufsschüler restlos überfordern muß. Von der suggestiven Fragestellung einmal ganz abgesehen. Der Kultusminister beweist leider Rückgrat und ordnet eine zeitweilige Freistellung an.

Man schickt Siegfried Rhäs erst einmal sechs Wochen in Kur. Man schickt ihn in ein eigens für Lehrer eingerichtetes Sanatorium nach Bad Wildungen. Dieses Sanatorium wird nach den neusten Erkenntnissen aus Amerika geführt. Man hat die Räume in angenehmen Farben streichen und die hohen Decken etwas abhängen und mit Holztäfelung versehen lassen. Es gibt alle möglichen sportlichen Aktivitäten und jeden Vormittag arbeitet man nach dem von einem Dr. Samuel Howardt entwickelten Desensibilisierungsprogramm, das sich unterschwelliger Beeinflussung bedient, die spezifischen Problemfälle durch.

Siegfried Rhäs erholt sich zusehends. Nicht nur das Programm, auch die wunderschöne Natur, Spaziergänge, Ausflüge, der Austausch mit anderen, auf andere Art gestörten Kollegen, tun ihr übriges, um ihn schon nach vier Wochen wieder das erste Mal lachen zu lassen. Zudem hat er sich mit dem Hausmeister des Sanatoriums angefreundet. Einem Unikum, das von Schwänken und Geschichten nur so übersprudelt. Eines Abends sitzen sie in dessen Wohnung und trinken ein Gläschen Wein.

»Das war hier ja früher ein Trainingslager für die SS-Zuchtbullen«, sagt der Hausmeister. »Die wollten richtige Beschäler züchten, die sich dann mit ausgewählten Weibsleuten vereinigen sollten, um Nachfolger zu zeugen.« Der Hausmeister macht eine kurze Pause und nimmt einen Schluck. »Schweinkram. Die hatten nichts als ihren Schweinkram im Kopf.« Und so geht die Erzählung noch ein bißchen weiter. Eine zweite Flasche wird geöffnet, dann eine dritte. Als Siegfried Rhäs gegen Mitternacht aufsteht, um auf sein Zimmer zu gehen, blinzelt ihm der Hausmeister verschwörerisch zu.

»Warte, ich zeig dir noch was.« Er schließt umständlich eine Schublade seines massiven Eichenschranks – übrigens auch ein Überbleibsel der SS – auf und holt einen Schlüsselbund heraus. »Mit der Renovierung vom Seitentrakt sind sie noch nicht soweit. Eigentlich darf da keiner rein. Aber das mußt du sehen.« Sie stolpern nach draußen in die milde Nacht und schleichen leise über den Kiesweg zu dem Zaun, der die Baustelle des Seitentraktes abtrennt. Der Hausmeister öffnet ein Hängeschloß und schiebt ein Lattengatter zur Seite. Jetzt stehen sie vor einer Tür, an der man die Vertiefungen der jüngst erst weggeschlagenen Runen noch erkennen kann. Wieder schließt der Hausmeister auf, geht voraus und macht das Licht an. Sie kommen in einen großen, vollständig gekachelten Raum, der an einen Umkleideraum im Schwimmbad erinnert.

»Hier standen überall Pritschen herum. Da haben die Bumsen geübt.« Der Hausmeister lacht und macht eine kennzeichnende Handbewegung. »Erst mal allein.« Er geht auf eine Eisentruhe zu und öffnet sie. »Und damit die Trockenübungen nicht ganz so schwer fielen, haben sie das hier bekommen.« Der Hausmeister greift in die Truhe und holt mit der Hand wahllos einen Stapel Fotografien heraus, die er Siegfried Rhäs reicht. »Schweinkram. Alles Schweinkram.« Siegfried Rhäs blättert halb amüsiert, jedoch nicht sonderlich interessiert in den Fotos herum. Gerade will er sie dem Hausmeister wieder zurückgeben, als sein Blick auf ein bestimmtes Bild fällt. Die Frau darauf kommt ihm bekannt vor. Mehr als bekannt. Nein, das kann doch nicht sein!

Aber so ist es nun einmal. Der ganze schöne Heilungserfolg, alles dahin. Nun ist es natürlich seine Frau, die an allem schuld ist. Wer weiß, warum sie überhaupt ein Kind ohne Knochen zur Welt gebracht hat. Wer weiß, ob das Kind überhaupt von ihm ist. Wer weiß, was ihr erstes Kind überhaupt für ein Kind ist. Wo das herkam. Und er, er muß das alles mitmachen, auf seinen Schultern muß es sich entladen. Er verflucht seinen Schöpfer, den Hausmeister und das Ministerium, das ihm diese Kur verschrieben hat. Bei seinen anderen Ausfällen hatte er selbst niemals das Gefühl gehabt, zu leiden. Aber jetzt, jetzt leidet er. Auch wenn er jetzt Gründe sieht, Gründe für sein Schicksal. Und diese Gründe sind niederschmetternd.

Hugo Rhäs blinzelte in die letzten Strahlen der hinter dem Aufenthaltsraum untergehenden Sonne und stand auf. Wahrscheinlich war das der Grund für das Scheitern seiner theoretischen Anstrengungen: er hatte nicht miteinkalkuliert, daß eine Erklärung oft schmerzlicher ist als das Verharren in Unwissenheit. Langsam ging er über den frisch gekehrten Platz in Richtung Ausgang.

11

Es war unprofessionell, so viel zu trinken. Aber Tamara Tajenka trank an diesem Montagabend in der Hotelbar des *Savoy* eben so viel. Gin Tonic. Noch einen Gin Tonic. Einen Whiskey pur. Aber das unangenehme Gefühl ließ sich nicht wegkriegen. Im Gegenteil. Ihr Leben kam ihr wie eine einzige große Pleite vor.

Was ist das Schlimmste am Showgeschäft? Die Tourneen. Kein Privatleben. Der Druck der Öffentlichkeit. Die künstlerische Ausbeutung. Nein, nein, dachte Tamara Tajenka, das alles ginge noch, ginge selbst nach über dreißig Jahren noch. Das Schlimmste am Showbusiness war, daß es einfach nicht aufhörte. Es war wie ein Alptraum, der immer weiterlief. Sinnlos weiterlief. Und zu keinem Ende kam. Kaum jemand, der den Absprung wirklich schaffte.

Diese simple Geburtstagsfeier war wie ein Geschenk gewesen. Ein Geschenk, für das sie liebend gern zweihundert Mark gezahlt hätte. Moment mal, für ein Geschenk zahlt man doch im allgemeinen überhaupt nichts. Waren das schon Anzeichen einer Verbildung, die das Geschäft mit sich brachte? Alles wurde nur in Gage und Auftritten gemessen. Ein Gefühl von Selbsthaß stieg in ihr auf. Jetzt wurde sie mit einem Mal wütend auf diese Professorin, die sie mitgenommen, und auf diese Musiklehrerin, die sich an sie rangeschmissen hatte. Für wen hielten die sie eigentlich? Den ehemals bekannten Schlagerstar, den führen wir uns einfach mal kurz zu Gemüte. Da haben wir später was zu erzählen. Darum ging es doch. Und sie war auch noch so naiv gewesen, darauf einzugehen. Hatte sie in all den Jahren denn nichts dazugelernt? Sie konnte von Glück sagen, wenn da nicht noch ein Erpressungsfall hinterherkam.

Dennoch mußte sie heute abend wieder auf der Bühne stehen, unverbraucht und gut gelaunt, so als gäbe es kein Privatleben, so als hätte sie keine Stimmungen. Und sie mußte tanzen und ihren Mund noch weiter aufreißen. Aber vielleicht bei dieser Schaltung in die USA, wenn es um die kranken Kinder ging, vielleicht konnte sie da ihre Stimmung loswerden. Da mußte sie sich ihrer glänzenden Augen nicht schämen. Im Gegenteil, das kam bestimmt gut an. Viel Zeit bis dahin blieb auch nicht mehr. Gerade noch genug für einen zweiten Whiskey pur.

»Tamara!« Tamara drehte sich um. Es war Gisela, die etwas verlegen lächelnd vor ihr stand. Sie trug ein rosa Sweatshirt und weite Leinenhosen.

»Gisela, wie nett.« Gisela setzte sich neben Tamara auf einen Hocker.

»Na, trinkst du dir Mut an?«

»Mut?« Tamara lachte etwas übertrieben bitter. »Für das da draußen brauche ich keinen Mut.«

»Wirklich nicht?« Tamara schüttelte den Kopf. »Ich bewundere dich. Ich bin vor ein paar Monaten mit einigen anderen Lehrern und Schülern aus der Oberstufe auf dem Marktplatz für ein Regionalprogramm aufgetreten. Wir haben nur ein Lied gesungen und das auch noch zu unserem eigenen Playback, aber ich war so aufgeregt. Ich habe gedacht, mein Gesicht bleibt stehen. Die Muskeln, weißt du, daß die sich einfach verkrampfen, und ich den Mund nicht mehr bewegen kann.«

»Ja, das verstehe ich gut«, sagte Tamara und trank den Rest ihres zweiten Whiskeys. »Das geht jedem so. Und wenn du es nur lange genug machst, dann bleibt dein Gesicht wirklich stehen. Aber das stört dich dann nicht mehr. Und das Publikum merkt ohnehin nichts. Im Gegenteil, die mögen dieses Gesicht. So haben sie wenigstens kein Problem, dich jederzeit wiederzuerkennen. Stell dir nur vor, die Stars würden sich ändern, was für eine Katastrophe.«

»Das klingt aber resigniert. Hast du was? War heute nacht, ich meine gestern, irgendwas nicht in Ordnung?«

»Doch doch«, Tamara legte Gisela kurz die Hand auf den Arm, zog sie jedoch gleich wieder zurück, weil sie nicht wollte, daß Gisela die Geste falsch verstand. Sie wollte damit nicht an vergangene Nacht anknüpfen.

»Ich beneide dich«, sagte Gisela und es klang fast ehrlich. »Einmal dort oben auf der Bühne zu stehen vor einem richtigen Publikum. Nicht nur vor ein paar Schülern und Bekannten.«

»Das kannst du gern haben«, sagte Tamara ohne aufzuschauen. »Vielleicht möchte ich ja einmal einfach nur in einem Zuschauerraum sitzen, unerkannt, und mich um nichts kümmern. Und nachher sagen, ach, es war nicht besonders, eher schlecht. Alles Dilettanten. Schlagerfuzzis.«

»Glaubst du, daß ich so von dir denke?«

»Etwa nicht?« Tamara erschrak über ihren strengen Ton. »Es tut mir leid, aber ich meine, wenn wir uns nicht zufällig ähnlich sähen, hättest du dann wirklich irgendwann noch einmal an mich gedacht?«

»Das kann ich dir so nicht beantworten. Wir sehen uns nun einmal ähnlich. Und vielleicht hat das auch seinen Grund. Vielleicht kann man es sich gar nicht aussuchen, an was man denkt und an was nicht. Aber deshalb ist es doch nicht weniger echt.«

»Schon gut. Es tut mir leid. Du weißt nicht, wie zermürbend das alles manchmal ist.«

»Nein, das weiß ich wirklich nicht. Aber ich verstehe nicht, warum du nicht auch einfach irgendwo im Zuschauerraum sitzen kannst. Man würde dich vielleicht gar nicht erkennen.«

»Vielen Dank.«

»Nein, so war das nicht gemeint. Aber die Leute erwarten dich auf der Bühne und nicht neben sich. Also erkennen sie dich unter Umständen gar nicht. Du mußt es einfach nur probieren.«

»Gut«, sagte Tamara und richtete sich leicht schwankend auf, »dann probiere ich es.« Gisela sah sie fragend an. »Und zwar gleich jetzt.«

Gisela lachte. »Ja, das geht nun leider nicht. Ausgerechnet heute, aber morgen zum Beispiel.«

»Morgen bin ich schon in Oldenburg.«

»Na, dann eben übermorgen.«

»Und immer so weiter, nein meine Liebe, jetzt oder nie.«

»Aber wie stellst du dir das vor?«

»Du wolltest doch einmal da auf der Bühne stehen. Bitte, du darfst auf der Bühne stehen. Und ich darf im Zuschauerraum sitzen. Ich darf nicht nur ein Konzert anschauen, ich darf sogar mein eigenes Konzert anschauen, wenn das nichts Besonderes ist.« Gisela lachte wieder. Diesmal lauter. Fast etwas zu laut.

»Du bist verrückt. Das geht doch nicht«, wiederholte Gisela, wenn auch etwas zögerlich und ohne besonderen Nachdruck.

»Und wie das geht. Hier geht ja auch sonst einiges. Man hat mich hier nicht begrüßt. Man hat sich mit mir bislang noch nicht einmal über die Reihenfolge der Auftritte verständigt. Man hat mir einen fürchterlichen Platz in einem Heizungskeller zugewiesen, der sich Gemeinschaftsgarderobe schimpft. Und nachher wird man mir noch zu verstehen geben, daß ich mein Honorar spenden soll. Was bitte habe ich zu verlieren? Was, frage ich dich? Ich schenke dir meinen Auftritt. Wenn du mir deinen Platz im Zuschauerraum schenkst.«

»Ich habe noch keine Karte gekauft«, antwortete Gisela ernsthaft.

Tamara lachte. »Dafür wird's bei mir noch reichen. Und jetzt komm.« Sie zahlte ihre Drinks, nahm Gisela an der Hand und ging mit ihr quer durch die Empfangshalle und von dort neben dem Aufzug die Treppe hinunter in den Keller. Immer noch war niemand von den anderen Stars angekommen.

»Das ist das Schwierigste: Die anderen Künstler. Man wird dich auf irgendetwas ansprechen. Einen Auftritt, ein gemeinsames Engagement. Aber dann sagst du einfach: ›Nicht vor dem Auftritt. Ich muß mich konzentrieren. Nachher, Liebling.‹ Und immer viele Küßchen verteilen. Das versteht dann jeder.« Tamara schloß die Tür ab. Dann zogen sie sich beide aus. Tamara zog Sweatshirt und Hose von Gisela an. Dann holte sie ihr Kostüm aus der Tasche und hielt es Gisela hin.

»Es steht dir bestimmt besser als mir.«

»Aber hier oben, da hab ich nicht so viel.«

»Das macht nichts. Ich steck es dir noch ein bißchen ab.« Die nächste halbe Stunde verbrachten sie damit, sich gegenseitig so zurechtzumachen, daß eine der anderen immer ähnlicher wurde. Es wurde an die Tür geklopft.

»Ich verschwinde am besten, damit die anderen uns nicht zusammen sehen. Hier ist der Zettel mit meinem Programm. Es sind nur sechs Lieder. Meine großen Erfolge. Du kennst sie ja alle. Wenn du nicht mehr weiter weißt, hältst du das Mikrofon zum Publikum, die kennen den Text. Und wenn nicht, dann singe ich von hinten.«

»Ich bin so aufgeregt.«

»Du brauchst nicht aufgeregt zu sein. Selbst wenn es danebengeht, nicht Gisela Helfrich steht da oben, sondern Tamara Tajenka. Aber ich bin auch aufgeregt, und ich habe nichts zu befürchten.«

»Ach so, ich wollte mich mit Bekannten hier treffen. Sabine kennst du ja schon. Und dann kommt noch ein Kollege von mir. Deutsch Leistungskurs. Etwas verklemmter Typ, aber ganz nett, glaube ich. Wenn ich schon du bin, dann mußt du auch mich spielen. Du darfst nichts verraten. Ich bin gespannt, ob es jemand merkt. Außerdem kennst du ja schon ein paar von meinen Freunden und meine Wohnung und …« Wieder wurde geklopft. Draußen schienen sich einige Menschen anzusammeln. Tamara legte sich die Jacke von Gisela um. »Wenn schon, denn schon«, flüsterte sie. »Toi, toi, toi.«

»Danke, hoffentlich geht alles schief.«

»Ganz bestimmt, wenn du dich noch mal fürs Toi toi toi bedankst.« Tamara hielt das Jackenrevers halb vor ihr Gesicht. Dann schloß sie die Tür auf. Christopher Yim von den Les Humphries Singers und Joe Kienemann von Love Generation kamen herein. Dahinter Maggie May und Daisy Door. »Na, stören wir?« Tamara verschwand ohne eine Antwort nach draußen. Gisela drehte sich zur Tür um. »Ach Unsinn, kommt doch rein.«

»Es gibt schon hartnäckige Verehrer«, sagte Christopher und strich an seinem Ziegenbart entlang.

»Das kannst du laut sagen«, antwortete Gisela leise und drehte sich zum Spiegel um. Das Herz klopfte ihr bis zum Hals. Sie war im Showgeschäft.

12

Sam Rurcass, der eifrige Geheimdienstmitarbeiter zwei Stockwerke unter Edgar Jay, hatte allem Anschein nach den richtigen Riecher gehabt. Schon eine halbe Stunde nachdem die beiden Beamten in seinem Auftrag losgezogen waren, erhielt er die Nachricht, daß der verdächtige Bodo Silber entgegen aller Annahmen nicht in Richtung Wisconsin, sondern vielmehr nach Deutschland aufgebrochen war und inzwischen dort auch schon angekommen sein mußte. Er hatte den Flug allerdings nicht unter seinem eigenen Namen, sondern als Douglas Douglas Jr. gebucht und angetreten.

Also doch, dachte Sam Rurcass. Der Name Douglas Douglas bestätigte seinen Verdacht, daß eine Verbindung zwischen Silber und Loophole D bestand. In einem Hotel in Deutschland fand eine Benefizveranstaltung mit einer Live-Schaltung zu Dr. Howardt statt, der ausgerechnet jetzt, es waren noch knapp zwei Stunden bis zum Sendetermin, einen Schwächeanfall erlitten hatte.

Dr. Howardt befand sich also bei Loophole D, Silber in Deutschland, damit waren schon einmal zwei Punkte fixiert. Dr. Rubinblad spazierte gerade durch einen Stadtpark. Ihn noch weiter zu beobachten, war reine Zeitverschwendung, soviel sagte ihm seine Erfahrung. Also gab Rurcass kurzerhand Befehl, Rubinblad festzunehmen und zu ihm zu bringen. In einem Verhör würde er schon die fehlenden Informationen aus ihm herausbekommen. Dann bräuchte man nur noch die Tochter.

Nachdem Rurcass seine Anweisungen durchgegeben hatte, fühlte er sich gut. Als dann um viertel nach zwölf die Mitteilung kam, Dr. Rubinblad befinde sich in einem Kellerraum des Gebäudes, konnte man seine Laune nicht anders als glänzend bezeichnen.

Dr. Rubinblad war den beiden Beamten nicht nur ohne jeglichen Widerstand, sondern selbst ohne die geringste Nachfrage gefolgt. Der Anruf seiner Tochter und die Erinnerung an den genau drei Jahre zurückliegenden Tod seiner Frau hatten ihn in eine Stimmung versetzt, die sein ganzes Leben fragwürdig machte. War es denn richtig und überhaupt zu verantworten gewesen, die Arbeit in der Praxis seinerzeit so schnell wieder aufzunehmen und fast ohne merkliche Unterbrechung weiterzuführen? Hatte er vielleicht nicht eigene Problematiken verschleppt und unter Umständen, da er immer weiter neue Patienten annahm und fast rund um die Uhr arbeitete, in deren Symptome hineingelegt?

Natürlich verstand er die vom Leben Enttäuschten, er verstand die Lethephobiker, die Depressiven, Manischen und Traurigen. Aber verstand er sie am Ende nicht sogar zu gut? War er nicht oft genug selbst der Ansicht, daß man in diesem Leben gar nicht anders sein konnte als depressiv, manisch oder phobisch? Natürlich versuchte er, diesen Gedanken bei sich auf den Grund zu gehen, doch er kam nicht weit. Vermutlich war die Anerkennung des Wahnsinns anderer ein Trost für ihn, trotz der Widrigkeiten in seinem Leben relativ normal geblieben zu sein. Manchmal, so wie jetzt allerdings, sehnte er sich nach einer Flutwelle, die seinen durch Sprechstunden und Beratungen fest strukturierten Alltag und ihn selbst mitreißen sollte.

Wie konnte es Dr. Rubinblad da unrecht sein, oder ihn gar ängstigen, als mit einem Mal zwei höfliche Männer in graublauen Anzügen aus den Büschen vor ihn auf den Weg traten, ihm mitteilten, daß sie für eine staatliche Behörde arbeiteten, und ihn baten, sie zu begleiten, um einige kurze Fragen zu beantworten? Alles war Dr. Rubinblad in diesem Moment lieber, als alleingelassen mit seinen Gedanken wieder zurück in die Praxis gehen zu müssen. Und selbst als er wenig später in dem fensterlosen Kellerraum auf einem unbequemen Plastikstuhl vor einem etwas zu hohen Tisch saß, war ihm das eher angenehm. Eine Zeitlang konnte er seine alten Gedanken hinter sich lassen und stattdessen überlegen, wo er sich nun befand und was man von ihm wollte.

Rurcass hingegen faßte das ihm von seinen Mitarbeitern geschilderte Verhalten Rubinblads als Eingeständnis seiner Schuld auf. Da hat ihn allein die Verhaftung schon weichgekocht, dachte er, während er mit dem Aufzug nach unten fuhr. Dann geht es jetzt nur noch darum, die Früchte zu ernten. Er betrat den Raum, ging wortlos an Rubinblad, der mit dem Rücken zur Tür saß, vorbei und setzte sich ihm gegenüber an die andere Seite des Tischs. Während ein Beamter die Tür deutlich hörbar von außen abschloß, blätterte Rurcass, ohne Rubinblad auch nur eines einzigen Blickes zu würdigen, in seinen mitgebrachten Akten.

Dr. Rubinblad war gewohnt, zu schweigen und seinen Patienten den Anfang eines Gesprächs zu überlassen. Deshalb fühlte er sich von dem Verhalten des Beamten keineswegs beunruhigt oder unter Druck gesetzt. Im Gegenteil, es vermittelte ihm etwas Vertrautes, etwas mit dem er umgehen konnte. Rurcass blätterte eine ganze Weile in seinem Ordner, da ihn hingegen die fehlende Reaktion Rubinblads durchaus verunsicherte. Das paßte einfach nicht zu seiner Vorstellung von einem Schuldeingeständnis. Also beschloß Rurcass schließlich, Dr. Rubinblad mit Fakten zu übertölpeln.

Ganz wie nebenbei, und immer noch ohne aufzuschauen, sagte er:

»Sie wissen bestimmt, daß wir zur Zeit mit einer etwas verrückten Sekte zu schaffen haben. Deshalb müssen wir allen erdenklichen Spuren nachgehen. Falls Sie sich nun fragen, warum Sie hier sind, dann möchte ich Ihnen nur einige wenige Namen nennen: Dr. Samuel Howardt. Bodo Silber. Douglas Douglas Jr.« Erst jetzt hob Rurcass zum ersten Mal seinen Blick. »Sagen Ihnen die Namen etwas?«

Dr. Rubinblad nickte. »Einige schon«, antwortete er mit einer etwas belegten Stimme, da er einige Zeit nicht gesprochen hatte. Er räusperte sich.

»Dann frage ich doch gleich mal umgekehrt, nämlich: welche Namen sagen Ihnen denn nichts?«

»Douglas.«

»Sie meinen Douglas Douglas Jr.?«

»Ja genau.«

»Sie haben nichts von diesem tapferen jungen Mann gehört?«

»Nein, nicht daß ich wüßte.«

»Dieser junge Mann leidet an einer fürchterlichen Krankheit. Dennoch hat er keinen Augenblick gezögert, sich als Freiwilliger zur Verfügung zu stellen, um diesen Wahnsinnigen dort oben das Handwerk zu legen.«

»Tut mir leid, ich habe den Namen bewußt noch nie gehört.«

»Aber daß zufälligerweise ein Patient von Ihnen genau unter diesem Namen einen Flug gebucht hat...« Dr. Rubinblad sagte nichts. »Und daß sich ein zweiter Patient von Ihnen, wiederum rein zufällig, zur Zeit mit diesem Jungen und einigen hundert Beamten, der Weltpresse und was weiß ich wie viel Schaulustigen am Ort des Geschehens befindet...?« Dr. Rubinblad schwieg weiter. »Nun gut, meinetwegen«, fuhr Rurcass fort, »das sind Patienten von Ihnen. Was die in ihrer Freizeit machen, geht Sie ja unter Umständen wirklich nichts an. Aber erklären Sie mir doch dann mal eins, Doktor, wie kommt es, daß zwei Ihrer Patienten, die ja im allgemeinen keine andere Beziehung miteinander haben als sich eben ganz zufällig einen Psychiater zu teilen, daß diese beiden mit einem Mal auch noch alle möglichen anderen Querverbindungen aufweisen, zum Beispiel daß der eine einen jungen Mann betreut und sich der andere ausgerechnet dessen Namen zulegt. Oder fällt Ihnen dazu auch nichts ein?«

Wie oft waren Dr. Rubinblad von seinen Patienten ganz ähnliche Fragen gestellt worden: »Es kann doch kein Zufall sein, daß...« »Es muß doch einen Grund haben, warum...« Und wenn die Übereinstimmungen, die dann hergestellt wurden, nach außen hin auch oft nicht ganz so plausibel erschienen wie die hier von Rurcass angeführten, so enthielten sie für seine Patienten immer die Quelle der Wahrheit. Eine Quelle allerdings, die im selben Moment durch gleichzeitig aufkeimende Zweifel zu versiegen drohte.

Und das war das Seltsame an dem, was nicht nur Dr. Rubinblads Patienten Zufall oder Schicksal nannten. Auf der einen Seite bezieht das scheinbar zufällige Zusammentreffen von Ereignissen seine Besonderheit gerade aus der Tatsache, daß es sich um etwas handelt, das außerhalb der Willensentscheidung liegt. Gleichzeitig sucht man unwillkürlich nach einem Grund für dieses Geschehen, der nichts mit Zufall, sondern mit Bestimmung zu tun haben soll.

Die Frage nach der Unglaublichkeit des Zufalls ist auch immer die Frage nach dem Leben. Wie soll ich leben, wenn der Zufall so unglaublich genau sein kann? Der Zufall bedroht die Entscheidung des freien Willens. Deshalb möchten wir diesen Zufall als Komplott enttarnen. Es geht uns wie bei allen Wundern: wir sind erstaunt und möchten dann wissen, wie es gemacht wird. Und seltsamerweise kann das Erstaunen ohne diese anschließende Frage nicht auskommen.

Und so saßen sie sich gegenüber: Patient und Arzt. Der Patient mit komplizierten Theorien über Bestimmung und Zufall. Der Arzt mit noch komplizierteren Theorien über den ihm vorliegenden Fall von Paranoia. Dr. Rubinblad hatte sich besonders in den letzten Jahren angewöhnt, über diese Widersprüche nachzudenken. Dieses Denken war das einzige, das ihn tatsächlich für eine gewisse, wenn auch immer viel zu kurze Zeit, ablenken konnte. Selbst jetzt vergaß er durch seine Überlegungen Rurcass und alles andere um sich herum. Er dachte über die Widersprüche des menschlichen Geistes nach, und weil das Organ, mit dem er darüber nachdachte, ja genau diese Widersprüche, über die es nachdachte, selbst in sich trug und erzeugte, bewirkte dieses Denken einen seltsamen Rauschzustand, der von einer erhöhten Pulsfrequenz begleitet wurde. Es war so, als würde er versuchen, über seinen eigenen Schatten zu springen, oder seine eigenen Augen zu sehen.

»Ich kann sehr gut verstehen«, sagte Dr. Rubinblad, »daß es für Sie so aussehen mag, als gäbe es zwischen diesen einzelnen Fällen eine Verbindung. Diese Verbindung gibt es jedoch nur insofern, als daß ich ein Spezialist für gewisse psychische Erscheinungen bin, weshalb mich vorzugsweise auch Menschen mit dieser Problematik aufsuchen.«

»Sie wollen damit sagen, daß es sich bei Dr. Howardt um genauso einen Spinner handelt wie bei diesem Schnulzenheini, der unter falschem Namen durch die Weltgeschichte gondelt?«

»Das habe ich keineswegs behauptet. Es gibt im Ansatz vielleicht Ähnlichkeiten. Die einzelnen Fälle sind jedoch verschieden und kaum zu vergleichen.«

»Aber wenn die beiden nichts miteinander zu tun haben, weshalb benutzt das Sängerlein dann ausgerechnet den Namen eines Patienten von Dr. Howardt?«

»Das kann ich Ihnen leider nicht sagen. Ich nehme allerdings an, daß dieser Name zur Zeit in aller Munde ist, wie Sie ja selbst gesagt haben.«

»*Sie* haben ihn nicht gekannt.«

»Das ist richtig.«

»Verstehen Sie, Doktor, mir sind das einfach ein paar Zufälle zuviel. Ein, zwei, schön, das laß ich mir gefallen, aber hier frage ich mich, wer denn nichts mit der Sache zu tun hat.«

»Ich zum Beispiel.«

Rurcass lachte auf. »Na, Sie sind mir gut. Nichts damit zu tun. Hat man Sie denn heute Mittag nicht angerufen und gebeten, Ihrem Patienten Dr. Howardt Beistand zu leisten?«

»Ich habe einen Anruf erhalten, aber ich habe diesem Anruf erstens keine allzu große Bedeutung beigemessen, und zweitens …«

»Ach, Sie haben dem Anruf also keine allzu große Bedeutung beigemessen. Interessant. Ein Patient von Ihnen befindet sich in einem mehr als bedenklichen Zustand, nach meinen Informationen handelte es sich sogar um einen lebensbedrohlichen Anfall – wer weiß, ob Dr. Howardt zur Stunde überhaupt noch lebt –, aber Sie interessiert das nicht die Bohne. Das ist ja ganz entzückend. Und ich dachte immer, daß ihr Ärzte den Eid des Pythagoras abgelegt habt, oder gilt das für euch Nervenärzte nicht?«

»Sehen Sie, wenn es sich tatsächlich um einen, wie Sie sagen, lebensbedrohlichen Anfall handelt, dann bin ich dafür wirklich der ungeeignetste Mann. Ich bin Psychiater und kein Notarzt. Da gibt es in diesem Fall viel besser ausgebildete Kollegen. Von der Entfernung einmal ganz abgesehen.«

»Aber Ihr verschreibt doch auch Pillen, oder etwa nicht?«

»Wir unterstützen unsere Behandlung in Einzelfällen mit Medikamenten, das ist durchaus richtig. Für einen akuten Fall sind diese Mittel jedoch nicht geeignet. Jeder Notarzt ist da besser ausgerüstet, glauben Sie mir.«

»Das heißt, Sie halten sich da völlig raus, Doktor. Wenn da einer von Ihren Spinnern richtig durchdreht, wenn der sich bis an die Zähne bewaffnet und über den Atlantik fliegt, oder wenn er da mit einer erfundenen Lügengeschichte über so eine knochenlose Zirkusnummer erscheint und vorgibt, uns helfen zu wollen, und wenn dann in der Folge unschuldige Menschen sterben müssen, da sagen Sie einfach: Nichts mit zu tun. Bitte kommen Sie in meine Sprechstunde, da können wir dann darüber reden. Ja? Ist das so?« Dr. Rubinblad sagte nichts. »Jetzt hören Sie mir mal zu, Doktor, hier läuft das alles etwas anders. Irgendwer muß schließlich die Verantwortung übernehmen, wenn Sie dazu schon nicht in der Lage sind. Ihr wollt Euch nicht die Hände schmutzig machen. Ihr hockt da, schaut auf Eure Uhr und macht nach fünfzig Minuten Feierabend. Und was Ihr für die Stunde kassiert, dafür muß ich mich hier einen halben Tag abrackern. Nur daß ich nach dem halben Tag immer noch nicht Feierabend habe. Auch nach einem ganzen Tag nicht. Als Geheimnisträger hat man überhaupt keinen Feierabend mehr.«

»Auch ich bin eine Art von Geheimnisträger. Wie Sie wissen, gibt es die ärztliche ...«

»Hör mir doch auf, Doktor, hör mir wirklich auf. Schweigepflicht. Wenn man einem Beruf noch klarmachen muß, daß es eine Pflicht ist, zu schweigen, dann ist schon alles zu spät. Wirkliches Schweigen ist was ganz anderes. Ich habe keine Schweigepflicht. Bei uns käme niemand darauf, eine Schweigepflicht einzuführen. Wir sind von uns aus verschwiegen. Aber zum Schweigen gehört auch Verantwortung. Nicht reden, sondern handeln. Aber Sie? Wo handeln Sie bitte? Na?«

»Es ist vielleicht eine andere Art von Handeln. Eine andere Art von Verantwortung.« Dr. Rubinblad hatte versucht, vorsichtig und einfühlsam zu sprechen, aber Rurcass war nicht mehr zu bremsen.

»Eine schöne Art von Verantwortung ist das: los nur zu, schlachtet euch nur ab, macht, was ihr wollt. Sie wollen es wohl immer noch nicht kapieren, Doktor.« Rurcass machte eine kurze Pause. Er tat so, als müsse er sich fassen und schlug ein paar Seiten in seinem Ordner um. »Dabei hatte ich gedacht«, sagte er schließlich mit ruhiger und fast singender Stimme, »daß Sie zur Besinnung gekommen wären, nachdem einer Ihrer Spinner Ihre eigene Frau niedergemetzelt hat. Stattdessen, na ja, es ist nicht meine Angelegenheit, ich sage Ihnen nur so viel, es ist einfach nur ein guter Rat, irgendwann macht man sich selbst verdächtig. Sie sagen da, Sie hätten als einziger nichts mit der Angelegenheit zu tun, und Ihre Patienten auch nicht. Beides geht nicht, Doktor. Entweder oder. Aber bitte, dann wandern Sie vielleicht noch für diese Spinner in den Bau. Meinetwegen. Wenn das Ihre Vorstellung von Verantwortung ist, bitte sehr.«

Die Sätze verfehlten ihre Wirkung nicht. Natürlich wußte Dr. Rubinblad, daß die Verbindungen, die Rurcass herstellte, völliger Unsinn waren. Aber dennoch. So ganz aus der Luft gegriffen schienen die Dinge, die er erzählte, wiederum auch nicht zu sein. Obwohl er vieles von dem, was ihm da mitgeteilt wurde, schlicht und einfach nicht verstand. Wer war nochmal über den Atlantik geflogen? Bis an die Zähne bewaffnet? Dr. Rubinblad zog es vor, nichts mehr zu sagen. Rurcass bereitete sich auf einen langen Nachmittag und eine noch längere Nacht vor. Er schloß die Akte und lehnte sich zurück, um zu zeigen, daß er sehr viel Zeit zur Verfügung hatte.

13

Bodo Silber war keineswegs bis an die Zähne bewaffnet nach Deutschland geflogen. Selbst in seinem exaltiert manischen Zustand war es ihm klar, daß er mit einer Waffe kaum die Sicherheitskontrollen am Flughafen würde passieren können. Bevor er das Hotel *Savoy* aufsuchte, ließ er sich deshalb von einem Taxi zu einem bundesdeutschen Waffengeschäft in der Nähe des Hauptbahnhofs fahren, wo er zwei Schreckschußrevolver erwarb, die echten Feuerwaffen zum Verwechseln ähnlich sahen. Bodo Silber hatte keinen Plan. Er wurde einfach wie magisch von einem Punkt angezogen. Was er an diesem Punkt jedoch wollte, das wußte er selbst nicht.

Wahrscheinlich ist die Gruppe der Schlager- und Showstars zu klein, um eine statistische Größe zu ergeben. Es erscheint deshalb auch auf den ersten Blick lächerlich, besondere Therapieprogramme und Selbsthilfegruppen für sie einrichten zu wollen. Wenn man aber einfach mal durchrechnet, wie sehr diese Stars wiederum Millionen anderer Menschen beschäftigen, so wären solche Einrichtungen vielleicht doch durchaus sinnvoll.

Was Dr. Rubinblad zum Beispiel nicht wußte, war die Tatsache, daß Bodo Silber das beständige Gefühl hatte, man würde ihm nicht glauben. Er konnte machen, was er wollte: nie hatte er die Empfindung, daß man ihn ernst nahm. Während die meisten Menschen damit beschäftigt sind, herauszufinden, ob es die anderen ehrlich mit ihnen meinen, lag der Fall bei Bodo Silber genau umgekehrt, er wollte immer nur wissen, ob die anderen ihn für ehrlich hielten.

Auch in seiner Beziehung zu Amie Rubinblad hatte dieses Gefühl immer wieder zu seinen starken Anfällen von Mißtrauen geführt. War aber dieses Gefühl vielleicht nicht eine Erscheinung, die mit seinem Beruf zu tun hatte? Ist es nicht so, daß man den Schlagersänger immer verdächtigt, unehrlich zu sein, die Menschheit zu belügen und zu verdummen? Sich selbst als Marionette zur Verfügung zu stellen, um von ein paar Plattenbossen dorthin gelenkt zu werden, wo gerade das meiste abzusahnen ist?

Nun sind die kritischen Stimmen der sechziger und siebziger Jahre längst verstummt, ist das Desinteresse der Achtziger umgeschlagen in eine sogenannte Akzeptanz der Lüge in den Neunzigern. Und höchstwahrscheinlich ist das die größte, die ultimative Lüge, sich einzureden, daß man weiß, daß alles nur Lüge ist. Trotzdem hilft es nichts, auch wenn man so tut, als suche man gar keine Wahrheit mehr, dann ist eben das Unwahre schnell das Wahre. Auch Bodo Silber mußte das eines Tages feststellen. Da er aber nicht über die geistige Souveränität verfügte, sich seinen Zustand als entfremdet erklären und dennoch einigermaßen glücklich weiterleben zu können, sollte man bei ihm vielleicht eher von einem körperlichen Erleben als von einem Feststellen sprechen, das heißt er wurde krank, und zwar ohne daß es jemand in seiner Umgebung richtig bemerkte. Ob in Deutschland, in Las Vegas oder als Ronald McDonald bei Kindergeburtstagen.

Houdini starb an einem Milzriß und inneren Blutungen, weil sein größter Verehrer in die Garderobe kam und ihm ohne Vorwarnung mit voller Kraft in den Magen schlug. Er dachte, daß ein Mann, der Kanonenkugeln mit seinem Bauch auffängt, so etwas leicht vertragen müßte. So sind die Verehrer nun einmal. Und erst recht die Verehrer, die meinen, das Ganze ohnehin als Lüge durchschaut zu haben. Es fing schon damit an, daß Bodo Silber, im Unterschied zur Russin Tajenka, ein, wie man damals noch sagte, Mischling war, ein Kind aus einer interrassischen Ehe also. Hier traf zum ersten Mal die Wahrheit auf die Lüge oder umgekehrt. Eine Doppelmoral enthüllte sich.

Es war die Zeit, in der jeder Schlagerstar danach strebte, einen fremdklingenden Namen zu führen. Zurückgebliebene GIs durften uns mit ihrem Akzent erfreuen, später kamen dann die Akzente der Urlaubsziele hinzu. Aber was für ein Gefühl, diesen Akzent und den fremden Namen nicht nach Feierabend ablegen zu können. Mehr noch: seine wirkliche Erscheinung wurde Bodo Silber als Show und Lüge ausgelegt und entsprechend vorgeworfen. Kann man hier noch von Menschenwürde sprechen? Ist es nicht eher verwunderlich, daß nicht viel mehr Schlagersänger zur Waffe greifen, um sich den Weg in die Freiheit zu erzwingen?

Und so betrat Bodo Silber mit den beiden Pistolen im hinteren Hosengurt, versteckt unter seiner Wildlederjacke mit den langen Fransen an den Ärmeln, das Hotel *Savoy*, ohne daß jemand Notiz von ihm nahm. Er atmete tief durch. Es war komisch, in der alten Heimat zu sein, die doch nie seine Heimat gewesen war. Ohne zu zögern, ging er nach oben in den ersten Stock und dort in den Veranstaltungssaal. Lächerlich, dieser technische Standard. Alles noch wie anno dazumal. Bunte Lichtlein und schlechte Mikros mit überdimensioniertem Windschutz. Einige Arbeiter schoben ein paar Boxen von links nach rechts. Aber jeder Sitz hatte seine Nummer. Das war ordentlich. Achthundert Leute paßten hier bestimmt rein. Und da hinten baute auch schon das Fernsehen auf. Und dort an der linken Seite war die Videowand zur Übertragung der Live-Schaltung nach Amerika. Bodo Silber ging an den Arbeitern vorbei und hockte sich hinter der Bühne auf einen Stapel zusammengeklappter Bänke. Die Revolver drückten ihn, also nahm er sie aus seinem Hosenbund und legte sie links und rechts neben sich. Es war jetzt kurz vor halb acht. Seine Glieder wurden schwer.

Er hatte achtundvierzig Stunden nicht geschlafen. Sein Kopf fiel ihm nach vorn auf die Brust, doch bevor er richtig einschlafen konnte, wurde er von dem aus allen Boxen brüllenden Soundcheck wieder aufgeweckt.

»In fifteen eighty we sailed our little ship around the coast of Africa down the Gaza strip. We took some salty bacon and a hammock for a bed. Then we mixed it with the Spaniards in the middle of the Med.« Bodo Silber steckte seine Waffen zurück in den Hosenbund, sprang auf und ging langsam nach links, um einen Blick auf die Bühne zu werfen. Dort sprang ein Dutzend Männer und Frauen, alle etwa Ende fünfzig, in bunten Kostümen zum Vollplayback über die Bühne. »Well we hired our funds, saw the pretty girls a-coming. There wasn't quite as many as there was a while ago. We hired some more and then we started running, all down the Mississippi to the Gulf of Mexico. Mexico. Mexico. Mexico – o.« Bodo Silber fuhr herum. Jemand hatte ihm die Hand auf die Schulter gelegt. Schnell griff er nach hinten zu seinem Hosenbund.

»Sie sind bestimmt Peter Hinnen«, schrie ihm der junge Mann mit den langen Haaren und dem karierten Hemd durch die Musik entgegen. »Schön, daß Sie schon im Kostüm sind. Sie sind nach Tamara Tajenka dran und vor, na wie heißt sie noch … ›Du lebst in deiner Welt, in deiner kleinen Welt‹ … na egal. Punkt neun geht es los.«

14

Es ist immer noch Montag. In Deutschland ist es Abend geworden. Es ist jetzt fast genau halb neun. In Chicago und Wisconsin ist es halb zwei Uhr mittags. Während in den USA die Sonne gerade ihren Höhepunkt erreicht hat und erbarmungslos das Land, die Kehlen und die Hirne ausdörrt, versuchen in

Deutschland die aufgeheizten Häuser, Hotels und Banken, die über den Tag aufgesogene Hitze wieder an die stickig stehengebliebene Nachtluft abzugeben.

Bodo Silber ist im Veranstaltungssaal des Hotel *Savoy.*

Gisela Helfrich sitzt noch in der Garderobe und versucht, sich einige Textstellen der Lieder von Tamara Tajenka in Erinnerung zu rufen. Sie ist immer noch sehr aufgeregt, trotz der Pappbecher mit Sekt, die man ihr von allen Seiten zugereicht hat.

Hugo Rhäs befindet sich gerade zusammen mit Tamara Tajenka und Professorin Sabine Rikke im Foyer des Hotels. Professorin Rikke hat natürlich sofort erkannt, daß es sich nicht um ihre Freundin Gisela handelt, aber den Spaß verstanden und versprochen mitzumachen. Hugo Rhäs steht neben den beiden plappernden Frauen und wundert sich gerade. Natürlich ist das Gisela, aber irgendwie sieht sie anders aus. Er findet sie älter, aber vielleicht liegt das nur daran, daß er sie noch nie so richtig von nahem gesehen hat. Älter zwar, aber wesentlich attraktiver, als er sie in Erinnerung hatte. Er schielt auf ihren Busen. Das Sweatshirt und die Hosen sind genauso, wie er sie erinnert hatte, aber ihre Brust scheint anders zu sein. Wieder kommen ihm Zweifel. Aber welcher Blusenausschnitt war ihm sonst in den Sinn gekommen?

Hugo Rhäs fühlt sich nicht besonders. Vielleicht liegt es an den Medikamenten gegen sein Bauchweh, die gerade anfangen zu wirken. Die Schmerzen lassen nach, aber dafür wird ihm so seltsam schwindelig. Auch kann er nicht mehr richtig scharf sehen. Dann hat er zu allem Überfluß doch noch Blumen gekauft. Wie spießig von ihm. Er hält den kleinen Strauß hinter seinem Rücken versteckt. Seine Hände sind feucht von Schweiß. Gleichzeitig und nun wirklich zu allem Überfluß hat er einen leichten Anflug von Erregung. Trotz seiner sonstigen Beschwerden. Jetzt, wo Gisela Helfrich so dicht neben ihm steht, kann er sich durchaus vorstellen, sich noch dichter an sie zu drücken und mit der Hand über ihre Brüste zu fahren. Nein, er will sie nicht nur sehen. Damit ist jetzt ein für alle Mal Schluß. Obwohl er als erstes auf den Gedanken kommt, seinen Kugelschreiber umständlich aus der Innentasche seines Sakkos herauszuholen und fallen zu lassen, in der Hoffnung einen Fetzen nackte Haut zu erhaschen, wenn Gisela sich nach vorn bückt. Allerdings stößt er nur seinen Kopf an dem von Professorin Rikke.

Auf einer der zahlreichen Toiletten des in Luftlinie etwa acht Kilometer vom Hotel *Savoy* entfernten Flughafens übergibt sich Kalle gerade zum zweiten Mal. Auch die Drohung seiner Kollegen, ihn nicht länger zu decken und seine Arbeit nicht länger mitzumachen, hat ihn nicht mehr nüchtern werden lassen. Jetzt ist ihm so schlecht, daß ihm alles egal ist, wenn es ihm nur besser geht, etwas besser, eine Spur nur.

Auf dem Stück abgesperrter Landstraße fast parallel zur Bundesstraße 52 im Staate Wisconsin, etwas nördlich eines Ortes mit Namen Polar, hat sich Dr. Samuel Howardt mittlerweile gefaßt. Es ist noch eine knappe Stunde Zeit bis zu der Live-Schaltung und man versucht, ihn mit Hilfe einer Hühnerbrühe, Puder und Schminke wieder herzurichten. Es ist ihm inzwischen peinlich, daß er einer Sekretärin die Telefonnummer von Dr. Rubinblad gegeben hat. Er ist diesem ganzen Trubel einfach nicht gewachsen. Dennoch war das kein Grund, seinen Therapeuten da mithineinzuziehen. Zum Glück hat man Dr. Rubinblad wenigstens nicht erreicht.

Nicht weit entfernt senken David Batnik, genannt Dee Bee, und James Holden-Smith ihre Ferngläser und setzen sich müde und erschöpft an den Tisch, auf dem ein paar halbleere Konservendosen stehen. Die Lage wird ihnen immer unklarer. Sollen sie einfach nur hingehalten werden, oder plant man da draußen etwas?

Währenddessen überlegt Edgar Jay gerade in seinem Büro,

wie man die Kenianer doch noch dazu bringen kann, etwas Unüberlegtes zu tun.

Im Keller desselben Gebäudes sitzen sich Sam Rurcass und Dr. Rubinblad immer noch gegenüber. Dr. Rubinblad versucht Rurcass gerade in groben Zügen den Unterschied zwischen einem Neurotiker und einem Psychotiker zu erklären.

Abbie Kofflager hat vor einiger Zeit seine Fabriketage verlassen und ist mit einem Leihwagen auf der 38 in Richtung Aurora unterwegs. Nachdem der Geheimdienst sich in den letzten Monaten von ihm zurückgezogen hat, wurde an diesem Vormittag wieder ein Mann zu seiner Bewachung abgestellt. In der Nähe von Aurora wohnt Harold Nicholson, der Verfasser des *New Yorker*-Artikels, der gerade mit einem Verleger telefoniert. Es geht darum, seinen Artikel zu einem Buch auszubauen und möglichst bald auf den Markt zu bringen. Alles muß so weit stehen, daß er nur noch den Ausgang von Loophole D anzufügen braucht. Nicholson ist durchaus interessiert, würde aber gern noch einige Recherchen in Kenia vornehmen. Dieser Punkt ist gerade Verhandlungsthema.

Die Kenianer, ebenfalls unter Überwachung, sind im Begriff, die Tür zu Abbie Kofflagers Wohnung aufzubrechen. Ist das schon die unüberlegte Dummheit, auf die Edgar Jay wartet?

Douglas Douglas Jr. ist längst aus der staatlichen Pflicht entlassen. Er liegt zu Hause in seinem Bett und betrachtet die großformatigen Anzeigen, die die Firma Behemoth landesweit geschaltet hat. Er in dem praktischen Taucheranzug der Marke *Leviathan*. Seine Eltern sitzen auf dem Bettrand und lächeln ihn an. Sie sind froh, daß die ganze Aufregung vorbei ist.

Und dann irrt da auch noch Amie Rubinblad durch die Stadt. Sie hat es einfach nicht mehr ausgehalten zu Hause. Sie hat noch einmal versucht, ihren Vater telefonisch zu erreichen, aber bei ihm nimmt niemand ab. Irgendeine dunkle Ahnung manifestiert sich in ihr, ohne daß sie genau sagen könnte, um was es geht. Vielleicht sind es auch nur die Erinnerungen an ihre Mutter und an diesen seltsamen Tag vor drei Jahren. Amie Rubinblad ist noch nicht von den Observierungsbeamten entdeckt worden.

Vierter Teil

It all rolls into one and nothing comes for free. There's nothing you can hold for very long.

Grateful Dead

1

Harold Nicholson saß gerade in dem holzgetäfelten Arbeitszimmer seines Hauses in der Nähe von Aurora und blätterte einen Stapel mit Exzerpten für das geplante Buch über Loophole D durch. Schon seit einigen Minuten meinte er ein leichtes Ticken gegen die Glasscheibe der Tür zum Garten zu hören. Anfangs dachte er, es handele sich um einen herabhängenden Ast, doch dann wurde das Ticken rhythmischer und stärker, so daß Harold Nicholson schließlich aufstand und zur Tür ging. Dort stand ein verschwitzter Mann mit Bart und am Gesicht klebenden Haaren im sonnendurchfluteten Garten.

»Ja?« fragte Nicholson, der annahm, es sei einer der wenigen Nachbarn der weiteren Umgebung, der ihm eine Mitteilung über die in den letzten Tagen eingeschränkte Wasserversorgung machen wollte.

Kofflager rang nach Atem. Er hatte das geliehene Auto schon einige Kilometer entfernt an einem Diner stehen gelassen und war den Rest der Strecke gelaufen. Dabei konnte er seine Gedanken besser ordnen. Jetzt allerdings waren sie ihm wieder entfallen.

»Ich bin Abbie Kofflager«, stieß er hervor.

»Angenehm«, erwiderte Nicholson und streckte Kofflager mit einem Lächeln seine Hand entgegen. »Was kann ich für Sie tun?«

Kofflager war verwirrt. Nicht allein von der Freundlichkeit, sondern vielmehr vom jugendlichen Aussehen Nicholsons. Natürlich war Nicholson nicht alt, das hatte er den biographischen

Angaben im *New Yorker* entnommen, aber hier stand ein gutaussehender Mann, der auch noch für Anfang zwanzig hätte durchgehen können. Außerdem erinnerte er ihn an jemanden. Nur kam er im Moment nicht darauf, an wen.

»Ich … es tut mir leid, daß ich«, Kofflager wandte sich etwas von Nicholson weg, »einen schönen Garten haben Sie hier. Wirklich. Ich komme nämlich aus Chicago.«

»So, aus Chicago. Und was führt Sie hier in die Gegend?«

»Ich wollte Sie besuchen. Na ja, das klingt vielleicht etwas komisch. Es ist so, ich habe Ihren Artikel gelesen im *New Yorker*. Eine wirklich beachtenswerte Arbeit. Besonders das Thema, Kenia, die Mythen, das ist etwas, das mich auch interessiert. Deshalb bin ich eigentlich gekommen, ich …« Kofflager hatte sich immer noch nicht ganz gefaßt. Jetzt im Stehen lief ihm der Schweiß in Bächen über das Gesicht.

»Darf ich Ihnen vielleicht einen Schluck Limonade anbieten?«

Kofflager lächelte erleichtert. »Ja, das wäre jetzt genau das Richtige.«

»Ich komme gleich wieder, setzen Sie sich doch auf die Bank.« Nicholson deutete auf eine kleine Holzbank, die im Schatten eines Baumes vor dem großen Fenster zu seinem Arbeitszimmer stand. Dann ging er ins Haus. Er schloß die Tür hinter sich. Nicht aus einem Mißtrauen Kofflager gegenüber, sondern aus einer Angewohnheit heraus, die er angenommen hatte, seitdem er hier allein lebte. In der Küche nahm er eine Karaffe mit selbstgemachter Limonade aus dem Kühlschrank und goß ein hohes Glas damit voll. Im Hinausgehen griff er nach einem Handtuch. Harold Nicholson war ein leutseliger Mensch, der sich vor keinerlei Kontakten scheute. Ob nun in Kenia, in New York oder hier.

Als er in den Garten zurückkam, saß Kofflager auf der Bank. Er hatte den Oberkörper etwas nach vorn gebeugt, so daß der

Schweiß von seinem Kopf auf die bemoosten Fliesen tropfte. Nicholson stellte das Glas vor ihn auf den Tisch, gab ihm das Handtuch und setzte sich ihm gegenüber auf einen verwitterten Peddigrohrstuhl. Kofflager trocknete sich das Gesicht ab und legte das Handtuch vorsichtshalber um seinen Nacken. Dann trank er die Limonade in einem Zug aus.

»Jetzt mache ich Ihnen auch noch Umstände«, sagte er mit einem Räuspern. »Wenn ich Sie gerade störe, müssen Sie es sagen. Ich will Sie bestimmt nicht von der Arbeit abhalten. Ehrlich gesagt, wenn ich gewußt hätte, daß Sie so, verstehen Sie das jetzt nicht falsch, aber so normal oder besser umgänglich sind, Sie verstehen bestimmt, was ich meine, dann hätte ich mir den Weg gespart und Sie einfach angerufen. Aber ich habe gedacht, ich komme gar nicht durch zu Ihnen. Einen Artikel im *New Yorker*, Romane und so weiter.« Kofflager stockte einen Moment.

»Sie haben gesagt, daß Sie sich auch für das Thema interessieren.« Nicholson versuchte, etwas Struktur in das Gespräch zu bringen. »Was meinen Sie genau damit? Immerhin ist das Thema ziemlich weitreichend. Geht es Ihnen eher um Loophole D oder um die Morbus-Mannhoff-Patienten oder die kenianischen Mythen?«

»Im Grunde um alles. Ich habe die Sache natürlich verfolgt. Wie alle, mehr oder weniger. Aber das waren nur Einzelheiten. Ich hab die Dinge einfach nicht richtig zusammenbekommen. Und dann mit einem Mal, peng, da war alles klar. Wie Sie das aufgefädelt haben, da war eben alles klar, mit einem Mal. Dann habe ich angefangen, selbst Nachforschungen anzustellen. Aber das ist ziemlich mühselig. Ich habe nur festgestellt, daß diese Verbindung nach Kenia nicht zu unterschätzen ist, zum Beispiel.«

»Sie kennen Kenia?«

»Ich habe mich etwas eingearbeitet und bin auch mit einigen Kenianern in Kontakt getreten.«

»Mit den Sulbianern? Ich habe gehört, daß es eine kleinere Gruppe in Chicago geben soll, habe aber selbst noch nichts mit ihnen zu tun gehabt.«

»Ich weiß nicht genau, sind das die, die an die Wiederkunft von Budu Sulber, dem heiligen König, glauben?«

Nicholson nickte. »Ja, so ungefähr. Es gibt die Theorie, daß sie über Kleinasien einige manichäische Elemente in ihren ursprünglichen Glauben übernommen haben.« Kofflager war für einen Moment abgelenkt. Er hatte sich während des Gesprächs ein Stück zum Haus umgedreht und durch das Fenster hinter ihm einen Blick in Nicholsons Arbeitszimmer geworfen. Dort hatte er gemeint, auf einem Regal eine ausgestopfte Katze zu entdecken, und für einen kurzen Moment war ihm die Episode am Brunnen wieder in Erinnerung gekommen. Jetzt wußte er mit einem Mal auch, an wen Nicholson ihn erinnerte, natürlich nicht von Sprache, Gestik und Kleidung her, aber das Gesicht, es hatte etwas von diesem Jungen an dem Brunnen. Um sich wieder zu fassen, unterbrach er die religionsgeschichtlichen Ausführungen von Nicholson brüsk und sagte:

»Und der Geheimdienst.«

»Was ist damit?«

»Na ja, Sie machen da so eine Andeutung in Ihrem Text. Ist das nur eine Art von Gedankenspiel, oder meinen Sie wirklich, daß da mehr dahintersteckt? Die Sulbianer und Loophole D. Ich meine, klar, man ist schnell mit solchen Vermutungen bei der Hand, das liegt ja auch nahe, aber gibt es da Belege? Das würde mich interessieren ...«

Nicholson zuckte mit den Schultern. »Das ist alles nicht so einfach zu beantworten. Deshalb habe ich mich auch auf eine Andeutung beschränkt. Aber das muß man genau recherchieren, wenn man damit an die Öffentlichkeit will. Das ist auch der Grund, warum ich mehr Zeit möchte. Nur birgt das immer auch Gefahren. Gerade wenn man mit solchen dubiosen Organisationen zu tun hat, da verzettelt man sich ziemlich schnell. Und welche Grundlagen kann man tatsächlich liefern? Welche Beweise?«

»Ja«, sagte Kofflager viel lauter und mit einem Krächzen in der Stimme, »deshalb muß man handeln.«

Nicholson lächelte. »Handeln? Was meinen Sie mit handeln?«

»Ich meine, daß man nicht immerzu alles nur beschreiben, erforschen und analysieren kann. Es gibt Dinge, die kann man nur erfahren. Viele Dinge kann man nur erfahren. Das ist so wie mit Musik.«

»Sie stammen, glaube ich, aus einer anderen Generation als ich. Erfahrung, ich weiß nicht. Ich war in Kenia, und ich habe gesehen, wie die Menschen dort leben. Ich würde nicht sagen, daß ich es deshalb erfahren habe, weil ich daneben stand. Ich kann wieder weg. Die können das nicht. Ich habe ihre Rituale miterlebt. Und diese Rituale haben mich durchaus fasziniert. Aber habe ich sie erfahren? Ich glaube nicht. Was kann man erfahren? Und das, was man erfahren kann, will man das unbedingt erfahren? Ich meine, wenn Sie schon vom Geheimdienst angefangen haben, wie schätzen Sie da überhaupt unsere Möglichkeiten ein, etwas zu erfahren?«

»Da hast du verdammt recht, Junge.« Diesen letzten Satz sprach der mit Abbie Kofflagers Observation betraute Beamte, der mit einem Richtmikrofon und einem DAT-Recorder ungefähr zweihundert Meter entfernt in seinem Auto saß, laut vor sich hin. Auf der einen Seite ganz lustig, was die sich da zusammenbrüten, dachte er leise weiter, auf der anderen Seite durchaus nicht zu unterschätzen. Wie allen anderen Mitarbeitern war auch ihm der Lehrsatz in Fleisch und Blut übergegangen, daß in dem Moment, in dem jemand auch nur auf den Gedanken kommt, der Geheimdienst könnte etwas mit einer Sache zu tun haben, der Geheimdienst im Grunde schon versagt hat. Von da an geht es in den meisten Fällen einfach nur noch um Schadensbegrenzung. Wobei der lediglich befürchtete Schaden für den Geheimdienst nicht selten mit einem viel größeren und oft irreparablen Schaden völlig Unbeteiligter ausgeglichen werden mußte.

2

Ganz wie unserem Schöpfer ist auch dem Geheimdienst kein Pflänzlein zu klein, das heißt keine Spur zu unbedeutend, um sie nicht zu verfolgen und ein Dossier über sie anzulegen. Und ganz wie der Herrgott selbst hält der Geheimdienst dadurch viele Existenzen am Leben, die von seiner Existenz wiederum nicht das geringste ahnen. Es sind damit nicht die vielen tausend Mitarbeiter gemeint, die über die ganze Welt verteilt bei ihm in Brot und Dienst stehen, denn sie wissen es ja und sind nichts anderes als Priester, die ebenfalls hauptberuflich einer Sache nachgehen, für die es in unserer wirklichen Welt keinerlei Beweise oder Grundlagen gibt.

Und kein Wunder auch, daß sich deshalb besonders viele Heuchler unter berufsmäßigen Priestern und Geheimdienstmitarbeitern befinden, die mit dem allgemeinen metaphysischen Konsens einer Gesellschaft – könnte man soweit gehen und von einer christlich-geheimdienstlichen Gesellschaft sprechen? – ihren eigenen Lebensunterhalt bestreiten.

Daneben gibt es eine ganze Anzahl von Existenzen, die aus geheimdienstlichen Gründen in Amt und Würden oder nur am Leben erhalten werden. Auch hier gibt es Priester, Minister natürlich, Schlagerstars, ehemalige und noch amtierende, Ingenieure, Ärzte, Schriftsteller, Hausfrauen. Im Grunde geht es durch alle Schichten, Berufe und Klassen, die sich so treu vereint sonst nur in der klassischen Antwort einer Prostituierten auf die Frage nach ihrer Klientel wiederfinden.

So nimmt es auch nicht Wunder, fünf Wirrköpfe darunter zu entdecken. Vier Jungen und ein Mädchen, die nun seit bald zehn Jahren ein recht angenehmes Leben führen, das nicht allein von Spaß und Sauferei, sondern auch von regelmäßigen Gesetzesübertretungen und Gewaltexzessen begleitet wird. Zwar sind sie mittlerweile alle nicht mehr ganz so jung, aber sie haben immer noch dieses einzigartige Gefühl, es zu sein.

Katy und Bongus haben beide schon einen Entzug hinter sich und doch immer noch nicht zu einem kontrollierten Drogengebrauch gefunden. Sie fühlen sich jung, weil sie seit zehn Jahren zusammenhängen und weder eine Ausbildung abgeschlossen noch einen Beruf angefangen haben. Alle fünf nicht. Nur wovon denken die fünf eigentlich, daß sie leben? Na, von Überfällen, Erpressungen und Diebstählen eben. Und warum sind sie noch nie wirklich geschnappt worden? Weil sie eben verdammt raffiniert sind. Keiner ist ihnen gewachsen.

Kindliche Einfalt. Das kommt davon, wenn man sich das halbe Leben auf der Straße und in Motels herumtreibt und nur Autofahrten, in gestohlenen Autos wohlgemerkt, Drogenkonsum und die dazugehörige Beschaffungskriminalität im Sinn hat. Da entwickeln sich leicht Größenphantasien. Man glaubt, niemand sei einem gewachsen, derweil man selbst als Marionette an den Fäden einer höheren Macht zappelt. Aber früher oder später werden die Fäden durchgeschnitten und man ist gezwungen, seinem Schöpfer und Erhalter gegenüberzutreten, was oft zu einer fürchterlichen Überraschung führt.

Durch eine eher routinemäßige Anfrage bei einer Staatsbehörde hatte der Geheimdienst seinerzeit von den Aktivitäten einer Jugendbande Wind bekommen, die bekleidet mit Skimasken und T-Shirts mit der Aufschrift »Bare Witnesses of Armageddon« Tankstellen und Supermärkte überfiel. Anlaß war eine mögliche Verbindung zu zwei Personen, die der Geheimdienst seit einiger Zeit im Visier hatte: einen ehemaligen Handelsvertreter und einen Exsträfling, die nach dem Verlust ihres Autos zur Zeit mit Überlandbussen durch die Gegend reisten und sich vornehmlich in kleineren Dörfern nicht nennenswerte Summen erbettelten, indem sie vorgaben, eine neue Heilslehre zu verkünden. Die beiden hatten das Interesse geweckt, weil sie mit einem ungeheuren Energiepotential ausgestattet waren, gleichzeitig aber einen solch haltlosen und widersprüchlichen Unsinn verkündeten, daß sie als Basismaterial etwaiger Aktionen nahezu ideal erschienen. So etwas war dem amerikanischen Geheimdienst nur einmal in den siebziger Jahren mit einer Partei namens EAP in der Bundesrepublik geglückt. Damals hatte man eine durchaus beachtliche Verwirrung in die Parteienlandschaft gebracht. Warum sollte das also nicht noch einmal in den USA gelingen? Wegen des Zwei-Parteien-Systems allerdings in der viel wichtigeren Landschaft der Religionsgemeinschaften und staatlich anerkannten Sekten.

Die zusätzliche Information, daß eine jugendliche Gruppierung gleichen Namens ihr Unwesen trieb, wirkte sich dabei eher günstig aus. Die neunziger Jahre hatten gerade begonnen und auch im Geheimdienst machte man sich für das Zeitalter des Wassermanns bereit. Obwohl sich die fünf jugendlichen Witnesses ihren Lebensunterhalt selbst zu verdienen schienen, kostete es den Geheimdienst jährlich eine sechsstellige Summe, diese Illusion aufrechtzuerhalten. Dabei ging es keineswegs um die Entschädigung etwaiger Opfer, denn warum sollte der Staat oder irgendeine ihm angeschlossene Stelle die Opfer willkürlicher Gewalttaten entschädigen? Damit würde das gesamte Rechtsgefüge durcheinandergebracht. Nein, was die Kosten vor allem in die Höhe trieb, waren die Beamten, die dafür zu sorgen hatten, daß die Aktionen nicht eskalierten. Diese Mitarbeiter hatten auch gegebenenfalls ein von den jugendlichen Witnesses geplantes, jedoch aussichtsloses Unternehmen unauffällig dahingehend zu verändern, daß eine größere Gefährdung der Bande, und selbstverständlich auch der Bevölkerung, ausgeschlossen werden konnte.

Konkret sah das zum Beispiel so aus, daß man die unternehmungslustige Fahrt zu einem mit ausreichend Wachpersonal ausgestatteten *Seven Eleven* unterwegs durch einen einladenden Überfall mit anschließender Vergewaltigung eines jungen Paares in deren Wohnwagen abzulenken versuchte. Wobei es sich bei dem Paar natürlich um für solche Fälle fachlich ausgebildete und hochqualifizierte Mitarbeiter handelte. Durch die gezielte Belieferung mit Narkotika konnte man den Übereifer der Bande ebenfalls bremsen, und wenn alles nichts half, dann wurde eine zeitweilige Verhaftung inszeniert.

In einem einzigen Fall hatte man Jad anschießen müssen. Eine scheinbar notwendige Maßnahme, die allerdings schwerwiegende Folgen hatte, da Jad sich entschloß, zu seinen Eltern zurückzukehren, um ein ordentliches Leben zu beginnen, und die anderen, denen der Schreck auch noch in allen Gliedern saß, beinahe überzeugen konnte, sich ihm anzuschließen. Mit Speed vermischtes Heroin gab der Bande aber den nötigen Lebensmut zurück. Quasi in letzter Sekunde, denn die fünf ahnten nicht im entferntesten, daß der Versuch einer Rückkehr in den Alltag unweigerlich zu ihrer Exekution, bestenfalls zu einem Verschwinden auf Nimmerwiedersehen in einem Staatsgefängnis geführt hätte.

Aber wie sollte man überhaupt leben können, wenn einem das Ende immer schon bewußt wäre? Keiner von uns käme mit diesem die Sinnlosigkeit befördernden Wissen auch nur über den nächsten Tag. Geschweige denn über ein ganzes Wochenende. Das soll alles sein? Netter Spaziergang auf den Kleinen Knöbis. Dort einkehren in der *Gezackten Krone*. Dann nach Hause. Vielleicht Kino. Vielleicht noch bei Freunden vorbei auf ein Glas Wein. Und dann am Montag wieder weiter in das ewig wiederkehrende Gleiche? Dann sich doch lieber in Wahnideen wiegen und dabei amüsieren und den Körper selbst ruinieren, bevor es ein anderer tut.

Die Summen, die man für die spirituelle Fraktion der Bare Witnesses, namentlich David Batnik, genannt Dee Bee, und James Holden-Smith, ausgeben mußte, waren ebenfalls nicht von Pappe. Hier ging es zwar weder um Drogen, noch um fingierte Überfälle und aufwendige Überwachungen, doch dafür mußte man den beiden zum einen spirituell aufbauende Erlebnisse liefern und ihnen zum anderen eine gewisse Gefolgschaft suggerieren, um sie bei Laune zu halten.

Natürlich hatte Holden-Smith versucht, den Schreck noch in den Gliedern, aus dem erniedrigenden und demütigenden Vorfall an der Kiesgrube spirituelles Kapital zu schlagen. Mit aus Abfalltonnen gezogenen Lumpen auf dem nackten Leib und weit aufgerissenen Augen, außerdem auffallend wortkarg für seine Person, war er zu Batnik in das Hotelzimmer zurückgekommen. Wortlos hatte er sich neben ihn gesetzt und nun gehofft, daß dieser mit einem Blick die fürchterliche Lage erkennen würde.

Wir brauchen das Mitgefühl ja deshalb so besonders, weil es uns die Möglichkeit gibt, in knappen Andeutungen, die auf der einen Seite mehr verschweigen als schildern, auf der anderen Seite gerade durch die lückenhafte Schilderung die unbändige Phantasie des Anteilnehmenden anstacheln, unsere wahre innere Größe unter Beweis zu stellen. Nun ist es leider mit vielen Menschen so, daß sie der Meinung sind, selbst und immerdar das allergrößte und von den anderen ohnehin nicht zu ermessende Leid auf ihren Schultern zu tragen, weshalb sie sich, wenn sie schon nicht verstanden werden, wenigstens herausnehmen, auch die anderen nicht zu verstehen.

So verhielt es sich auch bei den beiden relativ bescheidenen Geistern, die in dem schäbigen Hotelzimmer nebeneinander auf dem Bett saßen und auf den Bildschirm starrten. Batnik besaß zwar ein schüchternes und zurückhaltendes Naturell, doch bewahrte ihn das keineswegs davor, gleichermaßen ignorant zu sein. Zudem hatte er sich mittlerweile in die Rolle des Visionärs eingespielt, während er Holden alles Organisatorische und damit auch die Sorge um sich selbst überließ.

Holden wiederum war auf seine Art tatsächlich unverwüstlich. Als er nach einer knappen Viertelstunde merkte, daß ihm das Schweigen immer schwerer fiel, er außerdem schon gegen den Lachreiz bei dieser frühmorgendlichen Wiederholung von *Charles In Charge* ankämpfen mußte, beschloß er einfach, sich zu duschen und dann noch, wie er zu sagen pflegte, eine Mütze Schlaf zu nehmen.

Das vom Geheimdienst ein knappes Jahr später erstellte Persönlichkeitsprofil von Holden-Smith war so genau und präzise, daß es dessen Sehnsucht nach spiritueller Erfahrung mit gleichzeitiger charakterlicher Unfähigkeit dazu ausdrücklich vermerkte. Das ist nun an sich nichts allzu Ungewöhnliches. Oft drücken sich gerade in Sehnsüchten die eigenen Defizite am stärksten aus. Und meistens sind wir gerade an diesen Punkten am besten zu packen. Deshalb belieferte der Geheimdienst Holden-Smith über die Jahre mit diversen kleinen Anerkennungen, wobei man schon bald herausfand, daß diese umso wirksamer waren, je realistischer sie sich manifestierten.

Daß man zum Beispiel an einem nebligen Herbsttag in Pennsylvania den gesamten Bus kurz vor Moraine von der Interstate 79 herunterholte und auf die 108 in Richtung Slippery Rock lenkte, daß man in einer gottverlassenen Gegend – denn komischerweise erscheint Gott, wenn überhaupt, nur in einer solchen – eine Panne simulierte, Holden-Smith wie unabsichtlich von der Gruppe der anderen Reisenden trennte und ihm auf dem Felsen, omen est nomen, eine wohlbehütete Rutschpartie auf einer künstlichen, aber dafür in allen Regenbogenfarben schillernden Eisbahn bescherte, die im Rachen einer mit Matratzen ausgelegten Höhle endete, wo ihm eine sonore Stimme einen Auftrag für das Leben erteilte, das alles – Kosten siebzehntausend Dollar – wurde von Holden-Smith mit nicht viel mehr Aufmerksamkeit, geschweige denn spiritueller Tiefe registriert, als eine x-beliebige Achterbahnfahrt. Daß ihm allerdings siebenmal hintereinander in sieben unterschiedlichen Kneipen die Bezahlung des Biers mit den immergleichen Worten »Das ist das mindeste, was ich Ihnen geben kann« erlassen wurde – Kosten zweiunddreißig Dollar achtzig –, hatte zur Folge, daß Holden-Smith verstärkt die Themen Armut und Gottesvertrauen in seinen Predigten thematisierte und sich kurzzeitig sogar mit der Symbolik der Zahl Sieben beschäftigte.

Und so vergingen die Jahre, und so zogen Dee Bee und Holden durch die Lande. Man ließ sie sogar eine kleine Kirche bauen und eine eigene Gemeinde einrichten. Das durchaus günstige Abkommen zwischen dem Geheimdienst und dem Gemeinderat einer armen protestantischen Kirche am Lake Hubbard in Michigan lautete: die Gemeinde heuchelt für ein knappes Jahr die Mitgliedschaft bei den Bare Witnesses, während der Geheimdienst als Gegenleistung den Bau der Kirche, die sofort nach der Abreise von Batnik und Holden-Smith umbenannt und neu geweiht werden würde, finanziert.

Um gleich dem vielleicht gerade im Entstehen befindlichen Glauben vorzubeugen, daß der Geheimdienst doch auch einiges Nützliches, wenn auch oft aus zweifelhaften Beweggründen, zustande bringt, seien an dieser Stelle auch nicht die Gefahren verschwiegen, die man bei jeglichem Geschäft mit dieser Organisation eingeht.

Daß der gesamte Gemeinderat der Heilig-Kreuz-Gemeinde des kleinen Ortes am Lake Hubbard zusammen mit der Familie des Pfarrers bei einem Busunglück ums Leben kam, mag da vielleicht wirklich nur ein sehr unglücklicher Zufall gewesen sein. Schuld hatte nämlich der Fahrer des Busses, der den Unfall nur überlebte, um lebenslänglich ins Gefängnis zu wandern, da er sich nicht nur übernächtigt ans Steuer gesetzt, sondern auch noch Alkohol zu sich genommen hatte. Er kam übrigens ein halbes Jahr nach seiner Inhaftierung bei einer Messerstecherei in der Gefängniswäscherei ums Leben.

Es mag ebenfalls ein Zufall sein, daß der Gemeinderat kurz zuvor beschlossen hatte, die Kirche mit eigenem Geld zurückzukaufen, da sonst niemals ein wirklicher Segen auf ihr ruhen würde. Um sich das dafür nötige Kapital zu beschaffen, schlug der Kassenwart vor, die unglaubliche Entstehungsgeschichte der Gemeinde an eine der führenden kanadischen Wochenzeitungen zu verkaufen. Die Busfahrt war demnach keine Vergnügungsfahrt gewesen, sondern eine Geschäftsreise, und zwar zu einer ersten Kontaktaufnahme mit den Zeitungsverlegern, die sich durchaus interessiert zeigten.

Durch den tragischen Unfall wurde nun leider nichts aus der Geschichte. Und die Meldung, daß eine dem Heiligen Kreuz geweihte Kirche am Lake Hubbard bis auf die Grundfesten abgebrannt war, füllte kaum eine Spalte und war schon bald wieder vergessen.

Doch dann kam es in einigen Abteilungen des Geheimdienstes zu einer Buchprüfung, gefolgt von einer internen Untersuchung, die sich gewaschen hatte. Sessel mußten geräumt werden und Köpfe rollten, um einmal die bildliche Sprache des Geschäftslebens zu bemühen. Zehn Jahre lang hatte man nicht nur eine fünfköpfige Bande von mittlerweile Endzwanzigern bei ihren kriminellen Aktivitäten unterstützt, sondern auch noch die Idiotien von zwei Schwachköpfen jenseits der vierzig und fünfzig finanziert. Drei Komma sieben Millionen Dollar, soweit man die Kosten ermitteln konnte. Und nur, weil man sein Augenmerk nach einigen Jahren auf anderes gerichtet hatte und die Sache mehr oder minder nebenbei hatte weiterlaufen lassen.

Nun mußte dem Irrsinn mit diesen Bare Witnesses sofort ein Ende gesetzt werden. Nur wie? Schließlich war diese Vereinigung mittlerweile zehn Jahre existent, die konnte man nicht mir nichts dir nichts wieder im Erdboden verschwinden lassen. So, kann man nicht? Na, dann lassen Sie sich mal etwas einfallen.

Mit den fünf Jugendlichen Jad, Al, Katy, Jimmy und Bongus war es relativ einfach. Banküberfall mit Geiselnahme. Alle vier Geiselnehmer wurden auf der Flucht erschossen. Es handelt sich um eine langgesuchte Bande, der mehr als 500 Straftaten in 21 Bundesstaaten zur Last gelegt wurden. Ihre Komplizin, wahrscheinlich sogar der Kopf der gesamten Unternehmungen, wurde tot in einem Motelzimmer aufgefunden. Sie hatte sich wieder einmal einen Speedball gesetzt. Leider einen zuviel.

Und Batnik und Holden-Smith? Der Geheimdienst kaufte ihnen eine kleine Farm. Diese Farm lag in der Nähe einer Landstraße fast parallel zur Bundesstraße 52 im Staate Wisconsin, etwas nördlich eines Ortes mit Namen Polar. In den Büros gönnte man sich noch einen Lacher: »They bought the farm.«

Nur daß Batnik und Holden-Smith davon nichts ahnten. Sie waren ausgebrannt und müde nach all den Jahren und freuten sich auf etwas Ruhe. Die Farm hatte allen Komfort und die Kühlschränke waren gut gefüllt. Komisch war nur, daß nach knapp zehn Tagen mit einem Mal die Landstraße abgesperrt wurde und Hubschrauber über dem Grundstück zu kreisen begannen. Sie schalteten den Fernseher an und sahen Bilder von sich selbst. Nach Schätzungen betrug die Zahl der Sektenmitglieder mindestens 25 und höchstens 75. Wie viel Geiseln, darunter unschuldige Kinder und Frauen, diese Wahnsinnigen jedoch in ihrer Gewalt hatten, wagte niemand einzuschätzen. Unter der Hand sprach man von mindestens nochmal so vielen.

James Holden-Smith sah David Batnik ungläubig an. Doch er merkte schon, von ihm war keine Hilfe zu erwarten. Er war tief in sich versunken, mit den Gedanken irgendwo anders. Er stand auf einer ganz gewöhnlichen Straße in einer etwas heruntergekommenen Siedlung. Es war spät am Abend. Ein Junge mit einem Ball in der Hand kam auf ihn zu. Daß der Junge überhaupt noch auf der Straße sein durfte. Dee Bee konnte noch nicht einmal genau erkennen, ob es ein Baseball oder ein Basketball war, den der Junge bei sich hatte, obwohl er meinte, daß es ein Basketball sein mußte. »Spielst du mit mir?« fragte der Junge.

3

»Jetzt verraten Sie mir doch bitte mal, Doktor, was das eigentlich für eine Art von Therapie ist, die Sie da so betreiben.« Sam Rurcass versuchte, Dr. Rubinblad gegenüber eine etwas härtere Gangart einzulegen.

»Ich glaube, ich verstehe nicht ganz, was Sie meinen.«

»Na, was ich meine, ist ganz einfach. Ich bin ja nur ein Laie, Doktor, also kein Fachmann. Trotzdem habe ich so meine Vorstellung. Und da habe ich bislang immer gedacht, daß ein Therapeut, mit seinem geschulten Blick und seiner Erfahrung und der Ausbildung und dem allem, seine Patienten doch ziemlich gut durchschauen muß.«

»Ich weiß nicht, ob durchschauen unbedingt der zutreffendste Begriff dafür ist, was sich zwischen Analytiker und Analysand abspielt.«

»Na, dann sagen wir eben kennen. Sagen wir einfach, daß so ein Psychiater seine Pappenheimer doch ziemlich gut kennt, daß die ihm kaum was vormachen können.«

»Ich glaube, Sie haben eine etwas eigenartige Vorstellung von dem therapeutischen Verhältnis. Wir Therapeuten gehen zum Beispiel im allgemeinen nicht davon aus, daß der Patient uns bewußt etwas vormachen will. Im Gegenteil, er selbst ist gefangen in seiner eigenen Inszenierung. Die müssen wir allerdings schon erkennen.«

»Sag ich doch. Sag ich doch. Sie wissen also, was vorgeht. Und das ist ja auch sonst ein Vorteil im Leben. Da weiß man auch immer, was so vorgeht. Oder etwa nicht?« Dr. Rubinblad schwieg. »Man weiß zum Beispiel, daß die eigene Tochter an der Nadel hängt.«

»Nach dem Tod meiner Frau …«, fing Dr. Rubinblad an, wurde aber sofort von Rurcass wieder unterbrochen.

»Sie brauchen sich nicht zu verteidigen, Doktor, Sie sind der Arzt, nicht ich. Sie wissen Bescheid. Das wird schon seine Gründe haben, wenn Ihre Tochter sich einen Schuß nach dem anderen setzen muß, und an nichts anderes mehr denken kann, als daran, wo sie ihren Stoff herbekommt. Sie werden die Gründe dafür schon wissen, da bin ich mir ganz sicher.« Rurcass legte eine Kunstpause ein. Er war zufrieden. Dr. Rubinblad schwieg. Rurcass hatte ihn an einem wunden Punkt getroffen. Jetzt mußte er nachlegen. »Sehen Sie, Doktor, ich denke vielleicht einfach zu simpel. Manchmal ist es gut, einfach zu denken, aber manchmal da nützt das einfache Denken überhaupt nichts. Damit kommt man nicht weiter. Da steht man wie der Ochs vor der Stalltür. Also man sieht den Wald vor lauter Bäumen nicht mehr. Und da ist es manchmal ganz gut, einen anderen Weg einzuschlagen. So wie Sie das können. Das kann jemand wie ich vielleicht nicht gleich verstehen, aber ich bin mir völlig sicher, daß Sie Ihre Gründe haben.«

»Es tut mir leid, aber ich begreife ganz und gar nicht, worauf Sie hinaus wollen.«

»Nein?«

»Nein, bedauerlicherweise.«

»Vielleicht drücke ich mich einfach nur zu umständlich aus, Doktor. Dabei ist es doch ganz klar, was ich meine. Schauen Sie, Ihre Tochter hängt an der Nadel, und Sie behandeln den Kerl, der sie bumst.«

»Wie bitte? Wovon reden Sie?«

»Ihrer Tochter Amie geht es dreckig. Sie weiß nicht mehr, wo vorn oder hinten ist. Sie greift zu immer härteren Sachen. Wenn sie nichts findet, spritzt sie sich Terpentin. Sie verwahrlost. Sie nimmt einen Zuhälter zu sich, der ihr noch die letzten Kröten aus den Rippen leiert, der sie auf den Strich schickt, und dieses arme Geschöpf, ich rede nicht von Ihrer Tochter, Doktor, sondern von diesem wahrscheinlich durch Elternhaus und Gesellschaft furchtbar gebeutelten Sackkratzer, der sich noch über die kleine Amie hermacht, wenn sie vollgepumpt und mit weggedrehten Augen auf einer durchgewetzten Matratze liegt, wie gesagt, diese bemitleidenswerte Type versuchen Sie zu kurieren. Das mag alles seinen tieferen Sinn haben, Doktor, nur daß ich ihn, verzeihen Sie bitte, einfach nicht erkennen kann.«

Dr. Rubinblad war sichtlich aufgeregt. Er hatte in seiner Praxis mit allerhand mehr oder minder schweren Wahnphantasien zu tun gehabt, aber was ihm hier präsentiert wurde, übertraf dies alles bei weitem.

»Wenn ich Sie um etwas mehr Klarheit bitten dürfte«, sagte er mit großer Selbstbeherrschung.

»Klarheit. Sehr gut. Für Klarheit bin ich immer zu haben, Doktor. Jederzeit. Gar kein Problem. Ich spreche klar. Sie sprechen klar. Dann haben wir das hier in Nullkommanichts hinter uns.« Dr. Rubinblad nickte. »Obwohl ich mir gar nicht vorstellen kann, wirklich Doktor, aber egal. Ich spreche natürlich von Bodo Silber.« Dr. Rubinblad hob fragend die Hände und schüttelte den Kopf. Für ihn wurde die Geschichte immer undurchsichtiger. »Ihr Patient, Herr Doktor.«

»Ja, mein Patient. Aber ich verstehe immer noch nicht. Was hat Herr Silber mit der ganzen Angelegenheit zu tun?«

»Wie, was hat er damit zu tun? Er ist doch der Stecher Ihrer Tochter, unter anderem, wohlgemerkt.«

»Herr Silber und meine Tochter?«

»Jetzt tun Sie mal nicht so entsetzt, Doktorchen, bei Ihren Fähigkeiten müßten Sie das doch schon in der ersten Stunde spitz bekommen haben, da bin ich mir ganz sicher. Natürlich will man nicht, daß so was nach außen dringt. Das kann ich gut verstehen. Das soll in der Familie bleiben. Und ich kann mir auch vorstellen, wie die ganze Sache gelaufen ist. Er hat Sie erpreßt. Diese Typen sind zu allem fähig. Die nehmen, was sich ihnen bietet. Also erst schnappt er sich Ihre süchtige Tochter, obwohl das eigentlich schon das zweite war, aber egal, dann schickt er sie auf den Strich, macht wahrscheinlich kleine dreckige Filme mit ihr und die läßt er dann dem Herrn Papa zukommen, einem angesehenen Psychiater, und so weiter und so weiter. Würde mich nicht wundern, wenn die Stunden gar keine Therapiestunden waren, sondern nur vereinbarte Treffen zur Geldübergabe. Sie haben ihn einfach nicht losbekommen. Er kam immer und immer wieder. Und schließlich haben Sie Ihr ganzes Gespartes zusammengekratzt und ihn ausbezahlt, unter der Bedingung, daß er ins Ausland verschwindet, was er ja dann auch brav getan hat.«

»Das ist völlig absurd, was Sie da erzählen. Davon stimmt absolut nichts. Aber auch rein gar nichts. Meine Tochter hatte, wie ich Ihnen schon mehrfach zu erklären versucht habe, nach dem plötzlichen Tod meiner Frau einige Schwierigkeiten. Aber ich denke, daß sie über diese Schwierigkeiten inzwischen hinweg ist. Herr Silber ist ein Patient von mir. Es handelt sich um einen Entertainer, der wahrscheinlich durch eine Mischung von äußeren Umständen und inneren Anlagen gewisse Symptome entwickelt hat, die ich hier mit Ihnen weder diskutieren will noch darf. Er befindet sich zur Zeit in Las Vegas. Wir haben aus diesem Grund die Therapie für eine Woche ausgesetzt. Er will sich um eine neue Stelle bemühen. Was ich im übrigen sehr unterstütze. Über eine etwaige Beziehung zu meiner Tochter bin ich nicht informiert. Ich halte dies aber für äußerst unwahrscheinlich. Und was Sie sonst noch gesagt haben, Erpressung, Geldübergabe, das alles entbehrt nun wirklich jeglicher Grundlage.«

»Jetzt will ich Ihnen mal sagen, was hier jeglicher Grundlage entbehrt, Doktor. Als erstes: seit wann liegt Las Vegas in Deutschland? Das mögen wir ja vielleicht in eine Wüste verwandelt haben damals, aber Sie können sich sicher sein, daß die da höchstens Sauerkraut anpflanzen und sonst nichts weiter. Nirgendwo ein Casino auch nur zu sehen. Ja, da staunen Sie. Ihr Zögling ist schnurstracks in ein Flugzeug nach Deutschland gestiegen. Von wegen Las Vegas. Und bitte, zweitens, wenn Herr Silber nicht das geringste mit Ihrer Tochter zu tun hat, meinetwegen, dann ist Ihre Verbindung vielleicht ganz anderer Art. Zufällig ist sie jedenfalls nicht.«

»Was heißt anderer Art?« Gerade hatte Dr. Rubinblad erst richtig begriffen, daß es sich bei dem am Anfang des Gesprächs von Rurcass erwähnten Schnulzenheini, der unter dem Namen Douglas Douglas Jr. bis an die Zähne bewaffnet über den Atlantik geflogen sein sollte, um seinen Patienten Bodo Silber handelte, und schon konstruierte ihm Rurcass eine zweite und jetzt noch eine dritte Verbindung. Wenn er darauf aus war, ihn zu verunsichern und zu verwirren, so konnte er tatsächlich einigen Erfolg für sich verbuchen.

»Sehen Sie, Dr. Rubinblad, ich glaube, es ist das Beste, wenn ich ganz offen mit Ihnen spreche. Wir machen hier unsere Arbeit. Wir machen unsere Arbeit so gut wir können. Trotzdem sind uns Grenzen gesetzt. Wir können nicht überall sein. Wir können nicht alles wissen. Vor allem können wir erst dann tätig werden, wenn ein Grund vorliegt. Wenn schon etwas geschehen ist. Und so fehlen uns oft ganz wichtige Details. Deshalb haben wir Sie auch hierher gebeten. Wir möchten einfach ein paar erhellende Bemerkungen zu ein paar Dingen, die uns nach wie vor unklar sind. Wir haben zwar eine Reihe Vermutungen, aber uns interessiert die Wahrheit.«

»Ich habe mich keinen Moment dagegen gesträubt, Ihnen bei Ihren Ermittlungen zu helfen. Nur mit Unterstellungen kommen Sie bei mir nicht weiter.«

»Schön, schön. Ich sage Ihnen einfach, was wir wissen und dann sagen Sie mir, was Sie wissen. Das ist doch ein Angebot. Einverstanden?«

»Natürlich.« Dr. Rubinblad richtete sich etwas in seinem Stuhl auf, räusperte sich und faltete gespannt die Hände auf dem Tisch.

»Schön. Sehen Sie, manchmal verfolgt man eine Spur, und dann kommt man auf etwas ganz anderes. So ist es auch in Ihrem Fall. Fassen wir also zusammen: Sie haben einen Patienten, Dr. Samuel Howardt. Gut. Wir hingegen haben mit Dr. Howardt zu tun, weil er uns mit seinem Schützling Douglas Douglas Jr. bei der Bekämpfung dieser durchgedrehten Sekte hilft. So weit, so gut. Das sind zwei verschiedene Sachen, die uns zufällig miteinander verbinden. Nichts Besonderes. Alles ganz normal. Alltag. Jetzt stellen wir fest, daß es da jemanden gibt, der einen Flug bucht, und zwar unter dem Namen Douglas Douglas Jr. Das ist merkwürdig. Nicht besonders vielleicht, aber zumindest auffällig.

Also schauen wir uns diesen Typen etwas genauer an. Kennt er vielleicht Douglas Douglas Jr.? Nein. Dr. Howardt? Auch nicht. Sonst noch jemanden? Ach ja, rein zufällig: Sie. Damit werden Sie für uns interessant. Nicht besonders, aber immerhin ein bißchen. Wir schauen uns weiter um. Gibt es vielleicht noch eine weitere Verbindung zwischen ihm und Ihnen? Ach, er kennt Ihre Tochter Amie? So, so. Das sind ja schon zwei Verbindungen. Wir fangen an, uns unsere Gedanken zu machen. Nicht nur Gedanken, wir machen uns richtig Sorgen um Sie. Das habe ich ja schon erwähnt. Vielleicht werden Sie erpreßt. Da müssen wir schließlich eingreifen. Dafür sind wir doch da. Sie müssen zahlen, tarnen das als Therapiestunden, geben ihm schließlich so viel Geld, daß er ins Ausland verschwinden kann. Nein, sagen Sie. Nein und nochmals nein. Das mit Ihrer Tochter wußten Sie nicht. Douglas Douglas Jr. kennen Sie nicht, Dr. Howardt ist Ihnen außerhalb Ihrer Sprechstunde egal, Bodo Silber ist Ihnen auch nur von der Couch her bekannt, und ausgerechnet jetzt hat er sich bei Ihnen eine Woche frei genommen, um nach Las Vegas zu fahren. Gut. Schön und gut. Aussage gegen Aussage.

Wie gesagt, wir wissen ja nicht, was genau los ist. Deshalb sind wir auf Ihre Mitarbeit angewiesen. Wir können nur Indizien sammeln und Verbindungen herstellen. Drei Verbindungen, die zu Ihnen führen, Dr. Howardt, Bodo Silber, Ihre Tochter. Na gut, vielleicht reicht das alles wirklich nicht aus. Aber dann lassen Sie mich doch noch etwas anderes fragen: Es mag ja ein reiner Zufall sein, daß Ihre Tochter mit Ihrem Patienten Bodo Silber ins Bett steigt, aber können Sie mir auch dieses wunderschöne Detail mit dem Mord noch als Zufall zurechterklären?«

Dr. Rubinblad schüttelte den Kopf: »Was meinen Sie? Ich verstehe nicht, was Sie damit sagen wollen?«

»Nichts weiter, als daß derselbe verhinderte Schlagerfuzzi, der Ihre Tochter bumst und sich bei Ihnen auf der Couch ausheult, vor drei Jahren auch noch Ihre Frau abgemurkst hat. Na, haben Sie dafür auch eine Erklärung parat, Dr. Rubinblad?«

4

Die Tür zu Abbie Kofflagers Fabriketage aufzubrechen war für die Kenianer ein Kinderspiel, da Kofflager die Eisentür nur einfach hinter sich zuzog und das ausgeleierte Schloß schnell bereit war, unter dem geringsten Druck, wenn er im richtigen Winkel ausgeübt wurde, nachzugeben. Die Kenianer betraten vorsichtig den großen Raum und sahen sich um. Der *New Yorker*-Artikel und ein paar Bibliotheksbücher waren schnell gefunden, aber das war nicht das, wonach sie suchten. Es gab eine Unmenge Schallplatten, die in Stapeln an den Wänden standen und auf dem Boden verstreut herumlagen. Dazwischen allerlei Krimskrams. Nichts Brauchbares allerdings. Nachdem sie alles eine gute halbe Stunde durchstöbert hatten, hockten sich die Kenianer auf dem Boden zusammen. Einer von ihnen legte eine Platte auf. *Ginger Baker's Airforce.* Das war das richtige für diesen heißen Nachmittag.

Im Spülstein fanden sie ein paar Dosen Sprite und, mit Klebstreifen unter der Küchentischschublade angebracht, ein ziemlich anständiges Stück Haschisch, sauber eingewickelt in Alufolie. Sie bauten zwei riesige Joints, und dann noch zwei. Und immer war noch nicht einmal die Hälfte aufgebraucht. Die Musik wurde lauter gedreht. Die Stimmung wurde ausgelassener. Der einzige Nachteil war, daß sie keins von den hoch in der Wand eingelassenen Fenstern öffnen konnten.

Das Telefon schellte. Jemand wollte Kofflager sprechen, wunderte sich nicht weiter über die fremde Stimme am Apparat und legte wieder auf. Wenn sie schon einmal am Telefon waren, konnten sie auch noch ein paar Freunde einladen. Und Freundinnen. Knapp eine Stunde später, es war inzwischen halb drei und die Sonne brannte erbarmungslos heiß auf die fest verschlossenen Scheiben, wurde die weiträumige Wohnung endlich einmal ausgenutzt. Rund zwei Dutzend Menschen, Männer, Frauen, einige Kinder, hatten den unnötigen Kram von Kofflager in einer Ecke zusammengeschoben und sich bequem auf dem Boden im Kreis gelagert. Sie tranken, aßen und rauchten die letzte Hälfte des vorzüglichen Stoffs und noch einmal so viel von nicht ganz so gutem mitgebrachten. Sie lachten, redeten und hörten der Musik zu. Große Rauchschwaden zogen durch die Halle. Die Hitze hatte ihren Höhepunkt immer noch nicht erreicht. Trotz der ständig weiter pulsierenden Musik wurden die Kenianer schläfrig. Niemand merkte, daß die Eisentür, die sie zum Lüften aufgestellt hatten, wieder leise ins Schloß fiel. Niemand hörte, daß sie von außen verschlossen wurde. Niemand roch das Gas, das durch die Türritze ins Innere drang und sich langsam zwischen den Rauchschwaden und Essens- und Schweißgerüchen ausbreitete und die ganze Gesellschaft noch müder machte. Noch viel, viel müder.

5

Nicht ganz zweihundert Meter vom Haus des jungen und erfolgreichen Schriftstellers Harold Nicholson entfernt machte die Hitze auch dem Geheimdienstmitarbeiter, der kurzfristig mit der Beschattung Abbie Kofflagers beauftragt worden war, zu schaffen. Die Hitze, die Mücken, vor allem aber der Durst lenkten seine Konzentration immer wieder ab. Normalerweise waren sie zu zweit, da konnte einer mal schnell etwas zu essen oder zu trinken holen. Heute aber war er allein und hatte keine Zeit mehr gehabt, sich mit Proviant auszurüsten. Und dieser Kofflager entwickelte Sitzfleisch.

Worüber die beiden da im Garten alles sprachen, wirklich über Gott und die Welt. Kassetten hatte er genug dabei, aber das Problem war seine völlig ausgetrocknete Kehle und seine am Gaumen klebende pelzige Zunge. Der Kopfhörer drückte auf seine Ohren, die darunter noch mehr schwitzten als seine übrige Haut. Schon seit geraumer Zeit rutschte er auf seinem Sitz hin und her und verpaßte immer wieder ganze Sinnzusammenhänge des Gesprächs. Das war gefährlich, denn schließlich bestand sein Auftrag nicht allein darin, alles aufzuzeichnen, sondern auch in einem sich ergebenden Notfall umgehend Maßnahmen zu ergreifen. Und weit und breit gab es hier keinen

Laden oder Diner. Das Auto konnte er ohnehin nicht benutzen, denn die Aufzeichnung mußte weiterlaufen. Er rechnete sich die Distanz zum nächsten Haus, das er entfernt in seinem Rückspiegel erkennen konnte, aus. Mit der Zeit wurde diese Distanz immer geringer und war mittlerweile von der durchaus realistischen Schätzung von anderthalb Kilometern unter der siedenden Sonne auf, na, vielleicht gerade mal vier-, fünfhundert Meter zusammengeschmolzen. Also eine Minute hin. Eine Minute zurück. Schellen, kurz warten, um eine Flasche Wasser bitten, ein, zwei, meinetwegen auch fünf Dollar geben, oder besser zwei Flaschen Wasser, Ausrede Kühlwasser, Panne, ich fahre gleich weiter, falls man ihm nachschaut, das dauerte maximal zwei Minuten, summa summarum nicht mal fünf Minuten. Außerdem sprachen die gerade über Afrika, wo sollte sich da ein sogenannter Konfliktfall ergeben, der sein Eingreifen erforderte? Quasi unmöglich.

Der Geheimdienstler machte langsam die Fahrertür auf und streckte ein Bein nach draußen auf die staubige und schattenlose Landstraße. Er wartete eine ihm völlig banal erscheinende Gesprächspause ab, riß sich die Kopfhörer herunter und lief los, nicht allzu schnell, um kein unnötiges Aufsehen zu erregen.

Da stand nun ein verlassenes Auto mit offener Fahrertür. Ein Auto, dem man seinen starken Motor nicht ansah. Ein Auto, in dem es locker fünfundvierzig Grad Celsius waren. Ein Auto, aus dem ein winziges Richtmikrofon schielte und in dem sich ein fast ebenso winziger Recorder drehte. Aus den Kopfhörern auf dem Fahrersitz hörte man ein Zischeln, das bei genauerem Hinhören wie ein Hörspiel klang.

Als der Geheimdienstler nach siebzehn Minuten und siebenunddreißig Sekunden zu seinem Auto zurückkam, war alles noch genauso wie zuvor. Er hatte zwei Flaschen Bier dabei. Mineralwasser hatte die Alte nicht gehabt. Nur selbstgemachte Limonade, aber mit diesem süßen Zeug konnte man ihn jagen.

Und einfach Leitungswasser? Es gab seit zwei Tagen eine Verunreinigung. Wenn man es benutzte, mußte man es vorher abkochen. Aber sie würde ihm gern etwas abkochen. Nein, nein. Der Gedanke zu warten, zusammen mit der Vorstellung von kochendem Wasser, das erst wieder würde abkühlen müssen, ließen den Geheimdienstler zu allem greifen, was sich sonst noch an Trinkbarem vorfand. Zwei Flaschen Bier also. Während des Rückwegs, den er mit großen Schritten hinter sich gebracht hatte, mußte er immer wieder mit sich kämpfen, nicht auf der Stelle stehen zu bleiben und eine Flasche zu leeren. Aber das war unmöglich. So viel Disziplin mußte er noch aufbringen.

Dann hielt er doch an, weil es ihm mit einem Mal in alle Glieder fuhr: Kronkorken. Nein, zum Glück Schraubverschluß. Die offengelassene Fahrertür schien das Auto noch mehr aufgeheizt zu haben. Er warf den Kopfhörer von seinem Sitz rüber auf den Recorder, hockte sich in den Wagen, hielt die eine Flasche zwischen den Knien fest, öffnete die andere und trank sie in einem Zug aus. Oh nein, zwei Flaschen würden nie reichen. Das merkte er sofort. Er überlegte, ob er eine kurze Pause einlegen sollte, entschied sich aber dafür, seinen Durst auf einmal zu stillen. Die zweite Flasche wurde in zwei Zügen geleert. Er hätte etwas Flüssigkeit im Mund behalten sollen. Der Gaumen meldet den Durst. Er schaute noch einmal in beide Flaschen, aber die waren leer. Nein, es war ohnehin das Blut, das den Durst meldet. Und das Blut wurde jetzt dünn. Immer dünner und dünner. Dünner und … Er schrak auf, fast wäre er eingenickt. Und dann das Gespräch. Er riß die Kopfhörer herüber und setzte sie sich auf. Die eine Bierflasche fiel um. Sie war doch noch nicht ganz leer gewesen. Ein letzter Rest tropfte über seine Hose.

»Und deshalb müssen wir umgehend handeln«, hörte er Nicholson gerade sagen, kaum daß er den Kopfhörer wieder auf den Ohren hatte. »Wir dürfen vor keiner Regierung zurückschrecken, sondern müssen uns ihnen in den Weg stellen.« Der

Geheimdienstler fluchte. Das durfte doch nicht wahr sein. Wie konnte dieses seichte Gespräch in dieser kurzen Zeit eine solche Wendung genommen haben? Am liebsten hätte er zurückgespult, aber das ging natürlich nicht, er mußte ja weiter aufzeichnen.

»Kein Schlupfloch wird zu eng sein, wenn wir sofort aufbrechen.« Schlupfloch, damit war Loophole D gemeint, ohne Zweifel. Und wenn sie jetzt sofort aufbrechen würden, dann gäbe es am Ende noch eine Verfolgungsjagd, die außer Kontrolle geriet. Der Geheimdienstler sah einige Ausschnitte aus seiner Lieblingsserie *The World's Most Scariest Police Chases* vor seinem inneren Auge vorüberrasen.

»Worauf warten wir noch?« fuhr Nicholson fort. Ja, worauf warte ich noch? Der Geheimdienstler löste den Sicherungsgurt an seinem Halfter und nahm die Pistole heraus. Routinemäßig überprüfte er das Magazin und entsicherte sie. Dann stieg er aus. Er schwankte etwas. Die Hitze. Das Bier. Aber nach einigen Schritten hatte er sich wieder gefangen.

Im Garten legte Harold Nicholson gerade ein paar fotokopierte Seiten auf den Tisch zurück.

Kofflager grinste. »Das also ist eins der Flugblätter der Sulbianer?«

Nicholson nickte. »Ziemlich nichtssagend, oder? Lauter Gemeinplätze, und vor allem fürchterlich veraltet. Das klingt wie vor dreißig Jahren.«

»Wenn überhaupt.«

»Von daher glaube ich kaum, daß es aus dieser Richtung irgendeine Erneuerung geben kann.«

»Ja, das befürchte ich auch«, stimmte Kofflager zu, »obwohl man so ein Potential auch nicht unterschätzen darf.«

»Aber ein Potential allein reicht nicht aus, vor allen Dingen nicht, wenn sie ...« Nicholson stockte und auch Kofflager schaute von den Kopien auf, die er noch einmal durchgeblättert hatte. Mitten im Garten stand ein untersetzter Mann. Er war etwa Mitte vierzig und trug eine graue Hose und ein weißes Oberhemd. Darüber hing ein Pistolenhalfter. Das Hemd war durchgeschwitzt und auf der Hose waren Flecke. Obwohl der Mann zu schwanken schien, während er auf sie zukam, hielt er seine Waffe mit beiden Händen bewegungslos in ihre Richtung. Ab einer gewissen Nähe rochen sie, daß er getrunken haben mußte. »Pfoten hoch, aber ein bißchen fix!« lispelte er mit träger Zunge.

6

Su Kramer hatte die Benefizveranstaltung für Morbus-Mannhoff-Patienten im Hotel *Savoy* pünktlich um einundzwanzig Uhr eröffnet, sinnigerweise mit ihrem Titel *Glaub an dich.* Ein Lied, an das sich viele noch erinnern konnten. Schließlich hatte sie 1972 damit den zweiten Platz beim Grand Prix Eurovision de la Chanson errungen. Dann folgten in schneller Abfolge Sandra mit *Das Leben beginnt jeden Tag*, Bernd Spier mit *Das kannst du mir nicht verbieten*, Ramona mit *Alles, was wir woll'n auf Erden* und Jessica John mit *Mutter, nimm doch meine Hände.* Ein durchaus passender Auftakt also, der nun durch die erste Moderation von Susanne Doucet unterbrochen wurde.

Hugo Rhäs hatte sich mittlerweile etwas eingewöhnt. Gisela saß rechts neben ihm. Wirklich ein seltsamer Mensch. Als er sie etwas über die Veranstaltung fragte, konnte sie ihm keine Auskunft geben. Dabei war sie es doch gewesen, die ihn eingeladen hatte. Außerdem benutzte sie einen affektierten russischen Akzent, der ihm früher noch nie bei ihr aufgefallen war. Wollte sie ihn vielleicht nur auf den Arm nehmen? Oder deutete sie damit an, daß sie sich in einer ausgelassenen Freizeitstimmung befand? Gerade jetzt sprach sie wieder mit ihrer Freundin

Sabine. Beide lachten. Und wirklich, sie sah mindestens zehn Jahre älter aus, von nahem gesehen. Dennoch entspannte sich Hugo Rhäs langsam. Dieser ganze Zirkus um ihn herum gab ihm ein Gefühl der Ruhe und Zufriedenheit. Auch daß es mit Frau Helfrich höchstwahrscheinlich nicht klappen und er wieder zu seinen Phantasien zurückkehren würde, beruhigte ihn eher, als daß es ihn ärgerte.

Wie viele Menschen war auch Hugo Rhäs eigentlich froh über Enttäuschungen, weil sie ihn so sein ließen, wie er war. Die Enttäuschung bestätigte sein bisheriges Verhalten und zeigte ihm, daß eine Veränderung im Grunde Unsinn war. Was hatte er sich denn auch vorgestellt? Außer diesem unscharfen Brustausschnitt. Nicht viel. Eigentlich gar nichts. Und so versetzte ihn die überwundene Aufregung des Tages zusammen mit den abklingenden Bauchschmerzen, den Tabletten und dem Gläschen Sekt, das er selbst noch offeriert hatte, in einen Zustand der Losgelöstheit. Das hier, das war Camp in Reinkultur. Auch wenn keiner von den Pfeifen wußte, was Camp und wer Susan Sontag war. Diese Professorin da zwei Sitze weiter, die kannte Susan Sontag vielleicht, aber dann nur ihre mediokren Romane. Und das da vorn auf der Bühne, das übertraf doch jeden literarischen Stoff. Vielleicht sollte er nächstes Wochenende einfach mal dieses Treiben hier aufschreiben. Das würde bestimmt eine knackige Geschichte ergeben. Vielleicht kam auch noch Daniela mit *Im Jahre 2002*. An die konnte er sich nämlich noch erinnern. Und hoffentlich war die nicht so auseinandergegangen wie Monika Muhr. Für die hatte er auch mal geschwärmt. Besonders als sie später bei den Golden Retrievers sang. Nein, er hatte genug Phantasien, mit denen er sich jederzeit die nötige Abwechslung verschaffen konnte.

Es wurde still im Saal. Frau Doucet kündigte die Live-Übertragung aus Amerika an. Der berühmte Arzt mit der Heilmethode für Morbus-Mannhoff-Patienten würde jeden Augenblick direkt zu den Zuschauern sprechen. Und dann hörte Hugo Rhäs zum ersten Mal den Namen des Arztes. Dr. Samuel Howardt. Nein, das konnte doch nicht wahr sein. Er stieß Gisela an. »Weißt du zufällig, wie alt dieser Doktor ist?« Sie lächelte verständnislos.

»Nein, ist das denn wichtig?« Hugo Rhäs rechnete. Howardt war ein junger Soldat gewesen damals, aber trotzdem, siebzig mußte er mindestens sein, eher älter. Er versuchte sich an das eine Foto zu erinnern, das er vor Jahren, dem letzten Wunsch seiner Mutter folgend, verbrannt hatte. Und jetzt noch einmal fünfzig Jahre dazu. Nein, das konnte irgendwer sein. Obwohl das erste Kind doch an etwas ähnlichem gestorben war. Und wie seltsam, daß ihm erst neulich die Radix von seinem ersten Vater eingefallen war. Mit einem Schlag war seine ganze Ruhe verflogen. Er konnte es kaum abwarten, ein Bild von ihm zu sehen. Der Saal wurde wieder etwas verdunkelt. Es gab eine kleine filmische Einführung, eine kurze Unterbrechung und dann sah man Dr. Samuel Howardt überlebensgroß auf einem sonnigen Acker stehen. Im Hintergrund eine Farm. Es war jetzt kurz vor drei in Wisconsin.

Für Hugo Rhäs gab es sofort keinerlei Zweifel mehr: er war es. Das war sein erster Vater. Ein weitgereister Mann. Ein innovativer Mann. Kein Berufsschullehrer. Er griff nach Giselas Hand und als sie ihn erstaunt ansah, sagte er:

»Das ist mein Vater.« Und dann lachte er und fügte hinzu, weil er sich an ein halbes Dutzend Filmszenen erinnerte, in denen so etwas gesagt wurde: »Ich muß dich einfach küssen.« Hugo Rhäs plazierte einen unbeholfenen Kuß auf ihre Lippen und wandte sich dann wieder dem Geschehen zu. Die Stimme, soweit er sie über die synchron gesprochene Übersetzung verstehen konnte, klang sympathisch. Sehr weich und einfühlsam. Dr. Howardt ging über den Acker zu einem Loch und erklärte dabei, daß Morbus-Mannhoff-Patienten mittlerweile nicht nur die Chance hatten, zu überleben, sondern darüber hinaus auch einzigartige Aufgaben in unserer Gesellschaft übernehmen konnten. Zum Beispiel bei Bergungen. Es wurde ein Bild von Douglas Douglas Jr. in seinem *Leviathan*-Spezialanzug eingeblendet. Dann hörte man einen Knall. Dr. Howardt brach seine Erklärung mitten im Satz ab. Eine Kamera zoomte unscharf auf den Horizont des Ackers und wieder zurück auf Dr. Howardt. Sein Gesicht war seltsam verzerrt. Er sagte: »O my God, I think I'm …« Was der Synchronsprecher automatisch mitübersetzte. Dann fiel Dr. Howardt zu Boden. Hugo Rhäs sprang von Entsetzen gepackt auf. Auch die anderen Zuschauer waren wie gelähmt. Die Leinwände wurden weiß. Das Licht wurde heller. Susanne Doucet sprach von einem technischen Defekt und der Fortsetzung des Programms, bis man den Anschluß wieder hergestellt habe.

Tamara Tajenka wurde angekündigt und trat auf die Bühne. Das Playback von *Und das kleine Karussell* setzte ein. Hugo Rhäs schaute nun, immer noch stehend, abwechselnd von der Frau auf der Bühne zu der Frau, die neben ihm saß. Nein, das war nun wirklich zu viel für ihn. Sein erster Vater, der ihm gleich wieder entrissen wurde, und dann die Frau, die er sich auserwählt hatte, gleich doppelt! Er ließ sich in seinen Sitz zurücksinken.

Vielleicht ist ihm ja gar nichts passiert, dachte er fast mechanisch, obwohl man ganz deutlich gesehen hatte, wie sich ein Blutfleck auf Dr. Howardts Brust ausgebreitet hatte, während er nach vorne fiel.

7

James Holden-Smith hatte den Schuß auch gehört. Seit Beginn der Übertragung hatte man ihnen Strom, Fernsehen und Funkverbindungen abgeschnitten. Nur ein schwacher Strahl Sonnenlicht fiel durch die verhängten Fenster in den Raum. David Batnik saß neben ihm und starrte vor sich auf den Boden. Langsam und möglichst unauffällig ließ Holden seinen rechten Arm nach unten hängen, knickte ihn nach hinten ab und tastete zwischen den Eisenfedern nach der unter der Pritsche angebrachten Pistole. Der Schuß war das vereinbarte Zeichen gewesen. Jetzt mußte er Batnik erledigen.

Nein, das fiel ihm bestimmt nicht leicht. Ganz im Gegenteil. Er hatte noch nie einen Menschen verletzt oder in Gefahr gebracht. Aber er wußte, daß es seine einzige Chance war, um hier lebend herauszukommen.

In den zehn Jahren, die sie miteinander verbracht hatten, war Batnik immer mehr verstummt. Fast schien es so, als habe ihm seine Bekehrung für das eigene Leben gar nicht so viel genützt. Aber vielleicht war das ohnehin eine Eigenart von Bekehrungen: sie bekehren einen für eine andere Welt, nicht für diese. So wie man Batnik im Gefängnis nicht geglaubt hatte, so konnte er auch in der Zeit, die er als Mitgestalter und -führer einer Sekte zubrachte, seine eigentlichen Belange nicht an den Mann bringen. Ohne Holden-Smith, und im weiteren ohne den Geheimdienst, hätte sein Leben schon viel früher ein Ende gefunden.

Batnik war einfach nicht in der Lage, für sich selbst zu sorgen. Am liebsten saß er vor dem Fernseher. Und wenn es keinen Fernseher gab, oder er wie jetzt abgeschaltet worden war, dann starrte er eben vor sich hin, ohne sich zu rühren. Vielleicht geht in manchen Menschen so viel vor, daß sie es gar nicht in Worte fassen können. Vielleicht sind manche Menschen soweit in eine andere Sphäre eingedrungen, daß es ihnen nicht mehr gelingt, an unserer Welt teilzunehmen. Was im Fernsehen lief, war Batnik nämlich im allgemeinen völlig gleichgültig. Und mit keiner Regung zeigte er, ob er überhaupt begriff, was dort auf dem Bildschirm vor sich ging. Vielmehr schien es so, als würde er wie ein Tier die Wärme des blauen Lichts suchen und sich allein deshalb am liebsten in dessen Nähe aufhalten.

In ihrer kleinen Kirche am Lake Hubbard war Batnik für die Rituale zuständig gewesen, die sogenannten Zeremonien während ihrer sogenannten Messen. Holden-Smith hatte ihm dafür ein paar sehr schöne Talare und Umhänge nähen lassen, doch schon bald einsehen müssen, daß Batnik einfach nicht der Typ war, um etwas glaubhaft nach außen darstellen und präsentieren zu können. Während Holden-Smith die Gemeinde durchaus anzuheizen verstand, entstand immer ein gewisses Loch, sobald es um den zeremoniellen Rahmen ging, für den Batnik die Verantwortung trug. Schließlich schnitt Holden die Veranstaltung immer mehr auf Batnik, dessen Schweigen und dessen düster und stumpf vor sich hinstarrende Erscheinung zu. Er behauptete, daß Batnik nicht sprechen könne, und allein er ihn verstehen würde – eben das Übliche. Und so weit entfernt von der Wahrheit war das auch gar nicht.

Aus ihrem komfortabel eingerichteten Häuschen neben der Kirche drang Tag und Nacht der blaue Schein des Fernsehers. Über Satellit empfingen sie hunderte von Programmen. Batnik war das gleichgültig. Er wäre auch mit einem einzigen Programm rundum zufrieden gewesen. Vielleicht sogar allein mit einem blauen Licht, das aus einem Kasten kam. Und obwohl ihre Verständigung immer karger wurde, zogen sie weiter zusammen durch die Lande. Für Holden-Smith, der vor allem ein Interesse hatte, seinen anderen Neigungen ungestört nachgehen zu können, war Batnik zu einer Art Talisman geworden, den er um nichts in der Welt mehr missen wollte. Schließlich hatte sich durch ihre Bekanntschaft auch für ihn sehr viel verändert. Er mußte nicht mehr in ärmlichen Hotels hausen und die Begegnungen mit jungen Mädchen waren auch häufiger geworden. Aber alles läuft sich einmal tot. Und für alles muß man seinen Preis zahlen. Das hatte Holden in seinem Leben schon lange begriffen.

Während er neben Batnik saß, ließ er noch einmal die wichtigsten Stationen in ihrem gemeinsamen Leben Revue passieren. Dann versuchte er, sich eine gewisse Wut auf Batnik einzureden, weil der sich wie immer nicht rührte und gar nicht darauf kam, sich mit ihm zu unterhalten, oder überhaupt irgendetwas zu sagen. Ihm war alles völlig gleichgültig, selbst und besonders er, James Holden-Smith. Dann wieder sah er Batnik wie ein unschuldiges und unwissendes Tier, das man doch nicht einfach abknallen konnte, in seiner Hilflosigkeit. Aber ein Tier, das einfach dasitzt und sich nicht rührt, das hat auch keine Angst. Es weiß doch gar nicht, worum es hier geht. Es hat durch den Feldstecher nach draußen geschaut, so wie es in die Röhre glotzt. Da bewegt sich was, da versammelt sich wer, und nichts weiter. Niemals hat er überhaupt nur andeutungsweise kapiert, worum es hier geht. Und manchmal geht es eben um verdammt viel. Manchmal geht es sogar um alles.

Holden fragte sich, wie so ein Typ es überhaupt geschafft hatte, ins Gefängnis zu kommen. Der war doch zu gar keiner Straftat fähig. Wie er zu überhaupt nichts fähig war. Wahrscheinlich war sein ganzes Leben ein einziges Versehen. Aber egal. Dann sollte es jetzt wenigstens noch zu etwas gut sein und Holdens eigene jämmerliche Existenz retten.

»He David«, sprach er ihn an, »wie gehts dir so?« Batnik antwortete nicht. »Weißt du, es wird Zeit, daß wir uns trennen. Ich hoffe, du bist mir nicht böse, aber es wird hier zu eng für uns zwei. Wir haben uns verrannt, wenn du verstehst, was ich meine. Hörst du?« Batnik räusperte sich, aber er sagte nichts. Er schaute Holden auch nicht an. Holden haßte das. Es brachte ihn regelmäßig aus dem Konzept. Wenn er wenigstens irgendeine Reaktion zeigen würde, dann hätte er ihm seinen eigenen Tod aufschwatzen können, aber so, ja, was ärgerte ihn eigentlich so an Batniks Verhalten? Das Schlimmste daran war, daß ihn Batniks Sturheit dazu zwang, selbst zu entscheiden. Er konnte nicht den anderen überreden und damit auch sich selbst überzeugen, sondern er mußte mutterseelenallein eine Entscheidung treffen. Eine gefühlsmäßige Entscheidung. Und so etwas haßte er.

»Verdammt, David, sag doch mal ein Wort. Ein einziges, verdammtes Wort. Es geht zu Ende, verstehst du. Wir sind am Ende angelangt. Es ist jetzt egal, was du sagst, aber sag wenigstens irgendwas.« Draußen um die Farm wurde es unruhig. Die Hubschrauber waren ganz nah zu hören und wahrscheinlich rollten auch Lastwagen an.

»Wir haben nicht mehr viel Zeit. Ich genausowenig wie du, David. Also sag einfach noch was und dann gehen wir auseinander.« Batnik drehte seinen Kopf langsam zu Holden um und schaute ihn ausdruckslos an. Holden versuchte es nochmal mit der gespielten Wut. Er hob den Revolver, entsicherte ihn etwas unsicher und richtete ihn auf Batnik.

»Verdammt, Batnik, die Zeit läuft uns weg. Die da draußen spaßen nicht, das kannst du glauben. Die spaßen nicht. Also sag wenigstens noch etwas.« Batnik schloß die Augen. Er wollte den Jungen mit dem Ball noch einmal sehen, oder wenigstens die Straße, auf der er ihm begegnet war. Aber er sah nichts. Er kniff die Augen fest zusammen, aber da war nur ein dunkles Loch. Und ganz am Ende des dunklen Lochs war ein kleiner Lichtpunkt. Der Punkt sah so aus, wie das, was auf dem Bildschirm eines alten Röhrenfernsehers zurückbleibt, wenn man ihn ausschaltet. Er wollte genauer hinschauen, doch da holte dieser Punkt schon wie mit einer großen blauen Flammenhand nach ihm aus und zerquetschte seinen Kopf. Den Schuß selbst hörte er nicht. Er sank einfach nach hinten weg. Auch Holden-Smith hatte kaum einen Moment länger Zeit, um über seine Tat nachzudenken. Er hielt den Revolver noch in der Hand, als die erste Sprengladung auf der Rückseite des Hauses detonierte.

»Hoffentlich wissen die, was sie tun«, dachte er und ließ die Waffe auf den Boden fallen. Aber wenn er sich über eine Sache keine Gedanken machen mußte, dann darüber. Denn die wußten ganz genau, was sie taten.

8

Bodo Silber hatte mit seinen beiden Schreckschußrevolvern unschlüssig hinter der Bühne gesessen und gewartet. Der Ringelreihen von alten Schlagern hatte ihn dabei in einen tranceartigen Zustand versetzt. Endlich und zum ersten Mal seit langem hatte sich die äußere Welt wieder mit seiner inneren Vorstellung synchronisiert. Er war wieder jung und unbeschwert. Noch keine zwanzig und schon stand er vor Fernsehkameras und gab Autogramme. In ganz Deutschland gab es über fünfzig Fan-Clubs, und er bekam sogar Post aus der DDR und der Schweiz.

Leider hatte die Live-Übertragung mit dem Vortrag von Dr. Samuel Howardt dieses Gefühl wieder etwas abgeschwächt. Obwohl er nicht wußte, worum es bei der Veranstaltung überhaupt ging, wurde er unruhig. Vielleicht lag das an der Sprache von Dr. Howardt, die Bodo Silber an seine Wahlheimat erinnerte, oder auch an der wiederholten Nennung des Namens Douglas Douglas Jr. Erschwerend kam hinzu, daß Silber hinter der Bühne saß und von dort die großen Monitore nicht sehen konnte. Dann hörte er den Schuß, den Aufschrei des Entsetzens bei den Zuschauern, aber vor allem die Pause, die danach entstand.

Das war seine Chance. Nun war die Bühne endlich frei für

ihn. Er griff seine beiden Schreckschußrevolver, sprang auf und wollte nach vorn stürmen. Doch man hielt ihn zurück. Durchaus freundlich und mit der Bemerkung, er sei noch nicht dran. Dennoch hielt man ihn zurück. Wie so oft.

»Aber wann dann?« fragte er. Der Mann legte nur einen Finger auf seine Lippen und deutete nach vorn. Dort stand Tamara Tajenka und sang ihr Liedchen vom kleinen Karussell. Die Musik fing an, sich in seinem Kopf zu drehen. Er kannte die Melodie von früher, und wieder kamen Erinnerungen an alte Zeiten zurück. Diesmal nicht so angenehme Erinnerungen. War ihm mit diesem Lied nicht seinerzeit der erste Platz in der *ZDF-Hitparade* streitig gemacht worden? Und hatte mit diesem Verlust nicht überhaupt sein genereller Abstieg begonnen? Dieser Abstieg, von dem er sich nie wieder richtig erholt hatte? Alles drehte und drehte sich, und er selbst wurde zu einem der Holzpferde, die an den Eisenstäben auf- und niedersprangen und doch den ewigen Kreislauf nicht verlassen konnten, sich immer weiter drehen mußten mit offen erstarrtem Maul.

Warum wird man denn überhaupt erst hineingeholt in die Welt der Drehorgeln und Trommelwirbel, wenn dann dort noch nicht mal mehr ein kleiner Platz für einen ist? Noch nicht einmal ein winziger Platz.

Das Ende des Liedes riß ihn abrupt aus seinen Gedanken. Jetzt hielt ihn nichts mehr auf. In jeder Hand einen Revolver, stürzte er nach vorn auf die Bühne. Das Publikum war noch zu verunsichert von der Videoübertragung, um zu lachen. Ernst nahmen sie seinen Auftritt jedoch nicht. Tamara Tajenka lächelte ihn an. Es war dieses selbe dämliche Lächeln, das ihn schon seinerzeit bei ihren gemeinsamen Auftritten in *Disco*, *Talentschuppen* und *Hot and Sweet* angewidert hatte. Und was ihn am meisten ärgerte, sie schien sich überhaupt nicht verändert zu haben, nein, sie sah aus wie damals. Er hielt den Revolver in ihre Richtung. Sie lachte.

Das Playback von *Auf meiner Ranch bin ich König* wurde eingespielt. Aber für wen hielten sie ihn denn? Was war das für ein Stück? Bodo Silber hatte *Bluemoon Baby* erwartet, aber nein, nein, in dieser riesigen Manege, wo es für jeden einen Platz gibt, sogar für Menschen ohne Knochen, für jeden abgehalfterten Star, der einmal vor Jahren sein Liedchen in den Äther gepreßt hat, in diesem bunten Treiben gab es keinen Platz für ihn. Da konnte er sich mühen und anstrengen. Gesangs- und Tanzstunden nehmen. Ja, sogar Fechten und Schauspielen lernen. Sie ließen ihn einfach nicht mehr in ihre Mitte. Er konnte hin und her über den Atlantik fliegen und sein letztes Hemd versetzen, alles hatte keinen Sinn. Aber man lehnte ihn nicht nur ab, man verhöhnte ihn auch noch, zog seinen vergeblichen Versuch, in den USA Fuß zu fassen, mit diesem komischen Lied ins Lächerliche. Dabei war der Sprung in die USA außer Heidi Brühl noch nie einem deutschen Schlagerstar gelungen.

Bodo Silber schrie. Er schrie aus ganzer Kehle. Aber er konnte das Playback nicht übertönen. Jetzt lachten die Leute im Publikum. Tamara Tajenka hielt ihm das Mikrofon hin. Sie lächelte mit ihrem breiten Mund. Bodo Silber gab einen Warnschuß in ihre Richtung ab. Sie sollte endlich von der Bühne verschwinden. Tamara Tajenka machte ein erstauntes Gesicht. Bodo Silber grinste. Das Playback brüllte und eine Gruppe im Publikum forderte klatschend den »Jodler Peter«. Tamara Tajenka griff sich an die Brust.

Sie spielt nicht schlecht, dachte Silber. Und es versöhnte ihn wieder etwas mit der Welt. Vielleicht könnten sie ja doch noch zusammen eine ganz gute Show abliefern. Dann sah er das Blut über ihr Kleid tropfen. Tamara Tajenka schwankte und sank auf die Bühne. Bodo Silber starrte den Schreckschußrevolver in seiner Linken an. Er begriff nicht, was geschehen war. Wie um sich zu vergewissern, daß er keine echten Waffen in den Händen hielt, feuerte er jetzt noch einmal mit der anderen Pistole in den Saal. In einer der hinteren Reihen schrie eine Frau auf und brach zusammen. Jetzt sprangen die Menschen von ihren Sitzen. Es gab eine Pause, weil das Lied zu Ende war. In dieser Pause hörte man ein Schreien und Trampeln. Dann setzte das Playback mit dem neuen Titel ein.

»Ich wollt' Indianer seh'n, am Lagerfeuer steh'n, und dann mit Banjoklang an der Prärie entlang! Ich ging nach Idaho, hey yippi yeeh! Na raten Sie doch mal, was ich nun seh'! Siebentausend Rinder! Kinder, Kinder, Kinder! Im Sommer und im Winter immerzu lauter Ochs, lauter Kuh!« Was sollte das? Was war hier los? Er drehte sich um. Zwei Männer und eine Frau, die sich um Tamara Tajenka kümmern wollten, sprangen erschreckt zurück. Jetzt war ein Trampeln und ein Rauschen in der Luft, das sogar das Playback übertönte.

Bodo Silber steckte die beiden Revolver in seinen Hosenbund zurück und ging zu Tamara Tajenka, die regungslos vorn auf der Bühne lag. Er kniete sich neben sie, hob vorsichtig ihren Kopf und legte ihn auf seine Oberschenkel. Ihre Augen waren geschlossen, aber hinter ihren Lidern wanderten ihre Pupillen noch aufgeregt hin und her. Ihr Atem ging unregelmäßig. Durch ihre Finger liefen leichte Zuckungen. Mitten in dem ohrenbetäubenden Lärm fing Bodo Silber ganz leise an zu singen. So leise, daß nur sie es hören konnte. Ja, jetzt endlich hörte ihm jemand zu. Und mehr wollte er doch gar nicht.

Und während Gisela Helfrich in den tiefen Schlaf eines erlösenden Komas fiel, hörte sie, wie das ferne Rauschen einer aus der Verankerung geratenen Welt, die ersten Zeilen von *Bluemoon Baby*.

9

Als Gisela Helfrich von Bodo Silber auf der Bühne angeschossen wurde, sprangen Tamara Tajenka und Professorin Rikke sofort auf und sahen sich erschrocken an. Sabine Rikke war unsicher, ob es sich nicht vielleicht doch um eine geprobte Einlage handelte. Doch es sah ganz und gar nicht danach aus. Tamara Tajenka begriff sofort den fragenden Gesichtsausdruck der Professorin und schüttelte nur aufgeregt den Kopf.

»Gisela«, schrie Sabine laut und machte Anstalten nach vorn zu laufen, was jedoch durch den zweiten Schuß Bodo Silbers in den Zuschauerraum verhindert wurde. Nun machte sich eine allgemeine Panik breit.

»Er meint mich«, schrie Tamara Tajenka, »er hat es auf mich abgesehen. Ich muß weg!« Und sofort drängte sie sich mit Professorin Rikke nach draußen. Hugo Rhäs, der immer noch von dem Vorfall auf der Video-Leinwand völlig gelähmt war, brauchte etwas länger, um die Situation zu begreifen. Dann jedoch schloß auch er sich dem allgemeinen Gedränge und Gestoße in Richtung Ausgang an. Noch nicht einmal diese Gefahrensituation hatte Frau Helfrich dazu gebracht, sich ihm hilfesuchend zuzuwenden. Das war aber im Grunde auch egal. Viel schlimmer war es, was mit seinem ersten Vater passiert war. Was für eine Ironie des Schicksals, daß er Menschen immer nur dann begegnete, wenn sie sich im nächsten Moment wieder für immer von ihm entfernten.

Vielleicht hätte es seinem ganzen Leben eine völlig andere Wendung gegeben, wenn er seinen ersten Vater früher kennengelernt hätte. Sie hätten sich bestimmt gut verstanden. Er hätte ihn als seinen verlorenen, seinen knochenlosen Sohn angenommen, und er ihn als seinen wirklichen, weil von seiner Mutter geliebten, Vater. Und vielleicht war es dazu auch noch nicht zu spät. Was genau dort in den USA vorgefallen war, wußte man ja nicht. Er würde sich umgehend um eine Information bemühen. Wenn er hier nur erstmal draußen war.

Die Menschen waren wie verrückt. Sie schrien und drängten, warfen sich in die Menge und fühlten sich gleichzeitig von ihr erdrückt. Hugo Rhäs hingegen empfand nun völlige Ruhe. Von wegen Ironie des Schicksals, die wirkliche Ironie würde erst da anfangen, wo er am selben Tag wie sein erster Vater den Tod finden würde. Zertrampelt von der Menge. Für einen Augenblick stieg ein warmes Gefühl in seiner Brust auf, und er überließ sich völlig dem Strudel, wohin der ihn auch treiben mochte.

So wurde er schließlich durch einen der Ausgänge nach draußen und die Treppe nach unten und vor die Tür des Hotels geschwemmt, wo er auch Frau Helfrich und ihre Freundin stehen sah. Einsatzwagen der Polizei kamen. Frau Helfrichs Sweatshirt war eingerissen. Vielleicht konnte er doch noch einen Blick riskieren. Er näherte sich den beiden.

»Ich muß weg, ich muß sofort weg«, hörte er Frau Helfrich immer wieder mit diesem komischen Akzent sagen. Ihre Freundin nickte dazu.

»Vielleicht können wir uns ein Taxi teilen«, schlug er vor.

»Wer sind Sie?« sagte Tamara Tajenka und ging immer noch unter Schock einen Schritt zurück. Hugo Rhäs verstand nun gar nichts mehr. Die Freundin von Frau Helfrich kam auf ihn zu. »Ich muß Ihnen das erklären.«

»Was?«

»Das hier ist nicht Gisela. Gisela war auf der Bühne. Gisela ist die, die erschossen wurde.« Sie mußte sich unterbrechen, um Luft zu holen.

»Ich verstehe nicht.« Hugo Rhäs verstand wirklich nichts.

»Ich muß weg hier«, wiederholte Tamara Tajenka.

Professorin Rikke wußte nicht, was sie machen sollte. Sie

dachte an Gisela und ging ein paar Schritte auf den Hoteleingang zu, aus dem sich immer noch Menschen quetschten.

»Du kannst da jetzt nicht rein«, rief Tamara Tajenka.

»Aber ich muß doch … Gisela …«

»Für die wird schon gesorgt. Aber ich, die haben es doch auf mich abgesehen. Ich muß zum Flughafen.« Professorin Rikke zögerte noch immer. Ein neuer Schwall Menschen drückte sie zur Seite. Sicherheitskräfte begannen damit, das Gelände abzusperren.

»Ja, gut, ich fahre dich«, sagte sie. »Eine Sekunde noch.« Dann wandte sie sich noch einmal an Hugo Rhäs. »Das hier ist Tamara Tajenka. Sie und Gisela haben sich letzte Nacht kennengelernt und aus irgendeinem Grund beschlossen, hier die Rollen zu tauschen. Verstehen Sie? Gisela ist da drin. Wenn Sie etwas für sie tun wollen, dann gehen Sie da hinein. Verstehen Sie?«

»Nein, ich verstehe ganz und gar nicht.« Hugo Rhäs verstand wirklich ganz und gar nicht. Es war im Grunde auch nicht zu verstehen. Denn Verstehen bedeutet im allgemeinen, eine akzeptable Erklärung auf einen Sachverhalt anwenden zu können. Was aber sollte nun an der Tatsache akzeptabel sein, daß erst sein lang vermißter und endlich wiedergefundener Vater erschossen wird und er anschließend auch noch erfährt, daß die Frau, mit der er verabredet war, in Wirklichkeit eine andere ist, während die Richtige ebenfalls und nur kurze Zeit nach seinem Vater erschossen wurde? Alles andere als die Wahrheit wäre in diesem Augenblick sinnvoller und vernünftiger gewesen.

Leider hatte jedoch gerade niemand etwas anderes zu bieten. Professorin Rikke drückte ihm noch einmal die Hand und verschwand dann zusammen mit der drängelnden und ängstlich um sich schauenden Tamara Tajenka in Richtung Parkplatz. Überall ein Gewirr von Menschen. Polizisten liefen herum.

Ständig wurde geschrien. Krankenwagensirenen heulten. Immer wieder drängelten Gruppen von Menschen vorbei. Das war nun wirklich fast eine Situation wie aus einem Burroughs-Roman. Nur daß Hugo Rhäs sie nicht richtig goutieren konnte. Es war zu viel, viel zu viel, in einer viel zu kurzen Zeit geschehen.

Ein stechender Schmerz durchfuhr Hugo Rhäs. Dann kam wieder ein Moment der Ruhe. Und dann ließ er sich, ganz wie eben in der Halle, wieder fallen. Er ließ einfach los. Vernünftig oder nicht. Realistisch oder nicht. Es war alles egal. Wie ein Schwall stiegen noch einmal ein paar seiner Erinnerungen und Phantasien in ihm hoch. Sie kamen wie um sich zu verabschieden. Seine Mutter erschien. Und sein Vater, der Berufsschullehrer. Seinetwegen war er wahrscheinlich auch Lehrer geworden. Dann kam das unscharfe Bild seines ersten Vaters. Und dann kam sein totes Brüderchen. Es lächelte und schien ihm ganz frohgemut. Sein Bruder war der einzige, den er jetzt noch hatte, das wußte Hugo Rhäs. Und sie beide, sie würden sich nie mehr trennen. Nie mehr. Nie im Leben.

10

Erst nachdem Professorin Rikke sich mit ihrem Auto durch die Staus rund um den Hotelparkplatz gekämpft hatte und schon auf der Autobahn in Richtung Flughafen unterwegs war, fiel ihr ein, daß Tamara Tajenka weder Geld noch Papiere bei sich hatte.

»Natürlich, stimmt, meine Tasche liegt ja noch in der Garderobe, zusammen mit meinen Kleidern.«

»Soll ich umkehren?«

»Nein, auf gar keinen Fall. Ich will da nicht mehr hin. Bring mich bitte zum Flughafen, dann sehen wir weiter. Ich kann auch meinen Agenten anrufen. Irgendeine Lösung wird sich schon finden. Nur nicht zurück in dieses Irrenhaus.«

Wenn sie an diesen ganzen Rummel dort dachte: alles Verrückte. Ein Zufall, daß solche Sachen nicht viel öfter passierten, ein reiner Zufall. Das war nur ein dünnes, brüchiges Band, mit dem das alles zusammengehalten wurde. Irgend etwas anderes müßte man machen. Nur was? Und dann traf es ausgerechnet die unschuldige Gisela. Bei ihrem ersten Auftritt!

Sie konnte ein gewisses Gefühl von Schuld nicht ganz unterdrücken. Wessen Idee war das überhaupt gewesen? Eine Schnapsidee, wirklich. Wie um alles in der Welt hatten sie nur auf so etwas kommen können? Andererseits: wären sie nicht auf diesen idiotischen Einfall gekommen, dann läge sie jetzt dort. Nein, so konnte man das nicht gegeneinander aufwiegen. Und wenn am Ende die Polizei dahinterkam, daß sie diesen Kleider- und Rollentausch vorgeschlagen hatte und sie einer Mittäterschaft verdächtigte? Schließlich kannte sie Bodo Silber von früher. Wenn der in seinem Wahn irgendetwas behauptete, dann sah das gar nicht gut für sie aus.

Im allgemeinen hielt man die ganze Branche für nicht ganz normal. Das war doch ein gefundenes Fressen für Polizei und Presse, ein Fall, der Aufsehen erregte. Und da die solchen Zufällen gewöhnlich eher skeptisch gegenüberstanden, würde man sie aller möglicher niederer Motive verdächtigen.

»Das haben Sie sich wohl so vorgestellt: einfach jemand anderen hopsgehen lassen und sich selbst verdünnisieren, ein neues Leben anfangen auf Curaçao. Aber nicht mit uns, meine Liebe, nicht mit uns. Und jetzt erzählen Sie am besten mal alles so, wie es wirklich war. Und der Reihe nach.« Sie hatte schon von so etwas gehört: Menschen lassen sich zum Schein umbringen, um anschließend unterzutauchen. Aber das wäre nichts für sie. Untertauchen! Was für ein Leben das sein muß. Unbekannt irgendwo in einer Kleinstadt neu anfangen, als Sekretärin womöglich, oder bestenfalls als Lehrerin in einer Jugendmusikschule. Und dann immer die dämlichen Fragen der Eltern nach ihrem Aussehen. Ihr Gesicht war einfach zu bekannt. Oder sollte sie sich noch einmal unters Messer legen? Nein, sie mußte jetzt erst einmal zur Ruhe kommen.

Professorin Rikke gab ihr zwanzig Mark und lud sie am Flughafen ab. »Ich hole jetzt deine Sachen! Das kann aber etwas dauern. Ich weiß nicht, wie einfach ich in die Garderobe komme.«

»Möglichst unauffällig, wenn's geht, ich habe wenig Lust auf irgendwelche Fragen.«

Professorin Rikke nickte, zog die Beifahrertür zu und fuhr los. Sie hatte Gisela durch die Aufregung völlig vergessen. Jetzt fiel sie ihr wieder ein, und die Tränen stiegen ihr in die Augen. Wie konnte so etwas nur passieren? Das war doch im Grunde eigentlich alles völlig unmöglich. Hoffentlich war es nicht ganz so schlimm, wie es auf den ersten Blick ausgesehen hatte. Aber ob es so ganz das Richtige gewesen war, einfach zu verschwinden? Noch dazu mit Frau Tajenka. Obwohl sie eigentlich ganz und gar nichts mit der Sache zu tun hatte, steckte sie mit einem Mal mitten drin. Außerdem kannte sie beide, sie war es schließlich gewesen, die beide zusammengebracht hatte.

Professorin Rikke war nicht die Frau, die sich vor Verantwortung drückte oder Entscheidungen aufschob. Am besten würde es tatsächlich sein, direkt zurückzufahren und sich der Angelegenheit ganz offen zu stellen. Komisch war dieser Tausch ja schon, besonders jetzt im nachhinein. Im nachhinein erscheint vieles merkwürdiger als in den kurzen Momenten, in denen man es beschließt. Genauso könnte man sich auch fragen, weshalb sie überhaupt auf die Idee gekommen war, Tamara Tajenka zu Giselas Geburtstag zu bitten.

Man stelle sich das nur einmal vor: am Lebensende wird man nach den Gründen für alles gefragt, was man so in seinem Leben getan oder gar gesagt hat. Das wäre die Hölle. Vielleicht überhaupt gar keine schlechte Vorstellung von Himmel und Hölle: Die Hölle fragt nach dem Grund, der Himmel nicht.

Sollte man Gründe angeben, dann landet man tatsächlich in der ewigen Verdammnis. Aber zum Glück gibt es da noch die Erlösung. Die Erlösung ist eine Erlösung vom Grund. Professorin Rikke formulierte einige erste Sätze für einen Aufsatz zu diesem Thema, während sie durch die warme Nacht in Richtung Innenstadt fuhr.

11

Tamara Tajenka sehnte sich nur nach etwas Ruhe. Als erstes kaufte sie eine Telefonkarte und versuchte, ihren Agenten zu erreichen. Aber da war nur der Anrufbeantworter. Da sie keine Nummer hinterlassen konnte, hatte es wenig Sinn, ihm etwas auf Band zu sprechen. Sie setzte sich in ein Café und bestellte ein Bier. Plötzlich hatte sie einen enormen Durst. Jetzt in der Öffentlichkeit fühlte sie sich ein bißchen unwohl in den fremden Kleidern, die noch dazu an mehreren Stellen eingerissen waren. Wahrscheinlich sah sie einfach unmöglich aus. Sie stand auf und ging zur Toilette. Da sich das Café in keinem geschlossenen Raum, sondern einfach mitten in einer der Hallen des Flughafens befand, mußte man die öffentlichen Toiletten, die direkt um die Ecke lagen, benutzen. Es gab eine Tür, die zu einem schmalen, gekachelten Flur führte. Von diesem Flur gingen wiederum zwei Türen zu den Damen- und Herren-WCs. Als Tamara Tajenka den Flur betrat, stand dort ein Mann mit dem Kopf gegen die Wand gelehnt. Der Flur war so schmal, daß sie nicht an ihm vorbeikonnte.

»Entschuldigen Sie bitte, mein Herr.« Der Mann rührte sich nicht. »Entschuldigen Sie«, wiederholte Tamara Tajenka, »ist Ihnen vielleicht nicht gut?« Der Mann stieß sich mühsam mit den Händen von der Wand ab und drehte sich zu Tamara Tajenka um. Er hatte getrunken, darüber bestand kein Zweifel.

Sein Gesicht war rot und verschwitzt, und die kleinen Augen, die darin steckten, schimmerten glasig. Er wankte von links nach rechts, um Halt zu suchen, während sich sein Kopf weiter hob und stumpf in die Richtung von Tamara Tajenka starrte. Dann jedoch ging eine Veränderung in dem Mann vor. Seine Züge strafften sich. Er wischte sich mit der Hand mehrere Male schnell über den Mund. Schließlich hatte er breitbeinig eine einigermaßen sichere Haltung gefunden. Und dann erschien sogar fast so etwas wie ein Lächeln auf seinem Gesicht.

Kalle erkannte in der Frau, die den Flur betreten hatte, seine Auftraggeberin für das Geburtstagsbuffet. Genau die, die ihn so schnöde abgewimmelt hatte, und das nur, weil er etwas später erschienen war. Genau die, wegen der er jetzt endgültig seinen Job hier verlieren würde. Genau die, die ihm seine letzte Chance kaputt gemacht hatte. Einfach kaputt. Sinnlos kaputt. Seine letzte Chance. Genau die spazierte hier seelenruhig rein und quatschte ihn auch noch an. Na warte.

»Du kennsmich wohlnich mehr?« gurgelte Kalle.

Tamara Tajenka war alle möglichen Begegnungen von ehemaligen und gegenwärtigen Verehrern gewöhnt. Daß Menschen, die vor Jahren eins ihrer Konzerte besucht hatten, davon ausgingen, daß man sich genau an sie erinnerte, gehörte für sie zum Alltag. Sie lächelte und versuchte an Kalle vorbeizukommen. Leider schätzte sie die Situation in diesem Moment nicht richtig ein, sonst hätte sie auf dem Absatz kehrtgemacht, um draußen einen Polizisten zu suchen. Vielleicht nicht gerade einen Polizisten, wer weiß, was die schon für Meldungen erhalten hatten, aber einen der zahlreichen Sicherheitsbeamten, die ihren Zweck genausogut erfüllten. So aber wurde sie stattdessen von einer der beiden verschwitzten Pranken des Mannes an der Kehle gepackt und nun selbst gegen die Wand gedrückt.

»Was wollen Sie? Lassen Sie mich sofort los.«

»Was ich will? Was ich will? Du fragst, was ich will?« Ja,

Tamara Tajenka fragte, was Kalle von ihr wollte. Und schon diese einfache Frage verwirrte ihn. Sein Zustand war dumpf und ungerichtet. Doch schwebte über diesem Gefühlssumpf der silberne Schein des Rechts, der jegliches unausgegoren dahinsiechende Gefühl in das Licht eines geheiligten Auftrags taucht. Kalle war im Besitz des Rechts. Man hatte ihn gedemütigt. Dabei hatte er alles versucht. Alles. Wirklich alles. Aber jetzt war es einfach genug.

»Du kommst mit«, sagte er.

»Wohin?«

»Das wirst du schon sehen. Und kein' Mucks. Ich mach dich fertig. Mir ist eh alles egal. Ich bin eh am Ende. Alles scheißegal. Verstehst du?« Sie verstand. Er ließ ihren Hals los und drehte ihr stattdessen einen Arm auf den Rücken. Nicht sehr hoch, aber immerhin so, daß er zu schmerzen anfing. Dann gingen sie hinaus in die Halle. Tamara Tajenka hatte einen glücklichen Einfall.

»Ich muß mein Bier noch bezahlen«, sagte sie leise in seine Richtung.

»Kein Problem«, hauchte sein Alkoholatem zurück, und zu ihrer Verblüffung mußte sie sehen, wie er der Kellnerin des Cafés eine kurze Geste mit der Hand machte und »Wir sind gleich wieder da« rief.

Darauf ging es durch alle möglichen Gänge und Hallen. Ein Stück mit dem Aufzug, dann mit der Rolltreppe, dann wieder der Aufzug. Immer wieder begegnete ihnen Dienstpersonal, doch Kalle wurde nur mit einem Nicken gegrüßt. Das war alles. Natürlich sah es für die Kollegen schon etwas merkwürdig aus, den betrunkenen Kalle mit einer Frau durch das Flughafengebäude wanken zu sehen, aber keiner hatte die geringste Lust, ihn anzusprechen. Niemand wollte etwas mit ihm zu tun haben. Und die meisten wußten auch schon, daß er heute den letzten Tag da sein würde. Wieso jetzt noch etwas sagen? Und die Frau?

Wahrscheinlich eine Bekannte. Außerdem sah die genauso abgerissen aus wie er. Die paßten schon zusammen.

Schließlich waren sie in der Tiefgarage angelangt. Hier im Dunklen packte Kalle Tamara stärker und stieß sie mit mehr Wucht vor sich her. Ein paar Mal vertat er sich mit den Reihen und den Nummern, aber dann standen sie schließlich vor seinem weißen Daimler. Obwohl alle Fenster geschlossen waren und es hier unten zwar muffig, aber lange nicht so warm war wie draußen, drang ihnen ein strenger Geruch aus dem Wageninneren entgegen.

»So«, sagte Kalle und kramte nach seinem Zündschlüssel, »jetzt kannst du dir selbst ansehen, was du angerichtet hast.« Tamara Tajenka verstand kein Wort. Während Kalle sie mit der Rechten gegen den Wagen drückte, versuchte er, mit der Linken die Fahrertür aufzuschließen, was nicht ganz einfach war. Schließlich gelang es ihm, auch wenn er sich dabei einen Fingernagel abbrach. Er zog die Tür auf und der ranzige Geruch kam wie ein eingesperrtes wildes Tier herausgeschossen. Kalle zerrte Tamara Tajenka grob zurück und entriegelte von innen die hintere Tür.

»So, alles einsteigen bitte.« Tamara Tajenka prallte vor dem Gestank zurück, aber es half nichts, sie wurde auf den Rücksitz gestoßen. Aber was war das? Es würgte sie vor Ekel. Der Rücksitz war über und über mit etwas Schmierigem bedeckt, in das sie beständig griff und an dem sie immer wieder abrutschte. Es sah aus wie Mayonnaise, oder Butter, vielleicht auch Ketchup. Dazwischen lagen zerdrückte Brötchen, Wurstscheiben und Gurken. Als sie sich aufsetzen wollte, stieß sie mit den Füßen an ein großes Einmachglas auf dem Boden. Die Tür fiel hinter ihr ins Schloß. Kalle schob sich auf den Fahrersitz, schloß die Fahrertür und kurbelte sein Fenster herunter.

»Was ist das? Was um Gottes willen ist das?« schrie Tamara Tajenka.

»Das ist dein Buffet, mein Püppchen.« Kalle fuhr mit einem Ruck an. Aus dem riesigen Gurkenglas schwappte ein Schwall Essigbrühe über Tamara Tajenkas Schuhe.

12

Es war am Nachmittag gegen fünf, als Sam Rurcass mit dem Aufzug direkt vom Vernehmungsraum im Keller in den vierten Stock zu Edgar Jay fuhr. Edgar Jay hatte gerade die letzten Meldungen zugestellt bekommen und ruhte sich nun für einen Moment von dem anstrengenden und ereignisreichen Tag aus. Er saß schräg in seinem Sessel, die Beine auf dem Tisch und schaute aus dem Fenster auf einen sich langsam mit dicken Regenwolken beziehenden Himmel.

»Ah, Sam, was gibt's?« Rurcass schloß die Tür hinter sich, trat einen Schritt ins Zimmer und blieb dann aufrecht und vielleicht eine Idee zu weit weg, um es eine angenehme Entfernung zum Sprechen nennen zu können, vor Edgar stehen.

»Ich habe ihn soweit«, sagte er mit mühsam zurückgehaltenem Stolz und dabei fast lächelnd.

»Das ist sehr, sehr gut, Sam«, sagte Edgar Jay und drehte den Kopf noch ein Stück weiter in Richtung Rurcass. »Es tut mir leid, wenn mir da etwas entfallen ist, aber ich muß dich trotzdem fragen: Wen hast du soweit?«

»Dr. Rubinblad. Er hat gestanden. Er war es wirklich, der seine Frau hat ermorden lassen. Und Silber hat ihn erpreßt. Wie ich es mir gedacht habe. Es liegt alles klar auf der Hand. Das Protokoll wird gerade getippt. Wir müssen jetzt nur noch Silber schnappen.« Rurcass stieß die einzelnen Sätze hastig heraus und vergaß dabei fast zu atmen.

Edgar Jay lächelte ihn breit und durchaus freundlich an, nahm dann seine Füße vom Tisch und rutschte auf dem Sessel ein Stück nach hinten. Mit der flach ausgestreckten Hand bot er Rurcass den Stuhl vor seinem Schreibtisch an. Rurcass übersah die Geste und blieb wie angewurzelt auf seinem Platz stehen.

»Also um Silber brauchst du dir keine Sorgen mehr zu machen. Das ist alles unter Dach und Fach.«

»Nein!« entfuhr es Rurcass unwillkürlich. Zwar gab es für ihn keinen Grund, über einen etwaigen Fahndungserfolg seiner Behörde beunruhigt zu sein, doch Rurcass ahnte, daß es nicht allein bei dieser Mitteilung bleiben würde, und daß ihm dann unter Umständen sein großartiges Verhör durch die Finger rinnen würde. Für einen Moment ärgerte er sich darüber, wohl zu früh und ohne sich vorher genau erkundigt zu haben, zu Edgar Jay gekommen zu sein. Aber nun war es zu spät. Er konnte nur noch abwarten, was der Alte ihm zu berichten hatte.

»Man hat Silber vor knapp einer Stunde in Deutschland verhaftet.«

»Unsere Männer?«

Edgar Jay lächelte und wiegte dabei den Kopf etwas hin und her. Rurcass konnte schon entzückend naiv sein. Manchmal hatte Edgar Jay den Eindruck, als wäre Rurcass auch genausogut bei der Finanzbehörde aufgehoben. Oder gerade bei der nicht, da die Jungens einiges an innovativem Vorgehen entwickelt hatten in letzter Zeit. Aber egal. Dennoch war Rurcass ein guter und solider Arbeiter. Vielleicht mußte man ihm einfach mal ein paar Dinge auseinandersetzen. Ganz grundsätzlich. Über seine Loyalität bestand schließlich nicht der geringste Zweifel.

»Die deutsche Polizei hat ihn in Gewahrsam genommen.«

»Dann müssen wir ein Auslieferungsgesuch stellen, und …«

»Ich glaube, das ist nicht ganz so einfach.«

»Wieso? Schließlich wird er bei uns gesucht, und außerdem gibt es internationale Vereinbarungen und …«

»Sam«, Edgar Jay versuchte, seinen mahnenden Ton unter Kontrolle zu halten, »Sam, bitte setz dich doch erst einmal.«

Jetzt konnte Rurcass der Aufforderung nicht länger ausweichen. Er ging staksig zwei Schritte nach vorn und ließ sich langsam und so bewußt, als müßte er für diesen Vorgang jeden Muskel seines Körpers mit voller Willenskraft an- und wieder entspannen, auf dem Stuhl nieder.

Edgar Jay hingegen war aufgestanden und zu dem kleinen Tisch bei der Sitzgruppe gegangen, wo er sich eine Zigarre aus einer silbernen Dose mit Gravierung nahm.

»Weißt du, Sam, du hast natürlich mit allem recht, was du da sagst. Aber manchmal geht es einfach nicht darum.« Er nahm den neben der Dose liegenden Zigarrenschneider, kniff die Spitze der Zigarre ab, drehte sie aber nur weiter zwischen den Fingern hin und her, ohne sie anzuzünden. »Du hast ein Geständnis von Rubinblad, und dafür wirklich alle Achtung. Es zeigt, daß du deine Arbeit verstehst. Aber es zeigt auch gleichzeitig, daß wir unsere Arbeit verstehen.«

Rurcass geriet langsam etwas durcheinander. Diese Heiß- und Kaltduschen von Anerkennung und versteckter Kritik war er gewöhnt. Was aber bedeutete diese Unterscheidung zwischen seiner und ihrer Arbeit? Bedeutete das etwa, daß er schon gar nicht mehr richtig dazugehörte?

Edgar Jay hatte diese Trennung ganz bewußt gesetzt. Es war die Vorbereitung für einen väterlichen Monolog. Langsam kam er zum Schreibtisch zurück und blieb hinter seinem Sessel, halb zum Fenster gewandt, stehen. Der Himmel war mittlerweile völlig bedeckt. Kurze Windstöße trieben unten auf dem Rasen einige Papiere in die Luft.

»Hoffentlich keine Akten aus unserem Papiercontainer«, sagte Edgar Jay lachend. Gleich aber fiel ihm ein, daß Rurcass ja nicht wie er aus dem Fenster sehen konnte, und so fuhr er ohne Unterbrechung fort: »Ich will dir eine kleine Geschichte erzählen. Also wie du weißt, besitzen wir eine gewisse Verpflichtung, ich sage bewußt eine gewisse, Hinweisen aus der Bevölkerung nachzugehen. Nun bekam einer unserer Mitarbeiter vor einigen Jahren Wind von einer Spionagesache. Na, was bedeutet aber heute schon Spionage? Schon das Wort. Nein, das wäre nichts gewesen. Es ging da um eine Tochter, die ihren Vater beschuldigte, daß dieser seinen Beruf dazu mißbraucht, feindliche Agenten auszubilden. Alles furchtbar vage. Trotzdem gingen wir der Sache routinemäßig nach, und siehe da, bei der Überprüfung dieser Person, die uns die Angaben übermittelt hatte, ergaben sich einige interessante Details. Als erstes war sie drogensüchtig. Sie versuchte also, sich interessant zu machen, um so an Geld zu kommen. An Staatsgeld. Bei diesen Leuten ist der Gedanke ja weit verbreitet, daß ihnen der Staat etwas schuldig sei. Und dann kommen sie eben mit solchen Geschichten. Na ja.

Wäre das alles gewesen, so hätten wir sie fallengelassen. Aber sie hatte da noch einen Freund. Einen arbeitslosen Sänger unklarer Nationalität mit einer nicht von der Hand zu weisenden Störung. Mein lieber Scholli. Gut, haben wir uns gedacht. Das kann ganz interessant sein für uns. Ohne dabei jetzt einen genauen Plan zu entwickeln. Aber wie sagte mein Lehrmeister immer: ›Man kann gar nicht genug Verrückte da draußen rumlaufen haben.‹ Und er hat recht. Je größer und scheinbar unüberschaubarer unser Betrieb hier wird, je komplizierter unsere Aktionen konstruiert werden müssen, desto mehr Leute muß man sich zur Verfügung halten.

Und jetzt kommt gleich der zweite Lehrsatz: Man muß Gründe schaffen. Gründe sind um so vieles einleuchtender als Begründungen. Von Gründen läßt sich alles ableiten. Und je unbegründeter ein Grund, desto stärker wirkt er aus sich selbst heraus. Was bedeutete das in unserem Fall? Nun, dieser arbeitslose Sänger war ein Psychopath. Es war nur eine Frage der Zeit, wann er zuschlagen würde. Vielleicht hatte er sogar schon zugeschlagen, wer weiß. Warum nicht also einfach sein Potential in gewisse Wege leiten? Ich sage nur gewisse. Ich könnte genauso ungewisse sagen. Dann nämlich, wenn man mich nach Beweisen fragen würde. Alles ganz ungewiß.« Edgar Jay lächelte. Eigentlich wollte er sich setzen, merkte dann aber, daß Rurcass gerade wie ein hypnotisiertes Kaninchen auf ihn starrte, und da war es nur von Vorteil, wenn er weiterhin mit angestrengter Nackenmuskulatur zu ihm aufschauen mußte.

»Da geschieht also ein Mord. In East Saint Louis wird eines Nachts eine Frau ermordet. Direkt neben ihrem Mann abgestochen. Vorher mit Schweineblut überschüttet. Ein Verrückter eben.«

»Ja, aber ...«, unterbrach ihn Rurcass mit einem atemlosen Luftschnappen. Edgar Jay beruhigte ihn mit einer Handbewegung.

»Schon gut, ich weiß, was du sagen willst. Nein, keine Angst. So etwas kann man nicht planen. Man kann einem Psychopathen nicht sagen: ›Los jetzt, mach!‹ Da blockiert der sofort. Aber man kann gewisse Wege ebnen. Man kann ihm Gedanken eingeben, die er schon bald für seine eigenen hält. Es mag vielleicht brutal klingen, wenn ich das jetzt hier so lakonisch zusammenfasse, aber bei unserer Arbeit geht es schließlich jede Sekunde um Leben und Tod. Und das ist nicht nur so dahingesagt. Manchmal geht es um einen Menschen, manchmal um zwei und manchmal eben um ein ganzes Land. Man kann keine Mauer um ein Land bauen, auch wenn das manche versucht haben. Und auch die totale Überwachung halte ich für einen großen Humbug. So funktioniert das nicht. Das funktioniert immer nur für kleine Orte, nie aber für ein größeres Gebilde, das sich zudem noch ständig verändert. Den Fehler, den die meisten machen, ist der, daß sie ein Ziel verfolgen. Ein direktes Ziel. Aber das geht so nicht. Eine Kontrolle muß sich ganz anders aufbauen.

Ich habe dir schon den zweiten Merksatz genannt: Gründe schaffen. Aber was bedeutet das im einzelnen? Es bedeutet, daß man Stricke auslegt. Daß man Situationen konstruiert. Daß man Anstöße gibt. Daß man sich jemanden auswählt. Nicht nach Kriterien, sondern einfach so. Scheinbar willkürlich. Dann läßt man diesen Auserwählten laufen. Man läßt diese Anstöße wirken, und siehe da, auf ganz wundersame Art und Weise fangen sie an, ihr Eigenleben zu entwickeln. Und da wir wissen, wie sie laufen, wohin sie gehen, was sie wollen, können wir sie gegebenenfalls für uns einsetzen.

Dieser Douglas Douglas Jr. zum Beispiel. Ein prächtiger Junge. Ein sehr tapferer Junge. Und sein Arzt, Dr. Samuel Howardt, wirklich eine Kapazität. Es ist eine Schande, daß solch ein Mann auf so eine hinterrückse Art umkommen mußte. Ach so«, Edgar Jay unterbrach sich kurz, »das weißt du, glaube ich, noch gar nicht. Du hast ja die ganze Zeit im Keller gesteckt. Er wurde von diesen durchgeknallten Sektenheinis während der Fernsehübertragung erschossen. Ein Wahnsinn ist das. Aber mit diesem Wahnsinn haben wir nun einmal zu tun. Darum geht es ja eben.

Warum Dr. Howardt, kann man jetzt fragen? Ja warum? Warum Dr. Rubinblad? Es gibt dafür keine Begründungen, weil es sich dabei selbst um Gründe handelt. Irgendwann kommt diese drogensüchtige Tochter von Dr. Rubinblad zu uns, um für Geld ihren Vater zu verkaufen. Genausogut hätte sie ihn auch umbringen lassen können. Oder ihre Mutter. Man steckt nicht drin, was in solchen Gehirnen vor sich geht. Wer denkt heute noch an diesen Fall von damals? Wer aber vor allem denkt in Verbindung mit Loophole D daran? Niemand. Wie sollte er auch. Und doch besteht gerade darin unsere Chance.

Ist es denn nicht seltsam, daß Dr. Howardt bei Dr. Rubinblad Patient war? Und daß Silber ebenfalls bei Dr. Rubinblad Patient war? Das kann doch kein Zufall sein. Und Silber hat Frau Rubinblad ermordet. Und Silber ist unter dem Namen Douglas Douglas Jr. nach Deutschland unterwegs. Wenn so etwas herauskommt, ist allen sofort klar, daß es sich um keinen Zufall handeln kann. Über so viele Jahre hinweg entwickelt sich kein Zufall. Unmöglich.«

»Entschuldige, wenn ich dich unterbreche«, sagte Rurcass und atmete dabei tief aus, »aber heißt das, daß wir das alles inszeniert haben?«

Edgar Jay lächelte wieder: »Eben nicht. So was kann man weder inszenieren noch konstruieren. Wir konstruieren außerdem generell nichts. Denk an den zweiten Merksatz: Wir schaffen Gründe. Ein Konstrukt wird schnell aufgedeckt. Gründe kann man nicht aufdecken. Das ist es, woran wir arbeiten. Wir schicken keinen Verrückten über den Atlantik, damit er dort bei einer Show die Leute abknallt. Wir führen ihm auch nicht die Hand, wenn er sich als Douglas Douglas Jr. einträgt. Meinetwegen, an Waffen wäre dieser Trottel wahrscheinlich nicht so schnell ohne uns gekommen, schon gar nicht im Ausland. Aber das sind Details. Die kann man vernachlässigen. Die richtige Arbeit liegt ganz woanders.«

»Es tut mir leid, wenn du mich jetzt vielleicht für begriffsstutzig hältst, aber was um alles in der Welt soll denn das Ganze?«

»Du hast es erfaßt.«

»Was heißt: Ich hab es erfaßt?«

»Es läuft genau auf diese Frage hinaus: Was soll das Ganze? Das ist die Kernfrage unserer Arbeit. Wenn es uns gelingt, daß andere sagen: Ja, was soll denn das Ganze?, dann sind wir am Ziel. Natürlich ergibt das augenscheinlich keinen Sinn. Es kann doch auch gar keinen Sinn ergeben, weil wir ja selbst nur vereinzelte Gründe legen. Und Gründe haben eben keinen Sinn. Aber genau das ist ihre Stärke. Ich sage das jetzt schon zum dritten Mal. Aber man kann es gar nicht oft genug sagen.

Schau mal: irgendwann sind wir aus verschiedenen Notwendigkeiten heraus zum Handeln gezwungen. In einem ganz anderen Fall zum Beispiel. Nehmen wir nur mal an, und das können wir ja jetzt mit ruhigem Gewissen, nachdem wir die Sache endlich hinter uns haben, aber nehmen wir nur mal an, da wäre was schiefgelaufen mit Loophole D. Und dann? Dann stünden wir da und wüßten nicht mehr weiter. Wie leicht wäre es dann wirklich für jeden, auch für den kritischsten Geist, nachzuvollziehen, daß es sich da um ein Komplott gehandelt haben mußte, und zwar ein Komplott eingefädelt und ausgeführt von Dr. Rubinblad, der Bodo Silber benutzt hat und seinen Patienten Dr. Howardt und so weiter. Das hätte man nach Belieben auch auf seine Tochter ausweiten können.

Dann, mein lieber Sam, dann wäre das von dir so schön herausgearbeitete Geständnis Gold wert. Dann würde ich jetzt noch auf der Stelle eine Pressekonferenz einberufen und du dürftest deinen Erfolg höchstpersönlich verkünden. Aber nun haben wir uns eben für einen anderen Weg entschieden. Jetzt ist es eben ein Massenselbstmord unter der Leitung eines wahnwitzigen Handelsvertreters. Auch gut. Man steckt ja nie drin. Manchmal liegt es nur an einer winzigen Kleinigkeit. Aber auch so war deine Arbeit nicht umsonst. Ein Geständnis kann man immer brauchen.«

Rurcass schüttelte immer wieder den Kopf. Er selbst hatte sich nie für naiv gehalten, doch jetzt kam er sich mit einem Mal merkwürdig unbeholfen vor. Dennoch überwog ein Gefühl der Bewunderung. Auch wenn ihm vieles in seinen Einzelheiten noch nicht klar war. Allerdings gab es eine andere Seite in ihm, die sich empören wollte. Moralisch sozusagen. Edgar Jay wußte das, und deshalb setzte er noch einmal nach.

»Ich weiß, ich weiß«, sagte er und erst jetzt zündete er seine Zigarre mit einem Streichholz an. Einen Moment lang stand er eingehüllt in Rauch. Dann machte er einen Schritt nach links aus der Wolke und fuhr fort. »Du brauchst mir nichts zu erzählen, Sam. Ich möchte auch gern eine andere Welt. Eine bessere Welt. Eine gerechtere Welt. Aber so etwas gibt es nun einmal nicht. Und immerhin tragen wir dazu bei, daß diese Welt nicht völlig aus den Fugen gerät. Schau dir doch die Leute nur an: Amie Rubinblad: verrät ihren Vater für ihre Sucht. Bodo Silber: völlig durchgedreht, weiß nicht wohin mit seinen unkontrollierten Energien. Beide sind eine Gefahr für unsere Gesellschaft.«

»Auch Dr. Rubinblad? Oder Dr. Howardt?«

»Ja, ja, da hast du schon recht. Aber man kann das eine nicht vom anderen trennen. Wenn man einen Überblick behalten will in unserer Gesellschaft, dann kann man nicht nach Gut und Böse trennen. Sonst sind wir wieder am Anfang und bei unseren Utopien. Wenn wir die Kontrolle aufgeben, dann erst bricht das Chaos aus. Wenn wir nichts machen, dann schlachten sich alle gegenseitig ab. Dann haben Dr. Rubinblad und Dr. Howardt und Dr. Pepper und was weiß ich wer noch nicht mal mehr Zeit, sich umzudrehen. Zack, da liegen sie. Und das wars dann. Ist es da nicht besser, kontrolliert einzugreifen? Oder sagen wir mal, wenn wir schon bei den Doktores sind: gezielt zu amputieren, anstatt wild zu zerhacken und zu töten?«

Rurcass schien immer noch nicht ganz überzeugt, wenn sein Widerstand auch merklich zusammengeschrumpft war.

»Ich gebe dir mal ein anderes Beispiel. Dieser Streit um die Legebatterien. Einfach mal die Welt der Menschen übertragen auf die der Hühner. Ständig kriegen wir das zu hören: diese armen Tiere, die haben keinen Freilauf, keine Selbstbestimmung und was weiß ich noch alles, die sitzen da eingepfercht und legen Eier, das kann doch kein Leben sein. Laßt die Hühner frei. Gebt ihnen Land und Raum, um herumzulaufen und sich zu freuen. Alles schön und gut. Also nicht eingreifen. Na gut. Wir haben hier zwei Modelle: eins der Freiheit und eins der Kontrolle. Die Kontrolle wäre die Legebatterie. Und diese Kontrolle ist schlecht. Und deshalb ist die Legebatterie schlecht. Schön, dann schauen wir uns mal diesen so schlechten Kontrollbetrieb an. Als erstes: minimaler Verlust an fossilen Brennstoffen. Die Hühner sitzen so dicht beieinander, daß man die Ställe nicht mehr heizen muß.

Alles, was man braucht, ist ein bißchen Ventilation. Der Kot fällt auf ein Fließband und wird von dieser Ventilation automatisch getrocknet. Das heißt, die Ammoniak-Emission wird auf ein Minimum reduziert. Und außerdem kommen die Hühner mit ihrem Kot nicht mehr in Berührung. Sie haben also keine Parasiten und müssen nicht, wie die freilaufenden Hühner, beständig mit Antibiotika vollgepumpt werden. Was also Effizienz und Umweltschonung angeht, so steht die Legebatterie unvergleichlich da. Würde man all die Hühner freilassen, so würde die Ammoniak-Produktion ins Gigantische steigen, man bräuchte enorme fossile Brennstoffe, um die Ställe zu heizen, und man bräuchte vor allen Dingen Ställe, die mindestens zweieinhalb Mal so groß sind.« Edgar Jay legte eine Kunstpause ein.

»Trotzdem«, sagte Rurcass vorsichtig, »das mag alles stimmen und ist auch durchaus beeindruckend. Aber trotzdem, die Vorstellung, daß die Hühner sich nicht bewegen können …« Edgar Jay lächelte. Er zog an seiner Zigarre und dann spielte er seinen letzten Trumpf aus.

»Und das ist eben das, was ich, entschuldige bitte, als naiv bezeichne. Natürlich kann man sich eine Welt ausdenken, in der alle frei umeinanderlaufen und sich nichts tun. Eine Welt, in der es allen wunderbar geht. Aber wir haben es nicht mit einer ausgedachten Welt zu tun, sondern mit unserer Welt. Und jetzt schauen wir uns mal unsere Welt an. In diesem Fall die Welt der freilaufenden Hühner. Wie sieht denn diese Welt, aus der dein zehn Cent teureres Frühstücksei kommt, nun tatsächlich aus? Diese Welt der freilaufenden und glücklichen Hühner? Die Freilaufenden leben auch in einem Stall. Sie leben zu siebt auf einem Quadratmeter. Sie sehen das Sonnenlicht nur durch die hohen Fensterscheiben. Sie bekommen beständig Antibiotika gegen die ganzen Krankheiten, mit denen sie zu tun haben. Und …«

»Ich hab schon verstanden, aber immerhin können sie dort hingehen, wohin sie gehen wollen«, warf Rurcass ein.

»Und«, fuhr Edgar Jay ungerührt fort, »der Witz bei der ganzen Sache ist: Hühner bewegen sich nicht fort. Hühner bleiben in ihrem Eck und scharren da vor sich hin. Der Rest vom Stall interessiert sie genausowenig wie das Sonnenlicht, das manchmal hineinfällt. So sieht die Realität aus. Und mit dieser Realität haben wir zu tun. Und dann finde ich diese Freilauf-Realität nicht mehr so weit von der Realität der Legebatterie entfernt. Und wenn ich dann wählen könnte – aber das weißt du ja, schließlich habe ich ja gewählt, und du weißt, wie meine Wahl ausgefallen ist. Mit den Möglichkeiten des Menschen umgehen, und diese Möglichkeiten durch gezielte Kontrolle verbessern. Aber jetzt bin ich fertig mit meinem Vortrag.« Edgar Jay ließ sich zufrieden in seinen Sessel fallen. Draußen entluden sich die ersten Regenwolken. Noch recht vorsichtig und in einzelnen dicken Tropfen, doch schon bald würde es hinuntergießen und der drückenden Hitze der letzten Wochen wenigstens eine kurze Unterbrechung bereiten.

Rurcass saß mit leicht gesenktem Kopf vor ihm. Er war kein schlechter Mann. Man mußte sehen, wie er auf diese Zusprache reagierte. Einfach in einigen Tagen noch mal nachfassen. Wenn dann schon eine Veränderung zu spüren war, gut. Wenn nicht, dann müßte man sich langfristig etwas anderes für ihn überlegen. Durch einen Zufall bildete sich aus dem Zigarrenrauch ein Ring, der langsam durch das Zimmer wanderte.

13

In dem ruhig gelegenen Landhaus außerhalb von Aurora/Illinois schellte das Telefon. Das Telefon schellte und schellte, aber niemand nahm ab. Es sprang auch kein Anrufbeantworter an. Der Garten lag ruhig und friedlich im Abendlicht und die offene Verandatür brachte jetzt die erste angenehme Kühle ins Haus.

Das Haus schien verlassen. Außer dem Schellen des Telefons war kein Geräusch zu hören. Ein dunkelgelber Sonnenstrahl verfing sich am linken Ohr der ausgestopften Katze auf dem Regal im Arbeitszimmer von Harold Nicholson.

Dann bedeckte sich der Himmel. Ein Windzug ging durch die Bäume und Sträucher im Garten. Und endlich fiel der längst überfällige Regen auf den ausgetrockneten Boden. Er fiel auf die kleine Bank, den Peddigrohrstuhl und den Tisch auf der Veranda. Die großen Tropfen wellten langsam die auf dem Tisch liegenden Blätter und Fotokopien. Auch das Oberhemd des Mannes, der auf dem Bauch halb in einem Erdbeerbeet lag, wurde, nachdem die Sonne in den letzten Stunden den Schweiß getrocknet hatte, wieder naß. Der Regen machte das Hemd transparent und drang hindurch auf die kalte Haut. Auch das Leder des leeren Schulterhalfters zog sich langsam unter der Nässe zusammen. In einem nicht weit entfernt geparkten Dienstwagen, durch dessen offene Fenster es auf ein Paar Kopfhörer und einen DAT-Rekorder regnete, kam eine krächzende Stimme aus dem Funkgerät, die Bestätigung verlangte. Aber der Mann, der dort im Garten lag, konnte sie nicht hören. Er hätte die Stimme auch nicht hören können, wenn sie ganz nah an seinem Ohr gewesen wäre.

14

Es regnete auch über dem Kartoffelacker in der Nähe von Polar im Bundesstaat Wisconsin, was den Abzug der Fernseh- und Radiosender an diesem Spätnachmittag etwas beschleunigte, leider aber auch die wichtigen Spuren im Bereich der Farm verwischte und damit weitere Untersuchungen für den Moment unmöglich machte.

Es regnete auch in Mittelhessen. Dort war es inzwischen halb zwölf Uhr nachts geworden. Das verlängerte Wochenende näherte sich seinem Ende. Immer noch raste ein ehemals weißer Mercedes in halsbrecherischem Tempo über die nächtlichen Landstraßen. Zum Glück waren Montagnacht keine jugendlichen Discoheimkehrer unterwegs. Aber auch so schlingerte das Auto in mancher gefährlichen und nur ansässigen Dorfbewohnern vertrauten Kurve. Tamara Tajenka wurde auf dem Rücksitz immer wieder hin und her geworfen. Sie war mittlerweile über und über mit einer Mischung aus Miracle Whip, Ketchup und Essigsauce überzogen. Dazu hatten sich an manchen Stellen als Applikation Salamischeiben und Brötchenhälften an ihren Leib geheftet. Sie hatte es aufgegeben, mit Kalle in irgendein Gespräch kommen zu wollen. Obwohl es mittlerweile durchaus wieder Sinn gehabt hätte, denn Kalles gerechter Zorn war langsam verpufft.

Was tun? Wo wollte er hin? Er wußte es nicht. Immer nur weiter. Einfach weg. Schön und gut, aber irgendwann muß man einfach anhalten. Nein, nein, er wollte an sowas nicht denken. Er konnte an sowas nicht denken. Was sollte er dann machen? Unsinn, irgendwas würde sich schon ergeben. Irgendwas ergibt sich immer. Das ist im Prinzip schon richtig. Und wenn es eine Straßensperre ist. Die Polizei hatte nämlich Straßensperren errichten lassen.

Nachdem man die ahnungslos ins Hotel zurückkehrende Professorin für Frauenstudien, Sabine Rikke, festgenommen und durch eine gezielte Befragung der Festgenommenen herausgefunden hatte, daß es sich allem Anschein nach um ein geplantes Komplott mit vertauschten Rollen handelte, wurde umgehend die Fahndung nach Tamara Tajenka eingeleitet. Da man jedoch nichts von Kalle ahnte, befanden sich die Straßensperren nicht in der Wetterau, sondern am Flughafen, wo sie den Restverkehr der Nacht lahmlegten.

Das also war schon einmal keine Lösung. Kalle konnte ungehindert weiterrasen. Rechts, links, rechts, links. Seine unausgelastete Sensomotorik brachte ihn dazu, selbst auf gerader Strecke so zu lenken wie in Filmen der vierziger Jahre. Am liebsten hätte er auch noch beim Schalten Zwischengas gegeben, aber so alt war sein Benz nun doch nicht. Nein, der Eingriff von außen, auf den alle Beteiligten so sehr hofften, tat sich in Form einer kleinen Nadel kund. Diese Nadel rutschte auf einer Anzeige über eine aufgemalte Null hinaus und versank in einer rotmarkierten Leere. Der Wagen fuhr noch ein paar hundert Meter flotter, weil durch den Benzinschlauch mehr Luft angesaugt wurde. Aber wie bei von Auszehrung Befallenen, die sich vor ihrem Ende auch noch einmal ganz ausgelassen und schnell, soweit ihnen der Regisseur die Möglichkeit dazu gibt, in einem Ballsaal drehen, um dann jäh zusammenzubrechen, drosselte auch hier der Wagen abrupt seine Geschwindigkeit und konnte von Kalle nur noch auf ein Wiesenstück gelenkt werden.

Da standen sie nun. Der Regen prasselte auf das Dach. Kalle war wieder einigermaßen nüchtern, was hieß, daß er einen fürchterlichen Durst verspürte. Jetzt roch auch er diesen widerlichen Gestank von ranzigem Öl und saurem Essig. Er stieß die Tür auf und stieg nach draußen in den Regen. Dort stellte er sich bewegungslos hin und ließ sich naßregnen. Tamara Tajenka betrachtete ihn eine Weile. Schließlich öffnete sie die Hintertür zu seiner Seite hin und stieg ebenfalls aus. Kalle drehte sich nach ihr um und nickte sinnlos. Sie pflückte ein paar Salamischeiben von ihrer Hose. Ein hoffnungsloser Versuch, sich wieder etwas herzurichten. Es war noch immer warm. Sie ging auf die andere Seite des Wagens und zog sich aus. Sie mußte diesen Schleim loswerden. Der Regen fiel, aber er war bei all seiner Kraft nicht stark genug, die ölige Schicht zu entfernen. Nackt lief sie ein Stück durch die Dunkelheit in die Wiese hinein. Sie kam an Sträucher und fand einen kleinen Tümpel dahinter, in den sie sich ohne zu zögern sinken ließ. Der Boden war schlammig, aber das Wasser schien ihr klar. Sie tauchte unter und wieder auf. Kalle stand am Rand.

»Es tut mir leid«, sagte er. »Eigentlich konntest du ja auch nichts dafür.«

»Ist schon gut«, sagte Tamara Tajenka. »Sei so gut und bring mir bitte meine Kleider vom Auto. Ich möchte sie auswaschen.«

Kalle war froh, etwas für sie tun zu können und gehorchte wortlos. Nachdem sie die Kleider ein paar Mal in den Teich getaucht hatte, zog sie sie wieder an. Dann gingen sie beide im Regen die Landstraße entlang bis zum nächsten Dorf.

15

Das ist also im wesentlichen die Geschichte. Natürlich geht sie weiter und verwickelt sich mit anderen Geschichten.

Bodo Silber kam doch noch zu seinem Ruhm. Er wurde von der deutschen Polizei verhaftet und in einen der Hochsicherheitstrakte verbracht, die noch Ende der achtziger Jahre gemäß einer Prognose des Verfassungsschutzes über die beständig weiter ansteigende und eskalierende Gewalt von links errichtet und mit allen Schikanen, gemeint sind natürlich »technische Raffinessen«, ausgestattet worden waren. Dort hatte er einen ganzen Trakt für sich. Als die Wärter merkten, daß sie es mit einem völlig unpolitischen und darüber hinaus noch recht naiven Einzeltäter zu tun hatten, der weder die in den Abflußrohren versteckten Waffen, noch die in dem alten Plattenspieler von Andreas Baader hinterlegten Einzelteile zur Anfertigung eines Funkgerätes aufzuspüren vermochte, wurde schon bald die Dämmplatte von seiner Zellentür genommen und in eine Tischtennisplatte umfunktioniert, um die Bodo Silber in den Morgenstunden mit seinen Bewachern Rundlauf spielte.

Draußen gab es keinerlei Anstalten, sein Schicksal für irgendwelche politischen Ziele zu mißbrauchen, keine Demonstrationen, keine Flugzeugentführung … Nun gut, ein Flugzeug wurde schon entführt, wenn man es ganz genau nimmt, aber davon nahm die Weltöffentlichkeit nicht weiter Notiz. Es handelte sich dabei nämlich lediglich um den Inlandsflug einer kenianischen Maschine von Nairobi nach Mombasa. Eine Gruppe Irrer forderte die Freilassung eines gewissen Budu Sulber, den sie als ihren heiligen König beanspruchte. Leider konnte man bei den nächtlichen Verhandlungen nicht genau feststellen, wo sich dieser als Herrscher beanspruchte Gefangene zur Zeit gerade befand, denn auch die Entführer wußten zu diesem Punkt keine genaueren Angaben zu machen als »irgendwo in Amerika oder Europa«. Bei der in den frühen Morgenstunden versuchten Stürmung der Maschine kamen alle acht Geiselnehmer ums Leben. Von den rund zweihundert Insassen überlebten etwa vierzig, darunter dreißig allerdings nur schwerverletzt. Unter den Überlebenden befand sich auch der einzige Nicht-Afrikaner, der an Bord gewesen war, ein Deutscher übrigens. Der unglückliche Ausgang dieser Aktion war der mangelnden Erfahrung und schlechten Ausbildung der einheimischen Polizeikräfte zuzuschreiben.

Eine direkte Beteiligung des amerikanischen und eines nahöstlichen Geheimdienstes konnte in der Folge völlig ausgeschlossen werden. In den kurzen Zeitungsnotizen wurde von einem sinnlosen Gewaltakt gesprochen – gemeint war die Entführung –, der Erschütterung, Entsetzen und Betroffenheit auslöste. Dann kam das unschöne Gerücht von einem großangelegten Versicherungsbetrug auf, da man herausfand, daß die kleine Fluggesellschaft, deren Flugzeug bei der Befreiungsaktion völlig ausgebrannt war, die regelmäßigen Sicherheitswartungen mit Hilfe von Bestechungsgeldern seit Jahren umgangen hatte. Außerdem war das Flugzeug mit mehr als fünfzig Personen überbucht gewesen. Immer weitere recht unangenehme Details kamen ans Licht, waren aber in ihrer Komplexität nur von lokalem Interesse, so daß sich die Weltöffentlichkeit gelangweilt abwandte und die Übernahme und Sanierung des Unternehmens durch eine größere südamerikanische Gesellschaft nur noch im Wirtschaftsteil eine Erwähnung fand.

Inzwischen war in der Bundesrepublik ein kleiner Medienkrieg entbrannt. Klein, weil hier eben alles klein ist, was die Medien angeht, in denen sich immer nur dieselben fünf bis sechs Gesichter gegenseitig in ihren Shows präsentieren. Die öffentlich-rechtlichen Fernsehanstalten waren längst nicht mehr so naiv, allein den privaten Sendern die Vermarktung der Bodo-Silber-Story zu überlassen, auch wenn diese gleich mit einem Zweiteiler über dessen Leben herauskamen. Die Titelrolle übernahm Michael Ande, eine durchaus glückliche Wahl, da man die nötigen Rückblenden in Kindheit und Jugend mit geschickt zusammengeschnittenem Material aus *Die Schatzinsel* und anderen frühen Filmen bestreiten konnte. Die Öffentlich-rechtlichen besaßen hingegen die gesamten und ohnehin knappen Archivaufnahmen aus *Hitparade-* und *Schaubuden-*Auftritten Bodo Silbers, die nun immer wieder aufs neue in Sondersendungen präsentiert wurden.

Ein Heer von Schlagerstars, darunter Tina York, die Schwester von Mary Roos, die von Graham Bonney seinerzeit entdeckte Wienerin Liane Pech, die mit dem Show-Moderator Peter Puder verheiratete Ulla Norden, die Schweizer Instrumental- und Gesangsgruppe Die Minstrels und viele andere, die bei der Gala für Morbus-Mannhoff-Patienten nicht hatten verpflichtet werden können, spielten den vom Erfolgsteam Meidtner-Schohn komponierten und Bodo Silber gewidmeten Titel *Silberstreifen am Horizont* ein, dessen gesamter Erlös der Altersversorgung für Sänger, die den deutschsprachigen Schlager pflegten, zugute kam.

Die Platte ging in den ersten zwei Wochen zweihundertfünfzigtausendmal über die Ladentheken und bekam insgesamt zweimal Gold. In England wurde das Lied von Mungo Jerry gecovert, und eine Instrumentalversion von James Last trug die Melodie um die ganze Welt und holte sogar Platin. Das, was nach dem Tod von Roy Black trotz kräftiger Unterstützung der Medien und allgemeiner Anstrengungen von Reiseveranstaltern und Souvenirfabrikanten nicht hatte gelingen wollen, geschah mit Bodo Silber noch zu dessen Lebzeiten. Auch wenn er selbst nicht sehr viel davon hatte. Staranwälte diesseits und jenseits des Atlantik setzten sich für seine Sache ein und verkomplizierten damit die Rechtslage, bis es eine Angelegenheit des Staatenrechts wurde, durch deren großgewebte Maschen Bodo Silber schnell hindurchgerutscht und in seinem Hochsicherheitstrakt vergessen war. Als Mensch wohlgemerkt. Nicht jedoch als Ikone.

Im allgemeinen Enthusiasmus wurde sogar der Vorschlag eingereicht, daß er Deutschland im nächsten Jahr beim Grand Prix Eurovision de la Chanson vertreten sollte. Erstmalig in einer Live-Übertragung aus seiner Zelle. Dieser Vorschlag scheiterte jedoch an den komplizierten Hoheits- und Übertragungsrechten. Die Rechtslage für Sendungen aus einer Strafanstalt ist nämlich in vielen Punkten noch ungeklärt und deshalb fast unmöglich zu regeln. Eine Lücke in den Verordnungen, die schnellstmöglich geschlossen werden soll, wie eine Sprecherin der Grünen verlautbaren ließ. Zudem fürchtete man, daß dieses Beispiel Schule machen könnte und bald noch andere Länder, die Türkei oder die Balkanstaaten zum Beispiel, ihre Stars nur noch in Zellen auftreten lassen würden.

Tatsächlich wurde Deutschland dann von einer eigens für den Wettbewerb zusammengestellten Truppe vertreten, die mit ihrer Mischung aus Singout-Bewegung und Karnevalsverkleidung nicht ganz den Geschmacksnerv von Jury und Publikum traf und den vorletzten Platz belegte. Vor Österreich. Aber hinter Kenia, dem gegen die Zusicherung, den Euro ab dem Jahr 2005 als zweites Zahlungsmittel im Land zuzulassen, ein Sonderstatus zugesprochen wurde, so daß es zum ersten Mal teilnehmen konnte. Mit einem recht schönen Lied, das zwar etwas an *All Kinds of Everything*, den Siegertitel des Jahres 1970 erinnerte, aber natürlich ganz anders war, allein schon im Vortrag und auch im englischen Text, der übrigens von einem seit einiger Zeit in Kenia lebenden Deutschen stammte.

Dieser Deutsche ist kein anderer als Hugo Rhäs, der nach einer Zeit der völligen Haltlosigkeit, man ist fast versucht zu sagen, nach einer Zeit des Rückzugs in eine leichte Form des Wahnsinns bei einer nicht so radikalen Fraktion der Sulbianer eine zweite Heimat in Afrika gefunden hat. Von dem Schock, den ihm das plötzliche Wiederfinden und der gleichzeitige Verlust seines ersten Vaters sowie die falsche Identität der von ihm heimlich begehrten und verehrten Frau, die inzwischen ebenfalls tot war, bereitet hatten, konnte sich Hugo Rhäs nur recht schwer erholen. Daß er in der Schule nicht erschien, verstand man. Dort ging durch Frau Helfrichs Tod sowieso alles drunter und drüber. Außerdem standen die Sommerferien bevor, da lohnte es sich kaum, den Lehrplan umzustellen.

Wie es Hugo Rhäs privat ging, wußte niemand. Ein paar Kollegen fuhren an einem Nachmittag an seinem Haus auf dem Gelände der stillgelegten Papierfabrik Achenkerber vorbei, schellten, klopften und riefen und fuhren wieder weg, als ihnen niemand aufmachte. Hugo Rhäs lag zu dieser Zeit wieder oben in seinem Bett. Er war zwei Tage lang herumgeirrt, wußte aber nicht mehr, wo er überall gewesen war. Das einzige Bild, an das er sich erinnern konnte, war die Leitplanke einer Autobahn, über die er gerade im Begriff war zu steigen. Die Lichter der vorbeirasenden Fahrzeuge hypnotisierten ihn, und für einen Augenblick keimte in ihm der Impuls auf, sich in dieses Meer zu stürzen, das jetzt auch noch mit langgezogenen Hupenrufen nach ihm verlangte. Dann aber kehrte er um und verlor sich in einem der weiten Felder der Umgebung.

Irgendwann fand er nach Hause zurück. Übernächtigt, zerschunden und ohne Geld oder Schlüssel. Er drückte das Küchenfenster ein, kletterte hindurch, kochte sich einen Kaffee, setzte sich auf die Treppe, und mit einem Mal flossen die Tränen über sein lehmverkrustetes Gesicht. Er wankte nach oben, fiel ins Bett und schlief fast genausolang, wie er umhergeirrt war.

Als er wieder erwachte, war er ein anderer Mensch geworden. Er sagte sich das zumindest. Leider kann man ja kein anderer Mensch werden, auch wenn man es sein Leben lang versucht. Doch für Hugo Rhäs war jetzt endlich Schluß mit diesem ewigen Hin und Her. Er ließ sich ein Bad ein. Dann lag er in der Badewanne und ließ zum allerletzten Mal seine Phantasien erscheinen. Es war eine gemischte Gesellschaft aus ehemaligen Klassenkameradinnen, Nachbarinnen seiner Mutter, Titelschönheiten der Zeitschriften *Bonbonniere* und *Schatulle* und Frauen, die ihm irgendwann einmal kurz begegnet waren. Aber sie waren diesmal nicht gekommen, um ihn zu erregen, sondern um sich von ihm zu verabschieden. In höflicher Distanz blieben sie stehen und verbeugten sich, während er sich ruhig zurücklehnte. Neben ihm spielte sein kleiner, knochenloser Halbbruder unbekümmert mit dem Holzauto, das er damals von dem Journalisten geschenkt bekommen hatte. Seine Mutter war gerade einkaufen. Seine Väter waren tot.

Hugo Rhäs stand auf und brauste sich ab. Dann stieg er aus der Wanne und zog sich frische Kleider an. Unter anderem ein Hemd mit Perlmuttknöpfen, einer Stickerei in Westernmanier auf den Brusttaschen und spitz zulaufendem Kragen. Er hatte es sich vor Jahren einmal aus einer Laune heraus gekauft, aber nie angezogen.

In den nächsten Tagen stellte er Nachforschungen über seinen ersten Vater an. Er löste seine Konten auf und buchte eine Reise nach Kenia. Er nahm kaum Gepäck mit, denn er wollte, wenn er nun schon aufbrach, dort ganz neu beginnen. Der Flug war eine Tortur. Er war das Reisen einfach nicht gewöhnt. Zudem hatte er die ein bißchen zu schnell hintereinander ausgeführten Impfungen nicht so recht vertragen. Hugo Rhäs versuchte, das Beste daraus zu machen. Er strich über den kleinen blauen Fleck und die Einstiche an seinem rechten Oberarm und stellte sich vor, auf dem Weg nach Tanger zu sein. Oder auf der Suche nach Yage. Natürlich *high as a kite*.

In Kenia holte ihn die Realität sehr schnell wieder ein. Kaum hatte er den Flughafen in Nairobi verlassen, wurde er in den Sog der Touristen hineingezogen. Sein Ziel, die Spuren seines Vaters zu finden und etwas über den knochenlosen weißen König Budu Sulber und die Bewegung der Sulbianer zu erfahren, geriet in weite Ferne. Die Menschen, die Englisch sprachen, gaben vor, von diesen Themen nichts zu wissen. Das seien Märchen aus dem Busch und nichts für ein modernes und aufgeschlossenes Land. Sie boten ihm Cocktails an und zeigten ihm auf Taxifahrten die Gegend. Was er unbedingt unternehmen solle, sei eine bewaffnete Jeeptour. Mit etwas Glück könne man ein paar äthiopische Viehdiebe entdecken, die gerade dabei waren, eine Rinderherde in Richtung Grenze zu treiben. Wenn man nur etwas mit dem Zielfernrohr umzugehen verstand, lieferten diese Kodak-Guns brillante Digitalphotos, von denen man in Nairobi an jeder Straßenecke innerhalb einer Stunde Abzüge machen lassen konnte. Das alles kostete Geld. Einige Diebstähle kamen hinzu und so stand Hugo Rhäs schon bald vor dem finanziellen Aus.

Was ihm gar nicht ganz unrecht war. Erst einmal abgebrannt, würde man ihn wenigstens in Ruhe lassen. Er kaufte sich von seinem letzten Geld ein Ticket für einen Inlandsflug und geriet so in das furchtbare Entführungsdrama zwischen Nairobi und Mombasa. Obwohl er zu den ganz wenigen zählte, die das unglaubliche Glück hatten, unversehrt zu überleben, konnte er das fürchterliche Geschehen einfach nicht verwinden. Es war der berühmte Tropfen gewesen, der das Faß nun endgültig und unwiderruflich zum Überlaufen gebracht hatte. Und nun strömte es aus ihm heraus. All die über Jahre hinweg immer wieder umformulierten und dann doch verworfenen Sätze und Kapitel bahnten sich ihren Weg, und da man seine Sprache nicht verstand, diagnostizierte man einen Schock und fesselte ihn mit Lederbändern in einem kleinen Krankenhaus an ein Bett. Man hatte gerade einen Engpaß an Beruhigungsmitteln.

Einer seiner Pfleger war aber nun ein Sulbianer. Und so besaß er eine grundlegende Offenheit für die mythische Anmutung der immer wieder in Hugo Rhäs' Monolog auftauchenden Worte und Begriffe. Eines Nachts, der Mond schien selbst für Kenia ungewöhnlich hell über den Ebenen, schnitt der Pfleger Hugo Rhäs von seinen Fesseln los und floh mit ihm in sein kleines Heimatdorf, wo man seinen kranken und verwirrten Freund rührend pflegte.

Dieses kleine Dorf war von den Segnungen der Zivilisation bislang noch verschont geblieben, und selbst Tourismus kannte man hier so gut wie nicht. War die Hilfsbereitschaft anfänglich durchaus herzlich und ohne jegliche Hintergedanken gewesen, so dämmerten dem Bürgermeister und einigen der Dorfältesten jedoch schon bald die ungeheuren Möglichkeiten, die sich durch einen weißen Heiligen König, ob nun mit oder ohne Knochen, boten.

Als erstes formulierten die Priester intern einige Kleinigkeiten in der ohnehin mündlichen Überlieferung um. Schließlich hatte das von seiner Mutter in die Abfallgrube geworfene knochenlose Kind, das der weiße König mit einer Schwarzen gezeugt hatte, versprochen, nach zwölf Jahren wiederzukehren, dann, wenn es genügend gelernt haben würde, um sein Volk zu befreien. Und waren es nicht genau zwölf Jahre mittlerweile? Auch ohne Gaußsche Verteilungskurve lassen sich Zahlen recht einfach dehnen und zusammenziehen. Und hieß es nicht irgendwo, er würde vom Himmel stürzen in einer großen Flamme, die viele hundert Menschen töten würde und allein ihn heil lassen? Hieß es nicht so? Ja, es hieß so. Und zwar genauso. Und wenn das Flugzeug auch auf dem Flughafen von Mombasa durch unsachgemäßen Beschuß des Tanks in Flammen aufgegangen war, so hatte es sich doch einmal in der Luft befunden. Ja, soviel war sicher. Und Menschen waren gestorben. Ja, viele. Es war grausam. Aber er hatte überlebt. Das hatte er. So führt ihn denn in die Mitte des Platzes, daß wir uns vor ihm niederwerfen und ihn als unseren Retter preisen. Und so geschah es.

Und tatsächlich wurde Hugo Rhäs zu ihrem Retter. Unter dem Siegel der zahlenmäßigen Beschränkung sowie des Besonderen und Außergewöhnlichen, was sich selbstverständlich auch im Preis widerspiegelte, schloß das Dorf einige wenige Exklusivverträge mit einigen wenigen auserwählten Reiseveranstaltern, die sich in der Vergangenheit insbesondere durch alternative Erlebnisreisen mit spirituellem Einschlag einen Namen gemacht hatten. Einen Entwicklungshelfer, der in Europa nicht mehr hatte Fuß fassen können und deshalb hiergeblieben war, wo er sich seine Tage mit Trinken und dem Prügeln seiner Frauen vertrieb, den hatte nun schon fast jedes zweite Dorf vorzuweisen. Aber einen Weißen mit Visionen! Einen, der übersprudelte mit Erzählungen und Phantasien, noch dazu wahlweise in Englisch oder Deutsch, jemand, der das Publikum mit seinen Ansprachen und Übungen zur Entspannung des Geistes und zur Förderung der Kreativität in einer naturbelassenen und unvergleichlich bezaubernden Landschaft im Osten Afrikas auf einen neuen Weg der Selbstfindung führte, damit konnte so leicht keiner aufwarten.

Und Hugo Rhäs war es mehr als zufrieden. Selbst im Wahnsinn noch eigentlich Lehrer, konnte er hier seiner Berufung nachgehen, ohne beständig unter den störenden Nebenerscheinungen leiden zu müssen, die seinem künstlerischen Naturell so sehr zuwider waren. Hier war er frei und dennoch hörte man auf ihn. Und er war vor allem frei in einem weiteren, nicht zu unterschätzenden Sinn: da man hier allein die orale Überlieferung kannte und pflegte, dachte er schon bald nicht mehr daran, daß es so etwas wie die schriftliche Niederlegung von Gedanken überhaupt gab, geschweige denn, daß er sich so viele Jahre und Jahrzehnte mit ihr als seinem vermeintlichen Lebensinhalt abgequält hatte. Nun endlich war er ein rundum glücklicher Mann. Er stand vor den eigens angereisten Bundesrepublikanern und sprach in einem fremdartigen Idiom zu ihnen. Er sprach mit Worten, die wohl ihrer Sprache entstammten, die sie aber gleichwohl nicht verstanden. Doch das machte nichts, denn diese Worte wurden nicht über den Geist aufgenommen, sondern über das Herz. Und darum wirkten sie um so stärker. Für Hugo Rhäs war es eine Vereinigung von *Cut Up* und *Free Speech Poetry,* nicht ohne einen Schuß *Camp* in Gestalt der Touristen.

Im Dorf war er hoch angesehen, denn er ernährte praktisch alle. Und so hatte er bald das Gefühl, endlich seine Heimat gefunden zu haben. Hugo Rhäs assimilierte sich an seine Umgebung, was seinen mündlichen Erzählungen zugute kam. Schon zwei Jahre später verstanden die Eingeborenen mehr von dem, was er erzählte, als die Touristen. Manche Halbwüchsige verdienten sich mit der Übersetzung der Lehrreden in gebrochenes Englisch nebenbei ein Taschengeld. Selbst Professorin Rikke, die ein gutes Gedächtnis für Gesichter hatte, erkannte ihn bei ihrem Studienaufenthalt nicht. Sie fand ihn durchaus anziehend und hätte ohne weiteres eine Nacht mit ihm verbracht. Aber Mgomba Rhäs war für so etwas nicht der Richtige. Er lebte ganz seiner Kunst.

Professorin Rikke ist übrigens immer noch mit Wansl zusammen. Das Geheimnis ihrer Beziehung sind eine Schachtel mit Murmeln und getrennte Urlaube. Auch hat er ihr in seiner bodenständigen Art über den Verlust ihrer besten Freundin hinweggeholfen. Zum Ausgleich organisierte sie letztes Jahr bei einer befreundeten Galeristin eine Ausstellung für seine kinetischen Kugelobjekte.

Dr. Rubinblad wurde in die Freiheit entlassen, war jedoch durch die zumindest teilweise ans Licht gekommene Wahrheit über seine Familie zutiefst verstört. Natürlich war er in der Lage, den Begriff von Wahrheit zu hinterfragen, dennoch nagte ein nicht zu besiegender Zweifel in ihm. Er sah sich nicht mehr in der Lage, anderen zu helfen, gab seine Praxis auf und arbeitete nur noch wissenschaftlich. Er entwickelte dabei einen neuen Ansatz zur Behandlung der Lethephobie, der das italienische Modell des Gedankentheaters dazu nutzte, die destruktiven Kräfte der sekundären Psychose zu kanalisieren. Genauso wie die Einwohner Roms bis weit in das 18. Jahrhundert hinein das Kolosseum als Steinbruch zum Bau ihrer Paläste benutzten, wurde der Lethephobiker angeleitet, sein zuvor errichtetes und mit Erinnerungen gefülltes Theater Stück für Stück abzutragen. Womit auch endlich das Problem der akzelerierenden Drehung gelöst war.

Seiner Tochter Amie hingegen wurde vom amerikanischen Geheimdienst ein Vorschlag gemacht.

»Eine neue Identität«, wiederholte sie langsam und blies den Rauch ihrer Zigarette aus der Nase, »das klingt gut.«

»Sag ich doch, Kindchen«, bestätigte der Beamte. Was um alles in der Welt klingt daran gut?

»Na ja, ich komm weg von meinen ganzen alten Bekannten. Und ich denk, daß ich dann einen Entzug mache. Also daß ich's diesmal schaffe. Und dann würde ich gern was mit Menschen machen. Und auch mein Vater, ich würde ihm gern das Klavier zurückkaufen. Und auch sonst. Ich meine, ich denke einfach, daß mir das einen anderen Kick gibt. Hier ist alles so abgefuckt.

Schau dir doch die Leute an, diese ganzen Gestalten, verstehst du, die ham doch keine Ahnung, die wissen doch gar nicht…«

Schon gut, schon gut. Es ist das übliche Junkiegeschwätz, aber das rechtfertigt noch lange nicht das, was der Geheimdienst mit Amie Rubinblad anstellte:

São João ist ein wunderschönes Fleckchen Erde. »Etwas geschah in meinem Herzen, als ich auf São João stieß«, singt Caetano Veloso. Nur: welches São João meint er? Es gibt so unendlich viele in Brasilien. Und das Land ist wirklich erschreckend groß. Bei nur etwas ungenauen Ortsangaben verliert sich eine Spur verdammt schnell. Trotzdem sieht auch die kleinste Stadt wie aus dem Bilderbuch aus. Allerdings eher für Touristen, und nicht für eine Straßenprostituierte, noch dazu eine drogenabhängige, die kaum ein Wort Portugiesisch spricht und aus den Staaten hierhin eingeflogen wurde. Was denkt die sich eigentlich? Uns hier das bißchen Geld noch abzuluchsen.

Aber so war es nun einmal. Ein brasilianischer Paß, ein einfaches Flugticket, zweihundertfünfzig Dollar Handgeld, eine Anlaufadresse und der unumgängliche Satz: »Von nun an trennen sich unsere Wege. Denken Sie daran, niemand kennt Sie jetzt mehr hier. Sie haben eine neue Identität, Senhora Bichinha. Alles Gute.« Wir ahnen es schon: auch der Begriff der neuen Identität stammt aus der Feder des fröhlich lächelnden Mannes mit Anglerausrüstung auf dem Foto in der Geheimdienstzentrale.

Über die Bare Witnesses of Armageddon berichteten die Zeitungen ungefähr folgendes: Bei einer Fernsehübertragung, in der es um Morbus-Mannhoff-Patienten, und in diesem Zusammenhang um den tapferen jungen Douglas Douglas Jr., ging, wurde dessen Arzt, Dr. Samuel Howardt, von einem Schuß, der aus der einige hundert Meter entfernten Farm abgegeben wurde, hinterrücks getötet. Die Polizeikräfte waren daher zu einem sofortigen Eingreifen gezwungen. Das Gebiet wurde noch weiträumiger abgesperrt. Spezialeinheiten rückten mit Panzerfahrzeugen und Hubschraubern vor und bereiteten dem nun schon siebzehn Tage dauernden Spuk ein Ende. Leider kamen sie zu spät. Die Sekte hatte Massenselbstmord begangen. Man stieß allein noch auf die Leichen von siebenundzwanzig Mitgliedern, darunter Kinder und Frauen. Somit bestätigten sich die Vermutungen der staatlichen Stellen auf grausame Art und Weise. Bei den Opfern handelte es sich ausschließlich um kenianische Staatsbürger, von denen die Sekte in letzter Zeit einen großen Zulauf erhalten hatte. Sie waren allesamt durch das Einatmen eines gefährlichen Giftgases ums Leben gekommen. Der geistige Führer David Batnik, genannt Dee Bee, war nach den bisherigen Ermittlungen kurz vor der Erstürmung der Farm von dem Organisator und Sprecher der Gruppe, James Holden-Smith, einem ehemaligen Handelsvertreter, erschossen worden. Holden-Smith gab auch den tödlichen Schuß auf Dr. Samuel Howardt ab. Eine entsprechende Waffe mit Zielfernrohr konnte sichergestellt werden. Ob Holden-Smith bei der präzise geführten und fast gänzlich unblutigen Erstürmung ums Leben kam, oder ob er sich zuvor schon selbst richtete, werden weitere Untersuchungen ergeben.

Durch das plötzliche Eingreifen der Regierung konnte der geplante Comic *The 3As On The Highway To Armageddon* doch nicht mehr rechtzeitig fertiggestellt werden. Er wurde daher für eine noch nicht einmal die Produktionskosten deckende Summe an die American Automobile Association verkauft, die nach kleineren Textmodifikationen mit dem Abenteuer von Arnon, Arod und Arioch auf den beklagenswerten Zustand einiger Bundesstraßen im Südwesten des Landes aufmerksam machte. Da dieser Comic nur an Mitglieder des AAA ging, war er schon nach kürzester Zeit ein gesuchtes Sammlerstück.

Obgleich es mit diesen sogenannten Raritäten nicht immer ganz astrein zugeht. Erst neulich wurde ein bundesweit betriebener Schwindel mit nachgemachten Baseballkarten aufgedeckt. Die Spur führte direkt nach Chicago, wo man den Drahtzieher, der seinen Betrieb hinter einem zum Schein angemieteten Gebrauchtwagenhandel versteckte, dingfest machen konnte. Es war aufgefallen, daß in der letzten Zeit zu viele Bilder des eher zweitklassigen Spielers Charley Maxwell von den Chicago White Sox in Umlauf gekommen waren.

Was allerdings aus Abbie Kofflager und Harold Nicholson geworden ist, läßt sich nicht genau sagen. Auch nicht, was an jenem Montagnachmittag in dem ruhig gelegenen Landhaus etwas außerhalb von Aurora/Illinois geschah und unter welchen mysteriösen Umständen ein Mitarbeiter des Geheimdienstes dabei ums Leben kam. Ein paar Fragen bleiben eben immer offen. Und oft profitieren mehr Menschen von der Tatsache, daß sie nicht gelöst werden, als wenn man sie mit aller Gewalt ans Tageslicht zerren würde. Zum Beispiel der Verleger von Harold Nicholson, der dessen Artikel zu Büchern zusammenfaßte und in hohen Auflagen auf den Markt brachte. Oder der Vermieter einer Fabriketage in Chicago, der eine völlig renovierte und modernisierte Wohnung zur schlüsselfertigen Weitervermietung vorfand. Oder der Chicagoer Second-Hand-Plattenladen, der eines Morgens eine Unmenge seltener Platten vor seiner Tür entdeckte. Viele frühe Grateful Dead, aber auch alle vier Platten der Gruppe Godz (*Contact High With The Godz, 2* [mit *Permanent Green Light*], *Third Testament* und *Godzundheit*). Leider fehlten eine Unmenge Bootlegs, die immer noch in irgendwelchen Geheimdienstarchiven lagern und erst in etwa fünf Jahren herauskommen sollen. Schon jetzt aber kann man sich für die liebevoll ausgestattete Box mit neuen Linernotes, unveröffentlichten Fotos und detaillierten Anmerkungen zu jeder der siebenundachtzig unveröffentlichten Fassungen von *Dark Star* vormerken lassen. An dem Titel *The Loophole Tapes* wird kaum mehr jemand Anstoß nehmen, da es schon zu lange her ist, daß in einigen kleinen Untergrund-Blättern verstreute Artikel erschienen, die die allgemeine Berichterstattung um Loophole D anzweifelten und mit allerlei Insider-Informationen, auch was die getöteten Kenianer anging, aufwarteten. Aber so etwas ist völlig normal. Es gibt kaum einen Kriminalfall, bei dem nicht im nachhinein die wildesten Spekulationen angestellt werden. Angeblich soll auch der Einschußwinkel in Dr. Samuel Howardts Rücken so ungewöhnlich schräg verlaufen, daß der Schuß unmöglich aus ungefähr gleicher Höhe, wie etwa von der Farm, hatte abgegeben werden können. Aber von wo hätte er denn sonst kommen sollen? Verfolgte man den Winkel genau weiter, so hätte der Schütze sich irgendwo in der Luft befinden müssen. Vielleicht auf einer Wolke. Aber im Luftraum befand sich zu dieser Zeit niemand. Das konnte man nun ausnahmsweise einmal hundertprozentig feststellen. Schließlich war zu dieser Zeit dort oben alles von staatlichen Helikoptern überwacht. Aber gegenüber guten und fundierten Argumenten waren die Verfasser solcher fragwürdiger Theorien schon immer taub gewesen. Und so erschienen die von einem gewissen Koffson unterzeichneten Artikel weiter in den spärlichen Untergrundpostillen, ohne daß sich ein größeres Blatt an das Thema gewagt hätte.

Nicholsons Verleger schürte die Verkaufszahlen zwar mit Gerüchten, aber nie kamen diese Informationen direkt aus dem Verlagshaus. Es war die Rede vom kenianischen Geheimdienst und umfassenden Recherchen und dem romantischen Verschwinden in Afrika, das für die meisten von uns eben immer noch ein recht dunkler Kontinent mit vielen weißen Flecken ist. Und so eine B.-Traven-Geschichte kommt immer gut an.

Das meint übrigens auch Edgar Jay, der auf Fragen des inzwischen fast übereifrig auf die richtige Seite gewechselten Sam Rurcass nur den zweiten Merksatz wiederholt, der da bekanntermaßen lautet: Man muß Gründe schaffen. Und wenn das noch nicht reicht, dann gibt es ja noch erstens: Man kann gar nicht genug Verrückte da draußen herumlaufen haben. Schließlich weiß man nie, wozu man einen Kofflager oder einen Nicholson noch gebrauchen kann. Zwei Theoretiker, bei denen eine Menge, wirklich eine ganze Menge Indizien in ihrer sauberen Vergangenheit auf einen Mord hindeuten, sowas findet man nicht so leicht. »Oder was meinst du, Sam?«

»Natürlich. Ausgeschlossen. Wirklich ganz, ganz selten.« Tamara Tajenka tritt am nächsten Samstag übrigens wieder im Hotel *Savoy* auf. Kalle wollte eigentlich hingehen. Er fand das schon hochanständig, wie sie damals zu seinen Gunsten ausgesagt hatte, und er mit einer Geldstrafe davonkam. Klar, sein Lappen war weg. Schon wieder. Das heißt, er hatte ihn ja noch gar nicht richtig zurück. Und diesmal für ganze drei Jahre. Aber egal. Man kam ja auch mit der Bahn dorthin. Trotzdem wird er es höchstwahrscheinlich nicht schaffen. Erstens haben sie ihm gerade gestern im Bahnhofsviertel wieder irgendwas ins Bier getan und ihm seine ganzen Papiere geklaut. Und dazu noch das Geld. Außer den fünfzig Mark im Stiefel, so daß er wenigstens einen Schluck auf den Schreck trinken konnte. Außerdem läuft da gerade so eine Sache mit einem halben Dutzend Kühlschränken. Da ist er wahrscheinlich genau dann unterwegs, wenn die Show anfängt. Richtung Kleiner Knöbis.

EPILOG

Der Mond wird im Wasser nicht naß.
Das Wasser wird vom Mond nicht durchtrennt.

Dōgen

Ein Epilog gehört nicht mehr direkt zum eigentlichen Werk. Es ist eine Nachschrift, in der sich der Autor überlegen kann, was Literatur mit dem Leben, oder natürlich auch umgekehrt das Leben mit der Literatur zu tun hat. Der Autor kann seine Meinung sagen und vielleicht auch das eine oder andere aus dem Roman richtigstellen. Vor allem aber muß er sich nicht länger hinter Dritten verstecken. Er kann »ich« sagen.

Natürlich stellt sich die Frage, was der Autor mit diesem Ich anfängt. Je nach persönlicher Veranlagung könnte er im Epilog zum Beispiel Anweisungen zur Lektüre geben oder Varianten anfügen. Er könnte etwa erwähnen, daß Kalle nicht immer nur Pech im Leben hat, sondern neulich sogar einen ganz großen Wurf landen konnte.

Die im August 1965 in einer Auflage von 30 Millionen Stück veröffentlichte 20-Pfennig-Briefmarke *Thurn und Taxis* ist beileibe keine Besonderheit und auch heute noch fast für den Nennwert zu haben. Selbst ein Exemplar mit Doppeldruck der Farben Dunkelkarmin und Mattgraugrün bringt es gerade mal auf hundert Mark. Fehlen unten die Zähne gibt es 1500 Mark, ist sie ganz ungezähnt 1700, aber das ist immer noch nicht die Welt verglichen mit einem selbst eingefleischten Philatelisten bislang unbekanntem Fehldruck, auf dem *Deutsche Pundebost* zu lesen ist. Kalle kennt jemanden, der im Auktionshaus in der Hasengartenstraße arbeitet. Na gut, es ist kein richtiges Auktionshaus, aber die machen so Versteigerungen, und da bieten sie das nächste Mal eben auch diese Rarität mit an. Exklusiv. Das ist bundesweit einmalig. Selbst abzüglich der sechzig Prozent Provision wird Kalle damit ausgesorgt haben. Dabei war der Aufwand für ihn relativ gering: hundert Mark für den Kumpel, der ihm für einen halben Tag einen Computer geliehen und kurz in die Grundbegriffe von *Photoshop* eingeführt hat. Das hält sich doch in Grenzen.

Ein anderer Autor wiederum würde hier auf den letzten Seiten gestehen, daß er das Manuskript des Romans für 1500 Gulden von einem Niederländer aus Veghel namens Jan Vermiele erworben hat, wohlgemerkt ohne das Recht zur Übersetzung oder Veröffentlichung. Aber wenn ich dazu auch mal etwas sagen darf: Es ging Herrn Vermiele zu dem Zeitpunkt, als ich ihn traf, wirklich nicht besonders gut. Und zwar gleich in doppelter Hinsicht. Zum einen finanziell. Also konnte er das Geld sehr gut gebrauchen. Zum andern psychisch. Nun, da konnte ich ihm zwar nicht helfen, aber letzten Endes war es sowohl ihm als auch mir klar, daß aus seiner geplanten Schriftstellerkarriere ohnehin nichts mehr werden würde. Weshalb sich dann nicht gleich von überflüssigem Ballast befreien?

Außerdem: Man redet so leicht daher von Plagiat und so weiter. Einen Roman, der in Nordbrabant spielt, nach Mittelhessen zu verlegen, das ist schon mal gar nicht so ohne. Ich mußte dabei verschiedenste inhaltliche Änderungen vornehmen. So ist zum Beispiel aus dem die Gegend beherrschenden Einfluß von Philips bei mir nur die Papierfabrik Achenkerber geworden, die ich zusätzlich noch, quasi als gesellschaftskritischen Seitenhieb, habe pleite gehen lassen, obwohl die Firma Achenkerber, die in Wirklichkeit Straßenbelag herstellte, tatsächlich einfach zugemacht hat.

Darüber hinaus war es auch nicht ganz leicht, Entsprechungen für das holländische Schlagermilieu zu finden. Die Blue Diamonds und Mouth & MacNeal kennt man ja hier vielleicht noch, aber was ist mit Wilma Landkroon, Wim Sonneveld oder Helma und Selma? Von den letzten beiden stammt übrigens auch der Originaltitel von *Bluemoon Baby*, nämlich *In de bus van Bussum naar Narden*, ihr Erfolgsschlager aus den Fünfzigern.

Natürlich muß ich andererseits, wenn wir schon dabei sind, zugeben, daß die Geschichte im Original von der Handlung her etwas zwingender ist, weil eben nicht einfach zwei Schlagersänger auftauchen, wie bei mir Tamara Tajenka und Bodo Silber, sondern diese Rollen von einem ehemaligen Gesangsduo übernommen werden. Ich fand jedoch, daß sich Vermiele etwas zu sehr in diese Doppelgänger- und Zwillingsthematik, die ich ja eher kurz anklingen lasse, verliebt hat und beim Erzählen oft den Faden verliert.

Bei ihm haben sich Helma und Selma nach ihren Erfolgen auseinandergelebt, und während die eine nach Surinam zog, wo sie auf eine Fortsetzung ihrer Karriere hoffte, blieb die andere in der Heimat und verdiente sich ihr Einkommen in den Cafés von Scheveningen. Nach dreißig Jahren nun begegnen sie sich wieder. Man kann sich vorstellen, wie das weitergeht. Wenn Vermiele dann wenigstens prägnant durcherzählen würde, aber nein, überall tauchen Paare, Zwillinge und Doppelgänger auf. Schlägt einer morgens ein Ei in die Pfanne, sind sicher zwei Dotter drin, besucht jemand einen Freund, so wohnt der garantiert in einer Doppelhaushälfte. Als wäre das nicht mehr als genug, so spiegeln sich die Akteure beständig irgendwo, sei es in Schaufenstern, Feuerzeugen oder den Pupillen ihres Gegenübers. Dazwischen entdeckt der Autor unvermutet seine Liebe für das Experimentelle und schreibt ein ganzes Kapitel in Spiegelschrift. Aber, damit man mich nicht falsch versteht, das alles ist in keinster Weise die gekonnte Darstellung eines schizophrenen Zustands, bei weitem nicht. Es handelt sich um einen simplen Liebesroman mit einem Schuß spezifischer Problematik was die ehemaligen Kolonien angeht, womit wir ja hier recht wenig anzufangen wissen, weshalb ich auch zu diesem Thema das meiste gestrichen und Surinam durch Kenia ersetzt habe, obwohl dort die Erinnerungen an Deutschland längst durch die Engländer überlagert und vergessen sind.

Kurzum, ich finde, man muß mit dem Vorwurf des Plagiats vorsichtig umgehen, und ich persönlich würde so etwas nie behaupten. Oft ist die Beweislage recht schwierig und außerdem wurde die Glühbirne, meines Wissens, auch zweimal erfunden.

Aber, wie gesagt, das wären die Spielereien anderer. Ich hingegen möchte vor allem einige Figuren rehabilitieren, die sich in den Verwicklungen der Geschichte womöglich ganz anders dargestellt haben als sie in Wirklichkeit sind. Als erstes natürlich Tamara Tajenka. Frau Tajenka ist eine Künstlerin mit internationalem Renommee, die es keineswegs nötig hat, bei Betriebsfeiern auf dem Kleinen Knöbis aufzutreten und über die Dörfer zu tingeln. Vielmehr ist sie in jedem besseren Plattenladen mit einem guten Dutzend CDs vertreten, sowohl in russischer als auch in deutscher Sprache.

Ähnlich verhält es sich mit Bodo Silber, der nicht Lethephobiker und schon gar nicht Psychotiker ist, sondern weiterhin für seine unterhaltsamen Auftritte im deutschsprachigen Raum geschätzt wird und über die Agentur Antje Dohbel zu buchen ist, die auch andere bekannte Stars der deutschen und internationalen Schlagerwelt vertritt.

Natürlich erinnerte ich mich gut an Bodo Silbers großen Erfolg *Bluemoon Baby*, wäre jedoch während des Schreibens niemals auf die Idee gekommen, dieses Lied als Titel für meinen Roman zu verwenden. Nachdem ich im Februar 1999 das Manuskript abgeschlossen hatte und noch einige Details recherchieren mußte, stieß ich jedoch auf ein Interview, das die Komponisten von *Bluemoon Baby*, Helmut Meidtner und Friedrich Schohn, im April 1997 der Fachzeitschrift *Schlagerwesen* gegeben hatten. Was der Texter Friedrich Schohn dort unter anderem ausführte, ließ mir die Wahl des Titels für meinen Roman in mehrfacher Hinsicht als durchaus sinnvoll, um nicht zu sagen zwingend erscheinen.

»Daß *Bluemoon Baby* einen tieferen Sinn enthält, erfuhren wir erst Jahre später. In Amerika nennt man einen Blue Moon den zweiten Vollmond innerhalb eines Monats. Da so etwas nur alle Schaltjahre einmal vorkommt, ist der Ausdruck sprichwörtlich für etwas Seltenes und Rares geworden. Davon ahnten wir im Oktober 1974, als wir das Lied in Helmuts Villa am Mummelsee komponierten, natürlich nicht das Geringste. Ich hatte die Worte einfach nur wegen ihres schönen Klangs gewählt. Wie man uns fast zwanzig Jahre später mitteilte, gab es im Oktober 1974 jedoch tatsächlich zwei Vollmonde. Ich bin von Haus aus eigentlich nicht abergläubisch, ganz im Gegenteil, aber ich fand das mit einem Mal so interessant, daß ich mich entschloß, der Sache weiter nachzugehen. Dabei erfuhr ich, daß es auch so etwas wie einen Doppel-Blue-Moon gibt, das heißt in einem Jahr zwei Monate mit zwei Vollmonden. Das ist natürlich noch viel seltener und kommt gerade drei- oder viermal in einem Jahrhundert vor. Und ob Sie es nun glauben oder nicht, 1961 war so ein Jahr. Das nächste wird 1999 sein und dann erst wieder Zweitausendsoundsoviel. Das erleben wir mit Sicherheit schon nicht mehr. Aber 1961, das war das Jahr, in dem die Zusammenarbeit von Helmut und mir begann. Wir hatten damals gleich zwei Erfolge. Einmal den *Stubenstiegen Tango*, den wir für Lotte Olgar geschrieben haben, und dann natürlich *Deine Fahrradklingel läßt mich nachts nicht schlafen*, mit dem Tonio Antonio bekannt wurde. Außerdem kam Helmuts Sohn Thomas in diesem Jahr zur Welt. Der Blue Moon hat uns also immer Glück gebracht. Ich bin gespannt, was in zwei Jahren (1999) passiert.«

Unberührt von einfachen oder doppelten Vollmonden entwickelte sich auch Hugo Rhäs in eine etwas andere Richtung als im Roman geschildert. Es stimmt, daß er seinen Lehrerberuf an den Nagel gehängt hat, unwahr ist jedoch, daß er seine neue Heimat in Afrika fand. Tatsächlich lebt er als Kinderbuchautor auf Rügen. Sein Buch *Der Tontomat weiß immer Rat* war ein so großer Erfolg, daß sich daraus eine ganze Serie entwickelte, dessen letztes Abenteuer *Tomatensalat beim Tontomat* sogar die Auszeichnung »Bestes tierfreies Kinderbuch des Jahres 2000« bekam. Tontomaten in allen Größen überschwemmen seitdem unsere Kinderzimmer und die Trickfilmversionen sind längst zu einer festen Einrichtung im Programmschema privater Anbieter geworden (Dienstag–Freitag 15 Uhr 30 auf RTL II).

Aber auch die Anerkennung des Feuilletons blieb Hugo Rhäs nicht versagt. Nachdem Dieter Reichardt in einem Aufsatz in der *FAZ* (»Der Tontomat zwischen Himmel und Hölle«, 17. März 2001) darauf hingewiesen hatte, daß der Tontomat sich auf Cortázars *Rayuel-O-Matic* beziehe, der wiederum ganz in der Tradition von Duchamps *Machine Célibataire*, Roussels *Radiateur des Indes* und ähnlicher Erfindungen der Pataphysiker stehe, bildete sich eine kleine Gemeinde, bestehend aus Literaturkritikern und eifrigen Lesern, die in den Kindergeschichten von Hugo Rhäs mehr vermutet, als auf den ersten Blick ersichtlich ist. Aus verschlüsselten Zahlenkombinationen versuchen sie nun, entsprechend den Leseanweisungen für Cortázars *Rayuela*, eine neue Form der Lektüre zu entwickeln, und feiern Rhäs als versteckten Dekonstruktivisten und ersten Revolutionär der literarischen Form im 21. Jahrhundert.

Ich persönlich halte den Vergleich Reichardts für nicht mehr als eine nette Trouvaille, mit der er allerdings, wahrscheinlich ohne sein Wollen, eine Lawine losgetreten hat, die nicht nur von völlig falschen Voraussetzungen ausgeht, sondern darüber hinaus den Wert der Erzeugnisse von Hugo Rhäs überschätzt. Die lateinamerikanische Literatur war meines Wissens nie ein Referenzrahmen für Rhäs, und ich wundere mich ehrlich gesagt, daß er selbst nicht Einspruch erhoben hat, sondern dem Rummel um seine Person durch sein Schweigen noch Vorschub leistet. (Siehe vor allem die über fast zwölf Wochen andauernde Diskussion in der *Zeit* von April–Juli 2001, die in dem bei Piper erschienenen Band »Materialien zum Tontomatenstreit« ausführlich dokumentiert ist.)

Als er schließlich auch noch von Peter Sloterdijk vereinnahmt wurde (»Das verunglückte Automaten-Gen«, Rede zum Geburtstag von Winifred Wagner, Überlingen, 23. Juni 2001), begann ich mir ernsthafte Sorgen um Hugo Rhäs zu machen, dessen labilen und zum Grübeln neigenden Charakter ich ja zur Genüge kannte. Eine gekonnt ironische Replik Klaus Theweleits in der *tageszeitung* heizte die Diskussion eher an, als sie von Rhäs abzulenken. (»Mother's Little Helper – Geniales Genideal im Strudel neuster Determinismusphantasien«, 5. Juli 2001)

Ich versuchte, persönlich Kontakt mit Hugo Rhäs aufzunehmen, wurde aber von seinem Sekretär immer wieder vertröstet. Als ich ihn nach Wochen einmal kurz an den Apparat bekam und ihn unter anderem daran erinnerte, daß die Buchstabenkombination der Knöpfe am Tontomaten nicht wie beim *Rayuel-O-Matic* A, B, C, D, E und F lauten, sondern B, C, F, G und K, und daß diese Buchstaben auch nicht für unterschiedliche Funktionen stehen, sondern für die Anfangsbuchstaben von Burroughs, Corso, Ferlinghetti, Ginsberg und Kerouac, hängte er einfach auf. Etwa zwei Stunden später erhielt ich einen Anruf seines Sekretärs, der mir mitteilte, daß Herr Rhäs es nicht zulassen werde, daß ich vertrauliche Informationen weitergebe, nur um so auf schamloseste Art und Weise von der Publizität um seine Person zu profitieren.

Ich fand diese Unterstellung mehr als lächerlich, denn daß der Roman *Bluemoon Baby* gerade in dem Moment erscheint, in dem die Presse einen Narren an Rhäs gefressen hat, ist natürlich reiner Zufall, da das Buch schon vor zwei Jahren geschrieben wurde und eben jetzt erst zur Veröffentlichung kommt. Genausogut könnte man behaupten, ich habe Perry Como, den Abbie Kofflagers Bruder so gerne hört, hineingebracht, weil er gerade gestorben ist. Gestorben ist er jedoch erst jetzt im Mai

2001, während ich diesen Epilog schreibe, und nicht vor zwei Jahren beim Verfassen des Romans.

Damit bin ich auch bei meinem eigentlichen Grund für diesen Epilog angelangt. Ich möchte nämlich gar nicht neue Möglichkeiten erkunden, in die Gegenwart schauen oder noch weiter nach vorn, sondern noch einmal zurückblicken auf die Entstehung des Romans und etwas aus dieser Zeit erzählen.

Als ich im Spätherbst 1998 mit dem Roman anfing, wurde meine Frau Lena schwanger. Ich war weit über die Hälfte des Romans und Lena im fünften Monat, als sie mit einem Mal starke Blutungen bekam. Die Diagnose lautete Plazenta Previa, das heißt die Plazenta hatte sich etwas nach unten über den Muttermund geschoben. Die Empfehlungen der Ärzte: liegen. Als die Blutungen nicht aufhörten, brachte ich sie schließlich ins Krankenhaus. Dort ging es ihr bald besser. Sie blieb zehn Tage in einem sehr schönen Zweibett-Zimmer mit Aussicht auf einen Park. Eine Frau wurde neben sie gelegt, die eine Sterilisation bekam, danach eine zweite, die noch am Anfang ihrer Schwangerschaft stand, sich aber ständig übergeben mußte und nichts mehr zu sich nehmen konnte. Dann war sie allein. Sie malte etwas, und ich besuchte sie jeden Tag.

Schließlich wurde sie entlassen, mußte aber weiter zu Hause das Bett hüten. Nach fast zwei Wochen, in denen es ihr mal besser, mal schlechter gegangen war, wurden die Blutungen wieder stärker. Wieder mußte sie ins Krankenhaus. Diesmal in das große städtische. Sie kam auf die Mutter-Kind-Station im vierzehnten Stock. Sofort spritzte man ihr etwas zur schnelleren Lungenentwicklung des Kindes. Dann gab es Thrombosespritzen in den Rücken. Die Thrombosestrümpfe kannte sie schon. Dann an den Tropf. Ein Tropf mit Kaliumlösung. Der andere mit Wehenhemmer. Diese Mittel machten sie nervös und flatterig. Wir hatten jetzt auf einmal Angst vor einer extremen Frühgeburt.

Als ich am Sonntagabend aus dem Krankenhaus zurückkam und den Fernseher einschaltete, lief gerade eine zu einer halben Stunde heruntergekürzte Kultursendung, in der ein junger Autor von einem älteren Moderator über sein neustes Buch befragt wurde. Es ging um New York und einen Mordfall und das Hinabtauchen in eine Welt der skurrilen Gestalten und schillernden Perversionen. So ungefähr wörtlich. Dazu zeigte man die entsprechenden Bilder. Ich war mittlerweile fast am Ende von *Bluemoon Baby* angelangt, doch das Ergebnis erschien mir in diesem Moment grotesk unzulänglich.

Ich ging in mein Arbeitszimmer und setzte mich an den Schreibtisch. Ich dachte an Lena mit ihren Schläuchen am Arm und ihren zitternden Gliedern. Das bißchen Essen, das sie zu sich nahm, brach sie in einem Schwall wieder aus. Wieder war Blut in der Schüssel mit dem Urin. Der Infusomat blockierte in regelmäßigen Abständen und gab ein Piepsgeräusch von sich, dann mußte man auf einen Knopf drücken, damit er weiterlief.

»Vielleicht mag er die Schleife nicht, die der Arzt am Handgelenk gelegt hat«, sagte Lena. Sie hatte Migräne bekommen. Zu allem Überfluß. Tabletten konnte sie keine nehmen, weil sonst das Blut noch dünner würde. »Das Kleine tut mir so leid, weil es kaum noch Fruchtwasser hat«, sagte sie. Ich saß nur da, hielt ihre Hand und massierte ihre Füße, deren Spitzen aus den Thrombosestrümpfen herausschauten.

Es wurde langsam dunkel draußen. Vom vierzehnten Stock ist es eine wunderbare Aussicht über die ganze Stadt, und noch weit darüber hinaus. Am Nachbarbett, hinter dem Vorhang, sprach die norddeutsche Oma auf ihre Tochter ein. Der kleine Enkel kam ab und zu um die Ecke und winkte. »Die Frau will schlafen«, flüsterte ihm die Oma zu.

Auf der Autofahrt zum Krankenhaus lief ein Interview mit einem Rosenkreuzer im Radio. Für ihn ist der Schwan das Symbol der Seele. Die Seele, die sich irgendwann vom Körper befreit und fortschwebt. Er ist Multimillionär und hat seinen Bruder bei dessen Sterben begleitet.

Ich packte die Tupperwaredose mit dem Käse und das Trockenobst in meinen Rucksack. Ich war die zweihundertachtzig Stufen hochgelaufen. Jetzt fuhr ich mit dem Aufzug nach unten. Die Patienten ärgerten mich, die mit ihren Trainingsanzügen in der Halle herumstanden und rauchten. Was sollten denn das für Krankheiten sein, die die haben? Draußen war es völlig dunkel und schneidend kalt.

Als ich das Buch anfing, wußte ich nicht, wohin es führen würde. Ich wollte einige Personen beschreiben. Einige Begebenheiten. Und es sollte ein eher heiteres Buch werden. Ich schrieb fast jeden Tag, bis der Roman fertig war. Nachmittags ging ich ins Krankenhaus. Als mir ganz am Anfang das knochenlose Kind einfiel, war mit Lena noch alles in Ordnung. Jetzt könnte man sagen, die Wirklichkeit hat mich beeinflußt. Aber das stimmt nicht. Habe ich dann umgekehrt die Wirklichkeit beeinflußt? Ich glaube, so weit geht es nun auch nicht, obwohl die Themen der Literatur und die des Lebens für mich nicht voneinander getrennt sind. Nur manchmal, wenn mir meine eigene Realität zu eng wird, werde ich wütend auf andere Realitäten, die mir falsch oder unecht erscheinen in ihrer aufdringlichen Präsenz. Ich frage mich dann, was überhaupt Realität ist, auch wenn mir solche Fragen nicht unbedingt weiterhelfen. Eine Frage beantwortet sich, indem man sie vergißt. Soviel habe ich von Wittgenstein behalten. Damit ich persönlich eine Frage vergessen kann, muß ich verschiedene Antwortmöglichkeiten durchspielen. Also versuche ich zu beschreiben, wie verschiedene Menschen mit diesen Fragen umgehen. Daß dieses Beschreiben wieder neue Fragen schafft, steht auf einem anderen Blatt. Im wahrsten Sinne des Wortes. Bestenfalls steht es in einem anderen Buch.

Aber dieses Buch ist hier zu Ende. Darin liegt auch etwas

Tröstliches. Ich kann etwas zu einem Ende bringen. Ich kann etwas hinschreiben und beenden, während alles andere immer weiterläuft. Die Untersuchungsausschüsse, die Wahnideen, die Krankheiten, das Leben und der Tod. Ich hoffe, daß Lena jetzt schlafen kann. Fast schäme ich mich, weil es so verdammt leicht ist, ein Buch zu schreiben. Und wenn ich auch noch so viele Stunden daran gesessen habe. Es ist ein Kinderspiel, nein, das ist jetzt das falsche Wort.

Und so ist das Ende gar nicht weiter schmerzlich. Manchmal ist man so in ein Buch versunken, daß man sich wünscht, es würde immer weitergehen. Ewig. Wenn sich dieser Wunsch jedoch erfüllen würde, dann wäre es nur so etwas wie *Gute Zeiten – Schlechte Zeiten*. Und so was wollen wir doch nicht, oder?

P. S.

Sonntagnacht ist das Kind gestorben. Als man am Morgen bei der Untersuchung keine Herztöne mehr hörte, fuhr man Lena in den Kreißsaal und stellte fest, daß das Kind schon tot war. Sie bekam eine Spritze in das Rückenmark, um ihren Unterleib zu betäuben. Dann wurden künstliche Wehen eingeleitet. Während sie dort lag und wartete, rief sie mich an.

»Es ist das Beste«, sagte sie. »Ich habe gestern schon am Telefon zu meiner Mutter gesagt: Wir können, glaube ich, beide nicht mehr. Flori ist dann heute nacht noch einmal nach oben an die Bauchdecke gekommen, um Kontakt aufzunehmen. Dann habe ich ihn nicht mehr gespürt.«

Lena hängte auf und lag weiter im Kreißsaal. Als gerade keine Ärzte und Hebammen da waren, kam mit einem Mal das kleine Köpfchen. Und dann das ganze Kind. Es wog vierhundertsechzig Gramm und sah perfekt aus, mit wunderschönen langen Fingern. Lenas Fingern. Man legte ihr das Kind in den Arm, und sie hielt es eine halbe Stunde. Dann wurde es auf eine grüne Decke gebettet und fotografiert. Weil sie auf der Station nichts anderes da hatten, steckte die Schwester das Polaroidfoto in einen Umschlag, auf dem »Baby Pass« stand. Rund um das Foto waren mit Buntstift Rasseln, Milchfläschchen und Schnuller aufgemalt. In der Mitte gab es eine Borte mit kleinen Bärchen, die das Foto hielten. Auf der linken Seite stand »Herzlichen Glückwunsch zur Geburt Ihres Babys«. Darunter waren Spalten für die einzelnen Daten. Auf der anderen Seite stand: »Mein erstes Polaroid«. Das Kind wurde dann ganz sorgfältig eingepackt und in die Pathologie gebracht. Dann fing Lena an zu husten.

»Sie haben die Plazenta rausgehustet«, sagte die Hebamme. Als der Husten allerdings nach Stunden immer noch nicht aufhören wollte und Lena nicht mehr richtig Luft bekam, untersuchte man sie und stellte ein Lungenödem fest.

Am Nachmittag wurde es dunkel und ein Eisregen fiel. Gegen halb neun abends wurde sie zurück auf ihr Zimmer gebracht. Gegen halb zehn konnte ich sie sehen. Sie hatte einen Schlauch im linken Nasenloch, durch den sie Sauerstoff bekam. An der Schulter und am Arm waren Kanülen für Antibiotika. Auf ihren Thrombosestrümpfen gab es kleine Blutspritzer. Sie lag allein in dem Dreibettzimmer. Ihre Mutter war gekommen und saß neben ihr. Die Gardinen waren zugezogen, die Gänge still und kaum beleuchtet. Die Nachtschwestern saßen zusammen und redeten leise. Von irgendwoher kam ein regelmäßiger Signalton.

»Der Arzt hat gesagt, wahrscheinlich bekomme ich wahnsinnige Kopfschmerzen, weil mir doch diese lustige Anästhesistin, die gleich so viel geredet hat, Wassermann, aus Versehen zuerst in den Spinalkanal gestochen hat. Zum Glück hat das der Anästhesieassistent aus Eritrea noch rechtzeitig gesehen. Sonst wäre es noch schlimmer.«

»In so einem Zustand hat der Onkel Herbert der Tante Renate

einen Heiratsantrag gemacht«, sagte ihre Mutter. Ich hielt Lenas Hand. Dann ging ich mit der Mutter durch die kalte Nacht und über die angefrorenen Straßen zu uns nach Hause.

»Im Zug saß mir eine Medizinstudentin gegenüber, mit der ich ins Gespräch gekommen bin«, sagte Lenas Mutter. »Sie hat gesagt: Ich glaube an Wiedergeburt. Die Seele von dem kleinen Kind kommt ganz bestimmt wieder. Glaubst du an so etwas?«

»Ich weiß nicht… Wenn der Gedanke jemanden trösten kann, noch einmal auf die Welt zu kommen«, sagte ich.

»Ich stelle mir die Seelen wie an einer großen Traube vor«, sagte die Mutter, während wir auf der leeren dunklen Straße an einer Fußgängerampel warteten.

Am nächsten Tag stand ich in der Bäckerei vor einer Reihe handgroßer Mäuse aus Hefeteig. Sie hatten schöne Ohren und einen dicht um den Körper geschwungenen Schwanz. Als Augen hatte man ihnen zwei Rosinen eingesetzt. Bei einer der Mäuse waren diese Rosinen allerdings vergessen worden. Während die anderen nun listig in die Welt schauten, sah sie schlafend und in sich versunken aus. Es war ein ruhiges und friedliches Bild. Die Verkäuferin holte sie mit einer Zange vorsichtig aus der Mitte der anderen heraus und steckte sie in eine Tüte. Dann nahm ich sie mit nach Hause.

Frank Witzel

Die Erfindung der Roten Armee Fraktion durch einen manisch-depressiven Teenager im Sommer1962

Roman

832 Seiten, btb 71423

Deutscher Buchpreis

Gudrun Ensslin eine Indianersquaw aus braunem Plastik und Andreas Baader ein Ritter in schwarzglänzender Rüstung? Die Welt des kindlichen Erzählers dieses mitreißenden Romans, der den Kosmos der alten BRD wiederauferstehen lässt, ist nicht minder real als die politischen Ereignisse, die jene Jahre in Atem halten und auf die sich der 13-Jährige seinen ganz eigenen Reim macht.

»Dies ist keine Saisonware.
Dies ist ein Roman mit Langzeitwirkung.«

Helmut Böttiger, SZ